Alexandre Dumas

Der Schleier im Main

Alexandre Dumas

Der Schleier im Main

Ein Frankfurt-Roman von 1866

Nacherzählt und mit einem Nachwort
versehen von Clemens Bachmann

Der Autor

Alexandre Dumas, père wurde am 24. Juli 1802 in Villers-Otterets in der Nähe von Paris geboren. Schon früh entwickelte er ein großes Interesse an der Literatur und am Theater. Dumas, als ein wichtiger Vertreter der französischen Romantik, wurde bekannt und beliebt durch seinen historischen Abenteuerroman »Die drei Musketiere« und den Gesellschaftsroman »Der Graf von Monte Christo«. Alexandre Dumas ist schon zu Lebzeiten zur Kultfigur aufgestiegen. Er erreichte Ruhm und Geld vor allem durch seine Veröffentlichung in Form von Feuilleton-Romanen. Sein Geld gab Dumas mit vollen Händen wieder aus, er führte einen sehr luxuriösen Lebensstil, den er auf Dauer nicht finanzieren konnte. Seine letzten Jahre verbrachte der inzwischen bankrotte Schriftsteller bei seinem Sohn. Er starb am 5. Dezember 1870.

Der Umwelt zuliebe nicht in Folie verpackt.
1. Auflage · Alle Rechte vorbehalten · Societäts-Verlag

Satz: Bruno Dorn, Societäts-Verlag
Umschlaggestaltung: Bruno Dorn, Societäts-Verlag
Umschlagabbildung: Historisches Museum Frankfurt am Main
Druck und Verarbeitung: GGP Media GmbH, Pößneck
Printed in Germany 2022 · ISBN 978-3-95542-445-9

Besuchen Sie uns im Internet: www.societaets-verlag.de

FSC
www.fsc.org
MIX
Papier | Fördert gute Waldnutzung
FSC® C014496

Klimaneutral
Druckprodukt
ClimatePartner.com/53248-2208-1030

Inhaltsverzeichnis

Vorwort zur Englischen Ausgabe »The Prussian Terror«

Der Feind hastete unter unserem Fenster vorbei und verschwand gleich wieder aus unserem Blickfeld. Augenblicke später vernahmen wir ein Tosen wie ein herannahender Sturm, und schon bebte unser Haus im Galopp der Pferde. Am Ende der Straße hatte unsere Kavallerie den Feind gestellt, welcher in Unkenntnis der schwachen Kräfte der Unseren gestreckten Galopps retirierte, hitzig verfolgt von unseren Husaren. In einem riesigen Durcheinander rauschten Freund und Feind wie ein Wirbelsturm aus Pulverdampf, Staub und Getöse vor unserem Hause vorbei. Unsere Soldaten, Säbel in der einen Hand und Pistole in der anderen, trieben feuernd und stechend den zurückweichenden Feind vor sich her. Die feindlichen Soldaten erwiderten das Feuer in hinhaltender Flucht. Zwei oder drei Kugeln schlugen in unser Haus ein, eine Kugel zerschmetterte den Holm des Fensters, durch dessen halbgeschlossenen Laden ich alles beobachtete. Das Schauspiel war erregend und erschreckend zugleich. Hart bedrängt von den Unsrigen machten die Feinde plötzlich kehrt. Nun entwickelte sich unter unseren Augen nur zwanzig Schritte von uns ein Gefecht Mann gegen Mann, so nah wie die Akrobaten von der ersten Reihe aus in einer Zirkusarena zu sehen sind, nur dass es hier blutiger Ernst war, Leben und Tod. Ich sah fünf, sechs feindliche Soldaten niedersinken, aber auch zwei, drei unserer Männer. Nach zehnminütigem Kampfe schien der Feind niedergerungen, der aufs Neue sich auf die Schnelligkeit ihrer Pferde verlassend das Weite suchte. Eine erneute Verfolgungsjagd hob an. Der Wirbelwind nahm seine Bahn wieder auf und verschwand uns aus den Augen, dabei drei, vier weitere Gefallene zurücklassend, die auf dem Straßenpflaster verstreut herumlagen. Dann hörten wir Trommeln zum Angriff wirbeln. Das war unsere Infanterie, die zum Sturm vorging, um sich ihren Anteil an dem Gefecht zu holen. Gut einhundert Mann mit aufgepflanzten Bajonett marschierten in beschleunigter Kadenz vor und verschwanden gleich wieder hinter der Biegung der Straße. Fünf Minuten später vernahmen wir aus einiger Entfernung heftiges Pelotonfeuer, dann erschienen unsere Husaren wieder, diesmal in heilloser rückgängiger Bewegung verfolgt von einer gut sechshundert Mann starken Kavallerie des Feindes. Nun waren die Verfolger die Verfolgten. Dabei war es unmöglich, im Zentrum des zweiten Sturmes irgendetwas zu erkennen oder zu unterscheiden – außer dass, nachdem er vorbeigezogen, drei, vier Leichen mehr auf der Straße herumlagen.«

Der Junge, der diese Begebenheit beobachtet, an die er sich viele Jahre später in seinen Memoiren erinnert, lebt mit seiner Mutter in Villers-Cotterêts, an der Straße nach Soissons im Aisne-Department, dem Brennpunkt einer heftigen Schlacht, die, während ich diese Zeilen niederschreibe, zwischen unserem kleinen Expeditionskorps und unseren französischen Alliierten auf der einen und den Deutschen auf der anderen Seite gerade stattfindet. Wir schreiben das Jahr 1814. Napoleon hatte sich aus Moskau zurückziehen müssen und die Schlacht bei Leipzig verloren, die Allianz der Russen, Preußen und Österreicher drängt immer weiter in Frankreich hinein. Das Vertrauen in den guten Stern Napoleons ist gänzlich geschwunden. Mit jeder Stunde rückt das Donnern der Kanonen näher an Paris heran. Wenige Tage später werden die Alliierten die Hauptstadt einnehmen, Napoleon das Abdankungsdekret unterschreiben lassen und ihn zu gezwungenem Aufenthalt nach Elba schicken.

Der Name des Jungen ist Alexandre Dumas. Seine Mutter hat die Möbel, Bettzeug und Hausrat im Keller in Sicherheit gebracht und darüber einen Dielenboden verlegen lassen, um Plünderer auf der Suche nach Beute zu täuschen, überdies hat sie ihr weniges Bargeld in einer kleinen Truhe im Garten vergraben. Nicht weniger als die Preußen und Russen fürchtet Madame Dumas die kaiserlich-französische Grande Armée. Wenn ihre Landsmänner, die Franzosen, zurückgeschlagen würden, könnten sie und ihr Sohn bei den Kämpfen ums Leben kommen, wenn aber Napoleon siegt, wird er ihren Sohn zu den Soldaten holen. Dabei ist der kleine Alexandre erst zwölf Jahre alt und viel zu jung für die Konskription, die erst ab der Altersklasse der Sechzehnjährigen beginnt.

Der Vater des Jungen, General Alexandre Dumas, bei dem Ersten Konsul aufgrund seiner republikanischen Überzeugungen in Ungnade gefallen und von jenem verbannt und ruiniert, ist längst tot, und die Witwe mit ihrem Sohn vom Kaiser vergessen und der Verarmung anheim gegeben. Dessen ungeachtet ist Madame Dumas bei den Nachbarn nur die Bonapartistin, nur weil ihr Mann einst unter Bonaparte gekämpft hatte, und als Bonapartist zu gelten, kommt in jenen Tagen einer Anschuldigung gleich, seit Ludwigs XVIII. Thronbesteigung immer wahrscheinlicher wird.

Der Feind, den der Junge in den Straßen kämpfen sieht, das sind die Preußen – Preußen, die seine Mutter so lange herbeisehnt hat, dass sie für diese Gelegenheit und zur Beschwichtigung der Soldaten große Mengen von Hammelragout kocht, dreimal insgesamt. Obwohl der Junge bei der Zubereitung des Gerichts mithilft und sich wenig Gedanken über die drohende Gefahr macht, solange sie nicht gegenwärtig ist, wird er den Einfall der Preußen nie vergessen, ebenso wenig die gefallenen Soldaten vor der Haustüre. Oft spricht er davon, dass die Preußen eines Tages ins Aisne-Tal zurückkommen würden!

Im Jahre 1848, verscherzt Dumas, der Kandidat der Deputiertenkammer, sich des Wohlwollens vieler Wähler, als er in einer Rede im Hinblick auf die Staaten Europas in seherischem Vorausblick warnt: »Geographisch gesehen hat Preußen die Gestalt einer Schlange, und wie eine Schlange scheint es dauernd zu schlafen und ist doch bereit, alles um sich herum zu verschlingen – Dänemark, Holland und Belgien; und wenn es die alle verschlungen hat, werden Sie sehen, dass Österreich an der Reihe sein wird und vielleicht auch, leider Gottes, Frankreich!«

Im Juni 1866 schreckt Preußens rascher Feldzug gegen Österreich Europa auf. Jeder, der Augen hat zu sehen, kann sich die Folgen der preußischen Vorherrschaft in Deutschland ausrechnen, und Dumas ist einer dieser Franzosen, die von düsteren Vorahnungen über das Schicksal des Vaterlandes ergriffen sind. Besonders betroffen scheint ihn das barbarische Vorgehen der Preußen in der Freien Stadt Frankfurt gemacht zu haben, worüber die Zeitungen tagtäglich berichten. (Dumas kennt die Stadt, im Jahre 1838 hatte ihn eine Deutschlandreise zusammen mit seinem Kompagnon Gérard de Nerval, dem Autor des Buches »Les Filles de Feu« bis Frankfurt geführt.) Unfähig, in Paris zu Hause untätig herumzusitzen, während sich da die Ereignisse überschlagen, fährt er nach Frankfurt, um sich selbst ein Bild zu machen. Vor hier aus reist er nach Gotha, Hannover und Berlin, sucht die Schlachtfelder von Langensalza und Sadowa auf und kehrt nach Paris zurück mit einem Notizbuch vollgeschrieben mit wertvollen Details und die Taschen voller unveröffentlichter Dokumente.

Nun kommt Monsieur Hollander, der Herausgeber des politischen Journals Le Situation, auf den Autor der »Drei Musketiere«, der »Königin Margot« und so vieler anderer berühmter historischer Romane zu, um ihn um einen Roman zu bitten, der »La Terreur Prusienne« heißen soll. Dumas, der sich mit Hollander einig ist, dass nichts unversucht gelassen werden solle, Frankreich aufzurütteln, das unter dem Zweiten Reich im raschen Zerfall begriffen war, und auf die von Preußen ausgehenden Schrecken hinzuweisen, willigt frohen Herzens ein. Das ist die Entstehungsgeschichte dieses Buches, in dem der Autor auf jeder Seite den Warnungsruf zu erheben scheint: »Wacht auf! Gefahr ist in Verzuge!«

Um die heutigen Leser, die, wie mir scheint, nur noch wenig über den Preußisch-Österreichischen Krieg von 1866 wissen, die Ausgangslage des Romans verständlich zu machen, wollen wir kurz zurückblicken auf die wichtigen Ereignisse, welche den Verleger und den Romancier umtreiben.

Nach dem Tode des Königs von Dänemark 1863 gärt es in den Herzogtümern von Schleswig und Holstein sowie in Luxembourg. Obwohl durch den Vertrag von London (1852) die Nachfolge von Schleswig und Holstein durch die Dänische Krone geklärt ist, sprechen die Signatarstaaten Österreich und Preußen dem neuen Dänenkönig das Recht auf die norddeutschen Herzogtümer ab und reklamieren diese als Teil Deutschlands. Im Februar 1864 überschreiten österreichische und preußische Truppen die dänische Grenze. Die Dänen leisten tapferen Widerstand, müssen sich aber geschlagen geben, und die Herzogtümer fallen letztendlich an die beiden Siegermächte.

Dann stellt sich Preußen, das schon länger den Machtgewinn Österreichs mit Argwohn beobachtet und einen Krieg mit dem Rivalen früher oder später für unvermeidlich hält, gegen die österreichische Absicht, die Herzogtümer zu einem eigenen Staat unter dem Herzog von Augustenburg zu formen. Österreich bringt die Angelegenheit vor den Frankfurter Bundestag, der einen Beschluss im Sinne des Herzogs fasst. Preußens erster Minister Bismarck aber, dem die vollständige Kontrolle Norddeutschlands angelegen ist, verlangt den Anschluss der beiden Herzogtümer an das preußische Staatsgebiete, und damit nicht genug, es sollen auch ganz Hannover, Hessen Kassel, Hessen Nassau und die Stadt Frankfurt in Preußen aufgehen. Beide deutschen Mächte, Österreich und Preußen, bereiten sich zum Waffengange, Preußen geht mit Victor Emanuel eine gegen Österreich gerichtete Allianz ein. Am 7. Juni dringen preußische Truppen in Holstein ein.

In der maßgeblichen Entscheidung um die Mobilmachung der Bundesarmee am 14. Juni stimmt Hannover im Bundestag mit Österreich, und erklärt damit unwiderruflich, auf wessen Seite in der drohenden Auseinandersetzung es stehen wird. Preußen stellt sofort Hannover ein Ultimatum mit der Bedingung, strikte Neutralität zu wahren und seine Grundzüge der Neuordnung des Bundes zu akzeptieren. Hannover weist diese Forderungen sogleich zurück, prompt überschreiten preußische Truppen die hannoverschen Grenzen. Der Ausgang dieses

Feldzuges ist bekannt, die Schlachten von Langensalza gegen die Hannoverische Armee und Aschaffenburg gegen die Bundesarmee gehen siegreich für die Preußen aus. Die Österreicher erleiden eine katastrophale Niederlage in der blutigen Schlacht von Sadowa (oder Königgrätz), und wieder ist Bismarck seiner Vorstellung von einem einigen Deutschen unter Preußen ein Stück nähergekommen.

Der nächste Akt der Preußen nach Sadowa ist die Einnahme der »Freien« Stadt Frankfurt, die auf bestehende Verträge sich verlassend keinen Versuch ihrer Verteidigung unternommen hat, und die niederträchtige Behandlung seiner Einwohner. Es sind genau diese »terroristischen Akte«, an die Hollander und Dumas in erster Linie denken, von der sie sich erhoffen, die romanhafte Verdichtung zu einer volkstümlichen Liebesgeschichte werde dazu beitragen, die Franzosen wachzurütteln.

Verschiedentlich ist behauptet worden, dass vor dem deutsch-französischen Krieg von 1870 deutsche Soldaten sich zu keinerlei Gräueltaten hätten hinreißen lassen. Diese Erzählung beweist das Gegenteil, wobei es nicht wenig verwundert, dass es außer Fachbücher kein vergleichbares Werk in englischer Sprache gibt, das den Abgrund an dem »preußischen Schreckens« zum Thema hat, dessen Ausmaß wir nunmehr zu begreifen scheinen. Schon aus dem Grunde verdient Dumas' Buch Beachtung, um nicht zu sprechen von seinen erzählerischen Meriten, als einen maßgeblichen Beitrag zur historischen Orientierung und zum Verständnis der Jetztzeit (1915, C.B.). Abgesehen davon ist die Geschichte so schwungvoll und interessant erzählt, dass es überrascht, dass nach so langer Zeit – es sind inzwischen siebenundvierzig Jahre nach der Erstveröffentlichung vergangen – ich der Erste sein soll, der dem britischen Publikum eine englischsprachige Fassung vorlegt. (Hier sei angemerkt, dass Monsieur Hollander, der unbedingt möglichst viele Ausgaben seiner Zeitung im Glanze des berühmten Namens Dumas scheinen lassen will, sich nicht weniger als sechzig Feuilletons ausbedungen hat. Dumas liefert das Gewünschte, sieht sich freilich gezwungen, zur Streckung ein paar Jagdgeschichten einzufügen, die er seinem Helden, Benedict Turpin, in den Mund legt. Diese Geschichten sind in der vorliegenden Fassung ausgelassen.)

Dumas lebt in Paris, als im Sommer Preußen der Krieg erklärt wird, ist aber von so schlechter Gesundheit, dass sein Sohn, der Autor der »Kameliendame«, ihn nicht in der belagerten Stadt zurücklassen will. Im Herbst nimmt er den Vater zu sich auf sein Landhaus in Puys bei Dieppe. Dort stirbt Dumas der Ältere am 5. Dezember 1870.

Er hat nie erfahren, Nachrichten enthält man ihm wohlweislich vor, dass sich seine schlimmste Befürchtung am Ende seiner Erdentage doch noch bewahrheitet hat. Tatsächlich besetzt ein Detachement der preußischen Armee Dieppe, als er den letzten Atemzug tut. Und während die deutschen Soldaten beim klingenden Spiel ihrer Regimentskapellen durch die Straßen marschieren, ängstlich beobachtet von den Einwohnern, die sich hinter verschlossenen Türen und Fensterläden verbergen, verbreitet sich die Nachricht wie ein Lauffeuer in der Stadt, dass Frankreich seinen großen Sohn, seinen typischsten Romancier überhaupt verloren hat. Der Sarg mit den sterblichen Überresten von Alexandre Dumas wird zum Friedhof nach Neuville, das bereits unter deutscher Besatzung steht, überführt und im Beisein einer preußischen Streife beerdigt. Im Jahre 1872 wird der Leichnam exhumiert und im Familiengrab in Villers-Cotterêts beigesetzt. Ganz in der Nähe, wo einst der zwölfjährige Alexandre den Donner der preußischen Geschütze gehört hatte, ringen jetzt drei Nationen im schweren Kampfe.

Robert Singleton Garnett 1915

Berlin

Berlin erweckt den Anschein, als habe der Architekt die Planung der Hauptstadt zwar mit aller Sorgfalt und Absicht liniengetreu und regelgemäß geplant, ihre Gestaltung aber doch so langweilig und wenig malerisch ausgeführt, wie es seine Genialität zuließ. Blicken wir von der Domkirche, dem höchsten begehbaren Punkt herab, erinnert uns der Ort an ein riesiges Schachbrett, worauf das königliche Palais, das Museum, die Kathedrale und andere wichtige Gebäude gleichsam als König, Dame und Springer aufgestellt sind. Aber im Gegensatz zu Paris, das von der durchfließenden Seine zusammengehalten wird, ist Berlin durch die Spree geteilt; während dort der Fluss eine Insel umfließt, verzweigt er sich hier wie die Henkel einer Vase rechts und links in zwei künstliche Kanäle, um so mitten in der Stadt zwei unterschiedlich große Inseln zu bilden. Die größere Insel hat das Privileg die eigentliche Hauptstadt zu sein; auf ihr sind das Palais des Königs, die Domkirche, Museen, die Börse und viele andere öffentliche Gebäude gelegen, sowie eine stattliche Anzahl von Häusern, die man in Turin, dem Berlin Italiens, sicherlich als Paläste bezeichnen würde; die andere Insel enthält nichts an Bemerkenswertem, welches den Vergleich mit der Pariser Rue Saint Jacques und dem Viertel Saint-André-des-Arts aushielte.

Das aristokratische, das elegante Berlin ist zur Rechten und Linken der Friedrichstraße beheimatet. Es erstreckt sich vom Belle-Alliance-Platz, wo der nach Berlin kommende Fremde die Stadt betritt, bis zum Oranienburger Platz, wo er sie verlässt, und kreuzt ziemlich genau in ihrer Mitte die Straße Unter den Linden. Diese berühmte Promenade führt durch jenes vornehme Viertel vom Königsschloss bis zum Zeughausplatz. Diese Straße verdankt ihren Namen zwei Reihen mächtiger Linden, die entlang eines reizenden Spazierweges zu beiden Seiten des breiten Fuhrweges stehen. Beide Straßenseiten sind gesäumt von Cafés und Restaurants, die von ihren zahlreichen Gästen besonders in den

Sommermonaten fast bis zur öffentlichen Fuhrstraße in Besitz genommen sind, was dann ein bemerkenswertes Ausmaß lebhaften Treibens annimmt. Keiner übertreibt jedoch und stört durch lautes Reden oder Geschrei, denn gewöhnlich zieht es der Preuße vor, sich sub rosa zu amüsieren und gibt sich nur hinter verschlossenen Türen ausgelassen.

Am 7. Juni 1866 jedoch, gegen sechs Uhr abends, an einem Tag, wie ihn so schön nur Preußen hervorbringen kann, bot sich auf der Straße Unter den Linden eine Szenerie höchst ungewöhnlichen Tumultes. Ursache der Aufgeregtheit war vor allem die wachsende Feindseligkeit, die Preußen im Zusammenhang mit der Holsteinkrise gegenüber Österreich zeigte und in deren Verlaufe es – wegen der Fortführung der Wahl des Herzogs von Augustenburg – eine Verweigerungshaltung eingenommen hatte. In diesem Zusammenhang gab es weiterhin erregte Debatten über die allgemeine Aufrüstung aller Seiten, sowie Berichte über die unmittelbar bevorstehende Mobilmachung der Landwehr, über die Auflösung des Bundestages und letztendlich ein Gerücht über ein Telegramm aus Frankreich, das Drohungen gegenüber Preußen beinhaltete und von dem man behauptete, es stamme von Louis Napoleon selbst.

Um die Abneigung zu verstehen, die man hierzulande gegenüber den Franzosen hegt, empfiehlt sich ein Besuch Preußens. Dem Besucher wird allenthalben eine Art von Monomanie auffallen, die sogar bis in die gebildeten Kreise reicht: Kein Minister erlangt Popularität, es sei denn, er bediente sich einer kriegerischen Rhetorik; kein Redner findet Gehör, es sei denn, er streute aus seinem Zitatenschatz das eine oder andere brillante Epigramm oder eine geistreiche Andeutung antifranzösischen Inhalts ein. Noch weniger würde man jemandem den Titel eines Dichters zuerkennen, wenn sich der Anwärter nicht mit der Autorenschaft einiger populärer Reime mit Titeln wie »Der Rhein«, »Leipzig« oder »Waterloo« qualifizieren würde.

Woher kommt diese Aversion gegen Frankreich – ein tiefes, hartnäckiges und unausrottbares Gefühl der Abneigung, das Boden und Luft durchdrungen zu haben scheint? Wir können es nur vermuten. Sollte es aus einer Zeit stammen, als die Gallische Legion, die Elitetruppe der Römischen Armee, als erste in Germanien eindrang? Diesen Gedanken weiter nachhängend kämen wir zur Schlacht von Rosbach als einem möglichen Grund; in diesem Falle müsste der deutsche Nationalcharakter noch um einiges bösartiger entwickelt sein. Weiterhin, wäre der Hass, den die Schüler Friedrichs des Großen seit den Tagen des berühmten Manifests des Herzogs von Braunschweig an den Tag legen, möglicherweise aus einem militärischen Unterlegenheitsgefühl erklärbar? Jener drohte seinerzeit, in Paris nicht einen Stein auf dem anderen zu lassen! Die Schlacht von Valmy vertrieb anno 1792 die Preußen aus Frankreich; und eine andere, die von Jena, öffnete uns im Jahre 1808 die Tore nach Berlin. Immerhin können uns unsere Feinde – nein, unsere Rivalen – auf diese Jahreszahlen hin die Namen von Leipzig und Waterloo entgegenhalten. Was jedoch Leipzig betrifft, können sie für sich höchstens ein Viertel beanspruchen, denn man muss sich vor Augen halten, dass ihre Armee mit der Russlands, Österreichs und Schwedens alliiert war – nicht zu reden von dem Beitrag Sachsens, der in diesem Zusammenhang ebenfalls erwähnt zu werden verdient. Auch kann man nicht mehr als eine Hälfte Waterloos dem preußischen Verdienst anrechnen, denn Napoleon, der bis zu deren Anmarsch überlegen war, hatte seine Armeen im Verlaufe eines sechsstündigen Gefechts mit den Engländern längst erschöpft.

Vergegenwärtigt man sich dieser Erbfeindschaft, zu der sich hier tatsächlich jeder offen bekennt, dann konnte das Ausmaß der öffentlichen Gefühlsäußerungen kaum überraschen, welches ein weit verbreitetes Gerücht ausgelöst hatte, das besagte, Frankreich habe den Fehdehandschuh hingeworfen und beteilige sich an dem nahe bevorstehenden Konflikt. Viele jedoch bezweifelten die Neuigkeiten, weil darüber in der Morgenausgabe des »Staatsanzeigers« nicht ein einziges Wort zu lesen stand.

In Berlin gibt es gutgläubige Anhänger der Regierung, die der Meinung waren, die Regierung lüge nie und hielte in elterlicher Fürsorge niemals Nachrichten zurück, die den teuren Untertanen von Interesse seien. Vergleichbar dem »Moniteur« in Paris findet sich dieses Publikum hier in der Leserschaft des »Tagestelegraphen«, und beide Leserschaften fühlen sich geeint in der Gewissheit, ihr spezielles Organ veröffentliche immer, wovon es Kenntnis habe; genauso verhält es sich mit den Lesern der regierungsnahen und aristokratischen »Kreuzzeitung«, die sich gleichfalls weigern, irgend etwas Glauben zu schenken, wenn es nicht in ihren gut informierten Kolumnen geschrieben steht. Diesen Tumult also übertönten die Titel der obengenannten Tageszeitungen oder Wochenausgaben sowie Dutzende anderer, die von den Zeitungsjungen von allen Seiten in die erregte Masse hineingerufen wurden; da setzte sich plötzlich in dem Getöse eine schrille Stimme erfolgreich durch: »Französische Neuigkeiten! Französische Neuigkeiten! Telegraphische Nachrichten! Ein Kreuzer!«

Die Auswirkung auf die Massen kann man sich vorstellen. Trotz der sprichwörtlichen preußischen Sparsamkeit langte jede Hand nach der Geldbörse, kramte einen Kreuzer hervor und gab ihn aus im Tausch gegen ein rechteckiges Stück Papier, das die lang erwarteten Nachrichten enthielt. Und in der Tat, die Bedeutung des Inhalts entschädigte den vorausgegangenen Ärger über das lange Anstehen. Der Bericht lautete wie folgt:

> »6. Juni 1866. Seine Majestät der Kaiser Napoleon III. wurde auf dem Weg nach Auxerre, wo er an der Provinzialversammlung teilnehmen wird, am dortigen Stadttor von dem Bürgermeister begrüßt, der eine Grußbotschaft überbrachte, in der er seine und der Bürgerschaft Reverenz übermittelte. Seine Majestät antwortete in nachfolgenden Worten, die man unseren Landsleuten nicht erklären muss. Ihre Bedeutung sollte jedem genügend klar sein.
>
> 'Ich sehe mit großer Freude, dass sich Auxerre immer noch des ersten Kaiserreichs erinnert. Lassen Sie mich Ihnen versichern, dass ich für meinen Teil die Gefühle der Zuneigung geerbt habe, die das Oberhaupt unserer Familie gegenüber den patriotischen und tatkräftigen Gemeinschaften empfunden hatte, welche ihn

gleichsam in Glück und Unglück unterstützt hatten. Ich selbst stehe in der Schuld der Dankbarkeit gegenüber dem Department Yonne, das im Jahre 1848 als eines der ersten sich für mich entschied. Es wusste, was schon dem größeren Teil der Nation bewusst war, dass seine Interessen und die meinen dieselben waren und dass wir beide diese Verträge von 1815 gleichermaßen ablehnen, die heute als Mittel der Kontrolle unserer auswärtigen Politik benutzt werden.«

Hier brach der Bericht ab, offensichtlich dachte sein Verfasser nicht daran, die Fortsetzung der kaiserlichen Ausführung auch weiterhin als berichtenswert zu erachten. Sicherlich, auch ohne diesen Rest war die Bedeutung genügend klar. Trotzdem verging eine geraume Zeit, bis die Bedeutung der Mitteilung den Lesern aufging und den Wutausbruch weckte, der natürlicherweise folgen musste.

Als sie schließlich zu verstehen und zu begreifen begannen, dass die Hand des Neffen des Großen Napoleon einen Schatten auf ihren geliebten Rhein warf, da hallten Drohungen und Hurras von dem einen bis zum anderen Ende der Straße Unter den Linden. Ein solcher Entrüstungssturm erhob sich, dass man meinen musste – um Schillers lebendige Ausdrucksweise zu bemühen – der ungeheure Ring, der das ganze Himmelsgewölbe umfasst, müsse in Stücke springen. Man stieß laute Verwünschungen aus, brüllte Flüche und schüttelte die Fäuste gegen den Beleidiger Frankreich. Ein Student aus Göttingen kletterte auf einen Tisch und begann mit großer Eindringlichkeit Rückerts grimmiges Gedicht »Die Rückkehr« zu rezitieren, in dem sich ein preußischer Soldat, durch einen Friedensbeschluss nach Hause entlassen, im Folgenden wegen der mannigfaltigen Kriegstaten bitter beklagt, die zu vollbringen er nun gehindert sei. Es ist nicht nötig zu erwähnen, dass dieser Vortrag mit enthusiastischem Beifall bedacht wurde. Zwischenrufe, wie »Bravo!« und »Hurra!«, mischten sich unter den Beifallschor »Lang lebe König Wilhelm!« »Hurra für Preußen!« »Nieder mit Frankreich!«, und alles zusammen bildete eine Begleitmusik, die zweifellos im nächsten Stücke sich fortzusetzen versprach, denn der Vortragende kündigte an, als nächstes ein Gedicht von Körner vorzutragen. Die Ansage wurde mit lautem Beifall aufgenommen.

Es war jedoch durchaus nicht das einzige Überdruckventil, an dem die Leidenschaft der aufgeregten Menge – nun an ihrem Siedepunkt – ihren Auslass suchte und fand. Etwas weiter unterhalb, an der Ecke Friedrichstraße, geschah es, dass ein bekannter Sänger gerade zufällig von einer Gesangsprobe zurückkehrte. Jemand hatte ihn erkannt und mit lauter Stimme »Der Deutsche Rhein! Der Deutsche Rhein! Heinrich! Sing Der Deutsche Rhein!« gerufen. Sogleich erkannte die ganze Menschenmenge den Künstler und umringte ihn. Er ließ sich nicht zweimal bitten, mit einer schönen Stimme gesegnet und mit dem geforderten Stück vertraut, stellte er seine Zuhörer zufrieden; da er besonders eindringlich sang, übertraf die überwältigende Aufnahme seines Liedes bei weitem die des Gedichts »Die Rückkehr«.

Auf ein Mal hörte man über allem wilden Applaus ein lautes und wütendes Geräusch – dem Zischen entweichenden Dampfes aus der Drosselklappe einer Dampfmaschine ähnlich – mit einer Wirkung wie ein Schlag in des Sängers Gesicht. Eine Bombe, die in der Menge explodiert wäre, hätte kaum wirkungsvoller sein können; dem Zischen antwortete ein dumpfes Grollen der Art, wie es einem Gewittersturm vorauseilt und jedermanns Auge wandte sich der Richtung zu, von wo es sich ausbreitete.

An einem der Tische stand ein gutaussehender junger Mann, offensichtlich um die 25 Jahre, helle Haare, helle Haut, ziemlich schmächtig gebaut; seine Barttracht und seine Kleidung erinnerten irgendwie an ein Portrait van Dycks. Er hatte gerade eine Flasche Champagner geöffnet und hielt ein überschäumendes Glas in die Höhe. Unbeeindruckt von den zornigen Blicken und den herausfordernden Gesten wandte er sich um, stellte einen Fuß auf seinen Stuhl. Er hob das Glas über seinen Kopf und rief mit lauter Stimme: »Vive la France!«, dann trank er den Inhalt mit einem Zug aus.

Das Haus Hohenzollern

Die ungeheuere Menschenmenge, die den jungen Franzosen umstand, verstummte für einen Moment vor Verblüffung. Viele, des Französischen nicht mächtig, verstanden nicht, was er sagte. Andere, die es verstanden, beachteten ihn wegen seines Mutes, der wütenden Menge zu trotzen, eher mit Anerkennung und mit Erstaunen denn mit Verärgerung. Wieder andere, die verstanden hatten, glaubten sich als Opfer einer üblen Beleidigung und hätten jenem trotzdem mit typisch deutscher Bedachtsamkeit Zeit und Gelegenheit zum Verschwinden gelassen, wenn er das beabsichtigt hätte. Aber das Vergehen des jungen Mannes bewies, dass er, was immer seine Bravour an Folgen nach sich ziehen würde, für diese einzustehen gedachte. Augenblicklich machte in der Menge ein unheilvolles Murmeln die Runde: »Franzose, Franzose.«

»Ja«, sagte er in einem guten Deutsch, wie man es überall zwischen Thionville und Memel hören konnte. »Ja, ich bin Franzose. Mein Name ist Benedict Turpin, ich habe in Heidelberg studiert und man könnte mich für einen Deutschen halten, da ich eure Sprache so gut beherrsche wie die meisten hier, oder sogar besser spreche als manch andere. Auch weiß ich mit einem Rapier umzugehen, mit einer Pistole, einem Säbel, Degen, Kampfstock, mit Boxhandschuhen oder mit irgendeiner anderen Waffe, welcher ihr den Vorzug gebt. Jeder, der von mir Genugtuung wünscht, kann mich im ›Schwarzen Adler‹ auffinden.«

Kaum hatte der junge Mann seine kühne, herausfordernde Rede beendet, da gingen ihn vier Männer aus den unteren Schichten der Gesellschaft an. Die Menge verstummte, so waren seine herausfordernden Worte weithin zu hören: »Was, vier gegen einen? Schon wieder Leipzig! Kommt her! Ich bin bereit!« Daraufhin sprang der junge Franzose, dem Angriff zuvorkommend, in Richtung des ihm am nächsten Stehenden und schwang diesem die Champagnerflasche über den Kopf. Den Zweiten brachte er mit einem gut zehn Fuß weiten Wurf zu Fall, dem Dritten versetzte er einen mächtigen Boxhieb in die Rippen, so dass dieser über einen Stuhl fiel. Den Vierten packte er an Kragen und Hüfte, hielt ihn tatsächlich für einen Augenblick in die Höhe, warf ihn zu Boden und stellte sofort seinen Fuß auf seine Brust.

»Ist Leipzig nicht gerächt?«, rief er.

Nun brach ein Sturm los. Die Menge umringte drohend den Franzosen, der aber, immer noch mit einem Fuß seinen am Boden liegenden Gegner niederhaltend, packte einen Stuhl und wirbelte diesen so kraftvoll um sich herum, dass er die Menge kurzzeitig in Schach zu halten vermochte, die sich ihrerseits auf Drohungen beschränkte. Aber der Belagerungsring wurde immer enger, einige schnappten nach dem Stuhl und bekamen diesen schließlich zu packen. Wenige Minuten später wäre der mutige Franzose womöglich in Stücke gerissen worden, hätten nicht einige preußische Offiziere eingegriffen. Diese bahnten sich ihren Weg durch die Menge und formierten sich dann zu einer Art Leibwache um den jungen Mann. Einer der Offiziere wandte sich an die Menge und rief:

»Kommt, kommt, meine Freunde, man muss nicht gleich einen mutigen jungen Mann umbringen, nur weil er nicht vergessen kann, Franzose zu sein und der deswegen ›Vive la France!‹ gerufen hat. Er wird jetzt ›Hoch lebe Wilhelm IV.‹ rufen und wir werden ihm freien Abzug gewähren.« Dann sagte er in einem etwas leiseren Ton zu Benedict: »Rufen Sie ›Hoch lebe Wilhelm IV.!‹ oder ich kann für Ihr Leben nicht mehr garantieren.«

»Ja!«, schrie die Menge, »er soll ›Hoch lebe Wilhelm IV. – Es lebe Preußen!‹ rufen und wir lassen ihn gehen.«

»Sehr gut«, sagte Benedict, »aber ich ziehe es vor, frei und ohne Zwang zu entscheiden. Lasst mich los und erlaubt mir, von einem Tisch aus zu sprechen.«

»Tretet zur Seite und lasst ihn durch«, sagte einer der Offiziere und schuf Benedict etwas Bewegungsfreiheit. »Er hat euch etwas mitzuteilen.«

»Lasst ihn reden, lasst ihn reden!«, rief die Menge.

»Ehrenwerte Männer!«, sagte Benedict und stieg auf einen Tisch, der dem offenen Fenster eines Kaffeehauses am nächsten stand, »tut mir den Gefallen und hört mir zu. Ich kann nicht Preußen hochleben lassen, weil sich in diesem entscheidenden Moment vielleicht mein Land schon mit dem euren im Kriegzustand befindet, in diesem Falle würde ein Franzose sich selbst entehren, wenn er ein anderes Land als Frankreich hochleben ließe. Außerdem kann ich nicht guten Gewissens ›Hoch lebe König Wilhelm‹ rufen, für mich spielt es keine Rolle, ob er lebendig oder tot ist, denn ich bin nicht sein Untertan. Aber ich werde euch mit ein paar entzückenden Versen eine Antwort auf euren ›Deutschen Rhein‹ geben!«

Das Publikum hörte ihm zu, ungeduldig und ahnungslos über die Absicht seines Vortrages. Es reagierte wieder mit Enttäuschung, als es merkte, dass die fraglichen Zeilen nicht auf Deutsch, sondern auf Französisch rezitiert wurden. Dennoch schenkten sie ihnen größtmögliche Aufmerksamkeit. In der vorherigen Aufzählung seiner Fähigkeiten hatte Benedict diejenigen des Schauspielers und Redekünstlers unerwähnt gelassen. Jenes Gedicht hatte de Musset als Antwort auf den »Deutschen Rhein« geschrieben und Benedicts leidenschaftlicher Vortrag ließ nichts zu wünschen übrig. Denjenigen unter den Zuhörern, welche den Vortragenden verstehen konnten, wurde bald klar, dass er sie vorgeführt hatte und solche Wahrheiten aussprach, die anzuhören sie keinerlei Bedürfnis verspürten. Kaum wurde dies auch der Menge bewusst, brach der Sturm, der sich vorübergehend gelegt hatte, mit verdoppelter Macht wieder los.

Benedict war sich wohl bewusst, dass für ihn keine weitere Verteidigungsmöglichkeit bestand, daher schätzte er sorgfältig die Entfernung zwischen seinem Tisch und dem nächstgelegenen Fenster ab.

Da plötzlich knallten in der unmittelbaren Umgebung mehrere Pistolenschüsse, rasch hintereinander abgefeuert. Die Aufmerksamkeit der Menge war augenblicklich abgelenkt. Alle wandten sich der Richtung zu, aus der die Schüsse gefallen waren, und sahen dort einen gutgekleideten Jugendlichen in Zivil, der sich verzweifelt gegen einen wesentlich älteren Mann in der Uniform eines Obersten wehrte. Der junge Mann feuerte einen weiteren Schuss ab, mit dem Resultat, dass er damit seinen Gegner noch wütender machte, der ihn nun mit eisernem Griff festhielt, ihn schüttelte wie ein Terrier eine Ratte, wobei der junge Mann es unter seiner Würde fand, um Hilfe zu rufen. Nachdem ihn der Oberst zu Boden geworfen hatte, kniete er sich auf die Brust des Möchtegern-Mörders, wand diesem den nun nutzlos gewordenen Revolver aus der Hand und hielt ihm den Lauf an die Stirn. »Ja, schieß doch, schieß!«, keuchte der junge Mann. Aber der Oberst, in dem die Umstehenden auf einmal den mächtigen Minister Graf von Bismarck erkannten, änderte seinen Entschluss. Er steckte den Revolver in seine Tasche und winkte zwei Offiziere zu sich heran. »Meine Herren«, sagte er, »dieser junge Mann ist möglicherweise verrückt, aber er ist auf alle Fälle ein ungeschickter Dummkopf. Er griff mich ohne den geringsten Anlass an und schoss fünfmal auf mich, ohne zu treffen. Ihr übergebt ihn besser dem nächstgelegenen Gefängnis, während ich dem König darüber Bericht erstatte, was gerade vorgefallen ist. Ich denke, ich brauche mich nicht vorzustellen – mein Name ist Graf von Bismarck.«

Nachdem er sich die eine Hand, die er sich im Verlauf des Handgemenges leicht aufgeschürft hatte, mit einem Taschentuch verbunden hatte, ging der Graf zum kaum hundert Schritte entfernten Königsschloss zurück, während die zwei Offiziere den Attentäter der Polizei übergaben. Einer der beiden begleitete die Polizeieskorte mit dem Attentäter bis zum Gefängnis, wo dieser sofort in Haft genommen wurde. Die Menge hatte nun wieder Zeit, sich Benedict Turpins zu erinnern, musste aber erkennen, dass dieser verschwunden war. Doch das beunruhigte sie wenig, denn die Aufregung des gerade vergangenen Ereignisses hatte die Richtung ihrer Aufmerksamkeit entscheidend verändert.

Lassen Sie uns diese Unterbrechung ausnutzen und die Charaktere in Augenschein nehmen, die dazu ausersehen sind, in unserem Bericht aufzutreten. Aber zuallererst lassen Sie uns die Bühne untersuchen, auf der sie ihre verschiedenen Rollen spielen.

Als das am wenigsten deutsche aller deutschen Länder ist Preußen von einem Gemisch verschiedenster Rassen bewohnt. Neben den Deutschen selbst findet man hier zahlreiche slawische Stämme. Es gibt auch Nachkommen der Wenden, der Letten und Litauer, Polen und anderer früher Stämme, sowie eine Einmischung fränkischer Flüchtlinge.

Der Wohlstand, wenn auch noch nicht die Größe des Hauses Hohenzollern, beginnt mit Herzog Friedrich, dem größten Wucherer seiner Tage. Es ist unmöglich, die enormen Summen abzuschätzen, die er den Juden abpresst, und es ist unbeschreiblich, auf welche Art und Weise er dies tut. Ursprünglich ein Vasall Kaiser Wenzels, wechselt Friedrich aus dessen Heerlager in das seines Rivalen Othos, um abermals, als dessen nahe bevorstehender Fall offensichtlich wird, in das Lager Sigismunds, Wenzels Bruder, überzutreten.

Im Jahre 1400, im selben Jahr, in dem Charles VI. den Goldschmied Raoul als Lohn für seine finanzielle Unterstützung in den Adelsstand erhebt, leiht sich Sigismund, der sich in einer finanziellen Verlegenheit befindet, von Friedrich 100.000 Gulden und überlässt ihm dafür als Sicherheit die Mark Brandenburg. Fünfzehn Jahre später findet sich Sigismund, der während des Konzils von Konstanz für seine Verschwendungssucht aufzukommen hat, mit 400.000 Gulden bei Friedrich in der Kreide. Zahlungsunfähig verkauft er die Mark Brandenburg und garantiert als Entschädigung die Kurfürstenwürde. Im Jahre 1701 wird das Kurfürstentum zum Königreich erhoben und Kurfürst Friederich III. wird als Friedrich I. König von Preußen.

Fortan legen die Hohenzollern die typischen Charaktereigenschaften und Fehler ihres Geschlechtes an den Tag. Ihre Staatskasse ist bewunderungswert verwaltet, aber die moralische Bilanz ihrer Verwaltung hält der finanziellen kaum stand. Herzog Friedrich führt die Linie weiter, die sich mal mehr, mal weniger scheinheilig durch stetig wachsende Habgier hervortut. So entsagt im Jahre 1525 Albert von Hohenzollern,

Großmeister des Deutschen Ritterordens, dann Kronprinz von Preußen, seinem Glauben und konvertiert zum Luthertum. Dafür erhält er im Gegenzug den vererbbaren Titel eines Herzogs von Preußen unter der Oberherrschaft Polens. Und als im Jahre 1613 der Kurfürst Johann Sigismund die Grafschaft Kleve zu erwerben trachtet, folgt er Alberts Beispiel und wird Calvinist.

Der Leitspruch des Großen Kurfürsten wurde von Leibnitz in einem Satz zusammengefasst: »Ich stehe auf der Seite desjenigen, der am besten bezahlt.« Ihm verdankt man die Aufstellung eines stehenden Heeres in Europa, und es ist des Kurfürsten zweite Frau, die berühmte Dorothea, die in Berlin Läden und Gaststätten eröffnet, um dort den Ausschank ihres Bieres und den Verkauf ihrer Molkereiprodukte zu gestatten. Der militärische Genius des Großen Friedrich steht außer Zweifel, aber gerade er war es, der sich erbot, den Großfürsten mit »deutschen Prinzessinnen« zum »geringst möglichen Preis zu beliefern«, um sich in den russischen Hof einzuschmeicheln. Eine Dame, die man auf diese Art »zustellte«, eine anhaltinische Prinzessin, ist als »Katharina die Große« bekannt geworden. Wir sollten nebenbei auch bemerken, dass Friedrich höchstpersönlich für die polnische Teilung verantwortlich ist, ein Verbrechen, das die Preußische Krone mit der Verachtung der anderen Nationen straft, und die er während einer skandalösen und gotteslästerlichen Zusammenkunft mit seinem Bruder Heinrich folgendermaßen bejubelte: »Komm, lasst uns die Eucharistie des Leibes Polen feiern!« Friedrich verdanken wir auch die wirtschaftliche Maxime, »dass derjenige am besten isst, der am Tisch eines anderen speist!«

Friedrich stirbt kinderlos, eine Tatsache, in der Historiker, seltsam genug, einen Anlass zur Kritik an ihm sehen. Sein Neffe und Nachfolger, Wilhelm II., marschiert 1792 in Frankreich ein. Seine Invasion, der das Manifest des Herzogs von Braunschweig vorausgeht, ist im hohen Grade großtuerisch, während sein Rückzug, begleitet von Danton und Demouriez, ohne Pauken und Trompeten vonstatten geht.

Der »Mann von Jena«, Friedrich Wilhelm III. beerbt ihn. Zu den zahlreichen dümmlichen und servilen Briefen, die der Kaiser Napoleon in den Tagen seines Wohlergehens erhält, müssen auch die von Wilhelm III. gezählt werden.

Friedrich Wilhelm IV. – wir nähern uns jetzt rasch dem Heute – besteigt im Jahre 1840 den Thron. Gemäß Hohenzollern'scher Tradition ist sein erstes Kabinett liberal und bei seiner Thronbesteigung bemerkt er zu Alexander von Humboldt:

»Als Adliger bin ich der erste Edelmann im Königreich; als König bin ich lediglich der erste Bürger.«

Seinerzeit in der Nachfolge der Krone Frankreichs sagte Karl X. so ziemlich das Gleiche, sehr wahrscheinlich aber formulierte es de Martiniac für ihn.

Der erste Beweis seines Liberalismus ist ein Versuch des Königs, die geistigen Kräfte des Reiches zu mobilisieren, eine Aufgabe, die er dem Minister Eichhorn überträgt. Nomen est omen. In den zehn Jahren hat das Projekt keinen einzigen Schritt nach vorne gemacht, obwohl der Minister selbst als Wunder der permanenten Anpassung gilt. Auf der anderen Seite erstarkt die Reaktion immer mehr. Die Presse sieht sich verfolgt, Beförderungen und Auszeichnungen werden nur noch an Schleimer und Denunzianten verliehen. Hohe Ämter kann nur erreichen, wer sich zu einem diensteifrigen Instrument der pietistischen Partei verbiegt, welcher der König vorsteht.

Friedrich Wilhelm und König Ludwig von Bayern sind die Belesendsten unter den zeitgenössischen Herrschern. Während Ludwig die Künste, in welcher Form auch immer unterstützt, will Friedrich Wilhelm sie hingegen zur einer Art Hilfstruppe der Despotie ausrichten. Mit dem Selbstwertgefühl eines Gehemmten versteht er sich für Adel und Bürger gleichermaßen als Vorbild guter Manieren und beginnt, unserem großen Satiriker Boileau ähnlich, einen Briefwechsel mit Ludwig, in dessen Verlauf er letzterem einen Vierzeiler übersendet, in dem er den Skandal bezüglich seiner Intimitäten mit Lola Montez kommentiert.

Der bayrische König antwortet in einem ebensolchen, der an den Höfen Europas seine Runde macht:

»Contempteur de l'amour, dont j'adore l'ivresse,
Frère, tu dis que, roi sans pudeur, sans vertu.
Je garde à tort Lola, ma fille enchanteresse.
Je te l'enverrai bien. – Oui ; mais qu'en ferrais-tu?«

Und in seltener Einmütigkeit der Geistreichen ist das Lachen auf der Seite des vielbewanderten Königs Ludwig.

Nach sechs Jahren Hausdurchsuchungen, Repressalien und Massenvertreibungen gegenüber kritischen Journalisten kommt schließlich der Preußische Landtag in Berlin zusammen. In seiner Eröffnungsansprache adressiert der König an die Abgeordneten Folgendes:

»Erinnert euch, meine Herren, dass Ihr hier seid, um die Interessen des Volkes zu vertreten, aber nicht seine Gefühle.«

Etwas später im gleichen Jahr löst Friedrich Wilhelm feierlich die Wahrnehmung seiner Göttlichen Rechte ein, als er die Versammlung auflöst:

»Ich werde nicht einem Fetzen Papiers erlauben, zwischen meinem Volk und seinem Gott zu stehen!« womit er wohl meint, was er nicht auszusprechen wagt, »zwischen meinem Volke und mir.«

Dann bricht die Revolution von 1848 aus und Berlin, das bald im vollen Aufruhr steht, bleibt nicht verschont. Der König verliert völlig seinen Kopf und verlässt die Stadt. Dabei wird er gezwungen, an den Leichnamen gefallener Aufständischer entlang zu fahren, die im Kampfe getötet worden waren. Da erschallt der Ruf »Hut ab!«, und der König ist gezwungen, barhäuptig zu verharren, während das Volk die berühmte Hymne singt, die einst der Große Kurfürst komponiert hat:

»Jesus, mein Erlöser lebt.«

Jedermann weiß, wie erfolgreich die absolutistischen Parteigänger die Nationalversammlung dominieren und wie die Reaktion die jetzigen Führer in die Machtpositionen gebracht hat: zum Beispiel von Manteuffel, dessen Politik den unglücklichen österreichischen Triumph bei Olmütz ermöglicht hat, und Westphalen, der die Provinzialversammlungen wieder eingeführt und den König während der berühmten Warschauer Unterredung beraten hat. Weiterhin muss hier Statel genannt werden, der zwar konvertierter Jude ist, sich aber geriert wie ein protestantischer Jesuit, ein Großinquisitor, der seine Berufung verpasst hat, und schließlich die zwei Gerlach-Brüder, Intriganten reinsten Wassers, deren Geschichte mit jener der beiden Spitzel Ladunberg und Techen zusammenhängt.

Obwohl Wilhelm IV. am 6. Februar 1850 seinen Eid auf eine Verfassung ablegt, welche die Einrichtung zweier Kammern vorsieht, soll es noch bis zur Thronbesteigung seines Nachfolgers Wilhelm Ludwig, respektive König Wilhelm I. dauern, bis sowohl das Unterhaus als auch das Oberhaus gesetzgeberische Aufgaben wahrzunehmen beginnen.

Darauf formiert sich eine Liga, zusammengesetzt aus der Bürokratie, dem orthodoxen Klerus, dem Landadel und Teilen des Proletariats, Beginn der berüchtigten Sammlungsbewegung des Vaterlandsvereins, der die Auslöschung der Verfassung zum Ziel hat.

Da taucht in der Geschichtsschreibung – als erster Präsident der Königsberger Vereinigung – der Name Graf von Bismarck auf, der eine so bedeutende Rolle in der preußischen Geschichte spielen wird. Wir sollten an dieser Stelle ihn nicht hinter den Hohenzollern zurückstehen lassen, oder um es so auszudrücken, wir müssen ihm und dem Preußen von heute ein ganzes Kapitel widmen. Denn, ist nicht der Graf von Bismarck ein viel größerer Monarch als der König von Preußen selbst?

Graf von Bismarck

Viele haben für die bemerkenswerte königliche Gunst, der sich Graf von Bismarck erfreut, Begründungen gesucht, und einige behaupten, diese gefunden zu haben. Unserer Meinung nach der Hauptgrund ist sein außerordentlicher Genius, den nicht einmal seine Feinde in Abrede stellen, ungeachtet der Tatsache, dass Begabung in der Regel alles andere ist als eine Empfehlung zur Erlangung der Gunst von Königen.

Wir werden ein oder zwei Anekdoten erzählen, die den Ersten Minister betreffen. Beginnen möchten wir mit einer, die ihn nicht persönlich betrifft, die aber als eine Art Einführung zu einer anderen dienen soll. Jeder kennt die Absurdität, mit der man in Preußen der militärischen Etikette huldigt.

Ein Pommerscher General – Pommern mag man sich als das preußische Böotien vorstellen – im Militärdienst bei Darmstadt, stand einst völlig gelangweilt, wie man sich nur in Darmstadt langweilen kann, an seinem Fenster und hing seinen Tagträumen nach, etwa einem Großbrand, einer Revolution, einem Erdbeben oder irgendetwas Aufregendem, als er in einiger Entfernung einen Offizier bemerkte, einen Offizier ohne Degen. Ein schrecklicher Verstoß gegen die Disziplin! »Aha!«, dachte der entzückte General, »hier steht ein Leutnant, wie geschaffen für einen Sündenbock. Zehn Minuten Lektion und vierzehn Tage Arrest! Was für ein Glück!«

Der Offizier näherte sich ahnungslos und noch bevor er salutieren konnte, rief ihn der General: »Leutnant Rupert!« Der Offizier blickte auf, erkannte den General und wurde sich augenblicklich, da er das Fehlen seines Degens bemerkt hatte, seiner schrecklichen Lage bewusst. Der General hatte ihn bereits gesehen; Leutnant Rupert erkannte, dass es kein Zurück gab und er diesen Sturm überstehen musste. Der General strahlte wegen der Aussicht auf etwas Spaß und rieb sich erfreut seine Hände. Der Leutnant nahm seinen ganzen Mut zusammen und betrat das Haus des Generals. Beim Betreten des Vorraums erblickte er eine Dienstwaffe, die an der Garderobe hing. »Was für'n Glück!«, murmelte er, nahm den Degen vom Haken und schnallte ihn sich rasch um. Alsdann betrat er so unschuldig wie möglich blickend den Raum und nahm an der Türe Haltung ein.

»Habe die Ehre, Herr General, Sie haben mich gerufen«, sagte er.

»Ja«, sagte der General mit Ernst, »Ich muss etwas klarstellen –« und hielt plötzlich inne, da er den Degen an der Seite des Schuldigen gewahrte. Sein Ausdruck änderte sich augenblicklich, und er sagte lächelnd:

»Ja, ich wollte fragen, wollte Sie fragen – was zum Himmel war es denn nur? Ach ja, ich wollte Sie nach ihrer Familie fragen, Leutnant Rupert. Im Besonderen wollte ich mich nach Ihrem Vater erkundigen.«

»Wenn mein Vater Ihre freundliche Nachfrage ihm gegenüber hören könnte, General, wäre er höchst geehrt. Unglücklicherweise starb er vor 20 Jahren.«

Der General blickte sichtlich betroffen auf.

Der junge Offizier fuhr fort: »Haben Sie noch Befehle, Herr General?«

»Warum, nein«, sagte der General. »Nur dies: Lassen Sie sich niemals ohne Degen blicken. Wären Sie heute ohne gewesen, hätte ich Ihnen vierzehn Tage Arrest gegeben.«

»Ich werde mir die größte Mühe geben, Herr General! Sehen Sie?«, antwortete der Leutnant und wies dabei keck auf den Degen an seiner Seite.

»Ja, ja, ich sehe! Es ist gut! Sie können abtreten.« Der junge Mann verlor keine Zeit, den Vorteil seiner Entlassung zu nutzen; er grüßte, verließ den Raum und hängte, als er durch den Vorraum ging, geräuschlos den Degen zurück. Als er das Haus verließ, bemerkte der General, wieder am Fenster stehend, dass jener keinen Degen umhatte. Er rief seine Frau:

»Schau her«, sagte er, »siehst du den Offizier da?«

»Sicherlich!«, antwortete sie.

»Hat er einen Degen um oder nicht?«

»Hat er nicht.«

»Nun denn, du hast Unrecht. Er sieht so aus, als hätte er keinen, aber er hat einen.«

Die Dame verkniff sich eine Bemerkung, da sie sich über das, was ihr Gatte sagte, zu wundern abgewöhnt hatte. Der junge Offizier kam so mit dem Schrecken davon und war sorgfältig bedacht, seinen Degen nicht ein zweites Mal zu vergessen.

Nun, ein ähnliches Missgeschick – eher ein Affront vergleichbarer Art – widerfuhr dem König von Preußen, zur damaligen Zeit noch Kronprinz. Von Bismarck war lediglich Attaché der Frankfurter Bundesversammlung ohne besonderen Titel. Als der Kronprinz auf seinem Weg zu einer Truppenbesichtigung bei Mainz in der Nähe Frankfurts Halt machte, bekam von Bismarck die Ehre, zu dessen Begleitung abkommandiert zu werden.

Es war an einem heißen Tag im August und die Luft im Eisenbahnwagon drückend schwül. Jedermann vom Prinz abwärts hatte seinen Uniformmantel aufgeknöpft. Bei der Ankunft in Mainz, wo vor dem Bahnhof Truppen zu seinem Empfang angetreten waren, knöpfte der Kronprinz seinen Mantel wieder zu, ließ aber einen Knopf offen. Er war gerade dabei, den Wagon zu verlassen, als von Bismarck glücklicherweise das Missgeschick bemerkte.

»Gütiger Himmel, Prinz!«, rief er aus, »was machen Sie?«

Und er sprang auf, für einen Moment die Etikette vergessend, die es verbot, eine königliche Person durch die Berührung profaner Finger zu beschmutzen und schloss den Anstoß erregenden Knopf. Nicht wenige datieren seit dieser Zeit den Beginn der königlichen Gunst. Auch als der König durch die Ereignisse von 1858 in große Schwierigkeiten geraten war, war ihm wohl bewusst, dass der Mann, der seine Krone in Berlin rettete, schon damals seinen Ruf in Mainz gerettet hatte.

Der Graf wurde dann Fraktionsführer der »Junker«, deren publizistische Stimme die »Kreuzzeitung« ist. Er war tatsächlich für diese

Position der am besten geeignete Mann, ausgestattet mit Eloquenz, großer mentaler und physischer Durchsetzungskraft und mit der absoluten Überzeugung, dass jedes Mittel am Ende durch den Zweck gerechtfertigt sei. Zu guter Letzt donnerte er von der Höhe seines Rednerpultes einer erstaunten Abgeordnetenkammer folgenden Ausspruch – wie ein Schlag in deren Gesichter – hinunter: »Macht ist Recht!« Damit fasste er in drei Worten sowohl sein politisches Glaubensbekenntnis zusammen als auch die direkten Folgen, die sich daraus ergeben mussten.

Die lebensspendenden Prinzipien der menschlichen Entwicklung kann man beispielhaft an drei Nationen darstellen:

England steht für wirtschaftliche Tatkraft.

Deutschland steht für moralische Expansion.

Frankreich steht für intellektuelle Brillanz.

Wenn wir uns fragen, warum Deutschland nicht die großartige Position einnimmt, für die es vorgesehen ist, finden wir eine Antwort darin: Frankreich hat sich die Freiheit der Gedanken erkämpft, Deutschland aber gestattet sich lediglich die Freiheit eines Träumers. Die einzige Atmosphäre, in der es frei atmen kann, ist die einer Festung oder eines Gefängnisses. Und wenn wir uns wundern, warum das übrige Deutschland von der Peitsche Preußens beherrscht wird, ist die Erklärung wohl darin zu finden: Die Deutsche Art existiert nicht, wohl gibt es aber einen nationalen Genius; ein Genius, der kein Sehnen nach Revolution, wohl aber nach Frieden und Freiheit kennt und vor allem – nach intellektueller Unabhängigkeit. Diese Sehnsucht ist Preußens größtes Problem; es bekämpft sie, es schwächt sie und hofft, sie irgendwann ganz zu kontrollieren. Es rühmt sich seiner Unterrichtspflicht; seine Kinder bekommen in der Tat alle Bildung, die man vermitteln kann, aber einmal aus der Schule heraus, dürfen seine Untertanen niemals wieder selbständig denken.

Die Junkerfraktion setzt sich hauptsächlich aus jungen Söhnen zusammen, die sich um eine öffentliche oder militärische Karriere bemüht haben. Da ihnen diese versagt blieb, müssen sie mit einer ausreichenden Apanage alimentiert werden und bleiben so vom Familienoberhaupt abhängig. Von einigen sehr wenigen Ausnahmen abgesehen gibt es keinen »alten Adel« in Preußen, seine Aristokratie zeichnet sich nicht durch Reichtum oder Intellekt aus. Ein paar Namen hier und dort erinnern an die alte deutsche Geschichte; andere gehören in die Annalen preußischer Militärgeschichte. Der Rest der Adelsfamilien jedoch kann für sich keine Vornehmheit beanspruchen, da sie ihre Landgüter gerade für ein oder zwei Jahrhunderte in Besitz haben.

Folglich sind fast alle liberalen und progressiven Mitglieder des Abgeordnetenhauses in ihrer Position wie auch in ihrem Wirken von der Regierung abhängig. Kein einziger ist stark genug, um gegen die Despotie zu opponieren; eine Despotie, die sich eines Kindes schon im Moment der Geburt bemächtigt, es durch die Jugend führt und für den Rest seines Lebens begleitet. So kann Graf von Bismarck sowohl die Abgeordnetenkammer als auch einzelne Abgeordnete ungestraft beleidigen, weil er weiß, dass deren Beschwerden kein widerhallendes Echo im Lande erfahren, während man am Hofe auf ihn – wie auf die Dienerschaft – herabsieht.

Man erzählte sich, dass Präsident Grabow, der an einem Staatskonzert teilnahm, sich gerade in einem der weniger überfüllten Räume auf einen Stuhl setzen wollte, als ein Saaldiener ihn mit der Bemerkung zurückhielt »Diese Stühle sind für die Hoheiten reserviert, mein Herr.«

»Tatsächlich, mein Freund,«, antwortete der Präsident, »dann habe ich hier offensichtlich keinen Platz.«

Man mag den Niedergang moralischer Unabhängigkeit sowohl in Preußen als auch in den übrigen deutschen Staaten mit der aufkommenden Herrschaft der Hohenzollern datieren. Die Hohenzollern haben überhaupt keinen zivilisierenden Einfluss auszuüben vermocht, indem sie etwa die Literatur förderten und die Sprache verfeinerten, sondern sie haben Minerva durch Athene ersetzt und damit die wohltätige Kost des Wissens und der Weisheit durch die wendige Göttin des Krieges.

Bismarck entkommt einer ausweglosen Lage

Seit den vergangenen drei Monaten nun befand sich von Bismarck in einer ausweglosen Situation und niemand konnte voraussagen, wie er da wieder herauskommen würde. Unbeschadet von den wichtigen Vorfällen, welche von China bis Mexiko über die Weltbühne gingen, war er es, auf den die Augen Europas gebannt starrten.

Altgediente Minister, mit allen Kniffen der Diplomatie vertraut, verfolgten seine Karriere wie mit Vergrößerungsgläsern, ohne daran zu zweifeln, dass der epochemachende Minister auf dem Thron einen Komplizen hat, auf den er sich verlassen kann und von dem sie – vergeblich – die Vorreiterrolle der Weltpolitik erwarteten. Falls sich jedoch herausstellen sollte, dass es diese Komplizenschaft nicht gäbe, dann würden sie ihn als einen beispiellosen Dummkopf bezeichnen.

Junge Diplomaten, die sich in aller Bescheidenheit nicht wirklich in einer Reihe mit den Talleyrands, mit den Metternichs oder Nesselrods stellten, studierten ihn mit großer Ernsthaftigkeit. Sie glaubten und wünschten den Beginn einer neuen Politik zu erkennen, die dazu prädestiniert sei, ihre Epoche zum Zenith zu tragen und stellten dabei flüsternd eine Frage, die sich Deutschland schon seit drei Jahrhunderten stellt: »Ist er der Mann?« Um diese Frage zu verstehen, müssen wir unsere Leser darüber aufklären, dass die Deutschen auf ihren Erlöser warteten wie die Juden auf den Messias. Wann immer ihre Ketten sie peinigten, schrien sie auf: »Wo bleibt der Mann?«

Nun, manche erheben den Anspruch, in Deutschland begänne der Aufstieg einer vierten Partei, die bis jetzt im Dunkeln gekauert hätte – ein schreckliches Bild, wenn man den Dichtern Deutschlands glauben schenken darf. Hören sie Heine zu diesem Thema:

»Lächelt nicht über den Phantasten, der im Reiche der Erscheinungen dieselbe Revolution erwartet, die im Gebiete des Geistes stattgefunden. Der Gedanke geht der Tat voraus wie der Blitz dem Donner.

Der deutsche Donner ist freilich auch ein Donner und ist nicht sehr gelenkig und kommt etwas langsam herangerollt; aber kommen wird er, und wenn Ihr es einst krachen hört, wie es noch niemals in der Weltgeschichte gekracht hat, so wisst: der deutsche Donner hat endlich sein Ziel erreicht. Bei diesem Geräusche werden die Adler aus der Luft tot niederfallen, und die Löwen in der fernsten Wüste Afrikas werden die Schwänze einkneifen und sich in ihren königlichen Höhlen verkriechen. Es wird ein Stück aufgeführt werden in Deutschland, wogegen die französische Revolution nur wie eine harmlose Idylle erscheinen möchte.«

Wäre Heinrich Heine der einzige Prophet gewesen, bräuchte ich hier seine Voraussagen nicht zu wiederholen, denn Heine war ein Träumer. Ähnlich äußerte sich Ludwig Börne. Es träfe zu, Deutschland habe in drei Jahrhunderten nichts zu Stande gebracht und geduldig all die Leiden, die es ertragen musste, ausgehalten. Aber gerade deswegen haben all die Mühen, Leiden aber auch Freuden weder ihr jungfräuliches Herz noch ihren keuschen Geist verführen können. Deutschland halte in sich die Kräfte der Freiheit bereit und werde ihrem Triumph zum Durchbruch verhelfen. Deutschlands Tag werde kommen; dazu bedürfe es nur eines geringen Anlasses – ein humoriger Geistesblitz, ein Lächeln, ein Sommerschauer, ein Tau, ein bisschen mehr oder weniger Verrücktheit, ein Nichts. Schließlich reiche ein Glöckchen eines Maultieres aus, einen Lawinenabgang auszulösen. Dann werde Frankreich, das nicht einfach in Erstaunen zu setzen ist, das in drei Tagen das Werk von dreihundert Jahren vollbracht hat und längst aufgehört hat sich über sein eigenes Werk zu wundern, Frankreich werde verwundert die Deutsche Nation betrachten, nicht überrascht, sondern mit schierer Bewunderung, soweit Ludwig Börne.

Aber er war nicht dieser Mann, noch derjenige, welcher die Galerie beobachtete, wie er Europa abwog, dabei alles in die eine, nichts in die andere Waagschale legend. Ob man nun die Ansicht der alten oder neuen Diplomatieschule teilte, spielte eine nebensächliche Rolle. Die einzige Frage, die sich stellte, war: Wird von Bismarck die Auflösung der Kammer fordern, oder wird die Kammer die Amtsenthebung des Grafen einleiten?

Die Eroberung Schleswig-Holsteins hatte ihn auf die Höhe des Kriegsgeschickes geführt, aber die neuen Komplikationen, die, nebenbei bemerkt, durch die Wahl des Herzogs von Augustenburg entstanden waren, unterwarfen alles dem Anschein des Zweifels, sogar dem an Bismarcks Genius. Während einer langdauernden Audienz mit dem König, die gerade an jenem Tage stattfand, an dem diese Geschichte begann, kam es ihm so vor, dass sein Einfluss erschüttert war, und er schrieb die kühle Zurückhaltung des Königs der anhaltenden Antipathie der Königin ihm gegenüber zu.

Es ist wahr, dass der Graf, der bis jetzt ausschließlich an seinem eigenen Vorankommen gearbeitet hatte, bis jetzt bezüglich seiner Pläne völliges Stillschweigen gehalten und eine Offenlegung bis zu jenem vorteilhaften Moment zurückhalten wollte, in dem er mit der Größe und Klarheit seiner Ansichten die Gunst seines Souveräns wiederzuerlangen trachtete, um in einem kühnen coup d'état eine stabilere und unangreifbarere Position als je zuvor zu erlangen.

Gerade als er den König verließ, hatte er sich vorgenommen, seinen neuen Plan so bald wie möglich offenzulegen, wobei er auch telegraphische Depeschen in Erwägung zog, die einen Krieg unvermeidlich machen und seine eigene Position festigen würden.

Derart in Gedanken versunken, verließ er den Palast und war so mit sich beschäftigt, dass er die Aufregung in den belebten Straßen kaum beachtete, auch nicht den jungen Mann bemerkte, der gegen eine der Säulen des Theaters gelehnt gerade seinen Platz verließ, als er an ihm vorüber ging. Wie ein Schatten folgte er ihm durch die Menge, welche die Straße verstopfte, hinein und wieder hinaus. Zwei- oder dreimal jedoch wandte der Graf seinen Kopf, als würde er vor dieser engen Verfolgung wie von einem magnetischen Feld vorgewarnt; da er aber nur einen gut gekleideten jungen Mann wahrnahm, der anscheinend seiner eigenen Klasse zugehörte, schenkte er diesem keine Aufmerksamkeit.

Er erreichte fast die Höhe Friedrichstraße und wollte gerade die Fahrbahn überqueren, als er endlich bemerkte, dass der junge Mann ihn absichtlich verfolgte. Er entschied sich daraufhin, sobald er die andere Seite erreicht haben würde, stehen zu bleiben und nachzufragen, was sein Verfolger mit seiner Beschattung beabsichtige.

Aber der Beschatter gab ihm dazu keine Gelegenheit mehr. Der Graf war kaum drei oder vier Schritte auf seinem Weg vorangekommen, als er einen Knall hörte und den Luftzug einer Kugel fühlte, die knapp an seinem Mantelkragen vorbeigeschossen war. Er blieb stehen und drehte sich abrupt um, blitzschnell nahm er in dem sich verziehenden Pulverrauch den auf sich gerichteten Revolver wahr, den Finger des Meuchelmörders am Drücker, bereit erneut abzudrücken.

Aber, wie schon gesagt, der Graf war von Natur aus tapfer; es kam ihm weder in den Sinn zu fliehen noch um Hilfe zu rufen. Er warf sich auf seinen Feind, der, ohne einen Augenblick zu zögern einen zweiten und dritten Schuss abfeuerte, die alle knapp verfehlten. Entweder zitterte die Hand des Attentäters unter der Erregung oder aber, wie manche sagen werden, die Vorsehung (die trotzdem die Ermordung von Heinrich VI. und Gustav Adolph zuließ) erlaubte nicht die erfolgreiche Durchführung eines derartigen Verbrechens, jedenfalls pfiffen die zwei Kugeln rechts und links an von Bismarck vorbei.

Daraufhin verlor der Mörder den Mut und wandte sich zur Flucht. Aber der Graf packte ihn mit einer Hand am Kragen, mit der anderen umfasste er den Lauf des Revolvers. Noch einmal fiel ein Schuss; der Graf wurde leicht verletzt, aber er lockerte seinen Griff nicht, packte seinen Gegner ganz fest, warf ihn zu Boden und übergab ihn anschließend preußischen Offizieren.

Mit schneller Auffassungsgabe die günstige Gelegenheit erfassend, lenkte er seine Schritte zum Palast zurück, in der Absicht, diesen Vorfall zum Wendepunkt der Situation zu gestalten.

Dieses Mal ging er durch eine Gasse von Zuschauern; wo vorher niemand ihn in dem öffentlichen Durcheinander erkannt hatte, war es jetzt anders als sonst – der Mordversuch, der ihm gegolten hatte und dem er mit so viel Courage entkommen war, zog jedermanns Aufmerksamkeit, wenn nicht gar Sympathie, auf sich und alle, ob sie ihn mochten oder nicht, machten Platz und grüßten ihn. Obwohl eher Mitgefühl angebracht gewesen wäre, konnte der Graf, wenn überhaupt, fast nur Bewunderung in den Gesichtern herauslesen.

Von Bismarck war während dieser Zeit um die 50 Jahre alt; er war von hochgewachsener, wohlproportionierter Figur, neigte ein wenig zur Beleibtheit; er war fast kahl mit Ausnahme der Schläfen und trug einen dichten Bart. Eine seiner Wangen war von einer Narbe gezeichnet, das Erbe einer Mensur, ausgefochten an der Universität von Göttingen.

Die Palastwache hatte bereits die Neuigkeiten gehört und nahm Aufstellung, den Grafen zu empfangen. Dieser Grad der Ehrerbietung kam ihm als Leutnant der Armee zu. Er grüßte freundlich zurück und stieg die Treppe hinauf, die zum königlichen Audienzsaal führte. Als erstem Minister stand dem Grafen das Recht jederzeitigen Zutritts zu. Er war gerade dabei, den Türgriff herunterzudrücken, als ihn ein aufmerksamer Diener anhielt und ansprach:

»Ihre Exzellenz wird mir verzeihen, aber der König kann niemanden empfangen.«

»Nicht einmal mich?«, fragte der Graf.

»Nicht einmal Ihre Exzellenz«, antwortete der Diener mit einer Verbeugung.

Der Graf trat zurück mit einer Bewegung auf den Lippen, die man für ein Lächeln halten konnte, was es aber sicherlich nicht war. Er wandte sich daraufhin einem großformatigen Marinebild zu, das in seinem riesigen vergoldeten Rahmen sich von den grünen Tapeten des Vorraums abhob, die überall die königlichen Gemächer schmückten, und betrachtete es ohne sichtbares Interesse.

Nach knapp einer Viertelstunde öffnete sich die Türe und der Graf vernahm das Rascheln eines Satinkleides. Er wandte sich um und verbeugte sich fast unmerklich vor einer Frau im Alter zwischen 40 und 45 Jahren, die offensichtlich einmal eine außergewöhnliche Schönheit gewesen und es in der Tat immer noch war. Vielleicht war die Dame im »Gothaer Almanach« älter angegeben, als sie aussah, aber ein Sprichwort sagt: »Eine Frau ist so alt, wie sie aussieht«, und ich sehe keinen Grund, warum Königinnen eine Ausnahme machen sollten.

Die Dame war Königin Marie Louise Augusta Catherine, Tochter von Karl Friedrich, dem Großherzog von Sachsen-Weimar-Eisenach, und überall in Europa bekannt als Königin Augusta. Sie war von mittelgroßer Gestalt – und ist am besten mit dem französischen Wort attrayant beschrieben. An ihrer rechten Seite trug sie den weiblichen Königin-Louise-von-Preußen-Orden. Sie schritt langsam und etwas hochmütig an dem Minister vorbei, grüßte ihn jedoch ohne ihre gewohnte Güte. Wie sie so über die Schwelle trat, verstand der Graf, dass sie mit dem König eine Zusammenkunft hatte und jetzt dabei war, sich in ihre Gemächer zurückzuziehen.

Die Königin hatte die Türe zum königlichen Zimmer offen gelassen, so dass der Diener befürchten musste, der Minister könne ungebeten eintreten. Dieser wartete jedoch, bis die Türe nach dem Weggang der Königin wieder geschlossen wurde.

»Ja«, sagte er, »es ist wahr, dass ich nicht als Baron geboren wurde, aber wir werden sehen, was die Zukunft für mich tun wird.«

Daraufhin ging er los. Die verschiedenen Lakaien oder Kammerdiener, auf die er zutrat, beeilten sich, ihm die Türen zu öffnen, die zum Audienzsaal führten. Als er diesen erreichte, rief der Kammerdiener laut: »Seine Exzellenz Graf von Bismarck.«

Der König wandte sich verwundert um. Er stand gerade vor dem Kaminsims und hörte mit einiger Überraschung den Namen von Bismarck; es war ja gerade erst eine Viertelstunde vergangen, seit ihn der Minister verlassen hatte. Der Graf fragte sich, ob der König schon davon erfahren hatte, was ihm in der Zwischenzeit widerfahren war.

Er verneigte sich leicht.

»Sire«, sagte er, »ein Vorfall von großer Bedeutung hat mich zu Eurer Majestät zurückbeordert, aber ich sehe mit Bedauern, dass der Moment dafür nicht geeignet ist – «

»Warum?«, fragte der König nach.

»Weil mir gerade die Ehre widerfuhr, im Vorraum der Königin zu begegnen. Aber ich habe nicht das Glück, in der Gunst Ihrer Majestät der Königin zu stehen – «

»Nun, Graf, ich muss gestehen, dass sie sich nicht mit Ihnen auf gleicher Augenhöhe sieht.«

»Sie hat unrecht, Sire, denn meine Zuneigung gilt gleichermaßen meinem König und meiner Königin, der eine kann nicht Kaiser von Deutschland werden ohne dass die andere Kaiserin sein wird.«

»Ein Traum, mein lieber Graf, an den Königin Augusta unglücklicherweise glaubt, der aber nicht der Traum eines vernunftbegabten Wesen ist.«

»Sire, in der Fügung der Vorsehung ist die Einheit Deutschlands genauso vorherbestimmt wie die Einheit Italiens.«

»Großartig«, sagte der König lachend, »kann es ein vereinigtes Italien geben, solange die Italiener weder Rom noch Venedig besitzen?«

»Italien bildet sich gerade als Nation, Sire. Im Jahre 59 begann der Marsch, und er wird nicht unterwegs stehen bleiben. Wenn er anhält, dann nur um Atem zu holen. Haben wir Italien nicht Venedig versprochen?«

»Ja, aber es sind nicht wir, die es vergeben.«

»Wer denn?«

»Frankreich, das schon die Lombardei zurückgegeben hat, und das ihm erlaubte, die italienischen Herzogtümer zu übernehmen, einschließlich Neapel. Frankreich!«, sagte der König. »Frankreich ließ wirklich mit der besten Absicht in der Welt zu, dass all dies italienisch wird.«

»Ist sich Eure Majestät bewusst über den Inhalt der telegraphischen Berichte, die während meiner Audienz hier eingegangen sind und die bei meinem Weggang zugestellt wurden?«

»Ja, ich weiß, Kaiser Napoleons Rede in Auxerre«, antwortete der König mit einiger Verlegenheit. »Sie beziehen sich doch darauf, oder?«

»Nun, Sire, die Rede des Kaisers bedeutet Krieg – Krieg nicht nur gegen Österreich, sondern gegen Deutschland. Das bedeutet: Venedig zu Italien und die Rheinprovinzen zu Frankreich.«

»Denken Sie wirklich so?«

»Ich meine, lassen wir Frankreich Zeit zur Aufrüstung, wird die Lösung der Frage immer schwieriger werden. Es sei denn, wir fallen sofort und mit Macht in Österreich ein. Wir müssten dann mit 300.000 Männern an der Moldau stehen, bevor Frankreich mit 50.000 die Rheinprovinzen besetzt.«

»Graf, Sie geben Österreich nicht den Wert, der ihm zusteht. Die Großtuerei unserer jungen Männer ist Ihnen zu Kopfe gestiegen.«

»Sire, selbst wenn es so aussieht, als teile ich die Ansichten des Thronerben und Prinzen Friedrich Karl, kann ich nur sagen, dass der Prinz am 29. Juni 1801 geboren wurde und dass man ihn kaum mehr als einen jungen Mann bezeichnen kann; Tatsache ist hingegen, dass ich mich in diesen Angelegenheiten ausschließlich auf meine eigene Meinung verlasse und ich sage das überlegt – in einem Krieg mit Preußen wird Österreich sicherlich unterliegen.«

»Wirklich?«, sagte der König zweifelnd. »Dennoch habe ich gehört, dass Sie mit Hochachtung über seine Generäle und seine Soldaten sprechen.«

»Sicherlich.«

»Nun denn, ich muss schon sagen, mir erscheint es nicht einfach, gute Soldaten unter dem Kommando guter Generäle zu besiegen.«

»Die haben wirklich gute Soldaten, Sire, die haben gute Generäle, aber wir würden sie schlagen, weil unsere eigene Heeresorganisation und unsere Vorbereitungen den ihrigen überlegen sind. Als ich versuchte, Eure Majestät zu überzeugen, den Feldzug gegen Schleswig zu unternehmen, den ja Eure Majestät nicht anfangen wollte – «

»Wenn ich den Krieg gegen Schleswig nicht gewollt hätte, wäre dieser auch nicht geführt geworden.«

»Das ist wirklich wahr, Sire, aber Eure Majestät zögerte; ich hatte den Mut, darauf zu bestehen und Eure Majestät akzeptierte meine Gründe.«

»Ja, und was ist das Ergebnis des Holsteinischen Krieges? Krieg in ganz Deutschland!«

»Wahrhaftig, Sire, zuallererst gefällt mir die Lage, da sie nach einer endgültigen Lösung geradezu schreit. Ich nehme an, dass ein Krieg in Deutschland unvermeidlich sein wird und ich beglückwünsche Euch dazu.«

»Werden Sie mir erklären, woher Sie Ihr Gottvertrauen haben?«

»Eure Majestät vergisst, dass ich am Feldzug mit der Preußischen Armee teilnahm. Ich habe nicht zum bloßen Vergnügen mitgemacht, etwa um unter Geschützdonner die Gefallenen zu zählen und auf dem Schlachtfeld zu schlafen, wo man, wie ich Euch versichern kann, sehr schlecht schläft, oder nur zum Zwecke, Euch die zwei Flecken an der Ostsee zu holen, die sich trotz allem zu besitzen lohnen, wo Preußen in großer Bedrängnis stand. Nein, ich nahm an dem Feldzug mit der Absicht teil, die Österreicher zu studieren und ich wiederhole, ob Disziplin, Bewaffnung oder Waffeneinsatz: Sie sind uns weit unterlegen. Sie haben schlechte Gewehre, eine schlechte Artillerie und noch schlechteres Pulver. In einem Krieg gegen uns wird Österreich von Anfang an der Verlierer sein, denn wir haben alles, was es nicht hat. Einmal bezwungen, wird seine Vorherrschaft in Deutschland unvermeidlich in die Hand Preußens fallen.«

»Aber wie kann Preußen mit einer Bevölkerung von 18 Millionen Vorherrschaft über 60 Millionen erlangen? Sehen Sie unsere erbarmungswürdige Lage auf der Landkarte?«

»Das ist genau der Punkt. Ich habe drei Jahre lang daraufgestarrt, und jetzt ist die Zeit gekommen, sie neu zu gestalten. Preußen sieht aus wie eine große Schlange, Thionville ist der Kopf, Memel ihr Schwanz, es hat einen Kloß im Magen, weil es halb Sachsen geschluckt hat. Es ist ein Königreich, das von einem anderen – Hannover – derart in zwei Hälften geteilt ist, dass man seine Heimat nicht einmal durchreisen kann, ohne ausländischen Boden zu betreten. Sie müssen verstehen, Sire, Hannover kann nicht anders als Teil Preußens zu werden.«

»Aber was wird England dazu sagen?«

»England ist längst nicht mehr im Zeitalter Pitts und derer von Coburg. England ist der sehr bescheidene Diener der Manchester Schule, von Gladstone, von Cobden und deren Adepten. England wird sich nicht mehr für Hannover engagieren als es dies für Dänemark tat. Sollten wir Sachsen nicht ganz übernehmen?«

»Frankreich wird niemals erlauben, dass wir uns mit Sachsen befassen, und sei es auch nur in Erinnerung an den König, welchem es bis 1813 die Treue hielt.«

»Aber nur, wenn wir den großen Brocken auf einmal schlucken, nicht, wenn wir es nur häppchenweise einnehmen. Frankreich wird beide Augen verschlossen halten, oder zumindest eines davon. Brauchen wir nicht notwendigerweise auch Hessen?«

»Der Bund wird Hessen nicht ganz aufgeben wollen.«

»Aber wir brauchen eine Hälfte von Hessen, das ist alles was wir wollen.«

»Lasst uns nun über Frankfurt am Main nachdenken.«

»Frankfurt am Main! Die freie Reichsstadt! Die Stadt des Bundestages!«

»In dem Moment, wo Preußen mit 30 anstatt mit 18 Millionen Einwohnern rechnen muss, ist der Bundestag erledigt. Preußen wird dann der Bundestag sein. Anstatt ›Beschlüsse‹ zu beantragen, wird es ›Beschlüsse‹ verkünden.«

»Wir werden den ganzen Bund gegen uns haben. Er wird sich an Österreichs Seite stellen.«

»Umso besser!«

»Und warum?«

»Sobald der Krieg gewonnen ist, wird der Deutsche Bund zusammen mit Österreich fallen.«

»Wir werden eine Million Mann gegen uns haben.«

»Lasst uns sie zusammenzählen.«

»Da sind 450.000 in Österreich – «

»Stimme zu.«

»Und 450.000 in Venetien.«

»Der Kaiser ist zu unflexibel, zum jetzigen Zeitpunkt Truppenverstärkungen aus Venetien für einen erfolgversprechenden Waffengang anzuordnen, und auch nicht eher als nach zehn verlorenen Schlachten.«

»Bayern hat 160.000 Mann unter Waffen.«

»Ich werde Bayern antworten – ihr König mag zu sehr die Musik, als dass er den Donner von Kanonen schätzt.«

»Hannover, 25.000 Mann.«

»Nur ein Happen, den wir auf unserem ersten Feldzug schlucken werden.«

»Sachsen, noch einmal 15.000.«

»Noch ein mundgerechter Happen.«

»Und 150.000, die zu den Bundestruppen gehören.«

»Der Bund hat keine Zeit, sie zu mobilisieren; nur dürfen wir keinen Augenblick verlieren, mein König; deswegen sage ich jetzt – Krieg, Sieg, Preußen – ich – oder –, «

»Oder?«

»Oder meinen Rücktritt, den ich in aller Bescheidenheit Eurer Majestät zur Füßen lege.«

»Was haben Sie da an Ihrer Hand, Graf?«

»Nichts, mein König.«

»Sieht nach Blut aus.«

»Möglich.«

»Ist es wahr, dass jemand Sie ums Leben bringen wollte, jemand auf Sie mit einem Revolver geschossen hat?«

»Fünf Male, mein König.«

»Fünf Kugeln? Gütiger Gott!«

»Jener hielt keine für mich für verschwendet.«

»Und Sie blieben unverletzt?«

»Nur ein kleiner Kratzer am Finger.«

»Und wer wollte Ihr Mörder sein?«

»Ich weiß nicht einmal, wer er ist.«

»Hat er sich geweigert, seinen Namen zu nennen?«

»Nein, ich vergaß ihn danach zu fragen. Nebenbei: Das ist Sache des Generalstaatsanwaltes, nicht die meine. Ich mische mich nicht in die Angelegenheiten anderer. Meine Aufgabe ist es, meinem König zu dienen, und deswegen bin ich hier.«

»Ich höre!«, sagte der König.

»Morgen wird die Kammer aufgelöst. Tags darauf machen wir mobil. In acht Tagen wird die Kriegserklärung verkündet, oder aber – «

»Oder aber was?«

»Oder aber muss ich bedauern, Eurer Majestät meinen Rücktritt zu wiederholen.«

Darauf verneigte sich Graf von Bismarck und ohne des Königs Antwort abzuwarten entschwand er, gemäß der Hofetikette rückwärts gehend, dem Blickfeld des Königs. Der König tat nichts, um den Minister aufzuhalten. Bevor aber die Türe ins Schloss fiel, ertönte das Läuten einer Schelle, laut genug, um den ganzen Palast wach zu rütteln.

Ein Sportsmann und ein Spaniel

Am Tag nach den gerade geschilderten Ereignissen traf ein junger Mann, um die 25 Jahre alt, mit dem Elf-Uhr-Zug von Berlin kommend in Braunschweig ein. Auf dem Aufkleber seines Gepäckes war »Hannover« zu lesen. Er gab seine Gepäckstücke auf der Bahnstation auf, behielt aber einen kleinen Tornister, an dem er ein kleines Skizzenbuch festband, sowie einen Feldschemel, den er an einem Patronengürtel festschnallte. Er warf einen Riemen über seine Schulter, an dem er eine doppelläufige Flinte befestigte, und endlich komplettierte er seinen Aufzug mit einem breitrandigen grauen Filzhut. Alles in allem sah er aus wie eine Kreuzung zwischen einem Sportler und einem Touristen. Er verließ die Bahnstation in Begleitung eines hübschen tiefschwarzen Spaniels und rief eine offene Droschke herbei, worauf der Hund, seinem Namen »Frisk« alle Ehre machend, sofort freudig hineinsprang und den Vordersitz einnahm, während sein Herr es sich – in der Art von jemandem, der es gewohnt ist, das Nützliche mit dem Angenehmen zu verbinden – auf dem Rücksitz bequem machte. In einem exzellenten Deutsch gab er dem Fahrer höflich seine Anweisung:

»Kutscher«, sagte er, »seien Sie bitte so freundlich und bringen mich zum besten Hotel, das sich die Stadt leistet, aber auf jeden Fall in das, welches das beste Frühstück bereitet!«

Der Kutscher nickte, als wolle er sagen, dass es keiner weiteren Anweisung bedurfte, und so ratterte und rumpelte die Kutsche über das Straßenpflaster bis zum Hôtel d'Angelterre. Der Hund, der es kaum auf seinem Platze ausgehalten hatte, sprang sofort herunter und hüpfte lebhaft herum, als wolle er seinen Herrn auffordern, es ihm nachzumachen. Dieser stieg aus, ließ aber Tornister und Flinte in der Kutsche zurück. Er wandte sich zum Kutscher:

»Sie möchten bitte warten«, sagte er, »und meine Sachen im Auge behalten.«

Überall auf der Welt haben Droschkenkutscher ein scharfes Auge für gute Kundschaft. Dieser ehrliche Zeitgenosse machte keine Ausnahme.

»Exzellenz wird zufrieden sein«, antwortete er mit einer Handbewegung. »Ich werde sorgfältig darauf aufpassen.«

Der Reisende betrat die Gaststätte und, geradeaus weitergehend, gelangte er in einen lieblichen, von Linden beschatteten Hof. Er suchte sich einen kleinen Zweiertisch mit Stühlen, von denen Frisk sofort einen besetzte; sein Herr nahm den anderen in Besitz und die beiden begannen ihr Frühstück. Dies dauerte eine Stunde, aber dieser junge Mann hätte keiner Dame mehr Aufmerksamkeit widmen können als er sie Frisk zuteil werden ließ. Der Hund aß, was immer sein Herr aß, nur einmal höflich protestierend, als »Hase serviert in Johannesbeergelee« aufgetragen wurde, da er als sportlicher Jagdhund kein Wildgericht anrühren durfte und persönlich ernsthafte Bedenken gegenüber Süßem hegte. Unterdessen machte es sich der Fahrer in seiner Kabine bequem und stärkte sich mit Brot, Käse und einer halben Flasche Wein. Folglich zeigten alle drei, nachdem Herr und Hund die Kutsche wieder bestiegen hatten, einen Ausdruck allgemeiner Zufriedenheit.

»Wohin, Exzellenz?«, fragte der Fahrer und wischte sich mit seinem Ärmel den Mund ab, in der Art eines Mannes, der bereit war, bis ans Ende der Welt zu fahren, wenn man es wünschte.

»Ich weiß nicht so recht«, war die Antwort, »das hängt nicht zuletzt von Ihnen ab.«

»Wieso?«

»Nun, wenn Sie sich als guter Kamerad bewähren, würde ich Sie gerne eine Zeitlang einstellen.«

»Oh, für ein Jahr, wenn Sie wollen!«

»Nein, das ist mir zu lang.«

»Nun, dann einen Monat.«

»Weder für ein Jahr noch für einen Monat, aber für ein, zwei Tage.«

»Das ist nicht sehr lange. Ich dachte tatsächlich, Sie überlegten, mich fest einzustellen.«

»Um gleich damit anzufangen, was verlangen Sie für eine Fahrt nach Hannover?«

»Das liegt sechs Legien oder achtzehn Meilen entfernt, müssen Sie wissen.«

»Vier, meinen Sie.«

»Aber es geht den ganzen Weg bergauf und bergab ...«

»Unsinn. Die Strecke ist flach wie ein Billardtisch.«

»An Ihnen kommt wohl keiner vorbei«, sagte grinsend der Fahrer.

»Doch, das geht.«

»Und wie?«

»Ganz einfach, mit Ehrlichkeit.«

»Ach, tatsächlich! Das ist ja eine ganz neue Idee.«

»Eine, die Ihnen vorher nicht begegnet ist, denke ich.«

»Gut, nennen Sie mir Ihren Preis.«

»Vier Gulden.«

»Aber die Fahrt vom Bahnhof und die Mahlzeit nicht mitgerechnet.«

»Sie haben recht, ich werde das anrechnen.«

»Und das pourboire.«

»Das ist ja so, als hätte ich eine Wahl.«

»Angenommen. Ich weiß zwar nicht warum, aber ich traue Ihnen.«

»Nur, wenn ich Sie länger als eine Woche beschäftige, werde ich drei Gulden pro Tag bezahlen, aber ohne pourboire.«

»Ich kann dem nicht zustimmen.«

»Warum nicht?«

»Weil ich mir nicht den Spaß verderben möchte, bei Ihren netten Abenteuern dabei zu sein; deshalb wäre es ja verrückt, wenn sich unsere Wege nach so kurzer Zeit trennten.«

»Zum Teufel! Man könnte Sie für einen Spaßvogel halten!«

»Ich bin witzig genug, um auch wie ein Dummkopf auszusehen, wenn ich will.«

»Gut gesagt! Von woher kommen Sie?«

»Von Sachsenhausen.«

»Wo auch immer das liegen mag.«

»Das ist eine Vorstadt Frankfurts.«

»Ach, ja! Das ist die sächsische Kolonie aus den Tagen Karls des Großen.«

»Genau. Es war Ihnen doch schon bekannt, nicht wahr?«

»Ich weiß, dass Ihr ein feines Völkchen seid, vergleichbar mit den Schlag der Auvergner in Frankreich. Wir werden abrechnen, sobald sich unsere Wege trennen.«

»Das passt mir bestens in den Kram.«

»Wie ist Ihr Name?«

»Lenhart.«

»Sehr gut, Lenhart, lasst uns dann einsteigen.«

Die Kutsche fuhr an und zerstreute die übliche Menge gelangweilter Zuschauer. Es dauerte einige Minuten, bis sie zum Ende der Straße gelangte, die auf das offene Land führte. Es war ein großartiger Tag. Die Bäume standen in vollem Grün und der Boden war mit einem grünen Kleid bedeckt, die milde Brise schien mit Blütenduft aufgeladen. Über ihnen jubilierten die Vögel, die schon längst auf Nahrungssuche für ihre Jungen waren. Die erwachende Natur lauschte ihren Liedern. Von Zeit zu Zeit erhob sich eine Lerche aus einem Getreidefeld und schwebte über einer Pyramide von Vogelgezwitscher.

In Betrachtung dieser großartigen Landschaft rief der Reisende aus: »Hier müsste man doch glänzend zum Schuss kommen können, oder etwa nicht?«

»Ja, aber das ist strikt verboten«, antwortete der Kutscher.

»Umso besser«, sagte unser Freund, »da sollte es umso mehr Wild geben.«

In der Tat, bevor sie noch eine Meile vorangekommen waren, sprang Frisk, der bis dahin verschiedentlich Anzeichen von Ungeduld gezeigt hatte, von der Kutsche, rannte in ein Kleefeld und fing an herumzustöbern.

»Soll ich weiterfahren oder warten?«, erkundigte sich der Kutscher, als er den jungen Mann die Waffe laden sah.

»Fahren Sie ein paar Meter vor«, war die Antwort. »Da, das ist gut so; nun so dicht wie möglich an das Feld heran.«

Die Kutsche hielt innerhalb einer Entfernung von dreißig Metern zum Hund. Der Sportsmann stand aufrecht darin, das Gewehr in der Hand. Der Fahrer sah ihm mit dem Interesse seiner Klasse zu; einem Interesse, das sich, im Kampf gegen Grundbesitzer und Wildhüter, immer an der Seite des Jägers findet.

»Ein schlauer Hund«, bemerkte er. »Wonach sucht er?«

»Nach einem Hasen.«

»Woher wissen Sie das?«

»Wenn es ein Vogel wäre, würde er mit seinem Schwanz wedeln. Sehen Sie doch.«

Mitten im Klee tauchte ein stattlicher Hase auf und fiel prompt dem Gewehr zum Opfer. Er wurde umgehend von Frisk apportiert. Danach stieg eine Kette Rebhühner auf, aber der Hund wurde zurückgepfiffen, um die junge Brut zu schonen. Sie näherten sich bereits Hannover, als sie einen aufgescheuchten Hasen entdeckten, circa sechzig Meter von der Kutsche entfernt.

»Aha!«, sagte Lenhart, »Dieser ganz Schlaue hält auf Distanz.«

»Nicht unbedingt«, antwortete der Sportsmann.

»Sie erwarten doch nicht, auf diese Entfernung zu treffen, nicht wahr?«

»Sie haben immer noch zu lernen, mein Freund, der Sie vorgeben, etwas von Schießen zu verstehen. Einem guten Schützen und einem guten Gewehr ist die Entfernung von geringer Bedeutung. Nun, aufgepasst!«

Darauf, er hatte gerade die Patronen in sein Gewehr geladen, fuhr der junge Mann fort:

»Kennen Sie sich in dem Verhalten und mit den Gewohnheiten von Hasen aus, Lenhart?«

»Ich denke, ich weiß alles, was einer wissen muss, nur dass ich ihre Sprache nicht verstehe.«

»Gut, ich kann Ihnen soviel sagen. Ein aufgeschreckter Hase wird, falls er nicht verfolgt wird, etwa fünfzig Schritte weit rennen und dann niedersitzen, um sich umzuschauen und sich zu putzen. Sehen Sie doch!«

Und tatsächlich. Der Hase, der ursprünglich auf die Kutsche zu, anstatt von dieser weg gelaufen war, stoppte plötzlich, hockte sich ins Gras und fing an, mit seinen Vorderläufen sein Gesicht zu putzen. Die vorhergesagte Reinigungsprozedur kostete die arme Kreatur das Leben. Ein plötzlicher Schuss, der Hase bäumte sich auf und fiel rückwärts um.

»Ich bitte um Verzeihung, Exzellenz«, sagte Lenhart, »aber wenn wir in den Krieg ziehen, vor dem wir uns befinden, wie man behauptet, auf wessen Seite werden Sie stehen?«

»Da ich weder Österreicher noch Preuße, sondern Franzose bin, werden Sie mich wahrscheinlich auf der Seite Frankreichs kämpfen sehen.«

»So lange Sie nicht für diese preußischen Bettler kämpfen, bin ich zufrieden. Wenn Sie jedoch gegen sie kämpfen würden, dann – zum Donnerwetter – hätte ich Ihnen etwas vorzuschlagen.«

»Nun, was ist es?«

»Ich biete Ihnen den kostenlosen Gebrauch meiner Kutsche, wenn Sie gegen die Preußen kämpfen.«

»Danke, mein Freund! Ein Angebot, das man nicht verachten sollte. Ich habe schon daran gedacht. Falls ich nochmals zu kämpfen gedenke, würde ich den nächsten Feldzug gerne von einer Kutsche aus führen.«

»Nun denn, das hier ist genau das, was Sie brauchen. Ich kann nicht sagen, wie alt mein Pferd ist, es war schon nicht mehr jung, als ich es vor zehn Jahren kaufte, aber ich weiß: Falls ich mit ihm in einen dreißigjährigen Krieg zöge, würde es mich als Überlebenden sehen. Was die Kutsche anbelangt, die ist so gut wie neu. Diese Deichseln da wurden erst vor drei Jahren angebracht, letztes Jahr bekam sie neue Räder und eine neue Achse und es ist erst sechs Monate her, dass ich das Chassis erneuern ließ.«

»Sie erinnern mich an eine Anekdote, die wir uns in Frankreich erzählen«, antwortete der andere. »Es geht um des Simplen Simons Messer, das zuerst ein neues Heft bekommt und dann einen neuen Griff, aber es bleibt immer dasselbe Messer.«

»Ja, Herr«, sagte Lenhart in der Art eines Philosophen, »jedes Land hat so seine Messer.«

»Und auch seine Simpel, mein guter Freund.«

»Gut, wenn Sie neue Patronen in Ihr Gewehr nachladen, könnten Sie mir bitte die alten überlassen. Hier kommt Ihr Hund mit dem Hasen«, sagte er, »du kannst dich zu dem anderen gesellen, du Dummkopf«, und, diesen an den Ohren hochhebend: »Sieh nur, die Folgen deiner Eitelkeit. Ach, Herr! Kämpfen Sie nicht gegen die Preußen, wenn Sie nicht wollen, aber, gütiger Himmel, kämpfen Sie nicht auf ihrer Seite!«

»Oh, was das anbelangt, können Sie beruhigt sein. Falls ich kämpfe, wird es gegen Preußen sein und vielleicht werde ich nicht einmal bis zur Kriegserklärung warten.«

»Bravo! Nieder mit Preußen!«, rief Lenhart, der sein Pferd mit einem scharfen Peitschenschnalzer auf Trab brachte. Das Tier fiel in einen raschen Galopp, als wollte es seine Lobreden rechtfertigen. Angestachelt von der Stimme seines Herrn und dem Peitschenknall, raste es durch die Vorstadtstraßen Hannovers ohne Halt bis zum Hôtel Royal.

Bendict Turpin

Lenhart, in seiner doppelten Eigenschaft als Droschkenkutscher und Agent für Reisende und Touristen, war ein guter Bekannter Herrn Stephans, Gastwirt des Hôtel Royal zu Hannover daselbst, der jenem einen herzlichen Empfang bereitete. Darauf bedacht, die Bedeutung seiner gegenwärtigen Sendung aufzuwerten, beeilte sich Lenhart ihn darüber ins Bild zu setzen, dass der Neuankömmling ein tödlicher Feind der Preußen sei, dass diesem niemals ein Schuss daneben ginge und dass er im Falle einer Kriegserklärung sich selbst und seine todbringende Waffe dem König von Hannover zur Verfügung stellen werde. Für das alles hatte er in Herrn Stephan einen aufmerksamen Zuhörer.

»Aber was für ein Landsmann ist denn Ihr Reisender?«, erkundigte er sich umständlich.

»Er behauptet, er sei Franzose, aber ich glaube das nicht. Ich habe ihn nie über irgendetwas prahlen gehört. Außerdem ist sein Deutsch zu gut. Aber da, er fragt gerade nach Ihnen.«

Stephan reagierte sofort auf die Aufforderung. Der Fremde unterhielt sich gerade mit einem englischen Offizier der königlichen Leibgarde; dabei schien sein Englisch nicht weniger flüssig zu sein als sein Deutsch.

»Ich hatte eine Frage an Colonel Anderson gestellt, der mir freundlicherweise eine Hälfte beantworten konnte, der aber mir riet, bei Ihnen den Rest zu erfragen. Ich fragte nach dem Namen der bedeutendsten Tageszeitung hier sowie nach dem Namen ihres Herausgebers. Colonel Anderson nannte mir die ›Hannoversche Gazette‹, nur kennt er den Namen des Herausgebers nicht.«

»Warten Sie einen Moment, Exzellenz. Lassen Sie mich nachdenken. Es ist Herr Bodemeyer, ein langer, schmächtiger Mann mit einem Bart, oder etwa nicht?«

»Sein Aussehen ist ohne Bedeutung. Ich brauche seinen Namen und seine Adresse. Ich wünsche ihm meine Karte zu übersenden.«

»Ich kenne nur die Büroadresse, Parkstrasse. Speisen Sie am table d'hôte? Wenn ja, Herr Bodemeyer ist einer unserer Stammgäste. Wir fangen um 5 Uhr an, er wird in einer halben Stunde hier erscheinen.«

»Noch ein Grund mehr, warum er zuerst meine Karte haben sollte.« Dabei holte er eine Visitenkarte mit der Aufschrift »Benedict Turpin, Künstler« hervor, adressierte sie an Herrn Bodemeyer und übergab die Karte samt einem Gulden dem Hotelburschen, der sich verpflichtete, sie innerhalb von zehn Minuten zuzustellen.

Darauf getraute sich Herr Stephan nachzufragen, ob man, wenn es sich um private Angelegenheiten handelte, ein Separee wünsche.

»Eine gute Idee«, sagte Benedict, und an Colonel Anderson gewandt, »Sir, obwohl wir uns noch nicht formal vorgestellt haben, hoffe ich trotzdem, dass Sie auf die Formalitäten verzichten und mir die Ehre geben, mit mir und Herrn Bodemeyer zu speisen, welcher, wie ich denke, es sich nicht nehmen lassen wird, sich zu uns zu gesellen. Unser Gastwirt verpflichtet sich zu einem vorzüglichen Mal und gutem Wein. Es ist sechs Monate her, seit ich Frankreich verlassen habe, folglich habe ich sechs Monate nicht mehr die Gelegenheit zu einer Konversation wahrnehmen können. In England pflegen sich die Leute zu unterhalten, in Deutschland träumen sie; Konversation zu machen, das gibt es nur in Frankreich. Lassen Sie uns zu einem netten kleinen Dinner zusammenkommen, wo wir allen dreien nachgehen. Hier ist meine Karte, es ist die eines unbedeutenden Künstlers, ohne Wappen oder Adelstitel, aber mit dem einfachen Kreuz der Ehrenlegion. Und ich möchte hinzufügen, Colonel«, fuhr er ernsthaft fort, »da ich mich in ein oder zwei Tagen möglicherweise in einer Zwangslage befinden werde, muss ich Sie um einen Gefallen bitten, den Sie mir, wie ich hoffe, gewähren werden. Deswegen möchte ich mich den Umständen entsprechend nicht als unhöflich erweisen.«

Der Colonel nahm die Karte entgegen und verbeugte sich höflich.

»Sir«, sagte er mit übertrieben liebenswürdiger englischer Förmlichkeit, »die Hoffnung, die Sie mir machen, Ihnen einen Dienst erweisen zu können, wird mich zweifellos dazu veranlassen, Ihre Gastfreundschaft anzunehmen. Ich habe überhaupt keinen Grund, nicht mit Herrn Bodemeyer zu dinieren, und ich habe tausend Gründe, mit Ihnen speisen zu wollen, nicht zuletzt deswegen, wenn ich das so sagen darf, weil ich Ihre Persönlichkeit und Ihre Manieren überaus anziehend finde.«

Benedict verbeugte sich seinerseits.

»Da Sie mir die Ehre geben anzunehmen«, sagte er, »und ich mir Herrn Bodemeyers ziemlich sicher bin, wird es meine erste Pflicht sein, für die anständige Zubereitung unseres Dinners Sorge zu tragen. Wenn Sie mich jetzt bitte entschuldigen. Ich möchte gerne mit dem Küchenchef die Angelegenheit besprechen«, und er richtete seine Schritte zur Küche, während der Colonel den Leseraum des Hotel aufsuchte.

Im Besitz eines beträchtlichen Vermögens, das er in einem Alter geerbt hatte, wo die einzige Sorge gewöhnlich darin besteht, wie man es am besten ausgibt, verfügte Benedict Turpin über einen praktischen Verstand sowie über natürliche Begabungen. Im festen Glauben an das bekannte Sprichwort, das besagt, ein Mann verdoppele seine Möglichkeiten im Leben, wenn er eine neue Sprache erlernt, hatte er diese vervierfacht, indem er ein Jahr in England verbrachte, ein weiteres in Deutschland, ein drittes in Spanien und ein viertes in Italien. Mit achtzehn war er Klassenbester der Linguistik und verbrachte die folgenden zwei Jahre mit der Vervollständigung seiner Erziehung mit klassischen und wissenschaftlichen Studien. Dabei vernachlässigte er weder die Übung des Waffengebrauchs noch die allgemeine sportliche Ertüchtigung; beides in der Absicht, seine körperliche Entwicklung nicht hintanstehen zu lassen. Mit der Zeit, er war mittlerweile zwanzig, hatte er sich umfassende Kenntnisse angeeignet: äußerst ungewöhnlich bei einem Mann seines Alters und vielversprechend für die Zukunft.

Er beteiligte sich an dem chinesischen Feldzug und frönte, über ausreichende Mittel verfügend, seiner Vorliebe für Reisen, verbrachte mehrere Jahre damit, durch die Welt zu bummeln, wilde Tiere zu jagen, Wüsten zu durchqueren; dabei sammelte er Teppiche, Juwelen, Kuriositäten und manche Dinge mehr, mit denen er nach seiner Rückkehr eines der geschmackvollsten Appartements in Paris einrichtete. Zu der Zeit, da unsere Geschichte begann, besuchte er im Verlauf einer Studienreise einige der bekanntesten deutschen Maler in Berlin. Dort wahrte er die Ehre Frankreichs mit diesem unverschämten Glück, das ihn nie zu verlassen schien. Als die Aufmerksamkeit des Mobs im Augenblick des Attentats auf den ersten Minister abgelenkt war, gelang es Benedict, unbeachtet zu entkommen. Er suchte Zuflucht in der französischen Botschaft, wo er bereits recht bekannt war. Am nächsten Morgen in der Frühe reiste er mit der Bahn ab und erreichte schließlich ungehindert Hannover.

Gerade hatte er dem Koch seine letzten Anweisungen gegeben, als man ihn unterrichtete, Herr Bodemeyer sei auf dem Weg in das Hotel.

Benedict eilte zum Eingang, wo er einen Herrn näherkommen sah, der eine Visitenkarte in der Hand hielt und intensiv über den Gefallen nachzudenken schien, den ihr Eigner möglicherweise von ihm erwartete.

Man hat überliefert, dass die Einwohner des alten Galliens, die Cäsar das Leben so schwer machten, über ein derartig ausgeprägtes Profil verfügen, dass, wann immer man eines solchen ansichtig wird, der Passant unmittelbar bemerkt: »Sieh an, das ist ein Franzose!«

Auf jeden Fall schien Herr Bodemeyer Benedicts Nationalität sofort zu erraten. Er näherte sich lächelnd mit ausgestreckter Hand. Benedict eilte sofort die Treppenstufen hinab, um ihn zu begrüßen und die beiden tauschten die gewohnten Höflichkeiten aus. Als er hörte, der Künstler sei gerade aus Berlin angereist, erbat der Herausgeber mit berufsmäßiger Neugier sofort eine Darstellung der Tumulte des vorangegangenen Abends und des Attentatsversuchs auf den Grafen von Bismarck.

Zu Letzterem konnte Bendict nur wenig Informationen geben. Er hätte, erzählte er, die Schüsse gehört, hätte gesehen, wie zwei Männer miteinander rangen, wobei der eine dann einigen Offizieren ausgeliefert worden sei, er selbst wäre unterdessen in ein nahes Café geflüchtet, hätte es durch einen Ausgang in eine andere Straße verlassen und in der Botschaft Schutz gesucht. Weiterhin hätte er daselbst gehört, dass der junge Mann der Stiefsohn eines der geächteten 48er Flüchtlinge namens Blind sei, und dass dieser schreckliche Vorwürfe gegen den Grafen erhoben hätte, denen man jedoch wenig Bedeutung beimaß, da diese von einem Verwandten eines im Exil lebenden Aufrührers erhoben würden.

»Nun, wir wissen ein wenig mehr als dies«, sagte Herr Bodemeyer. »Wir hörten, dass der junge Mann versucht hatte, sich mit einem Taschenmesser die Kehle zu durchschneiden, dass aber die Verwundung nur leicht gewesen war und sie vom Arzt als nicht lebensgefährlich eingeschätzt wurde. Aber die ›Kreuzzeitung‹ wird hier direkt zugestellt, und dann werden wir noch mehr darüber erfahren.«

Noch während er sprach, eilten Zeitungsjungen die Straßen herunter, »Kreuzzeitung – Kreuzzeitung« ausrufend. Daraufhin entstand ein Gedränge um die Zeitungsjungen. Hannover geriet fast ebenso in Aufregung wie Berlin am Abend zuvor. Fühlte dieses arme kleine Königreich sich nicht schon wie in der würgenden Schlinge der preußischen Boa Konstriktor?

Benedict winkte einem der Zeitungsjungen zu und kaufte ein Exemplar. Darauf wandte er sich an den Herausgeber. »Ich hoffe, Sie werden mit mir und Colonel Anderson speisen«, sagte er. »Wir haben einen Privatraum und können über Politik sprechen so viel es uns beliebt. Nebenbei, ich habe Sie etwas zu fragen, was ich kaum an einem öffentlichen Tisch fragen kann.«

Gerade eben näherte sich Colonel Anderson. Er und Herr Bodemeyer kannten sich schon vom Sehen. Benedict machte die beiden einander formal bekannt. Der Colonel hatte bereits einen Blick in seine Zeitung geworfen.

»Wissen Sie schon«, sagte er, »obwohl der Arzt diagnostizierte, die Wunde sei nicht lebensgefährlich, ist der junge Blind trotzdem heute früh verstorben. Ein hannoverscher Offizier kam aus Berlin zurück und berichtete, dass gegen vier Uhr ein Mann im Gefängnis eingetroffen war, verkleidet mit einem großen Umhang und einem großrandigen Hut, welcher sein Gesicht verbarg, mit einer Besuchserlaubnis für den Gefangenen; man brachte ihn zur Zelle. Blind steckte in einer Zwangsjacke und keiner weiß, was zwischen beiden geschah, aber als man seine Zelle gegen acht Uhr inspizierte, war er bereits tot. Der Arzt sagte, er müsste schon fast vier Stunden tot gewesen sein, so dass er etwa um die Zeit gestorben sein musste, als der mysteriöse Mann ihn verließ.«

»Sind dies offizielle Nachrichten?«, erkundigte sich Bodemeyer. »Als Herausgeber einer Regierungszeitung bin ich nur an offizielle Informationen gehalten. Schauen wir, was die ›Kreuzzeitung‹ zu sagen hat.«

Sie zogen sich in den ihnen zugewiesenen Raum zurück und der Herausgeber aus Hannover fuhr mit der Lektüre der Berliner Zeitung fort. Der erste bedeutende Absatz lautete:

»Uns wurde zugesichert, dass der königliche Erlass, der die Auflösung des Unterhauses dekretiert, morgen offiziell bekannt gemacht werden wird.«

»Kommen Sie«, sagte der Colonel, »das ist von einiger Wichtigkeit.«

»Wartet einen Moment; da steht noch etwas.«

»Es wird auch angekündigt, dass ein Erlass, der die Mobilisierung der Landwehr anordnet, morgen offiziell bekannt gemacht werden wird.«

»Das ist genug«, bemerkte der Colonel, »wir wissen nun, dass der Minister auf der ganzen Linie gewinnt und dass in weniger als vierzehn Tagen der Krieg erklärt wird. Wenden wir uns den allgemeinen Nachrichten zu. Wir wissen jetzt alles, was die Politik betrifft. Außer einem: Auf welcher Seite wird Hannover stehen?«

»Da gibt es keinen Zweifel«, antwortete Bodemeyer, »Hannover ist verpflichtet, dem Bund beizustehen.«

»Und auf welcher Seite steht der Bund?«, fragte Benedict.

»An der Seite Österreichs«, antwortete der Journalist unverzüglich. »Aber hört, hier ist ein aktueller Bericht über den Vorfall Unter den Linden.«

»Oho! Lasst uns das auf jeden Fall hören«, rief Benedict. »Ich war selbst dort, und ich möchte wissen, ob die Darstellung der Wahrheit entspricht.«

»Was? Sie waren dabei?«

»Sehr nah dabei«, und er fügte lachend hinzu, »ich möchte sogar mit Äneas sagen et quorum pars magna fui.«

Bodemeyer fuhr fort:

»Wir sind nun in der Lage, die vollständigen Einzelheiten betreffend der Demonstration, die am gestrigen Abend Unter den Linden stattfand, wiederzugeben, nachdem Berichte über die Rede Kaiser Louis Napoleons bekannt geworden waren. Es stellte sich heraus, dass, als gerade unser hervorragendster Sänger das Lied ›Der Deutsche Rhein‹ beendet hatte, das mit überwältigender Begeisterung aufgenommen wurde, ein lautes Zischen ertönte. Es war schnell ersichtlich, der Verursacher dieser Störung war ein junger Ausländer, ein französischer Maler, der offensichtlich betrunken war, und der möglicherweise seine Dummheit mit seinem Leben gebüßt hätte, hätten nicht ein paar preußische Offiziere ihn beherzt vor dem wütenden Volkszorn geschützt. Der junge Hitzkopf weigerte sich, der Menge seinen Namen und seine Adresse anzugeben, aber als man an diesem Morgen im ›Schwarzen Adler‹ Erkundigungen über ihn einziehen wollte, war er verschwunden. Wir loben seine Umsicht und wünschen ihm eine angenehme Reise.«

»Ist dieser Artikel signiert?«, fragte Benedict.

»Nein. Entspricht dies nicht der Wahrheit?«, entgegnete der Vorleser.

»Möge mir eine Bemerkung gestattet sein zu einem Sachverhalt, den ich überall während meiner Reisen über drei der vier Kontinente der Erde beobachtet habe – ich bitte um Verzeihung, es sind fünf, wenn wir Ozeanien mitzählen. Es handelt sich um die äußerst geringe Achtung der Wahrheit, den diese Art Nachrichtenagenten an den Tag legen. Überall, ob im Norden oder auch im Süden, in St. Petersburg oder Kalkutta, Paris oder Konstantinopel, sie sind alle gleich. Jedes Journal fühlt sich verpflichtet, jeden Tag so viel Trommelwirbel wie möglich zu machen. Gut oder schlecht, falsch oder wahr, es muss trommeln, daher sollten diejenigen, die sich verletzt fühlen, Wiedergutmachung erhalten – wenn es machbar ist.«

»Das bedeutet, nehme ich an«, bemerkte Colonel Anderson, »dieser Bericht ist unrichtig.«

»Nicht nur unrichtig, sondern auch unvollständig. Der junge Dummkopf, von dem da gesprochen wird, hatte nicht gezischt, sondern ›Vive la France!‹ gerufen. Daraufhin hatte er sein Glas auf das Wohl Frankreichs geleert, auch hatte er erfolgreich die ersten vier Angreifer erledigt. Es ist auch wahr, dass besagte drei Offiziere eingegriffen hatten. Diese hatten aber von ihm verlangt, er solle ›Es lebe Wilhelm‹ und ›Es lebe Preußen‹ rufen. Er war daraufhin auf einen Tisch gesprungen und hatte an Stelle dessen ein Gedicht von Alfred de Mussets ›Antwort auf den Deutschen Rhein‹ zum Besten gegeben. Es entspricht auch der Wahrheit, dass gerade in diesem Augenblick die Schüsse aus Blinds Revolver die allgemeine Aufmerksamkeit abgelenkt hatten. Und da er keine Lust verspürte, sich mit ganz Berlin herumzuprügeln, hatte er den Vorfall ausgenutzt und war über das offenstehende Fenster eines nahen Cafés entkommen und hatte in der französischen Botschaft Zuflucht gefunden. Er hatte einen, zwei, drei, vier Gegner herausgefordert, aber nicht die gesamte Einwohnerschaft. Er hatte eine Nachricht im ›Schwarzen Adler‹ hinterlassen, an jeden Nachforschenden auszuhändigen, des Inhalts, dass er nicht in Berlin bleiben könne, sich aber in dem einen oder anderen Nachbarland bereithalten wird, einer jeglichen Aufforderung auf Genugtuung nachzukommen. Er hatte Berlin mit dem Frühzug verlassen, war vor einer Stunde in Hannover angekommen und hatte umgehend seine Karte an Herrn Bodemeyer gesandt in der

Hoffnung, dass jener Herr freundlicherweise sowohl den Ort als auch das Hotel über seine Gazette bekannt machen werde, wo dieser ›junge Dummkopf‹ jedem zur Verfügung sich halten wird, dem es unmöglich gewesen sei, ihn im ›Schwarzen Adler‹ anzutreffen.«

»Gott im Himmel«, rief der Herausgeber, »dann waren Sie es, der diesen gewaltigen Aufruhr in Berlin verursachte.«

»Genau, ich; Kleinigkeiten machen viel Lärm, wie Sie sehen.« An den Engländer gewandt fuhr Benedict fort: »Und jetzt verstehen Sie auch, warum ich Colonel Anderson vor einem Gefallen warnte, um den ich ihn zu bitten beabsichtige. Ich möchte auf alle Fälle, dass er mir sekundiert, da es ziemlich wahrscheinlich ist, dass hier einige wütende Individuen auftauchen werden, um mich zu fordern, weil ich es in einem fremden Land gewagt habe, die Ehre meines eigenen zu wahren.«

Seine Zuhörer boten ihm einmütig ihre Hände. Benedict fuhr fort:

»Und nun, um zu beweisen, dass ich nicht ganz unbekannt bin, habe ich hier einen Brief vom Leiter unseres ›Ministeriums der Schönen Künste‹ gerichtet an Herrn Kaulbach, Hofmaler des Königs von Hannover. Er lebt doch hier oder etwa nicht?«

»Doch, der König ließ für ihn ein bezauberndes Haus bauen.«

In diesem Moment öffnete sich die Türe zum Nachbarraum, in der Öffnung erschien die rundliche Gestalt des Wirtes und eine feierliche und beeindruckende Stimme kündigte an:

»Ihren Exzellenzen ist serviert.«

Ob der Küchenchef begriffen hatte, worum ihn Benedict als Kenner der Kochkunst gebeten hatte, oder aber unter Anleitung seines Dienstherren ausgeführt hatte, wie jener es wünschte, er hatte auf jeden Fall seine Instruktionen bis zum letzten Buchstaben ausgeführt. Das Resultat war weder ein Französisches, noch ein Englisches oder Deutsches, vielmehr war es ein kosmopolitisches Banquet, einer Konferenz, wenn nicht gar eines Kongresses würdig. In der Folge fehlte es nicht an geistreicher Unterhaltung. Bodemeyer war, wie alle deutschen Journalisten, ein belesener Mann, der aber nie über die Grenzen Hannovers hinausgekommen war. Im Gegensatz zu ihm hatte Anderson nie viel gelesen, hingegen war er weit herumgekommen und hatte vieles erlebt und gesehen. Er und Benedict hatten die gleichen Länder bereist und die gleichen Leute kennen gelernt. Beide waren bei der Belagerung von Peking dabei gewesen. Anderson hatte Indien nach Benedict bereist und sich vor ihm in Russland aufgehalten. Beide gaben ihre Erfahrungen zum Besten, der eine mit englischer Zurückhaltung und Humor, der andere mit französischer Lebendigkeit und Witz. Der Engländer, wahrhaft ein moderner Phönizier, betrachtete alles von einem wirtschaftlichen und finanziellen Standpunkt aus, der Franzose aus der Sicht intellektuellen Fortschritts. Ihre verschiedenen Ansichten, vorgetragen mit Wärme und ebenso mit der Höflichkeit wohlerzogener Männer, kreuzten sich wie die Klingen in den Händen erfahrener Fechter: Funken versprühend, aufblitzend und wieder schnell verglühend.

Bodemeyer, mit diesem Unterhaltungsstil nicht vertraut, bemühte sich in dieser Unterhaltung um eine philosophische Richtung, womit er Benedict entgegenkam, aber Anderson Probleme bereitete, ihm zu folgen. Der Journalist machte einen Eindruck, als würde er nicht alles verstehen, doch er verstand Benedicts Ansichten, wie er noch keine Ansichten zuvor verstanden hatte.

Die Uhr schlug acht und beendete abrupt die Unterhaltung. Der Herausgeber sprang auf.

»Meine Zeitung!«, rief er, »meine ›Gazette‹! Sie ist nicht einmal zur Hälfte fertig!« Niemals zuvor war er einer solchen intellektuellen Versuchung erlegen. »Franzosen sind richtige Teufel«, murrte er vor sich hin, dabei versuchte er vergeblich einen Hut zu finden, der ihm passte. »Sie sind der Champagner der Welt, sie sind klar, stark und prickelnd.« Inständig versuchte Benedict ihm fünf Minuten abzuringen, während der er seine Ankündigung abzufassen gedachte. Vergeblich. »Sie müssen diese bis spätestens um elf Uhr bei mir zugestellt haben«, rief Bodemayer. Darauf hastete er davon, nachdem er seinen eigenen Hut und Rohrstock entdeckt hatte, als wäre der Widersacher hinter ihm her.

Am nächsten Morgen konnte man in der »Hannoverschen Gazette« folgende Ankündigung lesen:

»Ich hatte am 7. Juni 1866 Unter den Linden in Berlin die Gelegenheit, Schläge auszuteilen als auch einzustecken mit verschiedenen ausgezeichneten Bürgern, die mich in Stücke zu reißen trachteten, weil ich in aller Öffentlichkeit mein Glas auf den Ruhm Frankreichs geleert habe. Ich habe nicht die Ehre gehabt, diejenigen persönlich kennen gelernt zu haben, die mir diese Schläge verabreichten, aber ich wünsche mich bei denjenigen bekannt zu machen, die von mir einige abbekommen haben, und gebe hiermit bekannt, dass ich mich während der nächsten Wochen im Hôtel Royal zu Hannover zur Verfügung halte für jedweden, der während besagten Vorfalles entweder etwas an meinen Worten oder an meinen Taten auszusetzen hatte. Und im besonderen hoffe ich, dass der Verfasser eines bestimmten Artikels in der gestrigen Ausgabe der ›Kreuzzeitung‹, der sich auf mich bezog, diese Einladung annehmen wird. In Unkenntnis seines Namens habe ich keine andere Wahl als mich auf diese Weise an ihn zu wenden.

Ich möchte mich bei den drei preußischen Offizieren bedanken, die eingeschritten sind, um mich vor den feindseligen Berlinern zu schützen. Und sollte einer von ihnen der Meinung sein, durch mich gekränkt worden zu sein, wird meine Dankbarkeit so weit reichen, diesem eine Genugtuung nicht zu verweigern.

Ich sage und wiederhole an dieser Stelle, dass ich mit dem Gebrauch aller Waffen vertraut bin.

Benedict Turpin.
Im Hôtel Royal, Hannover.«

Kaulbachs Atelier

Benedict verlor keine Zeit, seinen Artikel zur Redaktion der »Gazette« zu bringen. Unverzüglich hinterlegte er in Kaulbachs Atelier sein Empfehlungsschreiben zusammen mit seiner Karte, auf die er notierte: »Ich hoffe, dass Sie mir die Ehre geben, mit Ihnen morgen sprechen zu dürfen.« Er trug deswegen Lenhart auf, sich kurz vor elf Uhr bereitzuhalten, um zwei Besuche abzustatten, einen Besuch des Dankes bei Herrn Bodemeyer und einen bei Herrn Kaulbach. Da Letzterer am entgegengesetzten Ende der Stadt lebte, wo ihm der König eine entzückende kleine Villa hatte errichten lassen, meldete er sich zuerst in Bodemeyers Büro. Die letzten Ausgaben der »Gazette« waren gerade fertiggedruckt und Benedict konnte sich selbst davon überzeugen, dass sein Brief tatsächlich abgedruckt worden war. Da die »Gazette« zahlreiche Abonnenten in Berlin hatte und dort am gleichen Abend gegen sechs Uhr verkauft werden würde, konnte man davon ausgehen, dass seine Bekanntmachung weithin Beachtung finden würde. Die Auflösung des Unterhauses wurde bestätigt und es war klar, dass die Mobilmachung am nächsten Morgen bekannt gegeben würde. Benedict setzte seinen Weg zum Atelier fort.

Bei Tageslicht besehen erschien das Haus – inmitten eines Gartens gelegen, der von einem eisernen Gitter umzäunt war – wie eine hübsche Villa italienischen Stils. Das Tor stand einladend offen. Benedict trat ein, läutete und wurde von einem livrierten Diener empfangen, dessen Benehmen zeigte, dass man seinen Besuch erwartet hatte. Er begleitete ihn umgehend auf seinem Weg ins Studio.

»Der Meister hat gerade sein Mittagessen beendet«, sagte er, »aber er wird jeden Moment zu Ihnen kommen.«

»Sage deinem Herrn«, antwortet Benedict, »dass ich ein zu großes Vergnügen an den schönen Dingen hier habe, als dass ich wünschte, er möge sich beeilen.«

Und in der Tat konnte das Malstudio, voller Originale, Skizzen, sowie Kopien einiger Werke der bekanntesten Maler, sicherlich das größte Interesse in einem Künstler wie Benedict erwecken, der sich nun unvermittelt im Allerheiligsten eines der größten deutschen Künstler wiederfand. Kaulbach war ein Künstler und auch ein Anhänger des christlichen Glaubens, überall sah man entsprechende Beweise. Aber unter all den vollkommenen Skizzen für einige seiner weltbekannten Gemälde, wie »Die Vertreibung der Menschheit« oder »Die Eroberung Jerusalems«, wurde Benedicts Aufmerksamkeit von dem modernen Portrait einer Fünfergruppe angezogen. Es stellte einen Offizier dar, offensichtlich in einem hohen Range stehend, der einen Jungen, um die zehn Jahre alt, an der Hand hielt. Sein Schlachtross stand gesattelt am Fuße einer Terrasse. Weiterhin saß in seiner Nähe eine Dame in der Blüte ihrer Jahre mit zwei kleinen Mädchen. Eines lehnte sich an ihr Knie, das andere saß hingegen zu ihren Füßen inmitten einiger Rosen und spielte mit einem kleinen Hund. Offensichtlich war das Gemälde ein Werk der Zuneigung. Der Künstler hatte sich große Mühe gegeben; in der Tat zuviel davon, denn die ausgearbeiteten fertigen Details verwiesen die Gesichter in den Hintergrund und verflachten stark den allgemeinen Eindruck.

Durch die Betrachtung dieses Gruppenportraits ganz in Anspruch genommen, bemerkte Benedict nicht, dass Kaulbach den Raum betreten hatte und sich neben ihn stellte, ihn mit einem Lächeln beobachtend. Schließlich sagte er:

»Sie haben recht, das Bild ist zu flach und daher ließ ich es in mein Studio zurückholen, nicht um es besser zu machen, sondern um einige Partien abzuschwächen und weicher zu zeichnen. So wie es aussieht, wird es Ihr Publikum nicht mögen. Delacroix hat es für ›klare‹ Bilder verdorben.«

Benedict lachte.

»Wollen Sie damit andeuten, dass er unklar malte?«

»Der Himmel behüte! Seine Arbeiten sind hervorragend, aber Ihre Nation mag diese Art nicht.«

»Wir würdigen ihn jetzt.«

»Ja, aber nun ist er tot«, sagte Kaulbach lächelnd. »Ist das nicht immer so?«

»Nicht in Ihrem Falle. Bewundert in Frankreich, verehrt in Deutschland, glücklicherweise sind Sie immer noch unter uns.«

Kaulbach war zu dieser Zeit um die 52 Jahre alt, leicht ergraut, von gelblichem Teint; er verfügte über strahlend dunkle Augen und war von übernervöser Wesensart. Hochgewachsen und leichtgewichtig stand er im Zenith seines künstlerischen Schaffens, hingegen hatte sein Körper den Zenith des Lebens bereits überschritten. Die zwei Männer studierten einander kritisch, bis schließlich Turpin anfing zu lachen.

»Wissen Sie, was ich denke«, fragte der Deutsche. »Ich frage mich, wie Sie es fertiggebracht haben, von Peking bis nach St. Petersburg, von Astrachan bis nach Algier zu reisen, und dabei noch Schaffenszeit für bemerkenswerte Bilder zu finden. Ich weiß es leider nur vom Hörensagen, aber ich weiß eine ganze Menge über Sie. Sie sind ein Schüler von Scheffer?«

»Ja, ich habe unter anderem auch bei Cabat studiert.«

»Große Meister, alle beide. Und Sie sind der unglückliche Held des unglücklichen Vorfalls in Berlin. Ich habe gerade Ihren Brief in der ›Gazette‹ gelesen.«

»Wieso ›unglücklich‹?«

»Nun, Sie werden sich mit zwei oder drei Duellanten zu befassen haben.«

»Umso schlechter für meine Gegner.«

»Erlauben Sie mir zu bemerken, dass es Ihnen nicht gerade an Selbstvertrauen mangelt.«

»Nein, ich habe die Sicherheit des Erfolgreichen. Sehen Sie!« und Benedict streckte seine Hand aus. »Beachten Sie, dass die Lebenslinie doppelt verläuft. Da ist nirgendwo die kleinste Unterbrechung, nichts, was auf einen Unfall, Krankheit oder den geringfügigsten Kratzer hinweist. Ich könnte den hundertsten Geburtstag erleben – aber ich möchte nicht so viel Worte verlieren wie jene, die sich mit mir anlegen wollen.«

Kaulbach lächelte.

»Am Schluss Ihres Empfehlungsschreibens«, sagte er, »stand ein Postskriptum, in welchem Sie mich darüber aufklärten, dass Sie mehr daran interessiert wären, okkulte Wissenschaften zu studieren, als Ihre eigenen Kunstfertigkeiten zu vervollkommnen.«

»Ich bin mir nicht sicher, ob ich beides gleich gründlich studieren kann. Ich bin ein Sklave meines Temperaments. Wenn mir eine Sache Spaß macht, dann gehe ich voll in ihr auf. Wenn ich denke, ich hätte eine Wahrheit gefunden, versuche ich ihr bis zum Ende nachzugehen. Ich glaube, dass die Handlesekunst uns einen Einblick in die Zukunft geben kann, und dass die Hand wie die Seite eines Buches ist, auf welche die Vorsehung die Linien unseres Schicksals vorgezeichnet hat. Wenn ich für fünf Minuten die Hand des Königs von Preußen oder die des Grafen von Bismarck studieren könnte, könnte ich Ihnen einige Vorstellungen geben, was die Zukunft bringen wird.«

»Unterdessen«, sagte Kaulbach, »sagt Ihre Wissenschaft, dass Sie jedwedes Duell im Gefolge des Berliner Handgemenges heil überstehen werden?«

»Sicher werde ich das. Aber lassen Sie uns über ihr Werk sprechen, was unendlich interessanter ist. Ich glaube, ich kenne alle Ihre Bilder, oder fast alle.«

»Ich würde wetten, Sie kennen nicht das beste darunter.«

»Doch, ich kenne es. Sie meinen ›Kaiser Otto besucht das Grabmal Karls des Großen‹? Es ist das Meisterstück der modernen deutschen Malerei.«

Kaulbach war offensichtlich erfreut.

»Sie haben es gesehen!«, rief er aus und streckte Benedict seine Hand entgegen. »Ich halte nicht ganz so viel davon, wie Sie es zu tun scheinen, aber es ist das beste, was ich gemalt habe. Oh! Entschuldigen

Sie mich, aber ich sehe zwei Besucher, die zu einer Sitzung kommen. Warten Sie bitte hier, diese beiden sind liebenswerte Freunde von mir und sie werden nichts gegen Ihre Anwesenheit einwenden. Ich werde ihnen sagen, wer Sie sind, und, wenn Ihre Gegenwart ihnen nichts ausmacht, können Sie machen was Ihnen beliebt, ob Sie nun gehen oder bleiben.«

Eine Kutsche hielt am Gartentor, ziemlich schlicht und ohne Wappen auf der Seitentüre, doch Benedicts erprobtes Auge erkannte sofort, dass die Pferde einzeln mindestens 200 Pfund gekostet haben mussten. Zwei Männer stiegen aus, der Ältere der beiden, der über 45 zu sein schien, trug die Epauletten eines Generals auf seiner Ausgehuniform, dunkelgrün der Kragen und die Aufschläge aus schwarzem Samt. Kaulbach und er wechselten einige Worte miteinander, nach denen dieser einen Orden sowie zwei Kreuze, offensichtlich den Königlichen-Guelfen-Orden im Königreich Hannover und den Ernst-August-Orden, abnahm. Darauf fasste er, als er den kleinen Garten zu durchqueren und die Treppe heraufzukommen gedachte, den Arm des jüngeren Mannes, der sein Sohn zu sein schien. Dieser war hochgewachsen und sehr schlank, dem Aussehen nach etwa 21 Jahre alt und trug eine Husarenuniform in Blau und Silber.

Kaulbach öffnete die Türe zum Atelier und trat respektvoll zur Seite. Noch während er sich verbeugte, erkannte Benedict in dem älteren Besucher die zentrale Gestalt aus Kaulbachs Portraitgruppe, wie er sich mit raschem Blick auf das Gemälde vergewisserte, auf dem die fehlenden Auszeichnungen in all ihrem Glanze abgebildet waren. Der junge Mann trug auf der linken Brust lediglich den gestickten achtspitzigen Stern mit dem roten Kreuz des Hosenbandordens, der nur wenigen Regenten und Engländern aus dem höheren Adel vorbehalten ist. Er blickte rasch auf das Gemälde, auf dem die fehlenden Auszeichnungen in all ihrer Glorie abgebildet waren. Es war der Stern des Strumpfbandordens, der nur von wenigen getragen werden durfte, ausgenommen von königlichen Prinzen. Da wurde Benedict auf einmal klar, dass es sich bei den

Besuchern um den blinden König von Hannover, einen der kultiviertesten und kunstsinnigsten Landesherren Deutschlands, und seinen Sohn, den Kronprinzen, handeln mussten.

»Mylords«, sagte Kaulbach, »ich habe die Ehre, Ihnen einen Künstlerbruder vorzustellen. Er ist jung und schon bekannt, und er bringt eine besondere Empfehlung des Ministers der Schönen Künste aus Paris mit. Darf ich hinzufügen, dass seine eigene Persönlichkeit eine noch bessere Empfehlung ist.«

Der General verbeugte sich wohlwollend, der junge Mann tippte an die Mütze. Der Ältere sprach daraufhin Benedict auf Englisch an und bedauerte, dass sein Französisch nur mittelmäßig sei. Benedict antwortete in derselben Sprache und sagte, dass er ein zu großer Bewunderer Shakespeares, Scotts und Byrons wäre, dass er nicht die Mühe gescheut hätte, diese Autoren in deren eigener Sprache zu lesen. Der König, zufrieden, dass er nicht erkannt worden war, diskutierte verschiedene Themen, und als er erfuhr, dass Benedict weit herumgekommen war, stellte er viele Fragen, die für sich gesehen schon ein Kompliment waren, denn nur Männer von überragender Intelligenz konnten derlei Fragen stellen und beantworten. Unterdessen arbeitete Kaulbach hastig an seinem Bild weiter, indem er die allzu hart herausgearbeiteten Kontraste weicher zeichnete. Der junge Prinz hörte aufmerksam zu, blickte aber besorgt zu seinem Vater herüber, als Benedict anbot, ihm seine Skizzen zu zeigen, die er in Indien gezeichnet hatte, und fragte, wann und wo er diese betrachten wolle.

»Es wäre besser, du bittest diese beiden Herren zu einem Lunch in deinen eigenen Räumlichkeiten«, sagte der König, »und wenn sie dir die Ehre geben, anzunehmen – «

»Oh! Könnten Sie morgen vorbeikommen?«, erkundigte sich erfreut der Prinz.

Benedict blickte verlegen auf Kaulbach.

»Ich befürchte, ich werde morgen eine andere Art Arbeit zu verrichten haben«, antwortete er.

»Ja«, sagte Kaulbach, »ich fürchte mein Freund hier ist ein kleiner Hitzkopf. Er kam gerade gestern an und hat schon einen Brief an die ›Gazette‹ verfasst, der nun auf dem Weg nach Berlin ist.«

»Was, der Brief, den ich so amüsant fand, dass ich ihn unbedingt meinem Vater vorlesen musste? Ist das der Ihre, Monsieur? Aber, in der Tat, Sie werden sich endlos duellieren müssen.«

»Ich rechne mit zweien«, sagte Benedict, »das ist meine Glückszahl.«

»Aber angenommen, Sie werden getötet oder verwundet?«

»Wenn ich getötet werde, werde ich Ihnen, mit Ihrer Erlaubnis, mein Skizzenbuch vermachen. Falls ich schwer verwundet werde, werde ich Herrn Kaulbach bitten, es Ihnen an meiner statt zu zeigen. Falls ich nur einen Kratzer abbekomme, werde ich es selbst vorbeibringen. Aber Sie brauchen sich nicht um mich zu ängstigen; ich versichere Ihnen, nichts Unerfreuliches wird mir geschehen.«

»Aber, wie können Sie das wissen?«

»Sie kennen den Namen meines Freundes, denke ich«, sagte Kaulbach. »Er heißt Benedict Turpin. Nun, er stammt in der direkten Linie von dem berühmten Zauberer Turpin ab, dem Onkel Karls des Großen, und er hat die Talente seines Vorfahren geerbt.«

»Gott im Himmel«, sagte der Prinz, »sind Sie Spiritist, Zauberer oder dergleichen?«

»Keines von alledem. Es macht mir einfach Spaß, die Vergangenheit, die Gegenwart und soviel von der Zukunft zu lesen, wie jemandes Hand enthüllen kann.«

»Bevor Sie kamen«, sagte Kaulbach, »hatte er sehr bedauert, nicht in der Lage zu sein, die Hand des Königs von Preußen zu lesen. Sie würde uns erzählt haben, was im Kriege geschehen wird. Mylord«, fuhr er fort, den Titel betonend, »könnten wir nicht irgendwo eine königliche Hand für ihn finden?«

»Sehr einfach«, sagte der König lächelnd, »es darf nur die eines richtigen Königs oder Kaisers sein. So wie der Kaiser von China, dem

Millionen von Untertanen gehorchen oder wie Alexander, der über den neunten Teil der ganzen Welt herrschte. Denken Sie nicht auch so, Herr Turpin?«

»Ich denke, Sir«, antwortete Benedict, darauf sich leicht gegenüber des Königs verbeugend, »es sind nicht immer die großen Königreiche, welche große Könige hervorbringen. Thessalien brachte Achill hervor und Mazedonien gebar Alexander«, und sich erneut verbeugend, verließ er das Studio.

Die Herausforderung

Benedicts Voraussage erfüllte sich zeitig. Kaum hatte er am nächsten Morgen die Augen geöffnet, als Lenhart erschien, der die Aufgaben eines Kammerdieners mitübernommen hatte, in der Hand ein prächtiges Silbertablett, das er sich vom Gastwirt geliehen hatte. Darauf lagen zwei Karten.

Die Karten trugen zum einen den Namen eines Majors Friedrich von Bülow und zum anderen den eines Georg Kleist, Herausgeber der »Kreuzzeitung«. Zwei verschiedene Klassen der preußischen Gesellschaft waren somit repräsentiert, die ›Genugtuung‹ forderten.

Benedict fragte nach, wo sich diese Herren aufhielten, und als er hörte, dass beide in seinem Hotel abgestiegen seien, sandte er eine eilige Botschaft an Colonel Anderson, worin er diesen um ein sofortiges Erscheinen bat. Als der Colonel eintrat, überreichte ihm Benedict die Karten und trug ihm auf, mit den Inhabern eine genaue Einhaltung des Reihenfolge auszuhandeln, dabei zuerst beim Major von Bülow vorzusprechen und jedweder Bedingung zuzustimmen, die dieser vorschlagen würde, sei es in der Wahl der Waffen, der Zeit oder der Örtlichkeit. Der Colonel hatte dagegen protestiert, Benedict aber erklärte, er würde es auf seine eigene Weise machen oder gar nicht, damit ließ er Anderson keine andere Möglichkeit, als sich zu fügen.

Nach einer halben Stunde kehrte der Colonel zurück. Von Bülow hatte sich für Degen entschieden. Da dieser aber auf einer dienstlichen Mission nach Frankfurt unterwegs einen Umweg machen musste, um Herrn Turpins Herausforderung anzunehmen, wäre er jenem zu äußerstem Dank verpflichtet, wenn das Treffen so früh wie möglich stattfinden könne.

»Je eher, desto besser«, bemerkte Benedict. »Es ist zumindest das letzte, was ich einem Mann als Gefallen gewähren kann, der sogar einen Umweg in Kauf nimmt, um mir Genugtuung zu gewähren.«

»Anscheinend interessiert es ihn allein, seine Reise am Abend fortsetzen zu können«, bemerkte Anderson.

»Ach, so ist das!«, sagte Benedict. »Aber ich kann für seine Reisefähigkeit nicht garantieren, wie früh auch immer wir aufeinandertreffen!«

»Das wäre schade«, sagte der Colonel, »Major von Bülow ist ein Gentleman durch und durch. Es sieht so aus, als hätten drei preußische Offiziere eingegriffen, um Sie vor dem Mob zu schützen – unter der Bedingung, dass Sie König Wilhelm oder Preußen hochleben ließen.«

»Verzeihung, es gab keine Bedingungen.«

»Nicht von Ihrer Seite aus, aber sie haben es Ihretwegen gemacht.«

»Ich habe sie nicht davon abgehalten, beliebig viele Toasts auszubringen.«

»Zweifellos, nur anstatt dass Sie einen ausbrachten – «

» – rezitierte ich eines der schönsten Gedichte Alfred de Mussets. Was konnten sie mehr von mir erwarten?«

»Diese mussten annehmen, dass sie von Ihnen respektlos behandelt wurden.«

»Vielleicht war ich das auch. Nun, was geschieht als nächstes?«

»Als die drei Ihren Brief lasen, entschieden sie, dass einer von ihnen Sie fordern und die anderen beiden als Sekundanten agieren sollen. Sie zogen Lose, und das Los fiel auf von Bülow. Etwa zur selben Zeit erhielt er die Order, zu dieser Mission nach Frankfurt aufzubrechen. Die übrigen baten, dass einer von ihnen seinen Platz im Duell einnehmen solle. Er aber wies dies mit der Bemerkung zurück, dass, falls er fiele oder schwer verwundet würde, einer der beiden anderen seinen Auftrag übernehmen solle, um dessen Erledigung nicht zu sehr zu verzögern. So arrangierte ich denn das Treffen für ein Uhr.«

»Sehr gut. Was ist mit dem anderen Mann?«

»Herr Georg Kleist ist in jeder Hinsicht kaum eine Bemerkung wert: ein typischer deutscher Journalist. Er wünscht Pistolen und möchte wegen seiner Fehlsichtigkeit auf kurze Entfernung feuern. Allerdings trägt er keine Brille. So werden Sie bei 45 Schritten – «

»Du meine Güte! Nennen Sie das einen kurzen Abstand?«

»Haben Sie ein bisschen Geduld! Sie dürfen beide je fünfzehn Schritte aufeinander zulaufen, das verringert die endgültige Distanz auf fünfzehn Schritte. Aber wir hatten einen Disput darüber. Seine Sekundanten sagten, er sei die beleidigte Partei und habe das Recht zuerst zu feuern. Ich sagte, sie sollen auf ein gegebenes Signal hin gleichzeitig feuern. Sie müssen entscheiden. Das ist eine ernsthafte Angelegenheit und ich lehne die Verantwortung dafür ab.«

»Das ist rasch entschieden. Er soll zuerst schießen. Ich hoffe, Sie haben ebenfalls einen frühen Zeitpunkt mit ihm ausgemacht? Wir könnten dann zwei Fliegen mit einer Klappe schlagen.«

»Genau das habe ich getan. Um ein Uhr werden Sie mit dem Degen auf Herrn von Bülow treffen, eine Viertelstunde später mit der Pistole auf Herrn von Kleist.«

»Wohl denn, mein lieber Colonel, ich werde mich bereit machen und ein Frühstück bestellen. Werden Sie so gut sein, Herrn Kleist mitzuteilen, dass er den ersten Schuss haben darf? Und«, fügte er hinzu, »geben Sie ihm zu verstehen, dass ich keinerlei Waffen mit mir führe. Ich werde die Degen und Pistolen benutzen, die sie mitbringen.«

Es schlug eben elf Uhr. Unverzüglich bestellte Benedict ein Frühstück. Colonel Anderson kehrte zehn Minuten später zurück und verkündete, dass alles geregelt sei, woraufhin sie sich bis Schlag zwölf Uhr der Mahlzeit widmeten.

»Colonel«, sagte Benedict, »wir sollten nicht zu spät kommen.«

»Wir haben keine große Strecke vor uns. Es gibt da ein hübsches Plätzchen, wie Sie sehen werden. Spielt die Umgebung für Sie eine Rolle?«

»Ich ziehe es vor, auf Gras zu kämpfen anstatt auf gepflügtem Ackerboden.«

»Wir werden nach Eilenriede fahren. Eilenriede kann man als eine Art Bois de Boulogne Hannovers bezeichnen. In der Mitte des Waldes gibt es eine kleine offene Lichtung mit einer Quelle, die für diese Art von Begegnung wie geschaffen ist. Ich war da schon ein- oder zweimal wegen eigener Angelegenheiten, und drei- oder viermal anderer Leute wegen. Nebenbei, haben Sie sich eines zweiten Sekundanten versichert?«

»Da sind fünf auf der anderen Seite, einer von ihnen wird mir den Gefallen tun.«

»Aber angenommen, sie würden sich weigern?«

»Nicht sehr wahrscheinlich! Selbst wenn sie es täten, Sie allein würden ausreichen. Aber, da die Gegenseite darauf bedacht zu sein scheint, die Angelegenheit auf die eine oder andere Art zu erledigen, wird es keine Schwierigkeiten geben.«

Lenhart hatte längst angekündigt, dass die Kutsche abfahrbereit sei. Der Colonel erklärte ihm den Weg. Nach einer halben Stunde erreichten sie die kleine Lichtung, ihnen blieben noch zehn Minuten Zeit.

»Ein lieblicher Platz«, sagte Benedict. »Da die anderen noch nicht da sind, will ich ihn skizzieren.«

Daraufhin holte er den Zeichenblock aus seiner Tasche hervor und entwarf mit bemerkenswerter Schnelligkeit und Geschicklichkeit eine ziemlich zutreffende Skizze des Platzes.

Kurz darauf erschien in der Ferne eine Kutsche. Als sie sich näherte, erhob sich Benedict und nahm seinen Hut ab. Sie war besetzt mit den drei Offizieren, dem Herausgeber und einem Arzt, den sie mitgebracht hatten. In den Offizieren erkannte Benedict sofort seine drei Beschützer aus Berlin.

Seine Gegner stiegen in einiger Entfernung aus ihrer Kutsche und erwiderten höflich seinen Gruß. Colonel Anderson ging zu ihnen, um sich vorzustellen und erklärte, dass sein Prinzipal als Fremder keinen anderen Sekundanten als ihn habe, und fragte, ob einer von seiner Gegenseite bereit wäre, diesem Mangel abzuhelfen. Sie beratschlagten sich für einen Moment, dann kam einer der Offiziere herüber und verbeugte sich vor Benedict.

»Ich fühle mich Ihrer Höflichkeit verpflichtet, mein Herr«, sagte Benedict.

»Wir werden allem zustimmen, mein Herr – nur nicht, Zeit zu verlieren«, antwortete der Offizier.

Benedict biss sich auf die Lippen.

»Will you at once select the weapons," sagte er zum Colonel auf Englisch, »we must not keep these gentlemen waiting."

Von Bülow hatte bereits Helm, Mantel, Weste und Krawatte abgelegt. Benedict studierte ihn, sorgfältig, wie er es stets zu tun pflegte. Er schien um die 35 Jahre alt zu sein und dabei solange mit seiner Uniform zu leben, dass er sich ohne sie unwohl fühlen musste. Er hatte einen dunklen Teint, glänzendes schwarzes, ziemlich kurz geschnittenes Haar, eine gerade Nase, einen schwarzen Bart und ein energisches Kinn. Beides, Tapferkeit und Loyalität, konnte man aus dem freimütigen und offenen Blick seiner schwarzen Augen herauslesen.

Nachdem von Bülow die Degen ausgelegt hatte, bot er Benedict an, sich einen davon auszuwählen. Dieser griff unbesehen nach einer der beiden Waffen, worauf er als erstes seine linke Hand an der Schneide entlang führte und die Spitze befühlte. Die Schneide war scharf wie eine Rasierklinge, die Klinge spitz wie eine Nadel. Der Sekundant des Majors beobachtete den Vorgang und winkte Colonel Anderson zur Seite.

»Werden Sie«, sagte er, »freundlicherweise ihrem Prinzipal erklären, dass wir in deutschen Duellen nur die Degenklinge benutzen? Mit der Spitze zu stoßen ist nicht statthaft.«

»Zum Teufel!«, sagte Benedict, als ihm dieser Bescheid überbracht wurde, »gut, dass Sie mir das sagen. In Frankreich, wo Duelle, besonders unter Militärs, gewöhnlich eine ernsthafte Sache zu sein pflegen, ist jede Technik erlaubt. Unsere Fechtart heißt deswegen eigentlich ›Klingenstoß‹«

»Aha, ach wirklich«, rief von Bülow aus, »ich bitte Sie darum, mein Herr, führen Sie Ihren Degen in der Weise, die Sie am besten beherrschen.«

Benedict verbeugte sich anerkennend. Da er schon zu seiner Heidelberger Zeit mehrere Duelle gefochten hatte, war er sehr wohl mit der deutschen Fechtmethode vertraut und begab sich mit demonstrativer Gleichmütigkeit in Fechtstellung. Da der beleidigten Person das Angriffsrecht zustand und man eine Aufforderung zum Duell als Affront ansehen konnte, harrte er einfach en garde der Dinge.

Die zwei Duelle

»Engage, gentlemen!«, rief der Colonel.

Von Bülows Degen fegte wie ein Blitz durch die Luft. Aber so schnell der Hieb auch war, er stieß ins Leere. Gewarnt vom Instinkt des erfahrenen Fechters machte Benedict, die Klingen fast in Bindung, einen schnellen Ausfall zur Seite und verharrte in der Einladungsstellung, seine Degenspitze nach unten am Gegner vorbei gerichtet, und sein spöttisches Lächeln enthüllte eine Reihe makelloser Zähne. Sein Gegner brach verblüfft den Angriff ab und wandte sich zurück, um wieder mit ihm in Linie zu kommen. Getrieben von der Vorstellung, dass dieses Duell kein Kinderspiel sein darf, machte von Bülow einen erneuten Ausfall, Benedict aber hob augenblicklich die Degenspitze zum Bindungsstoß und wich unwillkürlich einen Schritt zurück. Benedict richtete sein Augenmerk nun fest auf ihn, er umkreiste ihn in geduckter Haltung, mal nach rechts, mal nach links, bereit zum Stoß, aber seine Waffe immer waagrecht haltend.

Eine Art Hypnose bemächtigte sich des Majors. Entschlossen, dagegen anzukämpfen, unternahm er einen kühnen Ausfallschritt in gerader Richtung, die Degenlinie nach oben gerichtet. Augenblicklich spürte er die Berührung kalten Stahls. Benedicts Riposte mit dem Rapier durchbohrte von Bülows Hemd und trat auf der anderen Seite wieder heraus. Wäre der Major ihm gegenüber nicht regungslos stehen geblieben, die Zuschauer hätten annehmen müssen, die Klinge habe den Körper durchstoßen.

Die Sekundanten eilten herbei, aber der Major sagte: »Ich versichere Ihnen, es ist nichts«, und, als er begriff, dass Benedict absichtlich nur sein Hemd und nicht ihn selbst durchbohrt hatte, fügte er hinzu: »Kommen Sie, mein Herr, lassen Sie uns dieses Spiel ernsthaft weiterführen.«

»Ach!«, sagte Benedict, »aber Sie sehen doch, hätte ich ernst gemacht, wären Sie jetzt ein toter Mann!«

»En garde, mein Herr«, schrie von Bülow wütend, »und vergegenwärtigen Sie sich, dies ist ein Duell auf Leben und Tod.«

Benedict ging einen Schritt zurück und salutierte mit seinem Degen: »Verzeihen Sie mir, mein Herr«, sagte er, »Sie sehen, wie ungeschickt ich bin. Obwohl ich mich bemühte, nicht die Spitze zu benutzen, habe ich trotzdem zwei Löcher in ihr Hemd gestoßen. Meine Hand könnte sich wieder meinem Willen verweigern, und, da ich als Gast ihres Landes nicht gegen seine Gepflogenheiten verstoßen möchte – besonders wenn sie zufälliger Weise philanthropischer Natur sind – so – «

Er wandte sich daraufhin einem Felsen zu, der aus einer kleinen Senke herausragte, steckte die Spitze seines Rapiers in einen Spalt und brach gut einen Zoll der Degenspitze ab.

Sein Gegner wollte es ihm nachmachen, aber:

»Das ist doch unnötig, mein Herr«, sagte Benedict, »Sie werden wahrscheinlich nicht zustoßen.«

Im Folgenden beschränkten sie sich auf ein herkömmliches Säbelgefecht. Benedict kreuzte mit seinem Opponenten die Klinge, das erforderte von beiden enge Mensur. Er wich immer wieder einen halben Schritt zurück, um dann sofort aufzurücken, und dank dieser unablässigen Bewegung traf der Major jedes Mal ins Leere. Immer ungeduldiger bemühte er sich, Benedict zu treffen, verpasste ihn ein ums andere Mal und senkte dann plötzlich seine Waffe. Benedict parierte einen Gleitstoß und traf mit der abgebrochenen Spitze von Bülows Brust. Darauf sagte er:

»Sie sehen, ich tat Recht daran, die Spitze meines Degens abzubrechen. Sonst hätte ich dieses Mal außer Ihrem Hemd auch Sie durchstoßen.«

Der Major brachte kein Wort hervor, aber er erholte sich rasch und ging in Grundstellung. Er hatte einsehen müssen, dass sein Gegner ein höchst geschickter Fechter war, der die französische Schnelligkeit mit unbedingter Kaltblütigkeit verband, und der sich seiner Stärke voll bewusst war.

Benedict sah ein, dass er ein Ende machen müsse, in der Folge verhielt er sich ruhig und gelassen. Er fixierte seinen Feind mit drohenden Augen und runzelte die Stirn; er machte keinen Versuch anzugreifen und verharrte in der eingenommenen Verteidigungshaltung. Es schien, als ob er den Angriff erwartete. Plötzlich aber, mit der unerwarteten Schnelligkeit, die alle seine Bewegungen auszeichnete, sprang er wie ein Jaguar in einem Sprung nach vorne, zielte seinen Stoß auf den Kopf seines Gegners, und als dieser seinen Arm zur Abwehr hob, zog er mit seiner Klinge einen Hieb quer über dessen Brust. Noch im gleichen Augenblick sprang er zurück und senkte seinen Degen.

Von Bülows Hemd, wie von einer Rasierklinge aufgeschlitzt, war augenblicklich voller Blut. Die Sekundanten eilten zum Geschehen.

»Regen Sie sich nicht auf, ich bitte Sie«, rief der Major, »es ist nichts als ein Kratzer. Ich muss zugeben, die Hand des Herren hier ist sehr geschickt.«

Und wieder stand er en garde.

Obwohl von mutiger Natur, verunsicherte ihn die Beweglichkeit seines Gegners. Er fühlte sein Selbstvertrauen schwinden und ein Gefühl großer Gefahr beschlich ihn. Offensichtlich hielt ihn Benedict gerade so auf Distanz und wartete lediglich darauf, bis er sich ihm unvorsichtigerweise zu seinem Vorteil exponierte. Ihm wurde klar, dass sein Gegner bislang nur mit ihm gespielt hatte, dass sich nun das Duell dem Ende näherte, und dass der kleinste Fehler auf das Ernsthafteste bestraft werden würde. Sein Degen, der mit dem Benedicts kaum in Bindung kam, schien leblos geworden; er hatte aufgehört, seinem Willen zu gehorchen.

Seine bisherige Erfahrung im Fechten kam ihm hier nutzlos vor, und diese blitzende Klinge vor ihm, die er nie zu parieren vermochte, die ihn aber dauernd bedrohte, aufmerksam, intelligent, war wie mit Leben beseelt. Sie verwirrte seinen Verstand. Er wagte nicht, vor diesem Gegner einen Ausfall zu riskieren, da dieser ihn andauernd außerhalb seiner Reichweite erwartete, unerschütterlich und immer wachsam. Offensichtlich beabsichtigte diese Künstlernatur ihn mit einem brillanten

Hieb zu erledigen, oder aber selbst – was ihm nicht sehr wahrscheinlich schien – in einer würdigen Pose wie der »Sterbende Gladiator« zu fallen.

Die perfekte körperliche Anmut seines Opponenten, dessen elegante und meisterhafte Fechtkunst und noch viel mehr das spöttische Lächeln, das über dessen Gesicht huschte, machten ihn reizbar. Von Bülow fühlte das Blut in seinen Schläfen hochsteigen und er konnte nicht umhin, zwischen seinen Zähnen zu murmeln:

»Dieser Kerl ist ein richtiger Teufel!«

Darauf stürmte er vor, ohne Angst vor der abgebrochenen Klingenspitze erhob er seinen Degen und setzte einen Hieb, der, wenn er sein Ziel erreicht hätte, Benedicts Kopf wie einen Apfel durchgehauen haben würde. Jedoch traf der Hieb wieder nur ins Leere, da Benedict erneut mit einem leichtfüßigen, eleganten Sprung zurückgewichen war, ganz in der Art der Pariser Fechtmeister.

Der Major hatte mit dem erhobenem Degen seine Deckung entblößt. Eine Parade stoppte seinen blitzartigen Ausfall, und sein Arm sank blutüberströmt und kraftlos an seiner Seite herunter. Sein Degen sank ebenfalls, blieb aber senkrecht in seiner Degenschlaufe hängen.

Die Sekundanten eilten ihm zur Seite. Sehr blass, aber mit einem Lächeln auf den Lippen, verbeugte sich von Bülow und sagte:

»Ich danke Ihnen, mein Herr! Als Sie mich durchstoßen konnten, haben Sie mir lediglich mein Hemd zerfetzt. Als Sie mich in zwei Hälften hätten hauen können, ließen Sie mich mit einem Schnitt davonkommen, wie man sich ihn manches Mal beim Rasieren zufügt. Und nun, als sie entweder meinen Kopf hätten spalten oder meinen Arm hätten verstümmeln können, entkam ich mit einer ruinierten Manschette. Ich bitte Sie nun in aller Höflichkeit als Ehrenmann, der Sie sind, fortzufahren und diese Aufreihung zu vollenden, indem Sie mir erklären, warum Sie mich geschont haben.«

»Mein Herr«, sagte Benedict lächelnd, »im Hause Fellner, Bürgermeister von Frankfurt, wurde ich seiner Patentochter vorgestellt, einer reizenden Dame, die ihren Mann vergöttert. Ihr Name war Baronesse von Bülow. Als ich Ihre Karte sah, kam es mir in den Sinn, dass Sie mit ihr verwandt sein könnten, und wegen ihrer Schönheit – obwohl Trauer ihren Liebreiz noch steigern könnte – würde ich es mir nicht verzeihen, die Ursache zu sein, wenn sie diese zu tragen gezwungen sein würde.«

Der Major sah Bendict in die Augen und, obwohl jener durch und durch Soldat war, füllten sich seine Augen mit Tränen.

»Frau von Bülow ist meine Gattin«, sagte er. »Glauben Sie mir, Herr, wann immer Sie ihr wieder begegnen werden, wird sie Sie so begrüßen: ›Mein Gatte duellierte sich dummerweise mit Ihnen. Mögen Sie für immer dafür gesegnet sein, dass Sie ihn verschont haben!‹ Und sie wird Ihnen mit der gleichen Dankbarkeit ihre Hand reichen, wie ich Ihnen die meine anbiete.«

Und er fügte lächelnd hinzu:

»Verzeihen Sie mir, dass ich Ihnen nur meine linke Hand anbiete. Dies ist ganz und gar Ihre Schuld.«

In der Folge weigerte von Bülow sich nicht, obwohl die Wunde keinesfalls lebensgefährlich war, sich verbinden zu lassen. Der Wundarzt riss rasch den Ärmel auf und legte eine Wunde frei, die nicht sehr tief, aber schrecklich anzusehen war. Den Oberarm entlang zog sie sich von der Schulter bis zum Ellenbogen hin. Trotzdem konnte man sich nur mit Schaudern vorstellen, was solch eine Wunde hätte ausrichten können, hätte der Fechter mit all seiner Gewalt zugehauen, anstatt seinem Gegner einfach nur die Klinge über den Arm zu ziehen.

Der Wundarzt tauchte einen Verband in das eiskalte Quellwasser, das am Fuße des Felsens entsprang und wickelte ihn um den Arm. Dann zog er die Wundränder zusammen und bandagierte den Arm mit Pflaster. Er versicherte, der Major sei in der Lage, seine Reise am Abend nach Frankfurt fortzusetzen.

Benedict bot dem Major seine Kutsche an, der lehnte jedoch ab. Er war voller Neugier und wollte zuschauen, wie es seinem Nachfolger ergehen würde. Er entschuldigte sich derart, dass es ihm die Höflichkeit gebiete, auf Herrn Georg Kleist zu warten.

Obgleich Herr Kleist, der Zeit gehabt hatte zu studieren, mit welcher Art von Gegner er es zu tun bekommen würde, gern meilenweit von dieser Stelle entfernt gewesen wäre, nahm er doch in dieser Situation einen tapferen Gesichtsausdruck an. Obwohl er während des ersten Duells sichtbar blass geworden war und noch viel blasser, als die Wunde verbunden wurde, war er der erste, der das Wort ergriff:

»Entschuldigen Sie, dass ich Sie unterbreche, meine Herren, aber jetzt bin ich dran.«

»Ich stehe ganz zu Ihren Diensten, mein Herr«, sagte Benedict.

»Sie sind nicht angemessen für ein Pistolenduell gekleidet«, unterbrach ihn der Colonel Anderson, mit Blick auf Benedicts Aufzug.

»Tatsächlich«, sagte Benedict, »ich habe nicht darüber nachgedacht, in welchen Kleidern ich hier zu kämpfen habe. Das ist der ganze Grund!«

»Sie könnten zumindest Ihren Rock anziehen und ihn zuknöpfen!«

»Bah! Es ist viel zu heiß.«

»Vielleicht hätten wir zuerst die Pistolen vereinbaren sollen. Dieses Degengefecht hat wohl ihre Hände unruhig werden lassen.«

»Meine Hand ist mein Diener, lieber Colonel. Sie weiß, dass sie mir zu gehorchen hat und Sie werden sehen, dass sie es auch tut.«

»Möchten Sie die Pistolen sehen, die Sie nun benutzen werden?«

»Sie haben sie sich angesehen, oder nicht? Sind sie doppelläufig oder einläufig?«

»Einläufige Duellpistolen. Sie wurden heute Morgen von einem Waffenschmied am Großen Platz gemietet.«

»Dann rufen Sie meinen zweiten Sekundanten und achten Sie darauf, dass sie richtig geladen sind. Achten Sie darauf, dass die Kugel im Lauf liegt und nicht herausfallen kann.«

»Ich werde diese höchstpersönlich laden.«

»Colonel«, fragten die preußischen Offiziere, »möchten Sie sich überzeugen, ob die Pistolen geladen sind?«

»Ja, ich bitte darum. Aber wie sollen wir uns vereinbaren? Herr Kleist hat nur einen Sekundanten.«

»Diese beiden Herren mögen Herrn Kleist sekundieren«, sagte der Major, »und ich werde Herrn Turpin sekundieren.« Da seine Wunde nun bandagiert war, ging er zu dem Felsen, welcher der Lichtung ihren Namen gab, und setzte sich darauf.

Zwischenzeitlich wurden die Pistolen geladen. Colonel Anderson hielt sein Versprechen, indem er die Kugeln selbst lud. Benedict ging auf ihn zu.

»Sagen Sie mir«, sagte der Engländer ernst, »haben Sie etwa vor, ihn zu erschießen?«

»Was erwarten Sie? Keiner kann genau so gut mit Pistolen umgehen, wie er mit dem Degen oder Rapier umgeht.«

»Sicher gibt es Möglichkeiten, jemanden, mit dem Sie keinen ernsthaften Streit haben, außer Gefecht zu setzen, ohne ihn gleich zu töten.«

»Ich kann mich nicht wirklich dazu verpflichten, ihn zu verfehlen, nur um Ihnen zu Gefallen zu sein! Denken Sie nach! Er würde natürlich überall herumerzählen, dass ich mit dem Umgang von Schusswaffen nicht so gut vertraut bin.«

»In Ordnung! Ich sehe, dass ich darüber nichts weiter zu sagen brauche. Ich wette, Sie haben irgendeine Idee.«

»Ehrlich, ich habe eine. Aber dazu muss er seinen Beitrag leisten.«

»Wie soll er sich verhalten?«

»Seien Sie ganz beruhigt, es sollte nicht so ganz schwer werden. Sehen Sie, sie sind bereit.«

Die Sekundanten hatten gerade die 45 Schritte abgezählt. Colonel Anderson schritt nun fünfzehn Schritte von jedem Ende her ab und legte, um die exakte Grenzlinie zu markieren, die kein Kombattant überschreiten durfte, an jedem Ende jeweils eine Scheide quer. Dann steckte er einen Degen in den Boden, um den Anfangspunkt zu bestimmen.

»Auf Ihre Plätze, meine Herren«, riefen die Sekundanten.

Herr Kleist hatte seine Pistole ausgewählt, die andere überreichte der Colonel Benedict. In ein lebhaftes Gespräch mit dem Major vertieft, nahm er die Waffe ohne viel Aufhebens entgegen und begab sich, immer noch mit von Bülow plaudernd, seelenruhig zu seiner Position.

Die Duellanten standen nun in der weitest möglichen Entfernung zueinander.

»Meine Herren«, sagte Colonel Anderson, »Sie sind nun 45 Schritte auseinander. Jeder von Ihnen mag jetzt entweder fünfzehn Schritte vorschreiten, bevor er schießt, oder aber er schießt von da, wo er jetzt steht. Herr Georg Kleist hat den ersten Schuss und mag feuern, sobald es ihm passt. Nach dem Schuss darf er die Pistole so halten, dass sie einen Körperteil seiner Wahl schützt.«

»Jetzt, meine Herren!«

Die zwei Gegner schritten aufeinander zu. Nachdem er an der Markierung angelangt war, wartete Benedict standhaft auf seinen Opponenten und blickte ihn mit verschränkten Armen an. Eine leichte Brise kräuselte sein Haar und blähte sein Hemd an der Brust auf. Er war in einem normalen Schritttempo vorwärts gegangen.

Herr Kleist, barhäuptig und ganz in Schwarz in einen eng geknöpfen Mantel gekleidet, hatte sich langsam vorwärtsbewegt, nur mit Willenskraft die körperliche Abneigung überwindend. Er blieb an der Markierung stehen.

»Sind Sie bereit, mein Herr?«

»Wirklich bereit, mein Herr.«

»Werden Sie sich auch nicht zur Seite drehen?«

»Gewöhnlich tue ich so was nicht.«

Sich selbst seitwärts drehend hob Herr Kleist plötzlich seine Pistole, zielte und feuerte.

Benedict hörte die Kugel ganz nahe an seinem Ohr vorbeizischen und fühlte, wie der Luftstoß sein Haar aufwirbelte. Sie hatte seinen Kopf um weniger als einen Zentimeter verfehlt.

Sein Gegenüber hob sofort seine Pistole und hielt sie so, dass sie sein Gesicht schützte, aber er konnte seine zitternde Hand kaum beherrschen.

»Mein Herr«, sagte Benedict, »Sie hatten gerade höflich angefragt, ob ich mich nicht zur Seite drehen würde, was zwischen Kämpfern unüblich ist. Erlauben Sie mir im Gegenzug, Ihnen einen Hinweis zu geben, oder eher, Sie um etwas zu bitten.«

»Was ist es, mein Herr?«, fragte der Journalist, sich immer noch mit der Pistole schützend.

»Halten Sie Ihre Hand ruhig, Ihre Pistole zittert ja. Ich möchte nämlich meine Kugel in den Holzgriff Ihrer Pistole platzieren, was schwer zu bewerkstelligen sein wird, es sei denn Sie hielten sie ruhig. Ich könnte Sie unbeabsichtigt entweder in die Wange oder in den Hinterkopf treffen, wohingegen – wenn Sie Ihre Hand so hielten, wie Sie sich gerade befindet – «

Er hob seine Pistole und schoss im gleichen Augenblick.

»Da! Nun ist es vorbei!«

Es ging so schnell, keiner hatte überhaupt mitbekommen, dass er überhaupt gezielt hatte. Gerade in dem Moment, als der Schuss fiel, zersplitterte Kleists Pistole in mehrere Einzelteile, er selbst taumelte und sank auf die Knie.

»Ah!«, sagte Colonel Anderson, »Sie haben ihn getötet.«

»Ich glaube nicht«, antwortete Benedict. »Ich zielte zwischen die beiden Schrauben, die den Schlagbolzen halten. Es ist die Wucht des Aufpralls, die ihn zu Boden streckte.«

Der Arzt und die Sekundanten hasteten zu dem Verwundeten, der jetzt nur noch ein Stück seiner Pistole in Händen hielt. Auf seiner Wange bildete sich ein fürchterliches Mal, das sich vom Auge bis zum Kiefer erstreckte. Im Übrigen war er unversehrt, lediglich die Erschütterung des Aufpralls hatte ihn umgehauen.

Den Lauf der Pistole fand man auf der einen, das Zündschloss auf der anderen Seite der Schusslinie. Die Kugel war genau zwischen den beiden Schrauben stecken geblieben. Wäre ihr Lauf weitergegangen, hätte sie den Oberkiefer durchschlagen und wäre in Kleists Gehirn eingedrungen.

Der Verband war einfach, der Schmiss sah hingegen ganz schlimm aus, denn die Haut war an zwei Stellen aufgeplatzt. Folglich schien dem Wundarzt eine Kompresse kalten Wassers ausreichend zu sein.

Benedict umarmte den Major, verbeugte sich vor dem Journalisten und reichte den Sekundanten die Hand. Dann zog er seinen Mantel über und stieg in die Kutsche. Dabei sah er weniger unordentlich aus, als wenn er von einem Picknick zurückgekommen wäre.

»Gut gemacht, mein lieber Pate«, sagte er zu Colonel Anderson.

»Gut gemacht, mein liebes Patenkind«, antwortete Letzterer, »ich kenne außer mir mindestens zehn Männer, welche gut und gern tausend Pfund dafür gegeben hätten, Augenzeuge von dem gewesen zu sein, was ich heute gesehen habe.«

»Herr«, sagte Lenhart, »wenn du versprechen würdest, weder zu jagen noch zu kämpfen, es sei denn, ich wäre als Zuschauer dabei, dann würde ich mich, mein Pferd und meine Kutsche für den Rest meines Lebens in deinen Dienst stellen.«

Und in der Tat, Benedict kehrte zurück, wie er es vorhergesagt hatte, er hatte seine beiden Duelle gefochten, hatte seine Gegner besiegt, ohne dabei einen Kratzer davonzutragen!

Was in des Königs Hand geschrieben stand

Nachdem Benedict in seinem Hotel angekommen war, suchte ihn Kaulbachs Diener auf, der von seinem Herrn geschickt worden war, den Verlauf der Geschehnisse in Erfahrung zu bringen. In der guten Stadt Hannover hatte es sich schnell herumgesprochen, dass in Antwort auf Benedicts Brief in der »Gazette« ihm am frühen Morgen zwei Herausforderungen zugestellt worden waren und dass er, seine Herausforderer und die Sekundanten sich nach Eilenriede, dem üblichen Orte, um Angelegenheiten dieser Art zu erledigen, begeben hatten. Benedict wünschte sehnlichst, dass der Diener seiner Herrschaft versicherte, dass alles gut gegangen war und fügte hinzu, er wäre höchstpersönlich vorbeigekommen, um ihm seine Ehrerbietung zu bezeugen, habe aber befürchten müssen, die Neugier der ganzen Stadt auf sich zu ziehen.

Colonel Anderson entschuldigte sich, weil er Benedict kurz nach ihrer gemeinsamen Rückkehr verlassen musste. Da er ein Offizier der königlichen Ordonnanz war, hatte er dem König einiges zu berichten.

Die Neuigkeiten über den Ausgang des zweifachen Kampfes verbreiteten sich genauso schnell wie die über die Herausforderungen selbst. Solch eine Leistung, zwei Duelle ohne Kratzer ausgefochten zu haben, war wirklich unerhört und wurde als so außergewöhnlich aufgenommen, dass die jungen Männer der Stadt, die ihrerseits ebenfalls keine Zuneigung für die Preußen hegten, eine Abordnung entsandten, um Benedict zu seinem Erfolg zu beglückwünschen. Er empfing die Abgeordneten und antwortete ihnen in einem solch ausgezeichneten Deutsch, dass sie, nach ihrer Rückkehr, noch mehr begeistert waren als vorher.

Die Türen waren kaum hinter ihnen verschlossen, als Herr Stephan auftauchte und ankündigte, dass alle seine Gäste so sehr an den Ereignissen des Tages interessiert wären, dass sie darum bäten, Benedict möge ihnen die Ehre erweisen, mit ihnen am table d'hôte zu dinieren, um allen den Gefallen zu gewähren, ihm persönlich zu gratulieren.

Benedict antwortete, dass er nicht im mindesten die außerordentliche Bewunderung für sein vollkommen natürliches Verhalten verstünde, dass er aber wirklich bereit sei, alles zu tun, um seinen Tischgenossen zu Gefallen zu sein.

Herr Stephan hatte die Zeit genutzt, um überall bekannt zu machen, der Franzose, der nun Stadtgespräch war, habe zugesagt, noch ein einziges Mal am table d'hôte zu speisen. Anstatt für 25 hatte er Gedecke für 200 Gäste auflegen lassen. Jeder Platz war besetzt.

Die Polizei befürchtete Unruhen jedweder Art und erschien um Nachforschungen anzustellen. Ihr wurde versichert, dass es sich um eine reine Familienfeier handele, um eine Demonstration, wie sie es drei Tage zuvor unter dem Fenster des Grafen Bismarck gegeben hatte – nur unter umgekehrten Vorzeichen! Nun war die Hannoversche Polizei eine hervorragende Truppe, die gegen Familienfeiern und gegen patriotische Demonstrationen überhaupt nichts einzuwenden hatte. Im Gegenteil, anstatt dagegen einzuschreiten, gewährte sie Unterstützung mit allem, was in ihrer Macht stand und dank dieser Hilfe verlief alles in perfekter Ordnung.

Um Mitternacht jedoch – längst hatte man Benedict erlaubt sich zurückzuziehen – organisierten seine Bewunderer unter seinem Fenster ein Ständchen, das sich bis zwei Uhr morgens hinzog.

Um neun Uhr betrat Kaulbach das Zimmer und sagte, der Kronprinz habe Benedict zum Frühstück in den Palast Herrenhausen eingeladen und bäte ihn, seine Skizzen mitzubringen. Kaulbach sei aufgetragen worden, nicht ohne ihn zu erscheinen. Das Frühstück begänne gegen elf Uhr, der Prinz wäre dankbar, wenn Benedict schon früher, gegen zehn Uhr erschiene, um sich etwas Zeit für eine Unterhaltung davor wie auch für die Zeit danach zu nehmen.

Benedict verlor mit dem Ankleiden keine Zeit und obwohl Kaulbach, mit der Palastetikette vertraut, ihm versicherte, dass er auch in einem gewöhnlichen Anzug erscheinen könne, zog er es vor, die Marineuniform anzulegen, mit der er den Chinesischen Feldzug mitgemacht hatte. An seine Brust steckte er das Kreuz der Ehrenlegion. Für die wenigen Träger dieses Ordens bedeutete das einfache rote Bändchen sehr viel mehr als die verschiedenen Großkreuze, die andere trugen. Er schnallte den Degen um, ein Geschenk Saïd Paschas, nahm seinen Skizzenblock und bestieg zusammen mit Kaulbach die Kutsche.

Lenhart bekam einen ganzen Tag frei.

Die Fahrt dauerte 25 Minuten bis Herrenhausen, das circa eine Legie von Hannover entfernt lag. Da sie in einer offenen Kutsche fuhren, konnte Benedict von weitem erkennen, wie der junge Prinz vom Fenster aus gespannt nach ihm Ausschau hielt. Im zur Seite stand nur noch der Adjutant, ein beamteter Vermessungsingenieur und deswegen wohl zeichnerisch begabt. Darüber hinaus, und das war noch ungewöhnlicher, verachtete er auch die Malerei nicht.

Der Prinz erkundigte sich höflich nach Benedicts Wohlergehen, ohne die kleinste Anspielung auf das Duell des Vortages zu machen. Es war trotzdem offensichtlich, dass er darüber voll im Bilde war. Hätte es Zweifel daran gegeben, wären diese durch den Auftritt Colonel Andersons als zusätzlich geladenen Gast zerstreut worden.

Jetzt konzentrierte sich das Hauptinteresse des Prinzen jedoch auf die Mappe, die Benedict unter seinem Arm hielt.

Seinen Wunsch vorwegnehmend bemerkte Benedict:

»Eure Hoheit wünschen einige meiner Skizzen zu betrachten. Ich habe einige mitgebracht, die Jagdszenen darstellen, von denen ich mir gedacht habe, diese würden Sie am meisten interessieren.«

»Oh ja! Lasst sehen, lasst mich sie ansehen!«, rief der Prinz, streckte die Hand aus, legte die Mappe auf den Flügel und begann den Inhalt aufmerksam zu studieren. Nachdem er verschiedene Seiten umgeblättert hatte, sagte er: »Ach, die sind aber hübsch. Bitte, würden Sie mir etwas über die Abenteuer erzählen, die Sie da illustriert haben? Diese müssen wirklich spannend gewesen sein.«

Benedict bemühte sich nach Kräften, des Prinzen Wunsch zu erfüllen, und die Zeit vor und nach dem Frühstück verstrich wie im Fluge beim Erzählen des Berichts einer Elefantenjagd, Begegnungen mit Piraten in der Straße von Malakka und Abenteuern im Kaukasus. Benedict hatte gerade eine besonders aufregende Anekdote über Giftschlangen in Indien beendet, als man den König gewahrte, wie er sich von der Galerie her näherte.

Er hielt den Arm seines Adjutanten untergefasst, mit dem er sich unterhielt und ging festen Schrittes, als ob er fähig wäre zu sehen. Er betrat den Speisesaal, ohne sich ankündigen zu lassen. Die vier Gäste erhoben sich sofort. »Lassen Sie sich nicht durch mich stören, meine Herren«, sagte der König. »Ich bin bloß gekommen, um den Prinzen aufzusuchen und nachzufragen, ob er alles hat, was er braucht, und wenn nicht, seine Wünsche an die betreffenden Personen weiterzuvermitteln.«

»Nein! Dank Eurer Majestät Güte, hier wird nichts weiter benötigt außer Eurer Anwesenheit selbst«, erwiderte sein Sohn. »Eure Menschenkenntnis hat Euch nicht getäuscht, Monsieur Benedict ist der aufregendste Gesellschafter, den ich je kennen gelernt habe.«

»Der Prinz ist sehr phantasievoll, Sire«, sagte Benedict lachend. »Er schreibt einigen einfachen Erzählungen und hastigen Skizzen eine Vorzüglichkeit zu, die sie wirklich nicht haben.«

Der König jedoch schien seinen eigenen Gedanken nachzuhängen; Gedanken, die wohl mit ein Grund dafür gewesen waren, den jungen Mann aufzusuchen.

»Gestern«, sagte er in Benedicts Richtung und wandte sich ihm zu, wie er es immer in einer Unterhaltung zu tun pflegte, »bemerkten Sie etwas über eine Wissenschaft, die mich schon seit frühesten Tagen interessiert, nämlich die Chiromantie. Meine Gedanken ziehen mich in Richtung der geheimnisvollen unerforschten Regionen des menschlichen Geistes, der Natur, der Schöpfung. Ich würde gerne wissen, ob die Chiromantie beispielsweise auf Logik beruht oder auf der Physiologie.«

»Ich weiß, Sire«, antwortete Benedict lächelnd, »das ist der Grund, warum ich es gestern wagte, diese okkulte Wissenschaft im Beisein Eurer Majestät zu erwähnen.«

»Sie scheinen darin bewandert. Aber warum?«

»Ich wäre ein armseliger Student, Sire, wenn ich meine Untersuchungen auf die der Hände beschränkt hätte, und wenn ich nicht das Studium von Lavater und Gall zu dem von Arpentigny zusammengeführt hätte. An der Form Eurer Hände und Eures Kopfes erkannte ich sofort diese kostbaren Fähigkeiten, die dem Student der Naturwissenschaften bedeutsam sind: poetisches Talent und die Liebe zur Harmonie. Die Protektion, die Eure Majestät dem armen Pflanzenkundler Lampe gewährt, entstand nicht bloß aus Wohlwollen, sondern aus der Überzeugung heraus, dass bestimmte Männer die Fähigkeit haben, Entdeckungen zu machen und es sind nicht immer die Hochgestellten der Erde, an denen sich die Wahrheit derart offenbart.«

»Das ist wahr«, sagte der König. »Andere Männer mögen die Sterne sehen, wie sie in der Mitternachtsstille funkeln. Mir kommt es jedoch vor, als hörte ich in der Tat die ›Musik des Weltalls‹, wie Pythagoras sagt. Und ich bin stolz, wenn ich mir bewusst mache, dass, während ich an der Spitze einer irdischen Gesellschaft stehe, direkt über mir engelhafte Einflüsse unmittelbar wirken, welche unendlich vielfach elektrisch verkettet sind. Einflüsse, die uns nicht bloß mit unserem eigenen kleinen Planetensystem, sondern auch mit anderen – mit dem ganzen Universum verbinden.«

»Ich traue mich nicht«, fuhr der König mit einem Lächeln fort, »offen über diese Anschauungen zu sprechen. Ich sollte den Namen eines ›Königs der Träume‹ führen, ungefähr das Schlechteste, was man über einen König sagen kann. Zu Ihnen aber, der Sie wie ich ein Träumer sind, sage ich – ja, ich glaube an diese himmlischen Einflüsse, und ich glaube dass jeder Sterbliche in jenem wertvollen Behältnis, das er als seinen Schädel bezeichnet, die Zeichen seiner Bestimmung aufbewahrt. Er mag sich bemühen, ihren Verlauf zu ändern oder aufzuhalten, sie werden ihn dennoch unabänderlich zu seinem Schicksal führen, Erfolg oder Verderben, wie auch immer der Fall liegt. Auch spreche ich aus Überzeugung, weil ich Beweise dafür habe. In früher Jugend traf ich einmal während eines einsamen Spazierganges eine Zigeunerin. Sie studierte meine Hand und weissagte mir gewisse Dinge, welche sich später ereigneten. Ich möchte Ihnen glauben, aber ich muss Beweise haben. Können Sie die Vergangenheit genauso aus meiner Hand lesen, wie es die Zigeunerin mit der Zukunft tat? Können Sie mir ernsthaft glaubhaft machen, dass Sie über diese Gabe verfügen?«

»Ich habe sie, Sire. Ich bin überzeugt, der heutige Stand der Wissenschaft erlaubt Aussagen, die zu früheren Zeiten auf bloßer Intuition oder überlieferter Ahnung beruhten.«

»Wohl denn«, sagte der König und streckte dabei seine Hand aus, »nun sagen Sie mir, was Sie daraus lesen.«

»Sire«, antwortete Benedict, »ich weiß nicht, wie weit ich es wagen darf – «

»Was wagen?«, fragte der König nach.

»Was, wenn ich nun eine bedrohliche Zukunft herauslese?«

»Wir leben in Zeiten, in der keine Voraussage, wie schrecklich auch immer, die tatsächlichen Verwerfungen übertreffen können, die um uns herum stattfinden. Was können Sie mir voraussagen, das so schrecklich ist? Ist es der Verlust meines Königtums? Ich verlor mehr als ein Reich, als ich die Sicht auf Sonne und Wolken, auf Erde und Meer verlor. Nehmen Sie meine Hand und sagen Sie mir, was darin geschrieben steht.«

»Alles?«

»Alles. Was Unglücksfälle betrifft – ist es nicht besser, diese vorher zu kennen, als ihnen unvorhergesehen zu begegnen?«

Benedict beugte sich tief über König Georgs Hand, so dass er sie fast mit seinen Lippen berührte.

»Eine wahrhaft königliche Hand«, sagte er, »eine Künstlerhand.«

»Ich habe nicht um Komplimente gebeten, mein Herr«, sagte der König lächelnd.

»Sehen Sie, mein lieber Meister«, sagte Benedict Kaulbach zugewandt, »wie gut der Apolloberg, da unter dem Ringfinger entwickelt ist! Apoll verleiht die Liebe zu den Künsten; er ist der Bringer der Weisheit, von allen ist er der strahlend Helle und der Helligkeit Schaffende. Er ist es, der Hoffnung auf einen unsterblichen Namen gibt, Friede der Seele und das Mitgefühl, das die Liebe hervorbringt. Sehen Sie den Marsberg, die Erhebung diagonal gegenüber dem Daumen. Dieser ist es, der sowohl militärische als auch zivile Durchsetzungskraft verleiht, Gelassenheit, Kaltblütigkeit in Gefahr, Selbstaufgabe, Stolz, Hingabe, Entschlossenheit und die Kraft der Widerspenstigkeit. Unglücklicherweise ist Saturn gegen uns. Saturn bedroht uns. Sie wissen, Sire, Saturn heißt Verhängnis. Nun müsste ich Ihnen sagen, die Linien zum Saturn sind nicht nur ungünstig, sie sind verheerend.«

Darauf hob Benedict seinen Kopf und sah den König mit äußerstem Respekt und Zuneigung an:

»Ich könnte weitermachen, viel vertraulicher, Sire«, sagte er, »und Euren ganzen Charakter in seinen geheimen Nischen enthüllen. Ich könnte Eure Neigungen eine nach der anderen bis in die letzten Schattierungen skizzieren. Aber ich möchte es vorziehen, sofort zu den schwerwiegenderen Tatsachen überzugehen. Im Alter von zwölf Jahren hatte Eure Majestät eine schwere Krankheit.«

»Das ist wahr«, sagte der König.

»Mit neunzehn erstreckt sich eine Handlinie vom Kopfberg bis zum Sonnenberg, die einerseits auf eine Art Zusammenbruch hindeutet und andererseits auf etwas, was an Tod denken lässt, nein, nicht an den Tod – an eine Verfinsterung! Noch schlimmer als das, eine Verfinsterung ist nur momentan – an eine Nacht!«

»Die Zigeunerin sagte mir sinngemäß das Gleiche wie Sie – etwas, was an den Tod erinnert, aber nicht der Tod ist! Tatsache ist, dass ich im Alter von neunzehn eine sehr schwere gesundheitliche Krise durchgemacht habe.«

»Halt! Hier, Sire, am Jupiter, einem der höchsten Sitze menschlichen Schicksals, da ist ein wunderbarer Hoffnungsschimmer – wahrscheinlich im Alter von 39.«

»Wieder die Worte der Zigeunerin. Mit 39 Jahren wurde ich König.«

»Ich war mir nicht des genauen Datums bewusst«, sagte Benedict, »aber man könnte annehmen, dass ich es gekannt habe. Lasst mich nach einer Begebenheit suchen, von der ich nichts wissen kann. Aha, ich sehe es. Ja, das hier ist es sicherlich. Eine schreckliche Höllenqual, ein Unfall am Wasser. Was ist das? Ein Boot in Gefahr? Ein Sturm, von Land aus erlebt? Das Kentern eines Fahrzeugs, in dem sich eine geliebte Person befindet? Da ist furchtbarer Schrecken, aber nur Schrecken; denn nahe der Schicksalslinie findet sich Rettung. Eure Majestät befand sich zweifellos in schrecklicher Angst um das Leben jemandes höchst Geliebten.«

»Hörst Du das, Ernst?«, sagte der König an seinen Sohn gewandt.

»Oh, mein Vater!«, sagte der junge Prinz und schlang dabei seine Arme um den Hals seines Vaters. Dann, zu Benedict gewandt: »Ja, tatsächlich, mein Vater war in schrecklicher Angst um mich. Ich war damals im Meer bei Norderney baden. Ich kann ziemlich gut schwimmen; aber ohne es zu merken, ließ ich mich von der Strömung wegtreiben und, auf mein Wort, ich war dabei zu versinken, als mich der Arm eines braven Fischers ergriff, der mir zu Hilfe eilte. Eine Sekunde später, und alles wäre für mich vorbei gewesen.«

»Und ich war dabei«, sagte der König. »Ich hörte seine Rufe, ich streckte meine Arme nach ihm aus – das war alles, was ich tun konnte. Gloucester bot sein Königreich für ein Pferd: Ich würde gerne meines für einen Strahl Augenlichts gegeben haben. Doch lasst uns nicht mehr daran denken. Alle Unglücke der Zukunft zusammengenommen können nicht schrecklicher sein, als der Schatten des Missgeschicks, das nicht geschieht.«

»Und nun, Sire?«, sagte Benedict.

»Jetzt bin ich überzeugt«, sagte der König. »Ich habe keinen Bedarf an weiteren Beweisen. Lasst uns mit der Zukunft fortfahren.«

Benedict betrachtete mit großer Aufmerksamkeit die Hand des Königs. Er zögerte einen Moment und bat um ein Vergrößerungsglas, um sie sich genauer anzusehen zu können. Man reichte es ihm.

»Sire«, sagte er, »Ihr seid gerade dabei, in einen großen Krieg hineingezogen zu werden. Einer Eurer nächsten Nachbarn wird Sie nicht nur verraten, sondern Euch auch bestehlen. Und dennoch – seht Ihr, Monseigneur«, sagte er zum Prinzen, »die Sonnenlinie zeigt Sieg, aber einen leeren Sieg, nutzlos, ohne Frucht.«

»Und dann?«, fragte der König nach.

»Oh, Sire, was muss ich da in dieser Hand lesen!«

»Gute Nachrichten oder schlechte?«

»Ihr trugt mir auf, Euch nichts vorzuenthalten, Sire.«

»Und ich wiederhole es. Sagen Sie mir doch: dieser Sieg – «

»Dieser Sieg, wie ich Eurer Majestät schon gesagt habe, führt zu nichts. Hier ist die Sonnenlinie oberhalb der Kopflinie von einer Linie unterbrochen, die vom Mars ausgeht und die auch den Jupiterberg durchschneidet.«

»Und was sagt dies für die Zukunft?«

»Eine Niederlage. Aber – nein«, sagte Benedict, der versuchte, die mysteriösen Geheimnisse aus der königlichen Hand zu entziffern, »überdies ist das nicht das letzte Wort Eures Schicksals. Hier beginnt die Sonnenlinie nach der Unterbrechung von neuem, um nach Erreichen des Ringfingers an ihrer Basis zu enden. Und seht Ihr, weiter hinaus über diese Linie, die den Jupiter durchquert, verläuft eine gerade Linie, die von einem sternförmigen Grübchen, so wie ein Zepter mit einem Diamanten, gekrönt ist.«

»Und diese Voraussage bedeutet?«

»Restauration.«

»Dann, wenn es nach Ihnen geht, werde ich den Thron verlieren und ihn wieder erlangen?«

Benedict wandte sich dem Prinzen zu.

»Eure Hand, Monseigneur, wenn Ihr so freundlich wärt.«

Der Prinz gab sie ihm.

»Im Alter jenseits der vierzig, Monseigneur, bewegt sich die Lebenslinie auf die Sonnenlinie zu. Während dieses Abschnitts werdet Ihr den Thron besteigen. Das ist alles, was ich Euch sagen kann. Nun, wenn Ihr den Thron besteigt, Prinz, kann das nur bedeuten, dass Euer Vater ihn entweder wiedererlangt haben oder aber nie verlieren wird.«

Der König verharrte schweigsam für einen Augenblick, dabei hielt er seinen Kopf auf die linke Hand gestützt. Wie gebannt starrte er vor sich hin, als sei er von einigen großartigen Gedanken in Anspruch genommen. Tiefe Stille herrschte im Raum.

»Ich kann Ihnen nicht sagen«, sagte er gedehnt, »wie sehr mich diese unbekannte Wissenschaft interessiert. Erlaubt die Vorsehung jedem von uns, seine Bestimmung im Voraus zu erkennen? Gerade so wie die Ringer des alten Griechenlands die Stärken ihrer Gegner im Zirkus abgeschätzt haben, um dann zu überlegen, welche Griffe man am besten vermeidet und wie man den Sieg erringt?«

Er verstummte für einige Augenblicke, dann fuhr er fort:

»Alles in allem erscheint es nur gerecht, nur vernünftig, dass die Vorsehung, wie ein Sturm durch die Ansammlung von Wolken fernes Unwetter ankündigt, den Menschen, und vor allem den Menschen, die auf die höchste Position menschlicher Macht gestellt sind, einige Hinweise auf das Herannahen der Stürme des Lebens erlaubt. Ja, diese Wissenschaft sollte man als wahre bezeichnen, wenn auch nur aus dem Grund ihrer Notwendigkeit heraus, zumal sie – so unbekannt sie auch ist – in der Harmonie der Schöpfung und in der Logik der Göttlichen Gnade bis jetzt ein fehlendes Glied gewesen ist.«

In diesem Moment näherte sich ein Diener und teilte dem König mit, dass der Außenminister wegen einer dringenden Angelegenheit um eine Unterredung bitte.

Der König wandte sich an Benedict:

»Mein Herr«, sagte er, »obwohl Ihre Voraussagen düster sind, werden Sie immer im Hause dessen, für den sie bestimmt waren, willkommen sein. Sie haben einen Sieg vorausgesagt. Gut, ich beauftrage Sie hiermit, das bildlich darzustellen. Und falls Sie bei uns zu bleiben gedenken, liegt es an Ihnen, die Öffentlichkeit über das Gesagte zu informieren. Ernst, überreiche bitte dein Guelfenkreuz an Herrn Benedict Turpin. Ich werde meinem Außenminister auftragen, mir das Ordenspatent morgen zur Unterschrift vorzulegen.«

Der König umarmte seinen Sohn, reichte Herrn Kaulbach seine Hand, grüßte freundschaftlich Anderson und Benedict und verließ das Zimmer, so wie er es betreten hatte, am Arm des Adjutanten.

Der junge Prinz nahm den Königlichen-Guelfen-Orden ab, der bisher seine Uniform geziert hatte und befestigte ihn mit dem Zeichen aufrichtigster Freude an Benedicts Mantel. Letzterer dankte ihm und drückte seine Dankbarkeit mit offensichtlich tiefempfundener Herzenswärme aus. Der Prinz sagte:

»Versprechen Sie mir nur eines, Herr Benedict. Falls sich Ihre Voraussagen bewahrheiten und Sie dann nichts Besseres zu tun haben, werden wir zusammen auf Reisen gehen. Und Sie werden mir zeigen, wie man Löwen und Elefanten schießt in diesen sagenhaften Wäldern, von denen ich heute gehört habe.«

Baron Friedrich von Bülow

Und nun werden wir unseren Freund Benedict Turpin verlassen, um einem seiner Widersacher zu folgen, der dazu ausersehen ist, eine wichtige Rolle in unserer Geschichte zu spielen. Die Rede ist von Baron Friedrich von Bülow, den wir mit Georg Kleist in der Eilenrieder Waldlichtung zurückgelassen hatten.

Obwohl seine Wunde nach oberflächlicher Betrachtung als die ernsthaftere der beiden Unterlegenen erschien, war dem nicht wirklich so. Vielmehr war er aufs Eifrigste darum bemüht, den Kampfplatz zu verlassen. Betraut mit einer Mission in Frankfurt, hatte er einen Umweg gemacht, um Benedict zur Rechenschaft zu ziehen; und von dem Augenblick an, an dem er sich in der Lage glaubte, die Strapazen der Reise zu ertragen, verlor er keinen Augenblick, sie weiter fortzusetzen.

Obwohl von der Kugel nicht wirklich getroffen, zeigte der Aufprall der zerbrochenen Pistole auf die rechte Gesichtshälfte Kleists ein bedauernswertes Resultat. Der Aufprall war so heftig, dass er einen Bluterguss in der exakten Form des Pistolenlaufs hinterließ. Seine Augen waren blutunterlaufen und seine Wange unförmig geschwollen. Kurz gesagt, Herr Kleist würde für mindestens vierzehn Tage gezwungen sein, sich den Freuden gesellschaftlichen Lebens zu entziehen.

Als Baron Friedrich von Bülow und Herr Kleist im Hôtel Royal ankamen, fanden sie, dass ihr Missgeschick und Benedicts Triumph schon längst öffentlich bekannt waren. Die Tatsache, dass sie Preußen waren, war keine Empfehlung und sie wurden mit jeder Menge Hohn und Spott empfangen, was Herrn Kleist veranlasste, leidend wie er war, mit dem nächstbesten Zug abzureisen. Was den Major anbetraf, hatte er schon ein Drittel seiner Reise zurückgelegt, zur Weiterfahrt musste er lediglich auf eine Nebenlinie umsteigen, die aber eine direkte Verbindung zwischen Hannover und Frankfurt war.

Wir hatten schon damit begonnen, über das Aussehen und die Gestalt des Barons Friedrich von Bülow zu berichten; jetzt werden wir unsere Beschreibung vollenden und uns dabei zuerst jenem romantischen Vorfall zuwenden, der ihn die militärische Laufbahn ergreifen ließ, jenem glücklichen Umstand, durch welchen seine unzweifelhaften Verdienste ihre angemessene Belohnung fanden.

Friedrich von Bülow entstammte einer Familie aus Breslau. Er war damals Student in Jena. Eines schönen Tages beschloss er, eine Reise entlang den Ufern des Rheins zu unternehmen, wie es damals häufige Gepflogenheit deutscher Studenten war. Er machte sich allein auf die Reise, nicht dass er misanthropisch veranlagt gewesen wäre; im Gegenteil, er hatte eine poetische Ader. Er hatte es gern, aus einer momentanen Laune heraus eine Reise zu unternehmen; zu verweilen, wenn es ihm passte, aufzubrechen, wenn ihm danach war, und keinen Reisebegleiter dabei zu haben, der ihn zur Linken zog, wenn er zur Rechten einer hübschen Frau folgen mochte.

Er erreichte den malerischsten Teil des Rheins, das Siebengebirge. Auf der gegenüberliegenden Uferseite, am Gipfel eines stolzen Hügels, stand eine großartige gotische Burg, frisch restauriert. Sie gehörte dem Bruder des Königs von Preußen, der damals noch Kronprinz war. Nicht nur, dass er die Burg auf ihren alten Fundamenten weiter ausgebaut hatte, er hatte sie auch ganz und gar mit einer im 16. Jahrhundert üblichen Ausstattung eingerichtet, die er von den benachbarten Bauernhöfen und Klöstern gesammelt hatte, sowie mit neuen Stücken, die geschickte Handwerker nach alten Mustern herstellten. Wandbehänge, Gobelins, Spiegel, alles stammte aus der gleichen Epoche und bildete ein bezauberndes Museum von Waffen, Gemälden und wertvollen Kuriositäten. Wenn der Prinz sich nicht in der Residenz aufhielt, erlaubte er ausgewählten Besuchern, die Burg besichtigen zu können.

Wie schwierig es ist, den Begriff »ausgewählte Besucher« zu definieren. Friedrich, dessen Familie von altem Adel war, nahm an, dass er ein Recht hätte, auch weil er zu Fuß unterwegs war, die Burg zu besichtigen.

Den Rucksack geschultert, den Wanderstab in der Hand, kletterte er den steilen Pfad empor und klopfte an das Burgtor. Der Klang eines Horns ertönte und das Tor wurde geöffnet. Ein Kastellan erschien in der Uniform eines Offiziers des 16. Jahrhunderts und fragte, was man für ihn tun könne. Friedrich von Bülow trug seinen Wunsch vor, aus archäologischem Interesse die Burg des Prinzen besichtigen zu dürfen. Der Offizier bedauerte und antwortete, dass er nicht in der Lage wäre, ihm zu Gefallen zu sein; der fürstliche Intendant, der seinem Herrn jeweils 24 Stunden früher vorauszugehen pflege, sei nämlich vorige Nacht eingetroffen. Besucher könnten dann nicht länger zugelassen werden. Jedoch sei der Ankömmling, einem Brauch entsprechend, eingeladen, seinen Namen, Titel und Qualifikationen in das Besucherbuch einzutragen. Er nahm eine Feder und schrieb Friedrich von Bülow, Student der Universität zu Jena. Dann nahm er seinen eisenbeschlagenen Stock, grüßte den Offizier und begann, den Pfad wieder hinabzusteigen.

Er hatte jedoch noch keine hundert Schritte zurückgelegt, als er hörte, dass man nach ihm rief. Der Offizier gab ihm ein Zeichen und ein Page lief ihm nach und sagte, der Intendant bäte ihn zurückzukommen. Er nähme es auf sich, selbst den gewünschten Einlass zu verantworten. Im Vorhof traf Friedrich wie zufällig einen Mann an, um die 58 bis 60 Jahre alt. Er stellte sich als der Intendant des Prinzen vor. Er schien über die Anwesenheit des jungen Mannes erfreut und begann die Unterhaltung, indem er sich ihm als Burgführer anbot, eine Offerte, die Friedrich mit großem Interesse annahm. Der Intendant zeigte sich sehr wohl informiert, und Friedrich war ein interessierter Zuhörer; drei oder vier Stunden vergingen wie im Flug, ohne dass einem der beiden gewahr wurde, wie schnell die Zeit verrann, da kündigte ein Diener das Abendessen an. Friedrich drückte taktvoll sein Bedauern aus, seinen Fremdenführer so zeitig verlassen zu müssen, und sein Bedauern wurde augenscheinlich von seinem Führer geteilt.

»Sehen Sie es so«, sagte er. »Sie reisen als Student; ich bin hier ein garçon. Ich gehe davon aus, Sie essen mit mir. Sie werden zwar nicht so gut speisen wie als Gast des Königs, aber auf alle Fälle wird das Abendessen besser sein, als das, was in Ihrem Hotelpreis enthalten ist.«

Friedrich protestierte halbherzig, wie es sich seiner Meinung nach für eine gute Erziehung gehört; aber damit beließ er es, da er ehrlicherweise den Wunsch hatte, die Einladung anzunehmen. Schließlich willigte er mit sichtbarer Freude ein, und in der Folge speisten sie miteinander zu Abend. Friedrich war ein angenehmer Gesellschafter: als Poet und Philosoph – eine Kombination von Begabungen, wie man sie nur in Deutschland findet. Mehrere Male setzte er seinen Gastgeber, der nach dem Abendessen eine Schachpartie vorgeschlagen hatte, matt. Es schlug Mitternacht, dabei hatte jeder der beiden angenommen, der Abend hätte gerade erst begonnen. Natürlich war es Friedrich nicht möglich, zu solch fortgeschrittener Stunde ins Dorf zurückzukehren. So leistete er dem Angebot zu bleiben wiederum nur halbherzigen Widerstand und blieb über Nacht in der Burg; er schlief sogar in Landgraf Philipps Bett. Am nächsten Tag setzte er seine Reise mit Einverständnis seines Gastgebers erst nach dem Mittagessen fort.

»Ich bin am Hofe nicht ohne einigen Einfluss«, sagte der Intendant während des Abschieds zu ihm, »und wann immer ich Ihnen zu Diensten sein kann, bitte ich Sie, davon Gebrauch zu machen.«

Friedrich versprach es. »Was immer geschehen mag«, fügte sein Gastgeber hinzu, »ich werde Ihren Namen nicht vergessen. Sie mögen sich vielleicht nicht mehr an mich erinnern, aber ich werde Sie nicht vergessen.«

Friedrich beendete seine Rheinreise, kehrte nach Jena zur Universität zurück, schloss seine Studien daselbst ab und trat in den diplomatischen Dienst ein. Er war mächtig erstaunt, eines Tages in das Kabinett des Großherzogs bestellt zu werden.

»Mein Herr«, sagte der mächtige Mann, »ich habe Sie ausgewählt, meine Glückwünsche an Wilhelm I. König von Preußen jüngst zu seiner Thronbesteigung zu übermitteln.«

»Aber Hoheit!«, rief Friedrich erstaunt aus, »wer bin ich schon, dass man mich mit solch einer Aufgabe betraut?«

»Wirklich! Sind Sie nicht Baron Friedrich von Bülow?«

»Hoheit! Baron? Ich? Seit wann bin ich Baron?«

»Seitdem ich Sie eben dazu erhoben habe. Sie werden morgen um neun Uhr losfahren: Das Empfehlungsschreiben wird gegen acht Uhr unterzeichnet vorliegen.«

Friedrich war sprachlos, ihm blieben nur Verneigung und Dank; so verbeugte er sich tief, dankte verbindlich dem Großherzog und verließ den Raum.

Am nächsten Morgen gegen zehn Uhr saß er im Zug und gegen Abend erreichte er Berlin. Seine Ankunft wurde sofort dem neuen König angemeldet. Der König antwortete, dass er ihn am folgenden Tag im Schloss zu Potsdam empfangen würde. Also machte sich Friedrich tags darauf in seiner Hofuniform nach Potsdam auf und sprach im Schloss vor. Zu seiner großen Verblüffung musste er erfahren, dass der König gerade abgereist sei und seinem Intendanten aufgetragen habe, ihn zu vertreten.

Friedrichs erster Gedanke war, nach Berlin zurückzukehren. Aber er erinnerte sich daran, dass es dieser Beamte war, der ihn vor zwei Jahren auf Burg Rheinstein so freundlich und höflich unterhalten hatte. Er wollte nicht unhöflich oder beleidigt erscheinen, folglich übersandte er ihm seine Namenskarte. Während er nun den Vorraum durchschritt, nahm er ein Vollportrait des Königs in Augenschein. Er hielt einen Augenblick wie betäubt inne. Seine Majestät glich dem Intendanten wie ein Tropfen Wasser dem anderen. Nun dämmerte Friedrich die Wahrheit. Es war des Königs Bruder selbst, der Prinzregent, der ihn in der Burg Rheinstein empfangen, der seinen Fremdenführer gespielt, ihn zum Abendessen eingeladen, gegen den er drei von fünf Partien Schach gewonnen hatte, und der ihn später in Landgraf Philipps Bett zu schlafen hieß. Er war es, der ihm seinen Einfluss am Hofe angeboten und ihm beim Abschied versprochen hatte, ihn nicht zu vergessen.

Nun verstand er auch, warum er vom Großherzog von Weimar ausgewählt worden war, seine Gratulation dem neuen König zu übermitteln, warum der Großherzog von Weimar ihn zum Baron erhoben, warum der König das Treffen in Potsdam festgelegt hatte, und warum Seine Majestät letztlich so tat, als sei er nach Berlin zurückgekehrt und habe sich lediglich durch seinen zurückbleibenden Intendanten vertreten lassen.

Seine Majestät wollte sich wieder eines Tages erfreuen wie jenes, den sie zusammen in Rheinstein verbracht hatten. Friedrich wollte ein guter Höfling sein und war bereit, alles in seiner Macht stehende zu tun, zu dieser Laune beizutragen. Er trat ein, als sei er ahnungslos, grüßte seinen Gastgeber wie einen alten Bekannten, dabei nur den Respekt aufbringend, der einem Älteren gebührt, wobei er ihm wieder die Erlebnisse in Erinnerung brachte, die einen solch erfreulichen Einfluss auf seine Gedanken hinterlassen hatten.

Der Intendant entschuldigte seinen König und lud Friedrich ein, den Tag in Potsdam zu verbringen, eine Einladung, die so gerne angenommen wurde wie jene in Rheinstein. Er übernahm wieder den Dienst als Reiseführer, führte ihn ins Mausoleum und zeigte ihm das Grab und das Schwert Friedrichs des Großen.

Eine Hofkutsche war vorgefahren und wartete abfahrbereit auf sie; dann fuhren sie los, das Schloss Sanssouci zu besichtigen, das nur zwei Meilen außerhalb Potsdams lag. Es war hier, so wird man sich erinnern, im Park dieses Schlosses, wo jene berüchtigte Mühle stand. Ihr Eigentümer hatte sich einst geweigert, sie an Friedrich II. zu verkaufen, und als der Müller seinen Prozess gewann, veranlasste dies den König zu seinem berühmten Ausruf »So, es gibt immer noch Richter in Berlin!«. Mit den Jahren wurden die Nachkommen des widerspenstigen Müllers nachgiebig und verkauften ihre Mühle an Wilhelm I. Dieser kassierte den Abrissantrag, da er sie als Denkmal der Erinnerung an dieses Ereignis zu erhalten wünschte.

Aber die Zeit, die sich nichts aus königlichen Befehlen macht, hielt für Wilhelm und seinen Gast ein Beispiel ihrer Missachtung bereit. Eine

Stunde vor der Ankunft Friedrichs und des angeblichen Stellvertreters waren die vier Segel der Windmühle herabgestürzt und hatten beim Herunterfallen die umlaufende Balustrade mitgerissen. So könnte man heutzutage daraus schließen, dass es längst keine unabhängigen Richter mehr in Berlin gibt, weil die Mühle in Sanssouci nicht mehr funktionsfähig ist.

Nach ihrer Rückkehr nach Potsdam fanden Friedrich und sein Begleiter einen fertig gedeckten Tisch vor. Sie speisten gemeinsam, spielten anschließend fünf Partien Schach, von denen der Stellvertreter drei gewann und es war schon Mitternacht, als sie sich trennten und jener Friedrich eine gute Nacht wünschte; letzterer antwortete mit einer tiefen Verbeugung: »Sire, möge Gott Eurer Majestät eine gute Nacht gewähren.«

Am nächsten Tag gaben sie das Versteckspiel auf. Der König frühstückte mit Friedrich, verlieh ihm den preußischen Roten Adlerorden, und mit viel Überredung veranlasste er ihn, seine Kündigung einzureichen und der Armee beizutreten. Eine Woche später erhielt er seine Ernennung zum Linienleutnant und erschien in seiner neuen Rolle zu einem Anstandsbesuch beim König. Der verpflichtete sich, dass er sich als König immer daran erinnern würde, was er ihm als Kronprinz versprochen hatte – sich seiner zu erinnern.

Zwei Jahre später erhielt Friedrich einen Beweis, dass der König ihn in der Tat nicht vergessen hatte. Sein Regiment war in einer Garnison in Frankfurt stationiert, wo er im Hause des Bürgermeisters Fellner die Bekanntschaft einer Familie französischer Herkunft machte, die einst wegen der Aufhebung des Edikts von Nantes ins Exil gezwungen wurde. Die Familie, das waren die Mutter, etwa 38 Jahre alt, die Großmutter, 68 Jahre, und die beiden Töchter im Alter von 18 und 20 Jahren. Der Name der Familie war Chandroz.

Emma, die ältere Tochter, hatte schwarze Haare, schwarze Augen, eine helle klare Haut und schön geschwungene Augenbrauen; ihre makellosen Zähne hoben sich wie Perlen von ihren lebhaften roten Lippen ab. Sie war tatsächlich von jener üppigen dunklen Schönheit, die an eine römische Matrone, Lucretia und Cornelia in einer Person, denken lässt.

Helene war ihres Namens würdig. Ihr Haar war von jenem exquisiten blonden Ton, der sich nur mit der Farbe reifen Getreides vergleichen lässt. Ihr leicht rötlich getönter Teint hatte die Frische und Zartheit einer Kamelie. Aber die Wirkung ihres Aussehens war noch überraschender, wenn sie unter hellen Locken aus einem fast transparenten, blassen Gesicht heraus mit ihren großen schwarzen Augen aufblickte, überwölbt von dunklen Augenbrauen und eingerahmt von Wimpern, die von einer Leidenschaft kündeten, die ihren funkelnden Kugeln den tiefgründenden Schimmer verlieh wie dem Schwarzen Diamanten von Tripolis. Man musste Emma nur anblicken, um in ihr die Gelassenheit und Weisheit der Frauen zu erahnen, unter denen die katholische Kirche ihre Heiligen findet. Dagegen konnte man an Helene jene stürmische Zukunft voraussehen, welche die Leidenschaften zweier Menschen ihres Schlages bei der Verschmelzung ihrer Geschlechter bereithalten würde.

Ob es jene seltsame Manifestation göttlicher Laune war, die ihn verwirrte, oder ob er selbst eine unwiderstehliche Zuneigung empfand, jedenfalls fühlte er sich zur älteren der beiden Schwestern hingezogen – sie war es, der Baron von Bülow den Hof machte. Er war jung, gutaussehend und wohlhabend. Es war allgemein bekannt, dass er in der Gunst des Königs von Preußen stand. Der Baron erklärte, falls er in den Ehebund mit Emma einwilligte, würde ihn sein königlicher Förderer zur gleichen Zeit zum Obersten befördern. Die beiden jungen Leute waren ineinander verliebt und die Familie hatte keine ernsthaften Einwände gegen ihre Verbindung erhoben. Sie bestimmten:

»Erwirb dir deine Beförderung zum Major und dann werden wir weiter sehen.« Er bat um drei Tage Urlaub, fuhr nach Berlin und kehrte am dritten Tag mit dem Patent eines Majors zurück.

Alles war vorbereitet. Aber während seiner Abwesenheit wurde es Emmas Mutter leicht unwohl. Ihre Krankheit verschlimmerte sich, entwickelte sich zu einer Lungenentzündung und nach sechs Monaten war Emma Vollwaise.

Es gab einen weiteren Grund, Schutzpatron der Familie Chandroz zu werden. Die Großmutter, 69 Jahre alt, konnte jeden Moment sterben. Sie warteten, bis die strikt gebotene Trauerzeit vorüber war, die sie gleichermaßen ihrem Herzen und der Sitte gemäß einhielten, und nach dem Ende der sechs Monate heirateten sie.

Drei Tage nach der Geburt seines ersten Kindes, eines Jungen, wurde Baron Friedrich von Bülow zum Obersten befördert. Bei dieser Gelegenheit zeigte der König seine Gunst so demonstrativ freundlich, dass der Baron sich entschloss, eine zweite Reise nach Berlin zu unternehmen, dieses Mal nicht eines Gefallens wegen, sondern um ihm persönlich Dank abzustatten. Die Reise schien ihm umso notwendiger, als ein Wort aus dem Mund des Sekretärs seiner Majestät ihn vorgewarnt hatte. Am Horizont kündigten sich größere Ereignisse an, an denen er teilhaben solle, und er sei gut beraten, auf irgendeinen passenden Vorwand hin nach Berlin zu gehen, um den König persönlich zu besuchen.

Und tatsächlich, wir hatten bereits erwähnt, wie stark Graf von Bismarck darauf hingearbeitet hatte, diese großen Ereignisse in Gang zu setzen. Dreimal empfing der König Baron Friedrich privat und diskutierte freimütig die Möglichkeit eines solchen schrecklichen Krieges. Zu guter Letzt kommandierte er ihn zum Generalstab ab. Als Adjutant eines Generals habe er jenem an jedwedem Orte und zu jedweder Aufgabe zur Verfügung zu stehen, selbst wenn es zu Diensten dessen Sohnes oder Cousins wäre.

Das war die Situation in Berlin, in der sich Baron Friedrich am 7. Juni wiederfand, an jenem Tag der gescheiterten Ermordung von Bismarcks. Wie wir gesehen haben, rettete er, zusammen mit zwei anderen Offizieren Benedict aus den Händen des Mobs. Da er der Meute jedoch versprochen hatte, dass der Franzose »Lang lebe Preußen! Lang lebe Wilhelm I.!« rufen werde, fühlte er sich in die Sache verwickelt. Denn Benedict hatte, anstatt sich diesen besonnenen Vorschlag zu eigen zu machen, Alfred de Mussets Rheinverse deklamiert, die in Preußen fast so bekannt waren wie das Lied, auf das sie als Antwort gedichtet worden waren. Er und seine Kameraden fassten das als öffentlichen Affront und somit als wohlüberlegte Beleidigung auf. Alle drei wurden unabhängig voneinander im »Schwarzen Adler« vorstellig, den Benedict, wie wir wissen, als seine Adresse angegeben hatte, in der Absicht, sofortige Satisfaktion zu fordern.

Aber als sie aufeinander trafen und feststellten, dass sie alle dasselbe vorhatten, da sahen sie ein, dass nicht alle drei von ein und demselben Gegner Genugtuung fordern können. Schließlich wollten sie es vermeiden, dass jene Herausforderung als Drohgebärde endete. Aus diesem Grunde zogen sie Lose um die Ehre, mit Benedict zu kämpfen und das Los fiel, wie wir gesehen haben, auf Friedrich.

Helene

Da steht in Frankfurt am Main an der Ecke Rossmarkt, gegenüber der protestantischen Kirche St. Katharinen, ein herrschaftliches Wohnhaus, das seiner Architektur nach in die Übergangsperiode zwischen Ludwig XIV und Ludwig XV gehört. Es ist als das Passavantsche Haus bekannt. Das Erdgeschoss wurde von einem Buchhändler bewohnt, die übrigen Gebäudeteile dagegen von der Familie Chandroz, dem Leser schon dem Namen nach bekannt.

Eine Art Unbehagen, das man nicht unbedingt als schlechte Stimmung bezeichnen konnte, schien sich im Hause auszubreiten. Am Morgen zuvor war der Baronin von Bülow ein Brief zugestellt worden, in dem die Rückkehr ihres Gatten für den Abend angekündigt wurde und kurz darauf traf ein Telegramm ein, das besagte, dass er nicht vor dem folgenden Morgen ankommen würde, und dass sie sich nicht ängstigen solle, falls es zu einer weiteren Verzögerung käme. Tatsache war, dass zwei Stunden, nachdem er seinen Brief geschrieben hatte, dem Baron Benedicts Anzeige in der »Gazette« zur Kenntnis gelangte. Da er befürchtete, er könne durch eine Verwundung aufgehalten werden, wollte er seiner Frau jedwede mögliche Angst ersparen, zumal sie gerade erst vor einer Woche entbunden hatte.

Obwohl der Zug nicht vor vier Uhr morgens ankommen sollte, war Hans, der verschwiegene Diener der Familie, schon gegen drei Uhr mit der Kutsche aufgebrochen, um seinen Herrn am Bahnhof abzuholen; mindestens zehnmal klingelte Emma während dieser Zeit nach dem Dienstmädchen, wobei sie sich wunderte, warum die Zeit so langsam verging. Nach geraumer Zeit hörte man das Geräusch einer Kutsche, gefolgt von dem Quietschen des großen Tores. Das Gefährt passierte den Torbogen, Schritte gespornter Stiefel hallten durch das Treppenhaus, Emmas Tür öffnete sich, und ihre Arme umschlossen den Gatten.

Es entging nicht ihrer Aufmerksamkeit, dass Friedrich zurückzuckte, als sie sich um seinen Hals warf. Sie fragte nach dem Grund. Friedrich antwortete mit einer erfundenen Geschichte von einem Unfall mit einer Droschke, bei dem er sich seinen Arm leicht verstaucht habe.

Das Geräusch der Kutsche und die einsetzende Geschäftigkeit im Haus kündeten Helene die Ankunft des Barons. Hastig zog sie einen Morgenmantel an, über den ihre langen Haare fielen, und beeilte sich, ihren Schwager zu begrüßen, den sie zärtlich liebte. Um nicht die Gräfin de Chandroz, ihre Großmutter, aufzuwecken, hatte man angeordnet, sich in deren Gebäudeflügel so leise als möglich zu verhalten.

Mit dem typischen Scharfsinn der Ehefrau erriet Madame von Bülow bald, dass Friedrichs Arm stärker verletzt war, als er zugeben wollte. Sie bestand darauf, nach dem Familienarzt, Herrn Bodemacker, zu schicken; Friedrich erhob keinen Einwand. Wegen der Schmerzen, die er litt, war ihm klar, dass der Verband während der Reise hätte gewechselt werden müssen. Er bat sie lediglich, sich zu beruhigen, währenddessen würde er sich in sein eigenes Zimmer zurückziehen, um ein Bad zu nehmen, das er sich hatte bereiten lassen; auch sagte er, es sei für den Arzt viel besser, ihn dort zu visitieren und zu entscheiden, welche seiner 282 Knochen besonderer Aufmerksamkeit bedurften.

Weiteren Fragen der Baronin nach der Ursache und der Ernsthaftigkeit der Verwundung musste er sich entziehen. Die Mitwisserschaft von Hans und das stillschweigende Einverständnis des Arztes würden das ermöglichen. Ein Bad würde ihm eine wunderbare Wohltat sein und erlaubte ihm außerdem, sich auf sein Zimmer zurückzuziehen, ohne dass Emma wegen des wahren Grundes seines Wunsches Verdacht schöpfte.

Als der Doktor erschien, überraschte Friedrich Hans mit der Erklärung, er sei am Abend durch einen Degenhieb, der seinen Arm getroffen habe, verwundet worden. Der Verband sei wohl im Zug verrutscht, so dass das Wagonabteil, sein Mantel und sein Hemd vollgeblutet seien.

Der Arzt schlitzte den Ärmel bis oben hin auf und schnitt ihn dann am Ende sauber ab. Friedrich musste seinen Arm in das warme Wasser des Bades tauchen, worauf der Arzt den Ärmel des Mantels entfernte. Dann lockerte er den Hemdsärmel, indem er ihn mit dem warmen Wasser abspülte, und war, nachdem er ihn von der Schulter geschnitten hatte, endlich in der Lage die Wunde freizulegen.

Der Arm war furchterregend entzündet und geschwollen, das Pflaster war verrutscht, die Wunde klaffte über ihre gesamte Länge weit auseinander, im unteren Teil schien der Arm bis auf den Knochen aufgetrennt. Es war ein Glück, dass genügend warmes Wasser verfügbar war. Der Arzt zog die beiden Ränder der Schnittwunde wieder zusammen, vernähte sie sorgfältig, bandagierte den gesamten Arm und schiente ihn wie einen Bruch. Es war aber absolut notwendig, dass der Baron für zwei oder drei Tage Ruhe haben sollte. Der Arzt übernahm es, den kommandierenden General aufzusuchen und diesem die vertrauliche Mitteilung zu machen, dass Baron von Bülow mit einem Auftrag an ihn betraut worden sei, dass dieser aber unmöglich das Haus verlassen könne.

Hans entfernte rasch das Wasser und die blutbefleckten Verbände. Friedrich ging hinunter, küsste seine Frau und beruhigte sie, indem er sagte, der Doktor hätte ihm bloß empfohlen, sich für ein paar Tage zu erholen. Das Wort Verrenkung verbreitete sich im Haus und wurde für die Indisposition des Barons verantwortlich gemacht. Als er sich wieder in seine eigenen Räumlichkeiten zurückzog, traf er den preußischen General an, der ihn bereits erwartete. Er erklärte die Angelegenheit in zwei Worten; außerdem würde die Geschichte eher früher als später in allen Zeitungen stehen. Eine der vordringlichen Aufgaben war es, die Baronin in Unkenntnis zu halten. Sie machte sich sowieso schon über die Verrenkung Sorgen, über die Wunde aber würde sie in Verzweiflung geraten

Friedrich übergab dem General seine Depeschen. Diese wiesen ihn nur an, sich jederzeit für einen Einsatz bereitzuhalten. Es war offensichtlich, dass Graf Bismarck, von dem die Order ausgegeben wurde, während der Bundesversammlung eine Garnison in der Nähe bereitzuhalten wünschte, um die Versammlung nach Möglichkeit einzuschüchtern.

Danach würde er sie zurückziehen oder vor Ort lassen, gerade so wie es die Umstände erforderten. Denn diese eine Frage würde mit Sicherheit der Bundesversammlung gestellt werden: »Auf welcher Seite werdet Ihr im Falle eines Krieges zwischen Österreich und Preußen stehen?«

Friedrich lag äußerst viel daran, seine junge Schwägerin Helene zu treffen, da er ihr wichtige Mitteilungen zu machen hatte. Als er und Benedict sich auf dem Kampfplatz ewige Freundschaft geschworen hatten, und nachdem dieser erwähnte, dass er im Hause des Bürgermeisters bereits auf die Baronesse getroffen sei, hatte er eine Idee entwickelt, von der er seither nicht mehr loskam: nämlich Benedict mit seiner Schwägerin zu verheiraten. Was er von dem jungen Mann gesehen und gehört hatte, überzeugte ihn davon, diese beiden ungestümen, gefühlvollen und künstlerischen Charaktere – die sich wegen eines Sonnenstrahls augenblicklich ihren Phantasien hingeben konnten, immer bereit, sich von einer würzigen Brise anregen zu lassen – wären von allen Geschöpfen diejenigen, die am besten zueinander passten. Konsequenterweise wollte er herausfinden, ob Helene sich von seinem neuen Freunde angezogen fühlte. Wäre dies der Fall, würde er einen Vorwand finden, Benedict nach Frankfurt kommen zu lassen und, so dachte er weiter, sowenig sich Helene auch aus männlicher Bewunderung machte, ihre Bekanntschaft würde bald den gewünschten Charakter annehmen.

Zudem wollte er Helene bitten, ihrer Schwester und ihrer Großmutter die Zeitungen vorzuenthalten. Zu diesem Zwecke war es absolut notwendig, sie in sein Vertrauen zu ziehen. Sie kam seinen Wünschen zuvor, denn kaum war der General gegangen, als jemand sanft an seine Türe klopfte, ein solches Geräusch, wie es von einer Katze oder einem Vogel herrühren konnte. Er erkannte sofort Helenes liebenswürdige Art, sich anzukündigen.

»Komm herein, kleine Schwester, komm herein!«, rief er, und Helene betrat auf Zehenspitzen den Raum.

Der Baron lag in seinem Bademantel ausgestreckt auf seinem Bett, zur seiner Linken angewinkelt der verwundete Arm.

»Aha! Du Nichtsnutz«, sagte sie, verschränkte ihre Arme und blickte ihn an, »du warst es. Du warst dort und hast es getan, nicht wahr?«

»Wie? Was getan?«, erkundigte sich Friedrich lachend.

»Wohl, jetzt sind wir allein, nur du und ich, wir können offen reden.«

»Genau, liebe Helene, nun sind wir alleine, wie du sagst. Du bist die willensstärkste Persönlichkeit des Hauses Chandroz, obwohl das niemand weiß, nicht einmal du selbst. Deswegen möchte ich mit dir wichtige Angelegenheiten besprechen – und es sind nicht wenige.«

»Mir geht es ebenso! Aber ich werde damit anfangen und den Ochsen bei den Hörnern packen. Dein Arm ist nicht verrenkt, nicht einmal verstaucht. Du hast dich duelliert, Hitzkopf, der du bist, und dein Arm ist entweder durch einen Säbel- oder einen Degenhieb verletzt worden.«

»Richtig, meine kleine Schwester, das ist genau das, was ich dir beichten wollte. Ich duellierte mich – aus politischen Gründen. Dabei erhielt ich einen Säbelhieb in den Arm, aber es war ein freundlicher Säbel, sehr ordentlich und passabel appliziert. Aber es ist nicht gefährlich, keine Arterie, kein Nerv wurden durchtrennt. Aber die Geschichte wird durch die ganze Presse gehen; sie hat schon genug Tamtam verursacht. Nun müssen wir beide Großmutter und Emma davor bewahren, dass sie die Zeitungen vor Augen bekommen.«

»Die einzige Zeitung im Hause ist die ›Kreuzzeitung‹.«

»Das ist genau diejenige, die dazu das meiste zu berichten weiß.«

»Worüber lächelst du gerade?«

»Ich kann mir nicht helfen, ich musste an das Gesicht des Mannes denken, der die Einzelheiten dazu erzählen muss!«

»Was meinst du damit?«

»Nichts. Ich sprach nur zu mir selbst, und wenn ich Selbstgespräche führe, sind diese es nicht wert, laut wiederholt zu werden. Das Problem ist – ein Auge auf die ›Kreuzzeitung‹ zu halten.«

»Sicher, ich werde darauf achtgeben.«

»Dann brauche ich mich darüber nicht zu beunruhigen?«

»Wenn ich dir sage, dass ich mich selbst darum kümmere.«

»Sehr gut! Wir sollten über etwas anderes reden.«

»Über alles, was du möchtest.«

»Erinnerst Du dich daran, dass du im Hause Fellner die Bekanntschaft eines jungen Franzosen gemacht hast, eines Malers?«

»Du meinst Monsieur Benedict Turpin? Ein amüsanter junger Mann, der äußerst rasch Skizzen zu Papier zu bringen versteht, und obwohl diese sehr schmeichelhaft sind, haben sie doch gewisse Ähnlichkeiten mit den Originalen.«

»Oho! Komm, komm! Du klingst ziemlich begeistert.«

»Ich kann dir zeigen, was er aus mir machte. Er hat mir ein Paar Flügel angemalt, ich sehe wie ein Engel aus!«

»Dann ist er sehr begabt?«

»Enorm begabt.«

»Und geistreich?«

»Er kann sicherlich genauso gut austeilen wie du. Du hättest sehen müssen, wie er einige unserer Bankiers vorführte, als diese ihn über den Tisch zu ziehen versuchten. Er sprach ein besseres Deutsch als sie.«

»Ist er auch wohlhabend?«

»So sagt man.«

»Es sieht also aus, als wären da bemerkenswerte Affinitäten zwischen seinem Charakter und einem kleinen Mädchen, das ich kenne.«

»Und welches wäre das? Ich verstehe nicht.«

»Es handelt sich um jemanden, den du kennst. Die Person erscheint kapriziös, einfallsreich, lebhaft; sie liebt Reisen über alle Maßen, ist ein exzellenter Reiter und sowohl zu Fuß als auch zu Pferd ein richtiger Sportsmann, all das, was auf wunderbare Weise mit dem Geschmack einer gewissen ›Diana Veron‹ übereinstimmt.«

»Ich dachte, dass das der Namen ist, mit dem du mich zu rufen pflegst.«

»So ist es. Erkennst du mein Portrait?«

»Überhaupt nicht, nicht im mindesten. Ich bin freundlich, ruhig, gefasst. Ich liebe Reisen, ja. Aber wo bin ich schon gewesen? In Paris, Berlin, Wien, London, das ist alles. Ich liebe Pferde, aber welches habe ich jemals außer meinem armen kleinen Gretchen geritten?«

»Sie hat dich zweimal beinahe zu Tode gebracht!«

»Armes Ding! Es waren meine eigenen Fehler. Und was das Schießen anbetrifft, habe ich nie ein Gewehr in der Hand gehalten und während der Jagden habe ich nicht einmal einen Hasen erschrecken können.«

»Wohl wahr, aber warum nicht? Bloß, weil die Großmutter dagegen war. Wenn Du deinen eigenen Weg gehen könntest – «

»Oh, ja! Das wäre großartig, gegen den Wind zu galoppieren, das Wehen des Windes in den Haaren zu spüren. Ich habe großes Vergnügen an schneller Bewegung, es vermittelt mir ein Gefühl von Leben, das man nirgendwo sonst findet.«

»So, du würdest gerne Sachen unternehmen, die du nicht tust.«

»Ja, in der Tat.«

»Mit Monsieur Benedict?«

»Mit Monsieur Benedict nicht mehr als mit anderen!«

»Weil er charmanter ist als die meisten.«

»Ich denke nicht so.«

»Wirklich?«

»Nein.«

»Angenommen, dir wäre erlaubt, aus meinem gesamten Freundeskreis einen Gatten zu erwählen, würdest du nicht Herrn Benedict auswählen?«

»Ich denke nicht im Traum daran.«

»Nun, kleine Schwester, wie du weißt, bin ich ein hartnäckiger Mann, der die Dinge verstehen möchte. Wie kommt es, dass einem Manne, jung, gutaussehend, reich, talentiert, tapfer und einfallsreich, versagt ist, dein Interesse zu wecken, insbesondere, da er sowohl die guten wie auch die schlechten Eigenschaften deines eigenen Charakters besitzt?«

»Was soll ich dazu sagen? Ich weiß es nicht, ich kann meine Gefühle nicht erklären. Einige Leute sind mir sympathisch, einige sind mir gleichgültig, einige sind mir ausgesprochen unangenehm!«

»Nun, Du zählst Benedict nicht zu den Unangenehmen, hoffe ich doch.«

»Nein, aber zu denen, die mir gleichgültig sind.«

»Warum unter die Gleichgültigen?«

»Benedict ist von mittlerer Statur, ich liebe großgewachsene Männer. Er ist ein heller Typ, ich liebe dunkle Männer. Er ist von cholerischem Temperament, ich liebe ernsthafte Menschen. Er ist tapfer, immer unterwegs von einem Ende der Welt zum anderen. Er wäre eher der Gatte der Ehefrauen anderer Männer, als der Geliebte seiner eigenen.«

»Lasst uns zusammenfassen. Welche Art Mann sollte es denn sein, der dir gefallen würde?«

»Jemand, der das genaue Gegenteil ist von Herrn Benedict.«

»Er muss schlank sein?«

»Ja.«

»Dunkel?«

»Entweder dunkel oder kastanienbraun.«

»Ernst?«

»Ernst oder zumindest seriös. Also, tapfer, ruhig, loyal, und – «

»Gerade so. Ist dir bewusst, dass du Wort für Wort meinen Freund Karl von Freyberg beschrieben hast?«

Helene lief rot an und bewegte sich rasch von der Stelle, als ob sie den Raum verlassen wolle. Friedrich aber, ungeachtet seiner Verletzung, ergriff sie bei der Hand und hieß sie, sich zu setzen. Der Lichtstrahl, der zwischen den Gardinen durchschien, beleuchtete ihr Gesicht wie Sonnenlicht, das auf eine Blume scheint. Er sah sie eindringlich an.

»Nun ja«, sagte sie, »aber keiner weiß davon außer dir.«

»Nicht einmal Karl selbst?«

»Er mag eine vage Vorstellung davon haben.«

»Gut, kleine Schwester«, sagte Friedrich. »Ich sehe kein großes Problem in all dem. Komm, gib mir einen Kuss, und wir werden ein anderes Mal wieder darüber reden.«

»Aber wie kommt es«, rief Helene verärgert aus, »dass du alles von mir erfährst, was du wissen willst, obwohl ich dir überhaupt nichts sagen wollte?«

»Weil man in dich hindurchsehen kann wie durch eine makellose Kristallkugel. Liebe kleine Helene, Karl von Freyberg ist mein bester Freund, er besitzt alles, was ich mir von einem Schwager wünschen kann oder du dir von einem Ehegatten erwarten kannst. Wenn er dich so sehr liebt wie du ihn liebst, dann sollte es keine großen Schwierigkeiten geben, seine Frau zu werden.«

»Ach lieber Friedrich«, sagte Helene und schüttelte ihren hübschen Kopf, »ich hörte einmal eine Französin sagen, dass die Ehen, die ohne Probleme geschlossen werden, diejenigen sind, die nie glücklich werden!«

Darauf zog sie sich in ihr Zimmer zurück, zweifellos darüber nachdenkend, was ihr das Schicksal bis zur Eheschließung noch an Schwierigkeiten bereiten könne.

Graf Karl von Freyberg

An den Tagen Karls V herrschte das Österreichische Kaiserreich für eine Zeit lang über Europa, über Amerika, über Ostindien als auch über Westindien. In Österreich konnte man von den Gipfeln der Dalmatinischen Berge den Aufgang der Sonne und von den Bergketten der Anden ihren Untergang beobachten. Sobald der letzte Strahl der untergehenden Sonne im Westen versank, erschien im Osten bereits das erste Tageslicht. Das Reich war größer als das eines Alexanders, Augustus oder Karls des Großen.

Aber dieses Reich wurde von den gierigen Händen der Geschichte auseinandergerissen. Und der Gewinner, an den die Panzerung dieses Kolosses Stück für Stück ausverkauft wurde, war Frankreich.

Frankreich bediente sich Flanderns, des Herzogtums Bar, Burgunds, des Elsass und Lothringens. Für den Enkel Ludwigs XIV nahm es sich Spanien, die beiden Indien – Indien und Mittelamerika – und die Inseln. Für den Sohn Philipps V eroberte es Neapel und Sizilien. Es nahm des Weiteren die Niederlande an sich und machte daraus zwei getrennte Königreiche, Belgien und Holland, und schließlich riss es die Lombardei und Venetien an sich und übergab diese an Italien. Und so ist heutzutage das Gebiet dieses Reiches, in dem 300 Jahre vorher die Sonne niemals unterging, im Westen durch Tirol, im Osten durch Moldawien, im Norden durch Preußen und im Süden durch die Türkei begrenzt.

Jedermann weiß, dass es strenggenommen kein Reich ist. Passender wäre es, es lediglich als Herzogtum Österreich zu bezeichnen, mit neun bis zehn Millionen Einwohnern und der Hauptstadt Wien. Es war schließlich auch ein Herzog von Österreich, der Richard Löwenherz bei seiner Rückkehr von Palästina einkerkerte und diesen dann gegen eine Lösegeldzahlung von 250.000 Goldkronen freiließ.

Die Gebiete auf der Landkarte, die Österreich heutzutage außerhalb seines Kernlandes einnimmt, bestehen aus Böhmen, Ungarn, Illyrien, Moravien, Schlesien, die slawischen Gebiete Kroatiens, die Vojvodina von Serbien, das Banat, Transsylvanien, Galizien, Dalmatien und die Steiermark.

Wir zählen nicht die vier oder fünf Millionen Rumänen, die über ganz Ungarn und an den Ufern der Donau verstreut siedeln. Jedes der obengenannten Gebiete hat seinen typischen Charakter, eigene Sitten und Gebräuche, Sprachen, Trachten und Grenzen. Besonders die Bewohner der Steiermark, zusammengewürfelt aus dem antiken Noricum und Pannonien, haben sich ihre eigene Sprache, Tracht und ursprünglichen Gebräuche erhalten. Bevor es Österreich einverleibt wurde, hatte die Steiermark ihre eigene, getrennt verlaufende Geschichte, die bis in die Zeit um 1030 zurückreicht, in der es als die steiersche Mark bekannt war. Aus dieser Epoche stammten die Vorfahren Karl von Freybergs, ein großartiger Edelmann in einer Zeit, in der großartige Edelleute immer seltener wurden.

Er war ein gutaussehender junger Mann von etwa 27 Jahren, großgewachsen, offen, leicht, biegsam wie ein Schilfrohr und doch widerstandsfähig. Sein feines schwarzes Haar war kurz geschnitten und er hatte unter schwarzen Augenbrauen und Lidern solche grünen Augen, welche Homer der Minerva zuschrieb und die wie Smaragde erschienen. Er hatte ein sonnengebräuntes Aussehen, denn er pflegte seit seiner Kindheit zu jagen. Er hatte schmale Hände und Füße, war ausdauernd in seinen Bewegungen und verfügte über eine erstaunliche Kraft. In seinen eigenen Bergen hatte er wilde Ziegen, Gemsen und sogar Bären gejagt. Und selbst diese hatte er niemals mit einer anderen Waffe als mit einer Lanze oder einem Jagdmesser angegriffen.

Er war jetzt Oberst bei den Liechtensteiner Husaren und er wurde immer, sogar in der Kaserne, von zwei Tiroler Jägern in ihrer landestypischen Uniform begleitet. Während einer Befehle ausführte, hielt sich der andere zu Diensten, so dass ihm immer einer zur Verfügung stand, zu dem der Herr sagen konnte »Geh und mach dieses oder jenes.« Obwohl des Deutschen mächtig, redete er in ihrem heimischen Dialekt mit ihnen. Sie waren Leibeigene, die nichts von Selbstbestimmung verstanden, die davon ausgingen, dass er die absolute Macht über ihr Leben und ihren Tod hatte, obwohl er mehrere Male versucht hatte, ihnen die Angelegenheit zu erklären und zu vermitteln, dass sie frei wären zu gehen, wohin immer sie möchten. Sie hatten sich einfach geweigert, entweder daran zu glauben oder ihn beim Wort zu nehmen.

So hatte drei Jahre zuvor einer seiner Treiber während einer Gamsjagd den Halt verloren, war einen Abgrund hinabgestürzt und zerschmettert liegengeblieben. Karl wies seinen Verwalter an, der Hinterbliebenen eine Witwenrente auszuzahlen. Sie bedankte sich bei ihm, war aber kaum in der Lage zu begreifen, dass er ihr etwas schuldete, nur weil ihr Mann in seinem Dienst umgekommen war.

Wann immer er auf Jagd war (und derjenige, der diese Zeilen niederschreibt, hatte zweimal die Ehre gehabt, dabei gewesen zu sein), ob auf seinem eigenen Grund und Boden oder als Jagdgast, Karl trug bei jeder Gelegenheit seine Landestracht, die ihm sehr gut stand.

Die zwei waren die ständigen Begleiter des Grafen. Sie waren seine Lader. Wenn Karl einen Schuss abgefeuert hatte, legte er sein Gewehr zu Boden und das andere wurde ihm sofort fertig geladen gereicht. Während man darauf wartete, dass die Trommler sich formierten, was in der Regel eine halbe Stunde dauerte, pflegten die beiden Jäger aus ihren Jagdtaschen kleine Tiroler Schilfflöten zu holen, auf denen sie dann steirische Melodien spielten, mal zusammen, mal jeder für sich, aber immer nach einer gewissen Anzahl von Strophen sich wiedertreffend, lieblich, aber schwermütig. Dies ging einige Minuten so, dann holte der Graf, wie von der Melodie hypnotisiert, seinerseits eine ähnliche Flöte hervor und setzte sie an seine Lippen. Er nahm sofort die Melodie auf, die anderen spielten nur noch die Begleitung, was, wie ich denke, reine Improvisation war – jedenfalls hörte es sich dementsprechend originell an. Es schien, als würde die Begleitung die Melodie verfolgen, diese überholen und sie dann wie eine Kletterpflanze oder Ranke umwinden. Darauf wurde das Leitmotiv wieder aufgenommen, bezaubernd, aber immer schwermütig. Dabei erreichten die Töne eine solche Höhe, dass man denken musste, nur Silber oder Glas könne diese hervorbringen. Inzwischen ertönte ein Schuss, vom Tambourmajor abgefeuert, der ankündigte, dass alle zum Abmarsch bereit seien. Die drei Flöten verschwanden umgehend in das Innere der Jagdtaschen, die Musikanten nahmen ihre Gewehre auf und verwandelten sich wieder in Jäger, Auge und Ohr auf das Äußerste gespannt.

Graf Karl klopfte gegen elf Uhr an die Türe des Barons von Bülow, da er von dessen Rückkehr als auch von seinem Unfall gehört hatte. Friedrich empfing ihn lächelnd, mit einer unüblichen Zurückhaltung, er reichte ihm bloß seine linke Hand.

»Aha, dann ist es also wahr? Ich habe gerade die ›Kreuzzeitung‹ gelesen.«

»Was steht darin, mein lieber Karl?«

»Ich las, dass du dich mit einem Franzosen duelliert hättest, und dass du verwundet worden seiest.«

»Ruhig – nicht so laut. Für meine Familie bin ich nicht verwundet, ich habe bloß eine Zerrung.«

»Was soll das heißen?«

»Das heißt, mein lieber Kamerad, dass meine Gattin nicht auf den Gedanken kommt, einen verstauchten Arm zu inspizieren; sie würde aber ausdrücklich darauf bestehen, einen verwundeten Arm zu untersuchen. Dann würde sie sich aber wegen der Verwundung aus Angst zu Tode grämen. Hingegen nehme ich von dir an, dass du mich darum beneidest. Hast du schon viele Wunden gesehen, die einen Fuß lang sind? Ich kann dir eine zeigen, wenn du möchtest.«

»Ich verstehe nicht? Ein geübter Fechter wie du, der seinen Säbel führt, als wenn er für dich erfunden worden wäre!«

»Trotzdem fand ich meinen Meister.«

»Einen Franzosen?«

»Einen Franzosen.«

»Gut, anstatt morgen im Taunus Wildschweine zu jagen, was ich eigentlich vorhatte, sollte ich mich lieber aufmachen, um deinen Franzosen zu jagen und eine Pfote mitzubringen, die deine ersetzt.«

»Bitte keine Unternehmung dieser Art, mein lieber Freund! Du fängst dir ganz leicht einen hübschen kleinen Hieb ein wie ich. Nebenbei, dieser Franzose ist jetzt mein Freund, und ich möchte, dass er auch der deine wird.«

»Niemals. Ein Strauchdieb, der deinen Arm aufgeschlitzt hat? Wie lang? Einen Fuß sagtest du?«

»Er hätte mich töten können. Er tat es nicht. Er hätte mich zweiteilen können, hingegen hat er mir nur diese Wunde zugefügt. Wir umarmten uns auf dem Kampfplatz. Hast du die anderen Einzelheiten mitbekommen?«

»Welche anderen Einzelheiten?«

»Diejenigen, welche sein anderes Duell betreffen, das mit Herrn Georg Kleist.«

»So nebenbei. Ich kenne ihn nicht, ich habe mir nur um dich Sorgen gemacht. Ich vernahm lediglich, dass dein Franzose den Kiefer eines Jemand verletzt hatte, der Artikel für die ›Kreuzzeitung‹ schreibt. Es scheint, dass er sich mit zwei Berufsständen auseinandersetzen musste, nachdem er sich entschlossen hatte, sich mit einem Offizier und einem Journalisten am selben Tag zu schlagen.«

»Er hat uns nicht herausgefordert, wir waren dumm genug, ihn zu fordern. Wir folgten ihm nach Hannover, wo er es sich gut gehen ließ. Vielleicht hatte er sich über die Störung geärgert. Folglich schickte er mich mit meinem Arm in einer Schlinge nach Hause und entließ Herrn Kleist mit einem blauen Auge.«

»Ist er einer von Herkules Kerlen?«

»Überhaupt nicht, es ist seltsam. Er ist einen Kopf kleiner als du, hat aber eine Gestalt wie Alfred de Mussets Hassan, dessen Mutter ihn kleiner machte, um ihn umso vollkommener herauszustellen.«

»So, du hast ihn auf dem Kampfplatz umarmt?«

»Noch besser. Ich habe eine Idee.«

»Welche ist es?«

»Er ist Franzose, wie du weißt.«

»Aus guter Familie?«

»Lieber Freund, seit der Revolution sind sie alle aus guter Familie. Aber er ist sehr begabt – wirklich.«

»Als Meisterfechter?«

»Ich meine als Künstler. Kaulbach sagt, er sei die Hoffnung der zeitgenössischen Malerei. Er ist jung.«

»Jung?«

»Ja, 25, höchstens 26 und gut aussehend.«

»Auch noch gutaussehend?«

»Und charmant. Mit einem Einkommen über 12.000 Franken.«

»Eine Kleinigkeit.«

»Nicht jeder besitzt 200.000 wie du, mein lieber Freund. 12.000 Franken und ein ausgezeichnetes Talent bedeuten so viel wie 50.000 oder 60.000.«

»Aber warum in aller Welt machst du dir darüber Gedanken?«

»Ich möchte gerne, dass er Helene heiratet.«

Der Graf fiel fast von seinem Stuhl.

»Was? Du bietest ihm die Hand Helenes, deiner Schwägerin? Einem Franzosen?«

»Nun, ist sie nicht selbst teilweise französischer Abstammung?«

»Ich bin überzeugt, Mademoiselle Helene liebt dich zu sehr, als einer Heirat mit einem Mann zuzustimmen, der dich derart verletzt hat. Ich hoffe, sie lehnte ab.«

»Sie tat es.«

Der Graf kam wieder zu Atem.

»Aber wie zum Teufel ist die Idee in deinen Schädel gekommen, ihn mit deiner Schwester zu verheiraten?«

»Sie ist meine Schwägerin.«

»Das macht nichts. Welche Idee, daran zu denken, die eigene Schwägerin an die erstbeste Person zu verheiraten, die du von der Fernstrasse aufgelesen hast!«

»Ich versichere dir, dieser junge Mann ist nicht einfach – «

»Spielt keine Rolle! Sie weigerte sich, nicht wahr? Das ist die Hauptsache.«

»Ich hoffte, sie dazu zu bringen, es sich anders zu überlegen.«

»Du musst ziemlich verrückt sein.«

»Aber dann erkläre mir, warum sie sich verweigern sollte? Gib mir eine Erklärung, wenn du kannst! Es sei denn, sie macht sich tatsächlich etwas aus jemand anderem.«

Der Graf errötete bis unter die Schläfen.

»Glaubst du, dass das der Fall ist?«, stotterte er.

»Nein, aber falls sie sich in einen anderen verliebt hätte, müsste sie es sagen.«

»Hör zu Friedrich, ich kann nicht mit Sicherheit sagen, ob sie jemanden anderen liebt. Aber ich kann mit Bestimmtheit sagen, dass jemand anderes sie liebt.«

»Das ist die Hälfte der Schlacht. Ist es jemand, so gut wie mein Franzose?«

»Ach Friedrich! Du bist so für deinen Franzosen eingenommen. Ich wage nicht ja zu sagen.«

»Dann sprich sofort mit mir. Du siehst, was hätte geschehen können, wäre der Franzose hier gewesen, und ich hätte ihm irgendein Versprechen gemacht.«

»Wohlan denn, anders hättest du mich nicht dazu bringen können, es auszusprechen. Dieser Jemand bin ich.«

»Immer zurückhaltend, loyal und getreu, lieber Karl – aber – «

»Aber? Ich will kein Aber.«

»Es ist kein schlimmes Aber, doch du bist von hohem Adel, Karl – im Vergleich zu meiner kleinen Schwester Helene.«

»Ich bin der letzte meines Stammes. Da ist niemand, der Einwände erheben würde.«

»Du bist mit 200.000 Franken sehr reich – im Vergleich zur Mitgift.«

»Ich kann mit meinem Vermögen tun und lassen, was ich will.«

»Das sind nur Bemerkungen, die ich dir gegenüber zu machen verpflichtet bin.«

»Hältst du diese wirklich für ernsthaft?«

»Ich gebe zu, dass es noch viel gewichtigere Einwände dagegen gibt.«

»Ist es denn nicht von Bedeutung in Erfahrung zu bringen, ob Helene mich liebt oder nicht?«

»Das lässt sich sofort entscheiden.«

»Wie?«

»Ich werde sie holen lassen, die kürzesten Erklärungen sind immer die besten.«

Der Graf wurde genauso blass, wie er im Moment zuvor rot angelaufen war. Mit zittriger Stimme rief er aus:

»Nicht jetzt, um Himmels willen! Nicht jetzt!«

»Warum nicht, mein lieber Karl!«

»Friedrich!«

»Glaubst du, dass ich dein Freund bin?«

»Gott im Himmel, ja!«

»Gut, nimmst du an, ich würde dich in eine Unterredung verwickeln, die dich nur unglücklich machen würde?«

»Du meinst – «

»Ich meine zu glauben – «

»Glauben was?«

»Ich glaube, sie liebt dich genauso, wie du sie liebst.«

»Mein Freund, du bringst mich vor Freude fast um den Verstand.«

»Nun, da du zauderst, dich Helene zu erklären, mach dich auf, gehe in den Taunus jagen, schieß dein Wildschwein und die Angelegenheit wird bis zu deiner Rückkehr geklärt sein.«

»Geklärt, wie?«

»Ich werde das übernehmen.«

»Nein, Friedrich, ich werde nicht gehen.«

»Was, du willst nicht gehen? Du denkst doch sonst bloß an deine Männer, die mit ihren Flöten auf dich warten.«

»Die sollen warten.«

In diesem Moment öffnete sich die Türe und Helene erschien auf der Schwelle.

»Helene!«, rief Karl aus.

»Sie werden doch Rücksicht nehmen – Sie dürfen nicht zu lange bei meinem Bruder verweilen«, sagte sie an der Türe wartend.

»Er wartete auf dich«, bemerkte Friedrich.

»Auf mich?«

»Ja, komm her.«

»Aber ich verstehe nicht im Geringsten.«

»Macht nichts! Komm her zu mir.«

Karl bot Helene seine Hand.

»Oh, Mademoiselle«, sagte er, »tun Sie, um was Ihr Bruder Sie bittet, ich flehe Sie an.«

»Gut«, sagte sie, »was soll ich tun?«

»Könntest du deine Hand Karl reichen; er wird sie dir schon wieder zurückgeben.«

Karl ergriff ihre Hand und drückte sie an seine Brust. Helene schrie auf. Ängstlich wie ein Kind gab er ihre Hand frei.

»Sie haben mir nicht wehgetan«, sagte Helene.

Sofort nahm Karl die freigelassene Hand wieder an sich.

»Bruder«, sagte Friedrich, »sagtest du nicht, du hättest ein Geheimnis, das du Helene anzuvertrauen wünschst?«

»Oh ja, ja«, rief Karl aus.

»In Ordnung, ich höre jetzt weg.«

Karl wandte sich an Helenes Ohr und die süßen Worte »Ich liebe dich«, fielen flüsternd von seinen Lippen in ihr Ohr wie der Hauch eines Flügelschlages eines Falters an einem Frühlingsabend, Atemzüge des ewigen Geheimnisses der Natur.

»Oh, Friedrich, Friedrich!«, rief Helene, mit abgewandtem Gesicht, »ich habe mich nicht geirrt!«

Dann erhob sie ihren Kopf und, langsam ihre wunderschönen Augen öffnend, sagte sie zu Karl:

»Und ich, ich liebe dich.«

Die Großmutter

Für einige Augenblicke überließ Friedrich die Liebenden sich selbst und ihrem Glück. Nachdem sich ihre beiden Augen ihm zuwandten, als ob sie herauszufinden versuchten, was als nächstes zu geschehen habe, sagte er: »Die kleine Schwester soll jetzt gehen und dies alles ihrer großen Schwester erzählen, die große Schwester wird es der Großmutter berichten und die Großmutter, die große Stücke auf mich hält, wird vorbeikommen, um sich mit mir zu besprechen, und wir werden dann die Angelegenheiten zusammen arrangieren.«

»Und wann soll ich zu meiner großen Schwester gehen und es ihr sagen?«, fragte Helene.

»Sofort, wenn du möchtest.«

»Ich gehe jetzt! Werden Sie auf mich warten, Karl?«

Karls Lächeln und Geste bejahte ihre Frage. Helene entzog sich seiner Umarmung und entschwand wie ein Vogel.

»Nun zu unseren Angelegenheiten!«, sagte Friedrich.

»Wie? Welche Angelegenheiten?«

»Ich habe dir etwas zu sagen.«

»Irgendetwas Wichtiges?«

»Etwas sehr Ernstes.«

»Etwas, das mit unserer Hochzeit zu tun hat? Du beunruhigst mich!«

»Nimm an, ich hätte dir an jenem Morgen, als du die Möglichkeit der Liebe Helenes zu dir bezweifeltest, geantwortet, habe keine Angst, Helene liebt dich und wird dich heiraten, aber es bestünde da ein Hindernis, das die Hochzeit nicht früher als in einem Jahr stattfinden lässt.«

»Was spricht dagegen? Jede Verzögerung steigert meine Unruhe, gerade auch wegen der sich verbreitenden politischen Nachrichten.«

»Richtig, mein Freund, ich sage dir jetzt, was ich dir schon diesen Morgen hätte sagen sollen. Helene liebt dich. Sie bat mich nicht, dir das zu sagen; sie sagte mir das von sich aus, aber in der momentanen Lage stehen wir vor einem unüberwindbaren Hindernis.«

»Zu guter Letzt wirst du mir erklären, welcher Art das Hindernis sein soll?«

»Ich werde dir etwas sagen, was noch ein Geheimnis ist, Karl. In einer Woche, spätestens aber in vierzehn Tagen wird Preußen Österreich den Krieg erklären.«

»Aha! Ich habe das befürchtet! Bismarck ist der böse Genius Deutschlands.«

»Gut, nun versteht du. Als Freunde können wir auf gegnerischer Seite dienen, das geschieht jeden Tag. Jedoch als Verwandte können wir das nicht. Du kannst schwerlich in dem Augenblick mein Schwager werden, an dem du dein Schwert gegen mich ziehst.«

»Du bist dir deiner Informationsquelle sicher?«

»Absolut. Bismarck hat heutzutage eine derartige Machtposition gegenüber den Kammern erlangt, hat den König gegenüber den deutschen Fürsten in eine solche Lage gedrängt, dass er entweder Deutschland von Berlin bis Pest und sogar bis Innsbruck in einen Krieg verwickeln muss oder wegen Hochverrates zur Rechenschaft gezogen wird und seine Tage in Festungshaft beschließen muss. Nun, Bismarck ist eine Macht – eine dunkle Macht, wenn du willst. Er wird nicht wegen Hochverrates belangt werden, deshalb wird er Deutschland in einen Krieg hineinziehen und das aus folgendem Grunde: Preußen hat nichts zu gewinnen, wenn es Bismarcks Pläne verwirft; dagegen kann es bei der Zerstörung des Gleichgewichts in Deutschland zwei oder drei kleine Königreiche oder Herzogtümer annektieren, wobei Preußen seine Grenzen auf das komfortabelste abrunden würde.«

»Aber der Bund wird sich gegen ihn stellen.«

»Solange man ihn für unentbehrlich hält, wird er sich wenig darum scheren. Glaube mir einfach, wenn ich dir sage: Je mehr Feinde Preußen hat, umso heftiger wird es zuschlagen. Unsere Armee ist organisiert wie keine andere europäische Armee – zum gegenwärtigen Zeitpunkt.«

»Du sagst unsere Armee, dann bist du ein Preuße geworden. Ich dachte, du wärst ein Deutscher.«

»Ich bin Schlesier, Preuße seit den Tagen Friedrichs II. Alles habe ich König Wilhelm zu verdanken, und ich würde freiwillig für ihn in den Tod gehen, auch wenn ich bedauere, dass es für eine ungute Sache ist.«

»Was empfiehlst du in meinem Falle?«

»Du bist Steirer, also ein Österreicher. Kämpfe wie ein Löwe für deinen Kaiser, und wenn wir das Pech haben sollten, während einer Kavallerieattacke aufeinander zu stoßen, lenkst du dein Pferd zur rechten und ich wende das meinige desgleichen, wir salutieren und reiten weiter. Pass auf, dass du nicht getötet wirst, das ist alles, und dann werden wir am Tag des Friedensschlusses den Heiratsvertrag unterzeichnen.«

»Unglücklicherweise sehe ich auch keinen anderen Ausweg, es sei denn glückliche Umstände erlauben uns beiden, in einer freien und neutralen Stadt wie Frankfurt zu leben. Ich hege nicht den Wunsch, gegen Deutsche zu kämpfen. Es wird ein schändlicher Krieg werden. Wenn es gegen die Türken, Franzosen oder Russen ginge, fände ich es in Ordnung, aber zwischen den Kindern desselben Landes, die dieselbe Sprache sprechen! Mein Patriotismus endet hier, das muss ich gestehen.«

»Auch diese Hoffnung muss man fahren lassen. Ich selbst überbrachte Befehle an den hiesigen preußischen General, sich zum Abmarsch bereitzuhalten, Österreich wird seine Truppen ebenfalls zurückziehen. Frankfurt bekommt möglicherweise eine bayrische Garnison oder wird mit seinem eigenen Linienbatallion alleingelassen, aber sehr wahrscheinlich werden wir uns bis auf den letzten Mann unseren Armeen anschließen müssen.«

»Arme geliebte Helene! Was sollen wir ihr sagen, wenn sie zurückkommt?«

»Wir werden erklären, die Hochzeit sei beschlossen, die Verlobung könne stattfinden, die Hochzeit jedoch müsse um ein Jahr verschoben werden. Falls entgegen meiner Voraussage der Krieg nicht erklärt wird, könnt ihr sofort heiraten. Falls der Krieg stattfindet, wird es kein Krieg sein, der sich lange hinzieht. Er wird wie ein Sturm sein, ein Orkan, der heraufzieht und alles verwüstet, erst danach wird es Frieden geben. Wenn ich den Tag festlege, dann deswegen, weil ich sicher bin, nicht noch einmal um eine weitere Verzögerung bitten zu müssen. Helene ist 18, sie wird dann 19 Jahre alt sein, du bist jetzt 26, du wirst dann 27 Jahre alt sein. Keiner trägt Schuld an diesen Umständen. Im Gegenteil, es sind die Umstände, die uns dazu zwingen. Wir müssen uns fügen.«

»Du wirst mir versprechen, nichts zuzulassen, was deine Absicht mir gegenüber ändert. Und dass du mich von heute an, dem 12. Juni, als deinen Schwager betrachtest – auf Bewährung.«

»Madame von Beling!«

Dieser Ausruf entfuhr Karl bei dem unerwarteten Erscheinen einer älteren, ganz in schwarz gekleideten Dame. Sie hatte eine mächtige Haarpracht, weiß wie Schnee, sie musste in ihrer Jugend einmal sehr schön gewesen sein. Ihre gesamte Ausstrahlung strahlte Würde und Güte aus.

»Wie kommt es, mein lieber Friedrich?«, sagte sie den Raum betretend. »Du bist seit heute Morgen fünf Uhr im Hause und ich hörte von deiner Ankunft erst nachmittags gegen zwei Uhr durch deine Frau. Auch, dass du Schmerzen hättest.«

»Liebe Großmama«, antwortete Friedrich, »aber weiß ich nicht auch, dass Sie nicht vor elf Uhr aufzuwachen und erst gegen Mittag aufzustehen pflegen?«

»Das ist wahr, aber man sagte mir, du hättest einen verstauchten Arm. Ich habe drei hervorragende Mittel gegen Verstauchungen, eines, das vollkommen wirkt, habe ich von meinem alten Freund Goethe, eines von meiner alten Freundin Madame Schröder, und das dritte vom Baron von Humboldt. Du siehst, diese Empfehlungen kann man nicht in Zweifel ziehen.«

Sich an Karl wendend, der mit einer Verbeugung einen Lehnstuhl für sie bereitstellte, sagte sie:

»Sie, Herr von Freyberg, haben offensichtlich keine Verstauchung, denn sie haben einen Jagdrock an. Ach! Sie können nicht wissen, wie ihre steirische Tracht in mir glückliche Kindheitserinnerungen hervorruft. Das erste Mal, als ich meinen Mann, Herrn von Beling, sah – das war 1814, ist also jetzt fast fünfzig Jahre her – trug er während eines Karnevalmaskenballs ein ähnliches Kostüm wie jenes, das Sie anhaben. Er war etwa in Ihrem Alter. Während des Höhepunkts des Balles – ich erinnere mich, als ob es gestern gewesen sei – hörten wir von der Landung des verwünschten Napoleon. Die Tänzer gelobten, dass sie gegen ihn in den Krieg ziehen würden, falls er den Thron wieder bestiege. Eine jede der Damen wählte ihren Kavalier, der dazu berechtigt wurde, in dem kommenden Feldzug ihre Farben zu tragen. Ich tat wie die übrigen und wählte Herrn von Beling, obwohl ich im Inneren meines Herzens – denn ich bin in meinem Herzen noch immer Französin – nicht sehr böse auf den Mann sein konnte, der Frankreich so groß gemacht hatte.

Diese romantische Einsetzung Herrn von Belings als Streiter in meinen Farben eröffnete ihm den Zugang zu meinem Elternhaus. Er sagte, ohne die Erlaubnis meiner Eltern könne er nicht mein Ritter sein. Sie gaben ihm ihr Einverständnis. Napoleon wurde wieder Kaiser. Herr von Beling trat wieder in sein Regiment ein, aber zuerst bat er meine Mutter um meine Hand. Meine Mutter konsultierte mich, ich liebte ihn. Man kam überein, dass wir heiraten sollten, wenn der Krieg vorbei wäre. Der Feldzug dauerte nicht lange, und als Herr von Beling zurückkehrte, wurden wir getraut. Im Grunde meines Herzens ärgerte ich mich ein wenig, dass er den 300-millionsten Teil zur Entthronung meines Helden beigetragen hatte. Aber ich habe ihm nie diese kleine Untreue meiner Napoleon-Schwärmerei gebeichtet. Trotzdem war unser Leben nicht weniger glücklich.«

»Liebe Großmama«, fragte Friedrich nach, »kniete Herr von Beling – er musste wohl in steirischer Uniform sehr gut ausgesehen haben, ich habe ja sein Portrait gesehen – ich meine, kniete Herr von Beling vor Ihnen, als er Sie um die Gunst bat, Ihr Ritter sein zu dürfen?«

»Sicherlich, und das tat er auch sehr würdevoll«, antwortete die alte Dame.

»War er dabei besser als mein Freund Karl?«

»Besser als dein Freund Karl? Aber sieht dein Freund Karl vielleicht so aus, als ob er vor mir niederknien würde?«

»Sehen Sie nur einmal zu ihm hin.«

Madame von Beling wandte sich um und sah tatsächlich Karl vor ihr auf dem Boden kniend.

»Meine Güte!«, sagte sie lachend, »plötzlich bin ich 50 Jahre jünger?«

»Meine liebe Großmutter«, sagte Friedrich, während sich Karl der Hand der alten Dame bemächtigte. »Nein, Sie haben noch immer Ihre drei mal zwanzig plus zehn Jahre, welche Ihnen so gut bekommen sind, dass ich Sie nicht aus einem einzigen entlassen würde. Aber hier ist Karl, der auch in den Krieg ziehen wird, und der wünscht zum Ritter deiner Enkelin Helene ernannt zu werden.«

»Wirklich! Ist meine kleine Enkeltochter Helene tatsächlich alt genug, einen eigenen Ritter zu haben?«

»Sie ist achtzehn, Großmutter.«

»Achtzehn! So alt war ich, als ich Herrn von Beling heiratete. Es ist das Alter, in dem die Blätter den Baum verlassen und mit dem Wind fortwehen. Wenn Helenes Stunde geschlagen hat«, fuhr sie mit einem traurigen Lächeln fort, »muss sie gehen wie die anderen.«

»Niemals, nie, liebe Großmutter«, rief das junge Mädchen, das unbemerkt eingetreten war, »niemals aber so weit, dass ich nicht jeden Tag die liebe Hand küssen kann, die uns allen ihr Leben geweiht hat.«

Und sie kniete sich neben Karl hin und nahm die andere Hand.

»Ach!«, sagte Madame von Beling, mit einem Kopfnicken, »So, deswegen habt ihr mich eingeladen, die Treppe hochzukommen. Ich sollte in eine Falle gelockt werden. Nun, was soll ich jetzt machen? Wie mich verteidigen? Sich sofort zu ergeben ist dumm; das ist wie eine Szene aus einem Molièrestück.«

»Sehr gut, Großmama, ergeben Sie sich nicht oder zumindest nicht ohne Bedingungen.«

»Und wie sollten diese aussehen?«

»Dass sich diese jungen Leute so schnell wie sie es wünschen verloben dürfen, aber dass die Hochzeit, wie die Ihre, erst dann gefeiert werden kann, wenn der Krieg zu Ende ist.«

»Welcher Krieg?«, fragte Helene ängstlich.

»Wir werden dir später darüber ausführlich berichten. In der Zwischenzeit sollte Karl, weil er nun dein Ritter ist, deine Farben tragen. Welche sind die?«

»Ich habe nur eine«, antwortete Helene. »Sie ist grün.«

»Dann trägt er sie jetzt schon«, sagte Friedrich und deutete auf die Uniform seines Freundes mit seinen grünen Aufschlägen und dem Hut mit einem breiten Band aus grünem Samt.

»Und zu Ehren meiner Herzensdame«, sagte Karl beim Aufstehen, »soll meine Hundertschaft grün tragen.«

Alles war nun geklärt und die ganze Gruppe, Friedrich vorneweg, Madame von Beling an Karls Arm, ging treppab, um den lieben Ahnungslosen die guten Neuigkeiten zu unterbreiten.

Am selben Abend wurde bekannt, dass die Bundesversammlung für den 15. Juni nach Frankfurt zusammengerufen worden war.

Frankfurt am Main

Es ist jetzt an der Zeit, einige Auskünfte über die Stadt zu geben, in der die Hauptereignisse unserer Geschichte stattfinden werden.

Frankfurt zählt zu den bedeutendsten Städten Deutschlands, nicht nur der Anzahl ihrer Einwohner, nicht bloß ihrer wirtschaftlichen Bedeutung wegen, sondern aus Gründen ihrer politischen Bedeutung, die ihr als Tagungsort des Bundestages zukommt.

Man hört darüber immer wieder abgedroschene Schlagworte, die solange wiederholt werden, bis sie einem vertraut vorkommen, ohne dass man deshalb ihre exakte Bedeutung verstehen würde. Erlauben Sie mir daher, mit ein paar Worten die Aufgaben des Bundestages zu erklären.

Es ist im Allgemeinen die Aufgabe der Bundesversammlung, die Angelegenheiten Deutschlands zu überwachen und die Spannungen zwischen den Bundesstaaten abzumildern. Die Vorsitzenden sind ausnahmslos Repräsentanten Österreichs. Man darf ruhigen Gewissens behaupten, dass die meisten Entscheidungen des Bundestages Vertagungsbeschlüsse sind. Der Bundestag, der schon seit längst vergangenen Zeiten besteht, hatte zuerst keinen festen Tagungsort, sondern wurde mal in Nürnberg, mal in Regensburg oder in Augsburg abgehalten. Schließlich setzte der Wiener Kongress am 9. Juni 1815 Frankfurt als den ständigen Versammlungsort des Deutschen Bundes ein.

Dank der neuen Verfassung verfügt Frankfurt über eine Viertelstimme an der Bundesversammlung, die restlichen drei Viertelstimmen stehen den drei Freien Hansestädten Hamburg, Bremen und Lübeck zu.

Im Gegenzug zu dieser Ehre war Frankfurt verpflichtet, für den Deutschen Bund 750 Mann auszuheben und diese jeweils zum Jahrestag der Völkerschlacht bei Leipzig Salut schießen zu lassen. Die Ausführung jener Verpflichtung stellte sich anfangs als etwas schwierig heraus, weil Frankfurt seit 1803 über keine Wallanlagen mehr verfügte und seit 1813 keinerlei eigene Kanonen mehr hatte. Aber schon während der ersten Momente der Begeisterung hatte man eine Ausschreibung zum Zwecke des Kaufs von zwei Vierpfündern veröffentlicht, so dass Frankfurt seit 1814 auf den Jahrestag seinen Verpflichtungen an Feuer und Pulverdampf, die es der Heiligen Allianz schuldete, ordnungsgemäß nachkommen konnte.

Was die Wehranlagen betrifft – sie existieren nicht mehr. Ganz Frankfurt war Augenzeuge der allmählichen Umgestaltung alter Wallmauern und verschlammter Gräben in eine bezaubernde Gartenlandschaft englischen Stils, die in ihrer Anlage wohltuend und wohlduftend dem Spaziergänger einen Rundgang um die gesamte Stadt erlaubte, wobei er, ohne die ausgebauten Wege verlassen zu müssen, unter prächtigen Bäumen flanieren konnte. Von Weitem gesehen erscheint Frankfurt mit seinen in Weiß, Grün und Rosa getünchten Häusern wie ein Strauß Kamelien, der von einem Bund Heidekraut zusammengehalten wird. Das Grab des Bürgermeisters, dem die Stadt diese Errungenschaft verdankt, ist inmitten eines herrlichen Labyrinths von Spazierpfaden gelegen und es erfreut sich – hauptsächlich gegen vier oder fünf Uhr nachmittags – lebhaften Besuchs durch die Bürger und ihre Familien.

Der fränkische Name Frankfurt bedeutet freie Furt. So führt die Stadt ihren Ursprung auf eine kaiserliche Burg zurück, die von Karl dem Großen an einer Stelle erbaut wurde, wo man den Main durchwaten konnte. Ihre erste urkundliche Erwähnung erfährt die Stadt durch eine Synode, die dort im Jahre 794 abgehalten und in der die Frage der Bilderverehrung disputiert wurde. Was den Palast Karls des Großen anbetrifft, hat man keine Überreste mehr aufgefunden. Altertumskenner jedoch behaupten, dass dieser an der Stelle gestanden haben soll, wo sich heutzutage die Kirche St. Leonhard befindet.

Es muss wohl um das Jahr 796 gewesen sein, als Karl der Große die Kolonie Sachsenhausen gründete, die er mit Sachsen besiedelte, die er unterworfen und taufen lassen hatte. Im Jahre 822 ließ Ludwig der Fromme eine Pfalz auf dem Grund des heutigen Saalhofes erbauen und im Jahre 833 verfügte Frankfurt bereits über einen Gerichtshof und über Verteidigungsanlagen.

Im Jahre 853 erhob Ludwig der Deutsche die Stadt in den Rang eines Hauptsitzes des fränkischen Ostreiches. Man erweiterte ihre Stadtmauer und erbaute die Kirche des Heiligen Erlösers nahe an der Stelle, an der man die Herbstmesse abzuhalten pflegte. Dies entsprach dem alten Kaufmannsbrauch, seinen Stand im Schutz von Kirchen- und Tempelmauern aufzustellen.

Das Gewohnheitsrecht, den Kaiser in Frankfurt zu wählen, war von jenem großen schwäbischen Hause ausgesprochen worden, dessen Name allein eine Unmenge an schrecklichen und traurigen Erinnerungen hervorruft. Im Jahre 1240 garantierte Friedrich II freie Geleitbriefe an alle, die zur Messe nach Frankfurt reisten. Auch Kaiser Ludwig der Bayer, der seine Dankbarkeit für seine Wahl zu bekunden wünschte, bewies seine Verbundenheit mit der Stadt, indem er ihr großzügige Rechte verlieh; unter anderem das Recht, während der Fastenzeit eine 15-tägige Messe abzuhalten, die als die Frühjahrsmesse bekannt wurde.

Durch die berühmte Goldene Bulle, herausgegeben im Jahre 1356, bestätigte Kaiser Karl IV Frankfurts Recht, Wahlstadt des Reiches zu sein. Diese Bulle übrigens ermöglichte Kaiser Napoleon bei einer Gelegenheit, sein exzellentes Gedächtnis unter Beweis zu stellen. Einst speiste er während des Erfurter Fürstentags mit einem halben Dutzend souveräner Herrscher, als sich der Gegenstand ihrer Konversation der Goldenen Bulle zuwandte, in der bis zur Entstehung des Rheinbundes bekanntermaßen die Regularien der Kaiserwahl festgelegt waren. Der Fürstprimas, der sich auf seinem Terrain wähnte, gab einige Einzelheiten aus der Goldenen Bulle zum Besten, dabei datierte er ihr Entstehungsdatum auf das Jahr 1409.

»Ich denke, Sie befinden sich im Irrtum, Prinz«, sagte Napoleon. »Wenn meine Erinnerung richtig ist, wurde die Bulle 1356 während der Herrschaft Kaiser Karls IV herausgegeben.«

»Eure Majestät haben Recht«, sagte der Fürstprimas nach einigem Nachdenken, »aber wie kommt es, dass Ihr Euch an das Datum der Bulle so genau erinnert? Hätte es sich um das Datum einer Schlacht gehandelt, wäre es weniger verwunderlich.«

»Soll ich Ihnen das Geheimnis dieses wundervollen Gedächtnisses erklären, Prinz?«, erkundigte sich Napoleon.

»Eure Majestät würde uns allen viel Freude damit bereiten.«

»Nun«, fuhr Napoleon fort, »Sie müssen wissen, dass ich, als ich noch Unterleutnant der Artillerie war – « womit er unter den illustren Gästen Überraschung und Neugier hervorrief, so dass Napoleon kurz innehielt und dabei beobachtete, wie alle gespannt auf die Fortsetzung warteten – dann fuhr er mit einem Lächeln fort:

»Wie ich bereits sagte, als ich die Ehre hatte, als Unterleutnant der Artillerie zu dienen, war ich für drei Jahre in Valence stationiert. Ich machte mir nicht viel aus Gesellschaften und lebte ziemlich zurückgezogen. Durch einen glücklichen Zufall bezog ich gegenüber einem belesenen und entgegenkommenden Buchhändler Unterkunft, der sich Marc Aurel nannte und der mir den Zugang zu seiner Bücherei erlaubte. Während meines Aufenthaltes in der Hauptstadt der Drôme las ich alle Bücher aus seinem Laden, manches sogar zwei-, dreimal. Und ich erinnere mich an alles, was ich gelesen habe – sogar an das Datum der Goldenen Bulle.«

Frankfurt regierte sich als freie kaiserliche Stadt weiterhin selbst, bis sie eines schönen Tages, nachdem es im Verlauf der Revolutionskriege nach ihrer Beschießung durch die Franzosen eingenommen worden war, von Napoleon als Hauptstadt des Großherzogtums Frankfurt an den Fürstprimas Karl von Dahlberg übergeben wurde.

Das unzweifelhaft interessanteste Gebäude in Frankfurt ist der Römer: ein riesiges Gebäude, das den Saal der Kurfürsten enthält, heutzutage benutzt vom oberen Senat Frankfurts, sowie den Kaisersaal, in dem letztere ausgerufen wurden. Eine Besonderheit des Saales, der die Portraits aller Kaiser von Konrad bis zu Leopold II enthält, ist, dass der

Architekt, der ihn errichtete, genauso viele Nischen einbaute, wie es Herrscher gab, welche die kaiserliche Krone trugen. Als Franz I. gewählt wurde, waren alle Nischen besetzt und man fand keinen Platz mehr für den neuen Kaiser. Es gab viele Diskussionen darüber, wo man sein Portrait unterbringen könne, als im Jahre 1805 das alte deutsche Reich unter dem Donner der Kanonen von Austerlitz zu Staub zerfiel und die Höflinge aus ihrer Verlegenheit erlöst wurden. Der Architekt hatte exakt die Anzahl der Kaiser vorausgesehen, die da kamen. Nostradamus selbst hätte es nicht besser machen können.

Nach dem Rathaus ist der interessanteste Platz die Judengasse. Als der Verfasser dieser Zeilen Frankfurt zum ersten Male besuchte, so etwa vor 30 Jahren, gab es da immer noch Juden und Österreicher – echte Juden, welche die Christen hassten, so wie Shylock sie hasste, und richtige Christen, welche die Juden hassten wie einst Torquemeda.

Die dicht bewohnte Gasse bestand aus zwei langen Reihen hochgebauter Häuser, düster, unheimlich anzusehen, die aussahen, als würden sie sich vor lauter Furcht aneinanderklammern. Es war damals Samstag, ein Tag, der zweifellos die gedrückte Stimmung jener Gasse verstärkte. Alle Tore waren abgeschlossen, armselige kleine Durchgänge erlaubten jeweils nur einer Person ein- und auszugehen. Alle eisernen Riegel waren vorgeschoben. Kein Geräusch einer Stimme oder eines Schrittes, keine Bewegung war zu vernehmen; ein Gefühl von Angst und Einschüchterung schien sich über die gesamte Häuserzeile ausgebreitet zu haben. Gelegentlich schwebte eine alte höckernasige Frau eulenhaft vorüber, um in einer Art Keller oder Erdgeschoss dieser seltsamen Straße zu verschwinden. Heutzutage ist das alles zivilisierter und die Häuser haben ein geschäftigeres und lebhafteres Aussehen.

Die Bevölkerung Frankfurts besteht zum einen aus einem alteingesessenen Bürgertum, das die Aristokratie der kaiserlichen Stadt, Krönungsstadt gemäß der Goldenen Bulle, bildet. Die bedeutenden Familien stammen von alten Patriziergeschlechtern ab. Einige sind französischer Abstammung, durch den Widerruf des Edikts von Nantes Ausgebürgerte, die durch ihre Bildung und ihren Fleiß in der Gesellschaft ganz oben stehen. Dann sind da die Familien italienischer Herkunft, deren Zusammengehörigkeitsgefühl stärker ist als ihre Religion, denn trotz des katholischen Bekenntnisses fühlen sie sich eher zu den französischen Protestanten hingezogen. Schließlich sind da noch die jüdischen Bankiers, die sich als Mitglieder ihrer Volksgruppe natürlicherweise um das unangreifbare Haus Rothschild gruppieren. Sie alle haben sich der Sache Österreichs verschrieben, weil die Stadt Österreich ihre besondere Bedeutung – Quelle ihres Wohlstandes und ihrer Unabhängigkeit – verdankt und weil alle genannten Gruppierungen, obgleich unterschiedlicher Herkunft, Sprache und Religion, etwas gemeinsam haben: die Zuneigung zum Hause Habsburg – eine Liebe, die man vielleicht nicht als Unterwürfigkeit bezeichnen sollte, aber die gelegentlich, zumindest dem Lippenbekenntnis nach, Formen des Fanatismus annimmt.

Man darf in der Aufzählung Sachsenhausen nicht vergessen, ein Vorort, der auf der anderen Seite des Mains gelegen einst als Kolonie von Karl dem Großen gegründet wurde. Seine Bewohner, in beengten Verhältnissen lebend und sich nur untereinander verschwägernd, haben einiges von der Schroffheit des sächsischen Charakters bewahrt. Dieser rauhe Umgangston, der im Gegensatz zu einem zunehmend höflicheren Umgang anderer Volksgruppen steht, erscheint heutzutage als reine Flegelhaftigkeit, Grobheit, aber ohne böse Absicht. Man sagt über sie, dass sie schnell sind mit schroffen, doch immer wieder geistreichen Entgegnungen, in denen der Schwache zuweilen am Starken Vergeltung übt. Wir wollen einige Beispiele der rauen Ausdruckweise des Sachsenhäusers anführen.

Wie gewöhnlich im Monat Mai führte der Main Hochwasser, das er der Schneeschmelze verdankt. Der Große Kurfürst selbst kam vorbei, um das Ansteigen des Wassers in Augenschein zu nehmen, sowie den möglichen Schaden zu beurteilen, den es verursachen könnte. Dabei traf er auf einen Mann aus Sachsenhausen:

»Nun«, fragte er, »steigt der Main immer noch?«

»Ei, du Simbel, der du bist!«, antwortete das angesprochene Individuum, »kannst du nicht selbst gucken?«

Und der alte Sachse machte sich mit Schulterzucken davon. Einer seiner Kumpels rannte ihm nach:

»Hast du eine Ahnung, wer das war, mit dem du eben gesprochen hast?«

»Nein, weiß nicht.«

»Nun, das war der Kurfürst von Hessen höchstpersönlich.«

»Donner und Doria!«, rief der alte Mann aus, »bin ich froh, dass ich ihm höflich geantwortet habe.«

Im Schauspiel lehnte sich einst einer dieser ehrenwerten Leute gegen den Mann, der vor ihm saß; jener rückte weg.

»Ich hoffe, ich belästige dich«, meinte schließlich dieser rüpelhafte Zeitgenosse, »denn, wenn du es wärst, der mich belästigte, würde ich dir so eine reinhauen, dass du dich für den Rest deines Lebens daran erinnern würdest!«

Seit 1815 wurden in Frankfurt zwei Abteilungen von je 1.500 bis 2.000 Mann stationiert: eine österreichische und eine preußische. Erstere erfreute sich großer Beliebtheit; letztere wurde im gleichen Maße, wenn nicht noch mehr, gehasst. Einst ging ein preußischer Offizier mit einigen Freunden aus, die Sehenswürdigkeiten Frankfurts anzusehen. Dabei betraten sie den Dom. Zwischen all den Votivgaben, Darstellungen von Herzen, Händen oder Füßen, wies der Küster unter anderem auf eine Maus hin, die ganz aus Silber gearbeitet war.

»Wofür ist das?«, fragte einer.

»Durch göttlichen Zorn wurde einst ein ganzes Viertel Frankfurts von Mäuseschwärmen geplagt«, antwortete der Küster. »Vergebens fing man alle Katzen der anderen Viertel, all die Terrier und Bulldoggen, alle Arten Tiere, die Mäuse töten können; die Plage nahm trotzdem zu. Schließlich dachte eine fromme Frau daran, eine silberne Maus anfertigen zu lassen und widmete diese als Weihegeschenk der Jungfrau. Nach einer Woche ward keine Maus mehr gesehen!«

Die Zuhörer taten ziemlich erstaunt, als sie die Legende vernahmen.

»Was für Dummköpfe doch diese Frankfurter sind!«, sagte der Preuße. »Sich diese Art Geschichten zu erzählen und an sie zu glauben!«

»Wir erzählen sie uns«, sagte der Küster, »aber wir glauben sie nicht. Wenn wir es täten, hätten wir schon längst einen silbernen Preußen machen lassen und ihn der Jungfrau gewidmet.«

Es sei daran erinnert, dass unser Freund Lenhart, Benedikts Kutscher, ein Bürger der Sachsenhäuser Kolonie war.

Der Truppenabzug

Bis zur Schleswig-Holstein-Krise war der Bundestag jeweils am 9. Juni in Frankfurt zusammengetreten. Dieses Jahr fiel der Zeitpunkt auf den Tag nach der versuchten Ermordung Bismarcks, an dem Benedict auf das Wohl Frankreichs trank. Die Bundesversammlung entschied in Kenntnis der Planungen zur Mobilmachung der Landwehr und der Auflösung der Kammer, dass die preußischen und österreichischen Truppen zurückgezogen werden sollten, um Frankfurts Stellung als freie und kaiserliche Stadt nicht zu gefährden und um es aus den Folgen der Ereignisse herauszuhalten, die notwendigerweise in eine militärische Auseinandersetzung zwischen den preußischen und österreichischen Garnisonen münden würden; nur das bayrische Bataillon durfte in Frankfurt stationiert bleiben.

Man kam überein, dass die Bayern den Oberbefehl erhalten und Frankfurt den Stadtkommandanten ernennen solle. Der bayrische Oberst Lessel, lange Jahre Mitglied der Militärkommission des Bundes für Bayern, wurde zum Oberbefehlshaber und ein Oberstleutnant des Frankfurter Linienbataillons zum Gouverneur der Stadt ernannt.

Der Abzug der preußischen und österreichischen Truppen wurde auf den 12. Juni festgelegt und es wurde entschieden, dass die Preußen in zwei Sonderzügen um sechs und um acht Uhr über die Linie der Main-Weserbahn nach Wetzlar abziehen sollten, die Österreicher jedoch gegen drei Uhr am Nachmittag des selben Tages vom Hanauer Bahnhof aus.

Die Vereinbarung wurde am 9. Juli in Frankfurt bekannt, und sie erfüllte, wie man mitfühlen darf, das Haus Chandroz mit Verzweiflung. Emma würde von ihrem Gatten getrennt und Helene von ihrem Geliebten.

Wie wir schon erwähnt haben, mussten die Preußen als Erste abziehen. Gegen fünf Uhr morgens nahm Friedrich Abschied von seiner Gattin, seinem Kind, seiner teuren Schwester Helene und von der Großmutter. Es war zu früh für Karl von Freyberg, sich schon zu dieser Stunde im Hause aufzuhalten. So wartete er auf der Zeil auf seinen Freund. Karl und Helene hatten am Abend zuvor vereinbart, dass er, sobald er sich von Friedrich verabschiedet haben würde, auf dem Rückweg in der kleinen katholischen Liebfrauenkirche auf sie warten sollte.

Der Einklang zwischen den beiden jungen Leuten war vollkommen. Helene und Karl, obwohl Hunderte von Legien weit entfernt in zwei verschiedenen Ländern geboren, waren beide Katholiken. Zweifellos hatten sie diese frühe Stunde gewählt, weil sie um die geringe Beliebtheit wussten, welche die Frankfurter Bevölkerung für die Preußen hegte. Sie ließ sich zu keinem Anzeichen des Bedauerns wegen des Abzugs hinreißen. Vielleicht beobachtete man die Abziehenden durch die geschlossenen Fensterläden, aber nicht ein Fenster oder ein Laden wurde geöffnet, niemand warf auch nur eine Blume als ein »Auf Wiedersehen!«, niemand winkte mit einem Taschentuch »Lebewohl!«

Man hätte schwören können, dass es feindliches Militär war, das aus der Stadt abrückte, und die Stadt schien nur auf ihren Abzug gewartet zu haben, um aufzuwachen und zu jubeln. Einzig die Offiziere des Stadtbataillons begaben sich zum Bahnhof, um sich mit militärischen Ehren zu verabschieden. Dabei wünschten sie, voll von tödlichem Hass, nichts sehnlicher, als gegen die preußische Garnison loszuschlagen.

Friedrich fuhr um acht Uhr früh mit dem zweiten Zug ab, folglich verspätete sich Karl, und es war Helene, die auf ihn wartete. Sie stand am Weihwasserbecken gegen eine weiße Säule gelehnt. Sie lächelte traurig, als sie Karl erblickte, sanft tauchte sie zwei Finger ins Weihwasser und hielt sie ihm entgegen. Karl nahm ihre Hand und bekreuzigte sich damit.

Niemals hatte das schöne Mädchen so liebenswert ausgesehen, wie in diesem Moment, als Karl von ihr Abschied nahm. Sie hatte die Nacht kaum geschlafen, sondern die ganze Zeit geweint und gebetet. Sie war wie eine Braut gekleidet, ganz in Weiß und mit einem kleinen weißen Rosenkranz auf ihrem Haar. Karl schritt mit Helene Hand in Hand zu einer Seitenkapelle; sie knieten gemeinsam dort nieder, wo Helene gewöhnlich zu beten pflegte. Fast der gesamte Schmuck dieser Kapelle, vom Altartuch bis zu dem Kleid der Jungfrau, war allein das Werk ihrer Hände, sogar die Krone der Madonna aus Gold und Perlen war ihr Geschenk gewesen. Sie beteten zusammen; dann sagte Karl:

»Wir werden voneinander Abschied nehmen müssen, Helene; welchen Schwur soll ich vor dir ablegen? In welche Worte soll ich ihn fassen?«

»Karl«, antwortete Helene, »sage mir noch einmal im Angesicht der geliebten Madonna, die seit meiner Kindheit und Jugend über mich wacht, sage mir noch einmal, dass du mich immer lieben wirst, und dass du außer mir keine andere Frau haben wirst.«

Rasch streckte Karl seine Hände aus und erwiderte:

»Ach, sogar von Herzen! Denn ich habe dich immer geliebt. Ich liebe dich jetzt und werde dich immer lieben. Ja, du wirst meine Frau sein in dieser und in der nächsten Welt, hier und dort oben!«

»Ich danke dir«, sagte Helene. »Ich habe dir mein Herz gegeben und mit meinem Herzen mein Leben. Du bist der Baum, und ich bin die Ranke. Du bist der Stamm und ich bin das Efeu, das dich mit seinem Blattwerk deckt. In dem Augenblick, an dem ich dich zum ersten Male sah, sagte ich zu mir: ›Ich will dir gehören oder dem Grabe.‹«

»Helene«, rief der junge Mann aus, »warum bringst du dieses bedrückende Zitat mit solch einem süßen Versprechen in Zusammenhang?«

Sie aber, nicht darauf hörend, fuhr in ihren Gedanken fort:

»Ich bitte um kein anderes Versprechen als um das, welches du abgelegt hast, Karl. Es ist die Wiederholung des meinen, halte deins wie geschworen. Aber wenn ich gesagt habe, dass ich dich immer lieben werde, dass ich niemals jemanden anderen lieben werde, und dass ich niemals irgendeinem Anderen gehören werde, lass mich hinzufügen: Falls du stirbst, will ich mit dir sterben!«

»Helene, meine Liebe, was hast du da gerade gesagt?«, schrie der junge Mann auf.

»Ich meine, mein lieber Karl, seitdem mein Herz meine Brust verlassen hat, um in der deinen zu wohnen, bist du all das geworden, woran ich denke, und alles, wofür ich lebe. Falls dir etwas geschehen wird, muss ich mich nicht selbst töten, ich werde nur aufhören weiterzuleben. Ich weiß nichts von diesen Auseinandersetzungen der Könige, die mir ruchlos erscheinen, denn sie kosten das Blut von Männern und die Tränen von Frauen. Eines weiß ich, dass es für mich ohne Bedeutung ist, ob Franz-Josef oder Wilhelm Sieger wird. Ich lebe, wenn du lebst; ich sterbe, wenn du fällst.«

»Helene, willst du mich in den Wahnsinn treiben, indem du solche schrecklichen Dinge aussprichst?«

»Nein, ich wünsche mir nur, dass du weißt, wenn du fort bist, wie ich fühle. Und falls du in weiter Ferne eine tödliche Wunde erhältst, solltest du, anstatt dir einzureden ›ich werde sie nie wieder sehen!‹, solltest du dir einfach sagen können: ›Ich werde mich mit ihr wiedervereinen‹. Und ich sage das so echt und aufrichtig, wie ich diesen Kranz meiner geliebten Jungfrau zu Füßen lege.« Und sie nahm ihren weißen Rosenkranz ab und legte ihn zu Füßen der Jungfrau.

»Und nun«, fuhr sie fort, »ist mein Gelübde gesprochen. Ich habe gesagt, was ich zu sagen hatte. Jetzt hier zu bleiben und weiter über Liebe zu sprechen, wäre eine Sünde. Komm Karl, du verlässt uns erst heute Nachmittag um zwei Uhr, aber meine Schwester, meine Großmutter und Friedrich werden erlauben, dass du bis dahin mit mir zusammen bleibst.«

Sie erhoben sich wieder, gaben sich gegenseitig das Weihwasser und verließen die Kirche. Das junge Mädchen hakte sich Karl in der Absicht unter, von nun an als seine ihm versprochene Frau zu gelten. Aber mit demselben Gefühl des Respekts, das ihn beim Betreten der Kirche seinen Kolbach abnehmen ließ, erlaubte er ihr während des ganzen Weges von der Liebfrauenkirche bis zum Erreichen ihres Hauses lediglich, dass sie ihre Hand ganz sachte auf seinen Arm legen durfte.

Die Stunden verstrichen in vertrautem Gespräch. An dem Tag, als er Helene nach ihrer Lieblingsfarbe gefragt und sie »grün« geantwortet hatte, war er zu einem Entschluss gekommen, den er ihr jetzt erklärte. Folgendes hatte er sich vorgenommen:

Er werde seinen Vorgesetzten um acht Urlaubstage bitten; mit Sicherheit würden die Kämpfe nicht innerhalb der nächsten acht Tage ausbrechen. Es werde ihn knapp zwanzig Stunden kosten, seine bergige Grafschaft zu erreichen. Dort habe er vor, neben den 22 Förstern, die dauernd in seinem Dienste standen, 78 handverlesene Männer der besten steirischen Jäger auszuwählen. Diese sollten die Uniform tragen, die er selbst während der Jagd zu tragen pflegte. Er wolle sie mit den besten Gewehren ausrüsten, die er besorgen könne, darauf werde er seine Kündigung als Kapitän der Liechtensteiner Leichten Infanterie einreichen und den Kaiser bitten, ihn zum Kapitän seiner Freischar zu ernennen. Er, selbst ein exzellenter Schütze, hoffe sich als Anführer einer eigenen Hundertschaft, die weithin bekannt wäre für ihr Draufgängertum, auszeichnen zu können, während er in einem Regiment unter der Befehlsgewalt eines Oberst befürchte, ohne Aussicht auf derartige Auszeichnungen unterzugehen.

Dieses Arrangement habe noch einen weiteren Vorteil. An der Spitze eines freien Regimentes verfügte er über die alleinige Entscheidungsgewalt und wäre nicht irgendeinem bestimmten Regiment untergeordnet. Er wäre befugt, auf eigene Verantwortung zu handeln, nur noch dem Kaiser direkt unterstellt; so könne er dem Feinde den größtmöglichen Schaden zufügen. Er habe seine Truppe in der Nähe Frankfurts Quartier nehmen lassen, der einzigen Stadt, die für ihn in der ganzen Welt existiere, weil Helene dort wohne. Das Herz lebt nicht dort, wo es schlägt, aber dort, wo es liebt.

Entsprechend dem preußischen Schlachtplan, der eine halbkreisähnliche Umfassung Deutschlands und einen Durchmarsch von Osten nach Westen vorsah, würde es sicherlich in Hessen, im Herzogtum Baden und in Bayern, also in der Nähe von Frankfurt, zu Kämpfen kommen. Dort war es, wo Karl zu kämpfen gedachte. Auch könnte er sich von dort aus mit Hilfe seiner Aufklärer jederzeit vergewissern, wo sich sein Schwiegerbruder mit Wahrscheinlichkeit aufhielt, um so das Risiko eines direkten Aufeinandertreffens zu vermeiden.

Mitten in all seinen Plänen, für die er leider nicht die Hilfe Fortunas einplanen konnte, verflog die Zeit wie im Fluge. Die Uhr schlug zwei.

Um diese Zeit mussten sich die österreichischen Offiziere und Mannschaften auf dem Hof des Karmeliterklosters aufstellen. Karl küsste die Baroness und das Kind, das in seiner Wiege neben ihr lag; dann ging er zur Großmutter und bat sie um ihren Segen.

Die liebe alte Dame weinte, als sie die Traurigkeit der beiden fühlte; sie legte ihre Hände auf ihre Häupter und wollte sie segnen, doch ihre Stimme brach. So erhoben sich beide und verweilten stumm vor ihr. Stille Tränen rannen über die Wangen. Sie empfand tiefes Mitgefühl.

»Helene«, sagte sie, »ich küsste deinen Großvater, als er von mir Abschied nahm, und ich sehe keinen Grund, der dagegen spricht, dass du dem armen Karl die gleiche Gefälligkeit erweist.«

Die jungen Leute fielen sich in die Arme und ihre Großmutter wandte sich ab, als würde sie sich ihre Tränen wegwischen und ließ beide für ihren letzen Kuss alleine zurück.

Helene hatte lange nach Mitteln und Wegen gesucht, um Karl noch einmal zu sehen, nachdem er das Haus verließ. Sie war noch zu keinem Ergebnis gekommen, als sie sich plötzlich daran erinnerte, dass es im Hause des Bürgermeisters Fellner, des Paten ihrer Schwester, Fenster gab, von denen aus man den Bahnhofsvorplatz überblicken konnte.

Sie bat ihre gütige Großmutter um ihre Begleitung und um den Gefallen, sich bei ihrem alten Freund um einen Fensterplatz für sie zu verwenden. Frauen, die beim Älterwerden ihre Schönheit bewahren, erhalten sich meist auch ein junges Herz; die liebenswürdige Großmutter willigte ein. So blieb es bei einem Abschiedswort mit den Lippen, das sich die jungen Leute bereits gegeben hatten; ein letztes Adieu der Augen und des Herzens stand noch bevor.

Hans wurde aufgetragen, unverzüglich die Kutsche bereitzustellen, während Karl zur Karmeliterkaserne aufbrach. Helene ihrerseits hatte genügend Zeit, zum Hause des Bürgermeisters Fellner zu fahren. Helene gab jedoch Hans Zeichen sich zu beeilen, während er ihr hingegen bedeutete, dass dies nicht nötig sei. Sie blickte auf Karl, der niemals so gut aussah wie in diesem Moment des Abschiednehmens. Sie eilte mit ihm die Treppen hinunter, seinen Arm umklammernd, um ihn nicht eher loszulassen, bis sie die Türschwelle erreicht hatten, dem letztmöglichen Augenblick. Einmal dort, besiegelte ein letzter Kuss ihre Trennung und versicherte noch einmal ihr Versprechen.

Unten am Hoftor erwartete ein Husar seinen Kapitän, dessen Pferd am Zügel haltend. Karl salutierte Helene zu, dann galoppierte er davon mit sprühenden Funken unter den Pferdehufen: Er hatte sich um über eine Viertelstunde verspätet.

In diesem Moment des Aufbruchs fuhr Hans die Kutsche vor; wenige Augenblicke später befanden sie sich in der Nähe des Hauses der Fellners.

Frankfurt war im Vergleich zum Morgen eine andere Stadt. Wir haben über den düsteren und bedrückenden Auszug der Preußen berichtet, die hier verhasst waren. Die Bürger wollten nun von den Österreichern einen freundlichen Abschied nehmen, für die sie ja große Sympathie hegten.

Weil der Abmarsch wie ein Abschiednehmen erschien und dieses wie bei jedem Auseinandergehen den noch nicht erkennbaren und dennoch künftigen Kummer zu verdrängen vermag, geriet der Abschied zu einem Fest. Die Fenster waren alle mit österreichischen Fahnen geflaggt und aus jedem Fenster, aus dem eine Fahne wehte, konnte man die hübschesten Frauen Frankfurts mit Blumenbuketts in ihren Händen erkennen. Die Straße, die zum Bahnhof führte, war so voller ausgelassener Menschen, dass man sich ernsthaft fragten musste, wie das Regiment da durchkommen sollte. Entlang ebenjener Straße zum Bahnhof hatte das Frankfurter Regiment Gewehr bei Fuß Stellung genommen, ein jeder Soldat hatte einen Blumenstrauß im Gewehrlauf stecken.

Die Menschenmenge war so gewaltig, dass beide Damen sich genötigt sahen, aus der Kutsche zu steigen und den Rest des Weges zu Fuß zu gehen. Schließlich erreichten sie das Haus von Herrn Fellner, der, obwohl über die Verlobung seines jugendlichen Freundes nicht formal ins Bilde gesetzt, sofort erkannte, dass Herr von Freyberg Helene nicht gleichgültig war. Seine beiden Töchter und seine Frau empfingen Helene und ihre Großmutter an ihrer Wohnungstüre. Sie waren eine bezaubernde Familie und lebten unter einem Dach zusammen mit Fellners kinderloser Schwester und dem Schwager.

In den Tagen des Friedens und Glückes in Frankfurt empfingen Fellner und sein Schwager zweimal die Woche ihre Freunde. Jeder Fremde von Rang und Namen konnte auf der Durchreise sicher sein, von Fellner willkommen geheißen zu werden. Es war in seinem Hause, wo Benedict Turpin die Baronesse Friedrich von Bülow kennen gelernt hatte, ein Zusammentreffen, das er, wie wir gesehen haben, nicht vergessen hatte.

Genau um drei Uhr konnte man aus den Hurrarufen und dem Beifall die Regimentskapelle heraushören, die von der Konstablerwache aus über die Zeil und die Allerheiligenstraße anmarschierend den Radetzkymarsch spielte.

Die gesamte Bevölkerung Frankfurts folgte der großartigen Regimentsparade. Aus den oberen Fenstern schwenkten Männer Fahnen, Frauen warfen Blumensträuße, winkten mit ihren Taschentüchern und stießen Begeisterungsrufe aus, wie man sie während solcher Gelegenheiten eben nur von Frauen zu hören bekommt.

Helene hatte Karl in dem Moment erkannt, als er um die Ecke bog, und Karl beantwortete ihr winkendes Tuch mit dem Salutieren seines Säbels. Als er unter ihrem Fenster vorbeiritt, warf sie ihm einen fast welken Strauß Vergissmeinnicht zu. Das Welke bedeutete ›Traurigkeit und Trostlosigkeit‹, die Blumen ›Vergiss mein nicht!‹.

Karl fing die Blumen in seinem Kolbachhut und befestigte den Strauß an seinem Revers. Immer noch umgewandt, blickte er zu ihr zurück und ließ seine Augen nicht eher von Helene, bis er in den Bahnhof einritt. Schließlich entschwand er ihren Blicken.

Helene lehnte sich weit aus dem Fenster. Herr Fellner legte seinen Arm um ihre Hüfte und zog sie in den Raum zurück. Als er sah, wie die Tränen ihre Augen füllten, ahnte er die Ursache:

»Mit Gottes Hilfe, liebes Kind«, sagte er, »wird er wieder zurückkommen.«

Helene entwandt sich seinen Armen und warf sich auf das Sofa, bemüht, ihre Tränen in den Kissen zu verbergen.

Österreicher und Preußen

Desbarolles sagt in seinem Buch über Deutschland: »Es ist unmöglich, drei Minuten mit einem Österreicher zu sprechen, ohne dass man den Wunsch verspürt, ihm die Hände zu reichen. Es ist unmöglich, drei Minuten mit einem Preußen zu sprechen, ohne dass man Lust bekommt, mit ihm Streit anzufangen.«

Liegt dieser Unterschied zweier Nationen am Temperament, in der Erziehung oder ist er gar von der geographischen Lage abhängig? Wir können es nicht sagen, aber es ist eine Tatsache, dass der Fremde entlang des ganzen Weges von Ostrau bis nach Oderburg bemerken wird, wenn er Österreich verlässt und Preußen betritt; das fängt an mit der Art, wie die Portiers Kutschentüren zuknallen. Diese verschiedenen Eindrücke sind besonders in Frankfurt augenscheinlich, einer Stadt mit liebenswürdigen Umgangsformen, kultivierten Gewohnheiten und Amateurbankiers. Die Heimat Goethes wusste den Unterschied äußerst liebenswürdiger Umgangsformen Wiens im Gegensatz zur rauen protestantischen Wesensart Berlins zu schätzen.

Wir haben die unterschiedlichen Gefühlsäußerungen während des Abmarsches der beiden Garnisonen gesehen. Die Bevölkerung Frankfurts hegte nicht den leisesten Zweifel am Ausgang des Krieges und am Glauben an die Überlegenheit der österreichischen Waffen, die entsprechend den Beschlüssen des Bundestages durch sämtliche Kleinstaaten des Bundes unterstützt werden würden. Keiner hatte sich Gedanken darüber gemacht, mit seinen Gefühlsäußerungen zurückhaltender umzugehen. Sie ließen die Preußen abziehen wie besiegte Feinde, die sie nie wieder zu sehen hofften. Im Gegensatz dazu hatten sie die Österreicher gefeiert wie siegreiche Bundesbrüder, für die sie, wenn sie genügend Zeit gehabt, noch Triumphbögen aufgestellt hätten.

Der Salon unseres guten Bürgermeisters, den wir unseren Lesern bereits vorgestellt hatten, war am 12. Juni ein genaues und vollständiges

Beispiel all der vielen anderen Gesellschaftszimmer in der Stadt, welcher Herkunft, Land oder Religion ihre Bewohner auch immer angehörten.

Helene, deren Kummer alle mitfühlten, vergrub weinend ihr Gesicht in die Kissen, ihre gute Großmutter verließ daraufhin den Platz am Fenster, um sich neben sie zu setzen und sie etwas vor den Blicken der anderen zu verbergen. Unterdessen schrieb Hofrat Fischer-Goullet, Herausgeber der »Oberpostamts-Zeitung«, der an einer Ecke des Tisches Platz genommen hatte, einen Artikel, in dem er die unverhohlene Abneigung und Sympathie miteinander verglich, den Abzug der Preußen als nächtliche Flucht, hingegen den der Österreicher als einen triumphalen Abschied darstellend.

Vor dem Kamin unterhielt sich Senator von Bernus – bezüglich seines Vermögens, Erziehung und Geburt einer der prominentesten Frankfurter – mit seinem Kollegen Doktor Speltz, der dank seiner Position als Polizeipräsident gewöhnlich gut informiert war. Es hatte sich zwischen den beiden eine kleine Meinungsverschiedenheit, nein, eher eine Diskussion entwickelt. Doktor Speltz stimmte, was den sicher geglaubten Sieg der Österreicher anbelangte, nicht ganz der Mehrheitsmeinung der Stadtbevölkerung zu. Seine Kenntnisse als Chef der Polizei seien von der Art, dass man sich auf sie verlassen könne, und er verschaffe sie sich, nicht um Dritten zu einer Lagebeurteilung zu verhelfen, sondern um sich ein eigenes Urteil bilden zu können. Seiner Einschätzung nach seien die preußischen Truppen voller Enthusiasmus, bestens bewaffnet und brennend vor Kampfeslust. Die Befehlshaber der ersten und zweiten Armee, Prinz Friedrich Carl von Preußen und der Kronprinz Friedrich Wilhelm seien beide befähigt, zu befehlen und zu handeln, auch könne an ihrer Entschlossenheit und Tapferkeit kein Zweifel bestehen.

»Aber«, bemerkte Herr von Bernus, »Österreich hat eine ausgezeichnete Armee, die von einem hervorragenden Kampfgeist beseelt ist. Sie wurde bei Palestro geschlagen, bei Magenta und in Solferino, das ist wahr. Aber von den Franzosen, die ihrerseits die Preußen bei Jena schlugen.«

»Mein lieber von Bernus«, erwiderte Speltz, »es ist ein großer Unterschied zwischen den Preußen von Jena und den Preußen von heute. Der erbarmungswürdige Zustand, zu welchem Napoleon sie herabgewürdigt hatte, indem er ihnen für sechs Jahre lediglich 40.000 Männer unter Waffen zugestand, wendete sich zum glücklichen Umstand ihrer Stärke. Denn mit dieser reduzierten Armee konnten die Offiziere und die Heersverwaltung die kleinsten Details ausarbeiten und diese so gut wie möglich perfektionieren. Daraus ist die Landwehr hervorgegangen.«

»Nun«, sagte von Bernus, »wenn die Preußen die Landwehr haben, so haben die Österreicher den Landsturm. Die ganze österreichische Bevölkerung wird sich in Waffen erheben.«

»Ja, wenn die ersten Kämpfe verloren gehen. Ja, wenn es eine Chance gibt, nach der Mobilmachung die Preußen zurückschlagen zu können. Aber drei Viertel der preußischen Armee sind mit Zündnadelgewehren bewaffnet, die acht bis zehn Schuss pro Minute abfeuern können. Die Zeit ist vorbei, in der, wie Maréchal de Saxe einmal bemerkt hatte, das Gewehr lediglich als Griff fürs Bajonett diente. Und über wen sagte er das? Sagte er es über die Franzosen, eine leidenschaftliche und kriegerische Nation, oder über die Österreicher, die man eher als methodisch und militaristisch bezeichnen kann. Du weißt, mein Gott, Sieg ist eine ganz und gar moralische Frage. Den Feind mit einem unvorstellbaren Schrecken einzuschüchtern, das ist sein Geheimnis. Allgemein gesprochen, wenn zwei Regimenter aufeinander treffen, marschiert eines ohne jemals vorher Feinderfahrung gehabt zu haben. Falls die neuen Gewehre, mit denen die Preußen ausgerüstet sind, ihre Arbeit machen, befürchte ich stark, dass der Schrecken in Österreich so groß sein wird, dass der Landsturm von Königsgrätz bis Triest, von Salzburg bis Pest keinen einzigen weiteren Mann wird ausheben können.«

»Pest! ... mein lieber Freund, du hast den wahren Stolperstein benannt. Wenn die Ungarn an unserer Seite stünden, wäre meine Hoffnung Überzeugung. Die Ungarn sind der Nerv der österreichischen

Armee und man kann von ihnen sagen, was die alten Römer von den Marsenern sagten: ›Was sollen wir nur machen, entweder gegen die Marsener oder ohne die Marsener?‹ Aber die Ungarn werden solange nicht kämpfen, bis sie ihre eigene Regierung erhalten, sich ihre eigene Verfassung geben dürfen, sowie ihre drei Minister. Und sie haben Recht. Über 150 Jahre lang hatte man Ungarn diese Verfassung versprochen, hatte sie gewährt und wieder kassiert, nun aber ist Ungarn zornig. Aber der Kaiser müsste nur ein Wort sagen, eine Unterschrift leisten und die ganze Nation würde sich für ihn erheben. Dann würde man den Szozat hören und in drei Tagen würden sie 100.000 Mann unter Waffen stehen haben.« »Was ist der Szozat?«, fragte ein großgewachsener Mann, der ein ganzes Fenster für sich hatte, und dessen breites Gesicht großen geschäftlichen Wohlstand bezeugte. Es war der größte Weinhändler Frankfurts, Hermann Mumm.

»Der Szozat«, sagte Fischer, immer noch seinen Artikel schreibend, »ist die ungarische Marseillaise, von dem Dichter Vörösmarti. Was zum Teufel machen sie da, Fellner?«, fügte er hinzu und schob die Brille auf seine Stirn. Dabei blickte er auf den Bürgermeister, der mit seinen beiden jüngsten Kindern spielte.

»Ich tue etwas von größerer Bedeutung als sie mit ihrem Artikel, Kanzler. Ich bin dabei ein Dorf zu errichten mit einigen Häuschen, die ich in einem Päckchen aus Nürnberg erhalten habe. Und Meister Edward wird der Baron sein.«

»Was bedeutet Baron?«, fragte das Kind.

»Das ist eine schwierige Frage. Ein Baron zu sein ist viel und ist doch nichts. Es bedeutet viel, wenn du ›Montmorency‹ heißt. Es bedeutet nichts, wenn du dich ›Rothschild‹ nennst.« Ernst wandte er sich wieder seinem Dorf zu.

»Man sagt«, wandte sich von Bernus an Doktor Speltz, die Unterhaltung wieder aufnehmend, »dass der Kaiser von Österreich General Benedeck als kommandierenden General mit aller Befehlsgewalt ernannt hätte.«

»Die Nominierung wurde gestern in der Versammlung besprochen und unterzeichnet.«

»Kennst du ihn?«

»Ja.«

»Es scheint mir eine gute Wahl.«

»So Gott will.«

»Benedeck ist ein Emporkömmling, jeden Karriereschritt hat er mit dem Degen in der Hand gemacht. Die Armee wird ihn eher akzeptieren als einen Feldmarschall, der vom Erzherzog auf Grund adliger Abstammung ernannt worden ist.«

»Sie werden über mich lachen, von Bernus, und ich gestehe, ich bin ein schlechter Republikaner. Sehr gut, ich würde jedwedem vom Erzherzog Ernannten diesem Emporkömmling, wie sie ihn nennen, gegenüber den Vorzug geben. Wenn alle unsere Offiziere Emporkömmlinge wären, ja, dann wäre es wunderbar, denn wenn schon keiner weiß, wie man befiehlt: Sie zumindest sind gewohnt zu gehorchen. Unsere Offiziere jedoch, wie es aussieht, sind Adelige, Offiziere durch Stellung oder durch Beziehung. Diese werden nicht gehorchen oder sich einem solchen Kommandanten nur widerwillig unterordnen. Weiterhin, du weißt, ich bin unglücklicherweise Fatalist und ich glaube an den Einfluss der Sterne. General Benedeck ist saturnisch. Möge Österreich sich seinem fatalen Einfluss entziehen! Er mag wohl die Geduld nach einer ersten Niederlage bewahren, vielleicht Entschlossenheit nach einer zweiten; aber während einer dritten wird er kopflos reagieren und zu richtigen Entscheidungen unfähig sein.«

»Du siehst also nicht ein, dass da keine zwei gleichartigen Großmächte in Deutschland existieren können. Deutschland mit Preußen im Norden und Österreich im Süden hätte zwei Köpfe wie der kaiserliche Adler. Heutzutage hat er aber, obwohl er zwei Köpfe hat, keinen einzigen. Letztes Jahr war ich am Neujahrstag in Wien. Wie jedes Mal wurde am 1. Januar auf der Festung eine neue Standarte aufgezogen. Die Standarte für 1866 wurde um sechs Uhr früh gehisst. Einen Moment später brach ein fürchterlicher Sturm los, wie ich einen solchen selten gesehen habe, und der kam aus dem Norden. Die Standarte zerriss, wobei der Riss die beiden Adlerköpfe voneinander trennte. Österreich wird seine Vorherrschaft verlieren, sowohl in Italien wie auch in Deutschland.«

Eine tiefe Düsterkeit, fast einer schmerzlichen Vorahnung gleich, schien sich über die Gesellschaft auszubreiten. Die einzige davon unberührte Person war »Baron« Edward, der, während er angestrengt überlegte, in welche Ecke seines Dorfes er den Glockenturm hinstellen sollte, recht schnell eingeschlafen war.

Fellner klingelte dreimal und ein hübsches Landmädchen aus dem Badischen antwortete auf das Zeichen, trat ein und nahm das Kind. Sie wollte gerade den in ihrem Arm weiterschlafenden Jungen wegtragen, als sich Fellner mit der Absicht, das Thema zu wechseln, an die Gesellschaft wandte.

»Hör zu, Linda!«, sagte er und legte dabei seine Hand auf die Schulter des Kindermädchens. »Sing uns jenes Lied, mit dem die badischen Mütter ihre Kinder in den Schlaf singen.« Darauf wandte er sich an die anderen und sagte: »Meine Herren, hören sie diesem Lied zu, das im Herzogtum Baden immer noch leise gesungen wird. Vielleicht, in ein paar Tagen, mag die Zeit gekommen sein, es laut zu schmettern. Linda lernte es von ihrer Mutter, die es an der Wiege ihres Bruders sang. Ihr Vater wurde 1848 von den Preußen erschossen. Jetzt Linda, singe uns, was dir deine Mutter einst vorsang.«

Linda setzte ihren Fuß auf einen Stuhl, hielt das Kind in ihrem Arm, drückte es an ihre Brust, als ob sie es mit ihrem Körper schützen wolle. Dann sang sie, mit traurigen Augen in einer leisen und brüchigen Stimme:

»Schlaf, mein Kind, schlaf leis!
Dort draußen geht der Preuß!
Deinen Vater hat er umgebracht,
deine Mutter hat er arm gemacht,

und wer nicht schläft in guter Ruh,
dem drückt der Preuß die Augen zu.
Schlaf, mein Kind, schlaf leis.
Schlaf, mein Kind, schlaf leis!
Dort draußen geht der Preuß!
Der Preuß hat eine blutige Hand,
die streckt er aus über unser Land.
Und alle müssen stille sein
als wie dein Vater unter'm Stein.
Schlaf, mein Kind, schlaf leis.

Schlaf, mein Kind, schlaf leis!
Dort draußen geht der Preuß!
Zu Rastatt auf der Schanz,
da spielt er auf zum Tanz,
da spielt er auf mit Pulver und Blei,
so macht er alle Badener frei.
Schlaf, mein Kind, schlaf leis.

Schlaf, mein Kind, schlaf leis!
Dort draußen geht der Preuß!
Gott aber weiß, wie lang er geht,
bis dass die Freiheit aufersteht.
Und wo dein Vater liegt mein Schatz,
Da hat noch mancher Preuße Platz.
Schrei's, mein Kindlein, schrei's.
Dort draußen liegt der Preuß!«

Das Kindermädchen hatte das Lied mit einer solchen Ausdruckskraft gesungen, dass sich ein Schauder über die Herzen aller Zuhörer legte. Keiner dachte daran zu applaudieren. Sie ging mit dem Kind hinaus und ließ die übrigen in tiefer Stille zurück.

Nur Helene sagte flüsternd ihrer Großmutter ins Ohr: »Ach! Ach! Preußen bedeutet Friedrich, und Österreich bedeutet Karl!«

Die Kriegserklärung

Am 15. Juni, gegen elf Uhr morgens, erstattete Graf Platen von Hallermund dem König von Hannover Bericht. Sie unterhielten sich einige Minuten, als der König sagte:

»Ich muss diese Neuigkeiten der Königin erzählen. Warten Sie hier auf mich, ich werde in einer Viertelstunde zurück sein.«

Innerhalb des Palastes benötigte der König keinen Führer. Königin Maria und die jungen Prinzessinnen waren mit Wollarbeiten beschäftigt. Als sie ihren Gatten erblickte, wandte sie sich ihm zu und bot ihre Stirn zum Kusse. Die Prinzessinnen nahmen die Hände ihres Vaters in Beschlag.

»Sehen Sie«, sagte der König, »das ist das, was unser Cousin, der König von Preußen durch seinen ersten Minister uns mitzuteilen die Ehre gibt.« Die Königin nahm den Brief und begann zu lesen. »Warten Sie«, sagte der König, »ich möchte Prinz Ernst dazurufen.«

Eine der Prinzessinnen eilte zur Tür.

»Prinz Ernst!«, rief sie dem Diener zu.

Fünf Minuten später trat der Prinz ein, umarmte seinen Vater und seine Schwestern und küsste die Hand seiner Mutter.

»Hört zu, was Eure Mutter zu verlesen hat«, sagte der Diener zu ihm.

Der Minister Bismarck biete im Namen seines Herrn Hannover eine offensive und defensive Allianz zu der Bedingung an, dass Hannover mit allen in seiner Macht stehenden Männern und Soldaten Preußen unterstützen und das Kommando über seine Armee König Wilhelm übertragen solle. Der Anhang der Depesche besagte, dass, falls dieser friedliche Vorschlag nicht sofort angenommen würde, der König von Preußen sich als im Kriegszustande mit Hannover befindlich betrachte.

»Nun?«, fragte der König seine Frau.

»Ohne Zweifel«, antwortete sie, »hat der König in seiner Klugheit sich schon längst entschieden, das Naheliegendste zu tun. Falls er sich aber noch nicht endgültig entschieden hat, und er die Meinung einer Frau als gewichtigen Beitrag auf der Waage in Betracht zu ziehen gedenkt, würde ich Euch raten, lehnt ab, Sire!«

»Oh ja, ja, Sire!«, rief der junge Prinz, »lehnt ab!«

»So hatte ich recht gehabt, Sie beide zu konsultieren«, antwortete der König, »zum Teil wegen Ihrer aufrechten und loyalen Natur, zum Teil, weil Ihre Interessen auch die meinen sind.«

»Ablehnen, Vater. Die Voraussage muss sich bis ans Ende erfüllen.«

»Welche Voraussage?«, fragte der König.

»Ihr vergesst, Sire, dass die ersten Worte, die Benedict an Euch richtete, die folgenden waren: ›Sie werden von der nahen Verwandtschaft verraten werden.‹ Ihr seid von Eurem nächsten deutschen Cousin verraten worden. Warum sollte er mit dem Rest falsch liegen, wenn er mit dem Anfang recht hatte?«

»Sie wissen, dass er unseren Fall voraussagte?«

»Ja, aber nach einem großartigen Sieg. Wir sind kleine Könige, das ist wahr; aber an der Seite Englands sind wir große Fürsten, also lasst uns groß handeln.«

»Das ist Ihre Meinung, Ernst?«

»Das ist mein Gebet, Sire«, sagte der junge Prinz mit einer Verbeugung.

Der König wandte sich mit einer fragenden Kopfbewegung an seine Frau.

»Geht, mein lieber Gemahl«, sagte sie, »und folgt Euren eigenen Überlegungen, die auch die unserigen sind.«

»Aber«, sagte der König, »wenn wir gezwungen werden, Hannover zu verlassen, was wird mit Ihnen und den beiden Prinzessinnen geschehen?«

»Wir werden hier bleiben, wo wir sind, Sire, in unserem Schloss Herrenhausen. Schließlich ist der König von Preußen mein Cousin und falls unsere Krone durch ihn gefährdet ist, unsere Leben sind es nicht. Ruft Euren Rat zusammen, Sire, und nehmt die beiden Stimmen mit Euch, die Euch sagen: ›Nicht nur keinen Verrat an den anderen, vor allem keinen Verrat an der eigenen Ehre!‹«

Der König rief seinen Ministerrat zusammen, der einstimmig für die Ablehnung votierte.

Um Mitternacht antwortete Graf Platen in einer mündlichen Note dem Prinzen von Ysenburg, der das Ultimatum überbracht hatte:

»Seine Majestät der König von Hannover weist die Vorschläge seiner Majestät des Königs von Preußen zurück, da er so zu handeln gemäß den Statuten des Bundes verpflichtet ist.«

Diese Antwort wurde unverzüglich nach Berlin telegraphiert.

Unmittelbar auf diese Antwort ordnete ein anderes Telegramm an, die Truppen bei Minden zusammenzuziehen und in hannoversches Gebiet einzumarschieren. Eine Viertelstunde später bereits überschritten preußische Truppen die Grenzen Hannovers.

Die preußischen Truppen aus Holstein, welche zuvor die Erlaubnis Seiner Majestät des Königs von Hannover erhalten hatten, zum Zwecke ihrer Verlegung nach Minden sein Territorium zu durchqueren, hatten in der Nähe von Marburg Stellung bezogen und bildeten noch vor der Entscheidung des Königs eine Besatzungstruppe innerhalb des Königreiches.

Allerdings hatte König Georg seine Antwort nur deswegen bis zum Abend zurückgehalten, um Zeit für eigene Maßnahmen zu gewinnen. Der Marschbefehl, sich bei Göttingen zu sammeln, war bereits an die verschiedenen Regimenter der hannoverschen Armee ausgegeben worden. Die Absicht des Königs war, so zu manövrieren, als ob er den Beistand der bayrischen Armee erhalten würde.

Gegen elf Uhr nachts bat Prinz Ernst Königin Maria um die Erlaubnis, sich von ihr zu verabschieden und ihr bei dieser Gelegenheit seinen Freund Benedict vorstellen zu dürfen. Die eigentliche Absicht des jungen Prinzen war, seine Mutter dazu zu bewegen, ihre Hand dem Handleser anzuvertrauen und sie wegen der Gefahren beruhigen zu lassen, der die Königin ausgesetzt sein würde.

Die Königin empfing ihren Sohn mit einem Kuss, den Franzosen hingegen bedachte sie mit einem Lächeln. Prinz Ernst erklärte ihr seinen Wunsch. Bereitwillig erfüllte sie seine Bitte und streckte ihre Hand aus. Benedict kniete nieder und berührte die Spitzen ihrer Finger mit seinen Lippen.

»Mein Herr«, sagte sie, »unter den Umständen, in denen wir uns befinden, geht es nicht um mein Glück, sondern um mein Unglück, über das ich von Ihnen etwas zu erfahren wünsche.«

»Da Ihr Unglück vor Euch seht, Madame, erlaubt mir in Euch die Kräfte zu suchen, die Euch die Vorsehung gegeben hat, diesem zu widerstehen. Lasst uns hoffen, dass die Kraft dazu größer ist als die Anstrengung.«

»Eine Frauenhand ist schwach, Herr, wenn sie gegen die Macht des Schicksals zu kämpfen hat.«

»Die Hand des Schicksals ist von brachialer Gewalt, Madame; Eure Hand ist von intelligenter Kraft. Seht Ihr, hier ist das erste Gelenk des Daumens sehr ausgeprägt.«

»Was hat das zu bedeuten?«, fragte die Königin.

»Willenskraft, Majestät. Gehen wir von Eurer Entschlossenheit aus, so kann nur Vernunft Euch bezwingen und verändern – Gefahr, Unfall, Verfolgung niemals.«

Die Königin lächelte und nickte zustimmend.

»Auch könnt Ihr ertragen, die Wahrheit zu hören, Madame. Ja, ein großes Unglück bedroht Euch.«

Die Königin zuckte zusammen. Benedict fuhr schnell fort.

»Aber, beruhigt Euch, es ist weder der Tod des Königs noch der des Prinzen; die Lebenslinie ist in Eurer Hand deutlich ausgeprägt. Nein, die Gefahr ist ganz und gar politischer Natur. Seht die Schicksalslinie! Sie ist hier oberhalb der Marslinie unterbrochen, sie bestimmt, aus welcher Richtung der Sturm zu erwarten ist. Dann diese Schicksalslinie, die, anscheinend am Mittelfingerbogen endend, zur Ausgangslinie am Zeigefinger sich erstreckt, anstatt zum Saturnbogen hin zu verlaufen, das ist ein Zeichen von Unglück.«

»Gott prüft jeden entsprechend seines Ranges, den er innehat. Wir werden uns nach Kräften bemühen, unser Unglück zu ertragen wie Christen, wenn wir es nicht wie Könige tragen können.«

»Eure Hand hat mir die Antwort vor Euch gegeben, Madame. Der Marshügel ist flach und ohne Linien, der Mondhügel ist glatt und eben. Das bedeutet Ergebenheit, Madame, die erste aller Tugenden. Mit dieser Kraft trank Sokrates den Giftbecher, mit ihr lächelte er den Tod an, mit ihr ist der Arme ein König und der König ist Gott! In der Hand sehe ich Ergebenheit und Gelassenheit, das sind jene starken Empfindungen, die, bestens entwickelt, der Linie des Saturn trotzen und ein neues günstiges Schicksal schaffen können. Aber dem wird ein langer Kampf vorausgehen. Seltsame Linien deuten auf Kämpfe hin. Ich sehe in Eurer Hand, Madame, Vorzeichen, die sich einander widersprechen: ein Gefangener ohne Gefängnis, Wohlstand ohne Reichtümer, eine unglückliche Königin, eine glückliche Ehefrau und eine glückliche Mutter. Der Herr wird Euch prüfen, Madame, aber wie eine Tochter, die er liebt. Für den Rest werdet Ihr alle Zufluchten haben, Madame, zuerst die Musik, als nächstes die Malerei, der Zeigefinger und der kleine Finger zeigen das. Religion, Poesie, Erfindungen, zwei Prinzessinnen an Eurer Seite, die Euch lieben, ein König und ein Prinz, die Euch aus der Ferne lieben. Gott mildert den Wind dem frisch geschorenen Lamm.«

»Ja, Herr, zu schnell geschoren«, murmelte die Königin und hob ihre Augen gegen den Himmel. »Nach alledem, vielleicht wird alles Unglück dieser Welt die Freuden in einer anderen sichern. In diesem Falle werde ich mich nicht damit abfinden, aber getröstet sein.«

Benedict verbeugte sich wie ein Mann, der, nachdem er zu Ende gebracht hatte, worum man ihn gebeten hatte, nur noch darauf wartete, entlassen zu werden.

»Haben Sie eine Schwester, mein Herr?«, fragte die Königin und spielte dabei mit dem Diamantenverschluss einer Perlenkette, die offensichtlich einer der beiden Prinzessinnen gehörte.

»Nein, Madame«, antwortete Benedict, »ich habe keine Angehörigen mehr auf dieser Welt.«

»Dann tun Sie mir den Gefallen und nehmen diesen Türkis an sich. Ich mache Ihnen kein Geschenk. Unter diesem Vorwand erwiese es sich als wertlos. Nein! Ich biete Ihnen ein Amulett an. Sie wissen, dass wir Leute des Nordens die abergläubige Vorstellung besitzen, dass Türkise Glück bringen. Behalten Sie diesen als eine Erinnerung an mich.«

Benedict verbeugte sich, nahm den Türkisring und steckte ihn an den kleinen Finger seiner linken Hand. Unterdessen rief die Königin Prinz Ernst zu sich und holte einen kleinen Beutel aus parfümierten Leder hervor.

»Mein Sohn«, sagte sie, »wir kennen den Platz, von wo aus des Exils erster Schritt beginnt, aber nicht, an welchem sein letzter enden wird. Dieser Beutel enthält Perlen und Diamanten im Wert von 500.000 Franken. Wenn ich sie dem König geben wollte, er würde die Annahme verweigern.«

»Ach! Mutter!«

»Aber Ihnen gegenüber, Ernst, habe ich das Recht zu sagen, ich will es! Ich wünsche von Ihnen, liebes Kind, dass Sie diesen Beutel annehmen als ein letztes Mittel, einen Wärter zu bestechen, falls Sie gefangen genommen werden, um Anhänglichkeit zu belohnen, wer weiß, vielleicht für die persönlichen Bedürfnisse des Königs oder für Sie selbst. Befestigen Sie ihn an Ihrem Hals, oder stecken Sie ihn in Ihren Gürtel; aber behalten Sie ihn auf jeden Fall bei sich. Ich habe ihn mit meinen eigenen Händen bestickt; er trägt Ihr eigenes Monogramm. Psst! Hier kommt Ihr Vater!«

In diesem Moment trat der König ein.

»Wir haben keine Minute Zeit mehr, wir müssen aufbrechen«, sagte er. »Vor zehn Minuten sind die Preußen in Hannover eingefallen.«

Der König umarmte die Königin und seine Töchter, Prinz Ernst seine Mutter und Schwestern, dann schritten alle zusammen Hand in Hand die Stufen hinab, wo die Pferde warteten. Dort nahmen sie noch einmal Abschied voneinander. Es flossen Tränen, bei den Tapfersten ebenso wie bei den Verzagtesten. Der König gab ein Zeichen und stieg als erster auf sein Pferd.

Der Prinz und Benedict ritten zwei Pferde, die gleich aussahen, von der schönen Rasse der Hannoveraner mit einer englischen Einkreuzung. Sie hatten englische Karabiner, die über tausend Schritte weit einen gezielten Schuss erlaubten, am Sattelknopf hängen. Außerdem hatten sie jeweils ein Paar doppelläufiger Pistolen, Duellpistolen gleich, in den Haltern stecken.

Die Reiter, die schon im Sattel saßen, wechselten ein letztes Lebewohl mit der Königin und den Prinzessinnen, die auf der Treppe zurückblieben. Darauf fiel die Kavalkade, angeführt von zwei Kundschaftern mit Fackeln, in einen schnellen Trab.

Eine Viertelstunde später erreichten sie Hannover. Benedict ritt zum Hôtel Royal voraus, um seine Rechnung mit Herrn Stephan zu begleichen. Jedermann war auf den Beinen, denn die Neuigkeiten über die Invasion der Preußen und der Aufbruch des Königs hatten sich schon verbreitet. Was Lenhart anbetraf, wurde er eingeladen, sich samt seinem Fahrzeug dem Haupttross der Armee anzuschließen. Der Treffpunkt war, wie wir wissen, Göttingen. Da Lenhart sehr an Frisk hing, hatte Benedict keine Bedenken, seinen Hund dessen Fürsorge anzuvertrauen.

Eine Abordnung der Honoratioren der Stadt mit dem Bürgermeister an der Spitze erwartete den König, um ihm ein Lebewohl zu entbieten. Der König empfahl mit tief bewegter Stimme seine Frau und seine Töchter ihrer Fürsorge. Wie aus einem Munde versicherten sie ihm ihre Anhänglichkeit. Trotz der nächtlichen Stunde befand sich die ganze Stadt auf den Beinen und begleitete ihn mit Rufen »Lang lebe der König! Lang lebe Georg V! Auf eine siegreiche Rückkehr!« Wiederum empfahl der König die Königin und die Prinzessinnen, diesmal nicht den Stadtverordneten, sondern der ganzen Bevölkerung. Georg V bestieg den königlichen Wagon unter einem Begleitchor von Weinen und Schluchzen. Fast hätte man meinen können, dass alle Töchter ihren Vater, alle Mütter einen Sohn, alle Schwestern einen Bruder zurücklassen mussten. Frauen drängten sich bis zur Wagontür, um seine Hand zu küssen. Die Lokomotive musste fünf bis sechs Male pfeifen, das Abfahrtssignal fünf bis sechs Male wiederholt werden, ehe die Menge vom Wagon abgedrängt werden konnte. Schließlich setzte sich der Zug unmerklich und fast zaghaft in Bewegung, bis er schließlich die Trauben von Männern und Frauen, die sich daran anklammerten, abschüttelte.

Zwei Stunden später kam er in Göttingen an.

Die Schlacht von Langensalza

Zwei Tage darauf ging die Armee, die aus allen Teilen des Königreiches zusammengezogen war, vor dem König in Aufstellung. Unter anderem hatte das Husaren-Regiment der Königin unter dem Kommando von Oberst Hallelt 36 Stunden im Sattel gesessen, andere Einheiten hatten vergleichbar lange Fußmärsche hinter sich.

Der König nahm im Gasthaus »Krone« Quartier. Dieses Gasthaus war an der Aufmarschlinie gelegen, so dass der König, sobald sich der Anmarsch eines Regiments der Kavallerie oder der Infanterie durch Marschmusik ankündigte, sich lediglich auf den Balkon begeben musste, um die Parade der Vorbeiziehenden abzunehmen. Sie nahmen einer nach dem anderen hinter dem Gasthaus Aufstellung, mit Blumen an ihren Helmen und Begeisterungsrufen auf ihren Lippen. Göttingen, die Stadt der Studenten, erschauderte jedes Mal, wenn die Krieger Hochrufe erschallen ließen.

All die älteren ausgemusterten Soldaten, für die man sich nicht einmal die Zeit zur Einberufung genommen hatte, kamen aus freien Stücken, um sich ihrer Fahne anzuschließen. Sie alle waren in freudiger Stimmung und brachten bemerkenswerterweise von ihren Dörfern und entlang der gesamten Route eine große Anzahl von Rekruten mit sich. Junge Kerle von fünfzehn Jahren gaben sich für sechzehn aus, um eingeschrieben zu werden.

Am dritten Tag marschierten sie los. Unterdessen hatten ihrerseits die Preußen ihre Truppen in Marsch gesetzt. General Manteuffel näherte sich von Hamburg her, General von Rabenhorst von Minden und General Beyer marschierte von Wetzlar auf Göttingen zu, so umzingelten sie die hannoversche Armee von drei Seiten.

Die prinzipielle Strategie war es, die hannoversche Armee, 16.000 Mann stark, mit der bayrischen, 80.000 Mann stark, zu vereinigen. Folglich hatte der König Kuriere zu Karl von Bayern, dem Bruder des alten

Königs Ludwig, ausgeschickt, der sich eigentlich im Werratal aufhalten sollte, um ihn aufzufordern, seinerseits in Preußen einzumarschieren und in Richtung Eisenach an Mühlhausen vorbei vorzurücken. Er fügte hinzu, dass er von drei oder vier preußischen Regimentern in enger Fühlung verfolgt würde, die, einmal vereinigt, auf 20.000 bis 30.000 Mann anwachsen würden.

Sie erreichten Eisenach aus Richtung Verkirchen. Die Stadt, die nur von zwei preußischen Bataillonen verteidigt wurde, war gerade dabei, im Kampf Bajonett gegen Bajonett genommen zu werden, als ein Kurier des Herzogs von Gotha, auf dessen Territorium sie sich gerade befanden, mit einer herzoglichen Depesche erschien.

Der Inhalt besagte, es sei ein Waffenstillstand arrangiert worden und der Herzog fordere folglich die Hannoveraner zum Rückzug auf. Unglücklicherweise wurde die Botschaft ohne Verdacht aufgenommen, als käme sie direkt vom Prinzen selbst. Die Vorhut unterbrach den Kampf und nahm ihr Quartier, wo sie sich gerade befand.

Tags darauf wurde Eisenach von einem Regiment der preußischen Armee besetzt. Viel Zeit und viele Männer wurden bei der Erstürmung Eisenachs sinnlos verloren. So beschlossen die Hannoverschen, die Stadt links liegen zu lassen und auf Gotha zu marschieren. Anschließend zog sich die Armee bei Langensalza zusammen.

Am Morgen brach der König auf, zu seiner Linken Major Schweppe, der das Pferd des Herrschers wie an unsichtbaren Zügeln führte. Der königliche Prinz ritt zu seiner Rechten, Graf Platen, der Erste Minister, an seiner Seite und in den unterschiedlichen Uniformen ihrer Regimenter Graf Wedel, Major von Kohlrausch, Herr von Klenck, Kapitän von Einem, verschiedene Offiziere der Gardekürassiere und Herr Meding. Das Gefolge verließ Langensalza sehr zeitig und rückte auf Thamsbrück vor. Benedict ritt in Ausübung seiner Funktion als Stabsoffizier in der Nähe des Prinzen.

Die Armee hatte ihr Lager verlassen, um auf Gotha vorzurücken: aber um zehn Uhr morgens wurde die Vorhut, als sie gerade das Ufer der

Unstrut erreichte, von zwei preußischen Regimentern unter dem Kommando der Generäle Flies und Seckendorff angegriffen. Diese hatten annähernd tausend Männer unter ihrem Kommando, sowohl Garde- als auch Landwehrverbände.

Innerhalb dieser Garderegimenter befand sich auch das der Königin Augusta, eine der Elitetruppen. Die Schnelligkeit des preußischen Feuers zeigte sofort, dass diese, zumindest der größere Teil davon, mit Schnellfeuergewehren bewaffnet waren.

Der König brachte sein Pferd in Galopp, um so schnell wie möglich an die Stelle zu gelangen, wo die Schlacht ihren Anfang nahm. Das Dörfchen Merschleben lag zur Linken auf einem Hügel; hinter dem Dorf, auf einem höherem Standort als die preußischen Artillerieposten, gingen vier Batterien in Stellung, die unverzüglich das Feuer eröffneten.

Der König wünschte, über die Lage im Feld informiert zu werden. Vor ihm, zur Rechten und zur Linken erstreckten sich die Unstrut und ihre Marschen; daran schloss sich ein großes Dickicht an, Badenwäldchen genannt. Auf der gegenüberliegenden Seite der Unstrut, auf der steilen Uferböschung rückten die preußischen Massen vor, denen ein formidables Artilleriefeuer aus allen Kanonen vorausging.

»Gibt es einen höher gelegenen Punkt, von wo aus ich die Schlacht lenken kann?«, fragte der König.

»Da gibt es eine Erhebung, einen halben Kilometer von der Unstrut entfernt, aber die liegt in der Reichweite feindlichen Feuers.«

»Das ist der Platz für mich«, sagte der König. »Kommen Sie, meine Herren.«

»Entschuldigung, Sire«, sagte der Prinz, »aber einen halben Kanonenschuss entfernt von dem Hügel, wo Euere Majestät Ihr Stabsquartier aufzuschlagen gedenkt, da ist eine Art Erlen- und Espenwald, der sich entlang des Flusses erstreckt. Wir sollten zuvor diesen Wald durchsuchen.«

»Befehle fünfzig Aufklärer runter zum Fluss.«

»Das wird unnötig sein, Sire«, antwortete Benedict, »es gibt keinen Grund, mehr als einen Mann dafür zu befehlen.«

Darauf sprengte er im Galopp davon, durchquerte des Wäldchen in beide Richtungen und kam wieder zurück.

»Da gibt es niemanden, Sire«, sagte er salutierend.

Der König brachte sein Pferd in Galopp und nahm selbst auf der Spitze des kleinen Hügels Stellung. Sein Pferd war der einzige Schimmel und wurde folglich zur Zielscheibe für feindliche Gewehr- und Pistolenkugeln. Der König trug eine Uniform als Truppengeneral, blau mit roten Aufschlägen; der Prinz trug die Uniform der Gardehusaren.

Die Schlacht war nun im vollen Gange. Die Preußen hatten den hannoverschen Brückenkopf zurückgetrieben, sie mussten sich wieder über den Fluss zurückziehen. Währenddessen waren die hannoverschen Kanonen vor Merschersleben in ein heißes Artillerieduell mit den preußischen auf der anderen Seite der Unstrut verwickelt.

»Sire«, sagte Benedict, »befürchtet Ihr nicht, dass die Preußen ein Kommando ausschicken, um den Wald zu nehmen, den ich gerade eben durchsucht habe, und dass sie von seinem Rand ihr Feuer auf den nur dreihundert Meter entfernten König richten könnten?«

»Was schlagen Sie vor?«, fragte der Prinz.

»Mein Vorschlag ist, mit fünfzig ausgewählten Männern vorzurücken, um den Wald zu decken. Unser Feuer wird ihn schützen, sobald der Feind vorrückt.«

Der Prinz wechselte einige Worte mit dem König, der nickte zustimmend.

»Geh«, sagte Prinz Ernst, »aber um Himmels Willen, sieh' zu, dass du nicht fällst.«

Benedict zeigte ihm eine Handfläche.

»Kann ein Mann getötet werden, dessen Hand eine doppelte Lebenslinie aufweist?«

Darauf galoppierte er an die Frontlinie zu einer Stellung Infanteristen.

»Fünfzig gute Schützen zu mir«, sagte er auf Deutsch.

Fast Hundert meldeten sich.

»Kommt«, sagte Benedict, »wir dürfen nicht zu viele sein.«

Er übergab sein Pferd einem Husaren des Prinzenregiments und eilte in das Dickicht an der Spitze seiner Männer, die sich verteilten. Kaum waren sie zwischen den Bäumen verschwunden, als eine fürchterliche Fusilade ausbrach. Zweihundert Mann hatten gerade die Unstrut überquert; in Unkenntnis über die Anzahl der Männer unter dem Kommando Benedicts mussten sie annehmen, vor sich auf überlegene Kräfte gestoßen zu sein und zogen sich unter heftigem Feuer zurück. Dabei ließen sie ein Dutzend Tote im Wald zurück. Benedict deckte das Unstrutufer und mit einem gut gehaltenen Feuer wehrte er alle Annäherungen ab.

Man hatte den König erkannt, die Kugeln pfiffen um ihn und zwischen den Beinen seines Pferdes.

»Sire«, sagte Major Schweppe, »vielleicht wäre es gut, einen Platz ein bisschen weiter abseits vom Schlachtfeld aufzusuchen.«

»Warum das?«, fragte der König.

»Eure Majestät befindet sich innerhalb der Reichweite ihrer Kugeln!«

»Was macht das schon! Bin ich nicht in Gottes Hand?«

Der Prinz ritt dem Vater zur Seite.

»Sire«, sagte er, »die Preußen rücken trotz unseres Feuers mit starken Kräften zur Unstrut vor.«

»Was macht die Infanterie gerade?«

»Sie rückt gerade auf, um die Offensive zu übernehmen.«

»Und – marschieren sie gut?«

»Wie auf einer Parade, Sire.«

»Die Hannoverschen waren einmal vorzügliche Truppen; in Spanien hielten sie die Elite der französischen Truppen in Schach. Heute, wo sie vor ihrem König kämpfen, werden sie sich ihrer würdig erweisen, davon bin ich überzeugt.«

Und in der Tat, in Säulenformation rückte die gesamte hannoversche Infanterie mit der Gelassenheit altgedienter Kämpfer unter dem Feuer der preußischen Batterien vor. Nachdem sie für einen Moment von dem Geschosshagel, den die Musketen über sie ausgossen, überrascht waren, nahmen sie ihren Vormarsch wieder auf, durchquerten die Marschen der Unstrut, nahmen mit dem Bajonnet das Dickicht des Badenwäldchens und kämpften Mann gegen Mann den Feind nieder.

Für Augenblicke verbargen der Rauch und die Unebenheiten des Geländes die Übersicht über die Schlacht. Gerade in diesem Moment erkannte man einen Reiter, der aus dem Pulverdampf auftauchte und im scharfen Ritt auf einem preußischen Offizierspferd den Hügel hinaufpreschte, wo der König stand. Es war Benedict, der den Reiter getötet hatte, um sich in den Besitz des Pferdes zu bringen, und der Meldung machte, die Preußen hätten den Angriff eingeleitet.

»Einem! Einem!«, schrie der König, »Beeilung, befehlen Sie der Kavallerie den Angriff!«

Der Kapitän eilte davon. Er war ein Riese von über sechs Fuß, der energischste und stattlichste Mann der Armee. Mit »Hurra!«-Rufen brachte er sein Pferd in Galopp. Eine Minute später hörte man ein Geräusch einem Sturmwind ähnlich. Es waren die angreifenden Gardekürassiere.

Es ist kaum möglich, die Begeisterung der Männer zu beschreiben, als sie den Fuß des Hügels passierten, auf dem der tapfere König stand, der auf dem äußerst gefährlichen Posten ausharren wollte. Rufe wie »Lang lebe der König! Lang lebe König Georg V! Lang lebe Hannover!« ließen die Luft wie in einem Gewitter erzittern. Die Pferdehufe erschütterten den Boden wie ein Erdbeben.

Benedict konnte sich nicht zurückhalten. Er gab seinem Pferd die Sporen und verschwand zwischen die Reihen der Kürassiere. Angesichts des Sturmes, der über sie hereinbrach, reorganisierten sich die Preußen in Rechtecksformation. Die erste Formation, auf welche die hannoversche Kavallerie stieß, verschwand unter ihren Pferdehufen.

Darauf nahmen die Kürassiere die preußische Armee von der Flanke, die Infanterie hingegen frontal unter Feuer. In einer verzweifelten Gegenwehr versuchte diese, sich geordnet zurückzuziehen, aber hartnäckig verfolgt, blieb ihnen nichts anderes als die Flucht.

Der Prinz verfolgte diesen Schlachtverlauf mit einem Feldstecher und beschrieb dies alles seinem Vater. Aber bald folgte sein Glas nur noch einer Gruppe von fünfzig Männern, an deren Spitze Kapitän von Einem, den er an seiner mächtigen Statur erkannte, sowie Benedict, mit seiner auffälligen blauen Uniform inmitten der weißen Kürassiere voranritten. Die Schwadron passierte Nagelstadt und näherte sich der letzten preußischen Artilleriestellung, die immer noch durchhielt. Die Batterie feuerte aus einer Entfernung von dreißig Fuß auf die Schwadron. Der Pulverdampf verhüllte die ganze Szenerie. Zwölf oder fünfzehn Mann blieben nur noch übrig; Kapitän von Einem lag unter seinem Pferd.

»Oh! Armer Einem!«, rief der Prinz.

»Was ist ihm geschehen?«, fragte der König.

»Ich glaube, er ist tot«, sagte der junge Mann; »aber nein, er ist nicht tot. Da ist Benedict bei ihm, er hilft und zieht ihn unter seinem Pferd hervor. Er ist nur verwundet. Er ist nicht einmal verwundet. Oh, Vater, Vater! Nur noch sieben sind von den fünfzig übrig, ein einziger Artillerist; er zielt auf von Einem, er schießt ... Oh, Vater! Sie verlieren gerade einen tapferen Offizier und König Wilhelm einen braven Soldaten. Der Artillerist hat von Einem mit einem Schuss seines Karabiners getötet, und Benedict hat ihm, noch das Gewehr im Anschlag, mit seinem Säbel niedergehauen.«

Die preußische Armee wandte sich zur Flucht, der Sieg war mit den Hannoveranern!

Die Preußen zogen sich nach Gotha zurück. Der schnelle Anmarsch zum Schlachtfeld hatte die hannoversche Kavallerie so sehr ermüdet, dass sie den Flüchtigen nicht nachsetzen konnten. So gesehen war der Vorteil der Schlacht verloren.

Die Resultate waren: achthundert Gefangene, zweitausend Gefallene oder Verwundete, zwei erbeutete Kanonen.

Der König ritt um das Schlachtfeld, um seine Aufgabe, sich den unglücklichen Verwundeten zu zeigen, zu erfüllen.

Benedict verwandelte sich wieder einmal in den Künstler und machte sich Gedanken über sein Schlachtengemälde. Er setzte sich auf das vordere Ende der erbeuteten Kanone und skizzierte eine Gesamtansicht des Schlachtfeldes. Er bemerkte, wie der Prinz unter den toten und verwundeten Kürassieroffizieren jemanden suchte.

»Entschuldigung, Monseigneur«, sagte er, »Ihr seid auf der Suche nach dem tapferen Kapitän von Einem, nicht wahr?«

»Ja«, sagte der Prinz.

»Da, Monseigneur, da zu Ihrer Linken, mitten auf jenem Haufen Gefallener.«

»Oh«, sagte der Prinz, »ich sah ihn Wundertaten vollbringen.«

»Könnt Ihr Euch vorstellen, dass er, nachdem ich ihn unter seinem Pferd hervorgezogen hatte, noch sechs Mann mit seinem Säbel niederschlug? Dann wurde er das erste Mal getroffen und ging zu Boden. Die dachten, er sei noch nicht tot und warfen sich auf ihn. Er bäumte sich kniend auf und erledigte zwei, als sie ihm zuriefen, er solle sich ergeben. Dann richtete er sich wieder auf und das war just in dem Augenblick, wo der letzte überlebende Artillerist ihm eine Kugel in die Stirn schoss. Da ich nicht in der Lage war, ihn zu retten, ich war selbst zu sehr beschäftigt, rächte ich ihn!«

Dann überreichte er dem Prinzen seine Skizze, als wären sie im Studio. »Was ist Eure Meinung, habe ich das so richtig getroffen?«, fragte er.

Benedicts Voraussagen bewahrheiten sich

Nach der Besichtigung des Schlachtfeldes folgte der König der Hauptstraße und begab sich in die Stadt Langensalza. Er nahm sein Hauptquartier in der Kaserne der Scharfschützen. Der Generalmajor hatte den Befehl ausgegeben, dass sich während der Nacht alle ruhig zu verhalten hätten.

Seiner Majestät erste Sorge war, auf drei verschiedenen Wegen der Königin Depeschen zu schicken, um ihr von dem Tagessieg zu berichten und sie um Verstärkungen zu bitten, wenn nicht für den nächsten Tag, so doch für den darauf folgenden. Doch, wie sich herausstellte, hatte man nichts von den Preußen zu befürchten: Sie waren zu sehr geschwächt, so dass sie nichts sehnlicher wünschten als einen Tag Gefechtspause.

Die Nacht war fröhlich; man hatte Sold an die Soldaten ausgegeben und ihnen befohlen, für alles zu bezahlen, was sie verbrauchten. Die Kapellen spielten »God save the King« und die Soldaten sangen im Chor zu einer polnischen Melodie das Lied eines hannoverschen Freiwilligen:

»Tausend Soldaten
schwören gebeugten Knies…«

Der nächste Tag verstrich mit Warten auf Neuigkeiten von der bayrischen Armee und im Versenden von Depeschen. Der erste Kurier kam mit Versprechungen zurück, die nie gehalten wurden.

Man bot den Preußen einen Waffenstillstand bis zum nächsten Morgen an, so dass man die Toten bestatten konnte. Die Preußen lehnten ab, somit machten sich die Hannoveraner alleine an dieses fromme Werk. Die Soldaten hoben große Gräben aus, 25 Fuß lang und 8 Fuß breit. Die Toten wurden in zwei Reihen hineingelegt. Viertausend Bewaffnete, an der Spitze der König, standen barhäuptig, während Beethovens Trauermarsch erklang. Gemäß dem militärischen Trauerzeremoniell defilierte eine Schwadron an jedem Grab vorbei und schoss jeweils einen Salut. Die städtischen Offiziellen, die erschienen waren, um dem König Dank für die Disziplin seiner Soldaten abzustatten, nahmen ebenfalls an der Trauerfeier teil.

Um elf Uhr abends meldeten die wachhabenden Männer des Nordabschnitts, von Mühlhausen her sei eine machtvolle preußische Armee im Anmarsch. Es stellte sich heraus, dass es die Manteuffelsche war.

Auch am dritten Tage nach der Schlacht hatte die hannoversche Armee keinerlei Nachrichten von der bayrischen erhalten und sah sich von 30.000 Mann umzingelt.

Gegen Mittag erschien ein Oberstleutnant mit Parlamentärsflagge im Auftrag von General Manteuffel, der den König aufforderte, er solle sich ergeben.

Der König antworte, er wisse genau, dass er von allen Seiten eingeschlossen sei, aber er, sein Sohn, sein Generalmajor, seine Offiziere und Soldaten vom obersten bis zum letzten Rang wären bereit zu sterben, es sei denn, man biete ihnen eine ehrenhafte Kapitulation an.

Zur gleichen Zeit rief er den Kriegsrat zusammen, der einmütig für eine Kapitulation stimmte, so lange diese ehrenvoll sei. Da gab es in der Tat keine andere Wahl. Die Armee hatte gerade noch dreihundert Granaten übrig und die Rationen reichten noch für eine Nacht und einen Tag. Das ganze Feld, samt dem König, hatte lediglich ein Stück gekochtes Rindfleisch und Kartoffeln gegessen. Jedem Mann konnte bloß noch ein Glas schalgewordenen Biers zugeteilt werden.

Jeder Artikel der Kapitulation wurde diskutiert, als wolle man den Abschluss so weit wie möglich in die Länge zu ziehen. Man hoffte immer noch auf die unverzügliche Ankunft der Bayern.

Nach umständlichen Verhandlungen wurden während der Nacht von General von Manteuffel für den König von Preußen und General von Arentschild für den König von Hannover folgende Bedingungen unterzeichnet:

»Die hannoversche Armee ist aufzulösen, die Soldaten sind in ihre Heimat zurückzuschicken. Alle Offiziere und Reserveoffiziere erhalten freien Abzug. Ihre Waffen und Ausrüstung dürfen sie behalten. Der König von Preußen garantiert ihren Sold. Dem König, dem Prinzen und dem königliche Hofstaat steht es frei zu gehen, wohin auch immer. Des Königs privates Schicksal ist unantastbar und unverletzlich.«

Nachdem die Kapitulation unterzeichnet worden war, ging General von Manteuffel ins Quartier des Königs. Beim Eintreten in das Zimmer des Königs sagte er zu ihm:

»Es tut mit leid, Sire, dass wir uns unter diesen betrüblichen Umständen kennen lernen. Wir Preußen, die wir Jena noch erlebt haben, verstehen alle, was Eure Majestät durchmacht. Ich bitte Eure Majestät mir mitzuteilen, an welchen Orte Ihr Euch zurückzuziehen gedenkt und mir entsprechende Anweisungen zu erteilen. Es wird meine Pflicht sein, darauf zu achten, dass Ihr auf Eurer Reise keinerlei Unannehmlichkeiten erleidet.«

»Mein Herr«, erwiderte der König kalt, »ich weiß nicht, wo ich die Beschlüsse der Bundesversammlung abwarten soll, die darüber zu befinden hat, ob ich König bleibe oder ob ich wieder ein einfacher englischer Prinz sein werde. Vielleicht werde ich mich bei meinem Schwiegervater, dem Herzog von Sachsen-Altenburg oder bei seiner Majestät dem Kaiser von Österreich einfinden. In beiden Fällen bedarf ich nicht Ihrer Protektion, für die ich mich trotzdem bei Ihnen bedanken möchte.«

Am selben Tag reiste der Adjutant des Königs nach Wien, um für seinen Herrn die Erlaubnis zu erbitten, sich auf österreichisches Staatsgebiet zurückziehen zu dürfen. Sobald diese Anfrage den Wiener Hof erreichte, schickte man einen kaiserlichen Adjutanten aus, mit dem Auftrag, den König zu führen und zu eskortieren. Diesem Offizier übergab man den Maria-Theresia-Orden zur Verleihung an den König sowie den Ritterorden zur Verleihung an den Prinzen.

Am selben Tag noch sandte der König als seinen Botschafter und Repräsentanten Meding voraus, zusammen mit dem Minister für Auswärtige Angelegenheiten von Platen und dem Kriegsminister von

Brandis, um Seiner Majestät dem Kaiser von Österreich seine Ankunft anzukündigen.

Der Prinz bat Benedict, ihn zu begleiten. Da Benedict Wien noch nie gesehen hatte, stimmte er zu. Aber unter Bedingungen. Sein Leben müsse, wie in Hannover, völlig unabhängig vom Hofe sein. Er hätte noch seine Angelegenheiten mit Lenhart zu klären, der sich, wie wir wissen, Benedict zur Verfügung gestellt hatte. Benedict hatte Lenhart siebzehn Tage in Dienst gehalten. Er zahlte ihm 400 Franken aus und gab 100 Franken extra als Dank – eine unnachahmliche Generosität, auf die Lenhart mit einer Anhänglichkeitserklärung an das Haus Hannover antwortete, die soweit ging, dass er schwur, von diesem Moment an nie wieder nach Braunschweig zurückzukehren, solange Braunschweig preußisch wäre. Diese Erklärung an den König war jenem 200 Franken und dem Prinzen 100 Franken wert.

Damit war Lenharts Abfindung geregelt. Er wollte oder hatte schon alle Kutschen und Pferde verkauft, die er in Braunschweig besaß. Mit dem Erlös beabsichtigte er, sich einen Mietstall in Frankfurt aufzubauen, der freien Stadt, wie es keine vergleichbare in Preußen gibt. In Frankfurt war sein Bruder Hans bei den Chandroz in Diensten, eine der prominentesten Familien der Stadt. Frau Chandroz' Tochter, die Baronin von Bülow, war die Patentochter des Bürgermeisters. Mit solchen Beziehungen sei er sich seines unternehmerischen Erfolges sicher und Benedict musste ihm versprechen, seine Dienste in Anspruch zu nehmen, falls er nach Frankfurt käme.

Der Abschied zwischen Benedict und Lenhart war äußerst bewegend, nur übertroffen von dem zwischen Lenhart und Frisk. Aber ihre Wege mussten sich trennen. Lenhart machte sich auf den Weg nach Frankfurt. Der König, der Prinz, Benedict und Frisk nahmen nach der Ankunft in Wien Residenz in dem Schlösschen mit dem passenden Namen »Fröhliche Wiederkehr.«

Auf diese Art und Weise hatte sich Benedicts Voraussage am König bewahrheitet – Sieg, Niederlage, Exil.

Was in Frankfurt während der Schlacht von Langensalza und Sadowa geschah

Frankfurt verfolgte aus der Distanz die Kämpfe in den anderen Teilen Deutschlands mit ungutem Gefühl. Aber man konnte sich nicht vorstellen, dass das Kampfgeschehen die Stadt selbst überziehen könne. Am 29. Juni war Prinz Karl von Bayern zum General der Bundestruppen ernannt worden. Am gleichen Tag erreichten Frankfurt Neuigkeiten über den Sieg von Langensalza. Diese verursachten in der ganzen Stadt große Freude, obwohl niemand wagte, diese öffentlich zu äußern. Am 28. hatten Schwarzburg-Rudolstadt und die Hansestädte erklärt, dass sie sich aus dem Bund zurückziehen würden. Die württembergischen und badischen Regimenter befanden sich noch in der Stadt; die Soldaten, jeweils in Vierer- und Fünfergruppen unterwegs, fuhren in Droschken frohgemut durch die Straßen. Am ersten Juli sickerten Nachrichten von der Kapitulation der hannoverschen Armee durch. Am 3. Juli erklärten Mecklenburg, Gotha und die jüngere Reußlinie, dass auch sie sich aus dem Bund zurückziehen würden. Am 4. Juli bezichtigten preußische Zeitungen die Bevölkerung Frankfurts, sie hätten alle preußischen Staatsbürger aus der Stadt vertrieben, sogar diejenigen, die sich dort schon seit Jahren beruflich etabliert hätten, ganz zu schweigen davon, dass sie auf die Nachricht des Sieges von Langensalza hin ihre Straßen festlich beleuchtet hätten. Dem war nicht so; aber so unglaublich diese Anschuldigung war, so sehr versetzte sie die Bevölkerung Frankfurts in Schrecken. Offensichtlich versuchten die Preußen, eine Auseinandersetzung zu provozieren. Am 5. Juli wuchs die düstere Stimmung weiter an, weil Nachrichten über eine Niederlage der Österreicher zwischen Königgrätz und Josephsstadt bekannt wurden. Am 8. Juli erreichten die ersten Berichte über die Schlacht bei Sadowa Frankfurt.

Alles, was der Fatalist Dr. Speltz in Bezug auf Marschall Benedeck vorhergesagt hatte, traf ein. Nach zwei Niederlagen reagierte er kopflos;

oder um es mit Herrn Speltz zu sagen: Saturn herrschte über Mars und Jupiter. Auch seine andere Befürchtung, die überlegene Ausrüstung der Preußen – in Verbindung mit ihrer naturgegebenen Tapferkeit –, bewahrheitete sich ebenfalls. Keine einzige Begegnung mit dem Feind führte zum Vorteil der Österreicher im Feld. Der einzige Sieg über die Preußen war der, in welchem der König von Hannover das Kommando führte.

Aber was Frankfurt besonders in Angst und Schrecken versetzte, waren die Anordnungen der Alliierten Armee, Schanzgräben in unmittelbarer Stadtnähe auszuheben. Bei dieser Gelegenheit erwachte der Senat aus seiner Untätigkeit und meldete sich vor dem Bundestag mit Protest zu Worte: Frankfurt sei eine unbefestigte Stadt und weder in der Lage noch willens, sich zu verteidigen. Aber entgegen allen Protesten des Senats wurden Truppen nach Frankfurt verlegt.

Am 12. Juli wurde ein neues Regiment angekündigt. Es war das 8. Bundescorps unter dem Befehl des Prinzen Alexander von Hessen und setzte sich aus württembergischen, badischen und hessischen Truppen sowie einer österreichischen Brigade unter dem Kommando des Grafen Monte-Nuovo zusammen. Letztere war kaum in Frankfurt angekommen, als Graf Monte-Nuovo sich nach dem Hause Chandroz erkundigte und sich selbst bei der Witwe Madame von Beling wohnlich einquartierte.

Graf Monte-Nuovo, hinter dessen Name sich das berühmte Haus Neuburg verbarg, war der Sohn Marie-Luises. Er war ein gutaussehender, hochgewachsener und fescher General, zwischen 48 und 50 Jahre alt, der sich Madame von Beling mit allem österreichischen Charme und Höflichkeit vorstellte, und der, als er Helene begrüßte, nebenbei den Namen Karl von Freybergs fallen ließ.

Helene fuhr zusammen. Emma hatte sich als die Ehefrau eines Preußen entschuldigt, um den Honneurs eines Mannes zu entgehen, mit dem ihr Mann schon morgen auf dem Schlachtfeld zusammenstoßen könnte. Ihre Abwesenheit lieferte Graf Monte-Nuovo den Vorwand, mit Helene allein zu sprechen. Verständlicherweise erwartete Helene diesen Moment voller Ungeduld.

»Graf«, sagte sie, sobald sie alleine waren, »Sie erwähnten einen bestimmten Namen.«

»Der Name eines Mannes, der Sie anbetet, mein Fräulein.«

»Der Name meines Verlobten«, sagte Helene und erhob sich.

Graf Monte-Nuovo machte eine Verbeugung und gab ihr ein Zeichen, sich wieder zu setzen.

»Ich weiß Bescheid, Fräulein«, sagte er, »Graf Karl ist mein Freund. Er bat mich, Ihnen diesen Brief auszuhändigen sowie Ihnen einige Botschaften mündlich zu überbringen.«

Helene nahm den Brief.

»Ich danke Ihnen, mein Herr«, sagte sie, dabei eifrig bemüht zu lesen. »Sie erlauben, nicht wahr?«

»Sicherlich«, sagte der Graf mit einer Verbeugung. Er tat so, als sei seine Aufmerksamkeit von einem Portrait des Herrn von Beling in Uniform in Anspruch genommen.

Der Brief bestand ganz und gar aus Treueschwüren und Zärtlichkeitsbeteuerungen, wie sie sich Liebende zu schreiben pflegen. Alte Wendungen, die jedes Mal frisch wirken: Blumen, an dem Tag ihres Erblühens gepflückt, die nach sechstausend Jahren immer noch so betörend duften wie am ersten Tag.

Sie hatte gerade den Brief zu Ende gelesen, Graf Monte-Nuovo starrte noch immer das Portrait an.

»Mein Herr«, sagte Helene mit leiser Stimme.

»Fräulein?«, antwortete der Graf und wandte sich ihr zu. »Karl lässt mich hoffen, dass Sie selbst mir einige Einzelheiten ausrichten, und er fügte hinzu: Vor dem Waffengang mit den Preußen wird er oder werden wir vielleicht die Freude haben, Sie wieder zu sehen.«

»Dies ist möglich, Fräulein, vor allem dann, wenn wir uns in drei oder vier Tagen mit den Preußen auseinandersetzen.«

»Wo haben Sie ihn hinbeordert?«

»Er befindet sich in Wien, wo er die Aufstellung seines Freiwilligenregimentes organisiert hat. Wir verabredeten einen Treffpunkt in Frankfurt, nachdem mein Freund Karl von Freyberg mich um die Ehre bat, unter meinem Befehl dienen zu dürfen.«

»Er berichtet mir, dass er unter seinem Kommando einen französischen Leutnant hat, der mir bekannt sei. Wissen Sie, von wem er spricht?«

»Ja. Er lernte ihn beim König von Hannover kennen, als er ihn aufsuchte, um seine Aufwartung zu machen. Es ist ein junger Franzose namens Benedict Turpin.«

»Aha! Ja«, sagte Helene lächelnd, »er ist derjenige, mit dem mich mein Schwager verheiraten wollte – in Anerkennung eines Säbelhiebs, den er von ihm erhalten hatte.«

»Fräulein«, sagte Graf Monte-Nuovo, »diese Angelegenheiten sind für mich rätselhaft.«

»Ein wenig auch für mich«, sagte Helene, »aber ich werde es Ihnen erklären.« Und sie erzählte ihm, was sie von Friedrichs Duell mit Benedict wusste. Sie hatte kaum geendet, als jemand am Tor zugleich klopfte und schellte. Hans ging sie zu öffnen; eine Stimme fragte nach Madame von Beling, und als ihr Klang durch all die verschlossenen Türen ihr Ohr erreichte, fuhr sie zusammen.

»Was ist los, Fräulein?«, fragte Graf Monte-Nuovo. »Sie werden so blass!«

»Ich erkenne diese Stimme!«, rief Helene aus.

Im selben Moment öffnete sich die Türe und Hans erschien.

»Fräulein«, sagte er, »es ist Graf Karl von Freyberg.«

»Ach!«, rief Helene aus, »ich dachte es mir. Wo ist er? Was macht er denn so lange?«

»Er ist unten im Speiseraum, wo er Madame von Beling um Erlaubnis bittet, Ihnen seine Aufwartung machen zu dürfen.«

»Erkennen Sie den Gentleman in ihm?«, fragte Graf Monte-Nuovo. »Ein anderer Mann hätte Ihre Großmutter nicht einmal gefragt, sondern wäre direkt zu Ihnen geeilt.«

»Und ich hätte ihm verziehen«, dann mit lauterer Stimme: »Karl, lieber Karl!«, rief sie, »hier entlang!«

Karl trat ein und warf sich in Helenes Arme, die ihn an ihre Brust drückte. Dann, als er aufsah, erkannte er Graf Monte-Nuovo und gab ihm seine Hand.

»Entschuldigen Sie, Graf«, sagte er, »dass ich Sie nicht früher gesehen habe. Aber Sie werden sofort verstehen, dass ich für niemand anderen Augen hatte als für sie. Ist Helene nicht so schön, wie ich sie Ihnen beschrieben hatte, Graf?«

»Noch schöner«, antwortete er.

»Oh! Liebe, liebe Helene«, rief Karl aus, fiel auf seine Knie und küsste ihre Hände.

Graf Monte-Nuovo fing an zu lachen.

»Mein lieber Karl«, sagte er, »ich kam vor einer Stunde hier an. Ich bat um Einquartierung bei Madame von Beling, um meinen Auftrag erledigen zu können. Ich hatte diesen gerade zu Ende geführt, als Sie anklopften. Mir bleibt hier nichts mehr zu tun. Falls ich etwas vergessen haben sollte, Sie sind ja hier und können dem abhelfen. Fräulein, geben Sie mir die Ehre, Ihre Hand küssen zu dürfen?«

Helene streckte ihre Hand aus, dabei sah sie auf Karl, als ob sie um seine Erlaubnis bat, die er mit einem Nicken gewährte. Der Graf küsste Helenes Hand, reichte die seine dem Freund und ging hinaus.

Die Liebenden stießen einen Seufzer der Erleichterung aus. Inmitten all der Widrigkeiten der politischen Ereignisse gewährte das Schicksal beiden einen jener raren Momente, die es nur für jene bereithält, denen es am meisten gewogen ist.

Die Neuigkeiten aus dem Norden waren nicht zu leugnen. Aber man verlor nicht alle Hoffnung in Wien. Der Kaiser, die kaiserliche Familie hatte sich samt Staatsschatz nach Pest zurückgezogen, und man bereitete sich auf einen verzweifelten Abwehrkampf vor. Auf der anderen Seite setzte der Abfall Venedigs an Italien 160.000 Mann als Verstärkung der Armee im Norden frei. Es fehlte ein einziger Sieg, um den Kampfgeist der Soldaten wiederzubeleben, und man hoffte, Alexander von Hessen würde diesen Sieg erringen. Aller Wahrscheinlichkeit nach würde dieser Kampf am unteren Main in der Nähe der freien Stadt Frankfurt stattfinden. Das war der Grund, warum Karl entschieden hatte, sich an die Seite der Armee des Prinzen von Hessen der Brigade des Grafen Monte-Nuovo zu unterstellen. Dort zumindest war er sicher, ins Kampfgeschehen eingreifen zu können. Als zweiter Cousin des Kaisers Franz Joseph hatte Monte-Nuovo großes Interesse daran, sein Leben für das Haus Österreich einzusetzen.

Helene verschlang Karl mit ihren Augen. Seine Uniform war dieselbe, die er an jenem Tage trug, an dem sie ihn kennengelernt hatte. Nur konnte sie sich nicht genau erklären, was ihn jetzt soldatisch aussehen ließ; sein Gesichtsausdruck jedenfalls war ernsthafter als damals, da sie ihn kennenlernte. Sie spürte, dass er sich der nahen Gefahr bewusst war, und dass er, falls er ihr begegnete, die Ehre über sein Leben zu setzen entschlossen war.

Inzwischen biwakierte Karls kleiner Trupp, den Benedict als stellvertretender Kommandant befehligte, etwa hundert Schritte vom Bahnhof entfernt direkt unter dem Fenster des Hauses Fellner. Seine Männer hatten keinen Grund, sich über ihre Vorgesetzten zu beschweren. Karl hatte eines seiner Grundstücke verkauft und zahlte jedem seiner Männer einen Schilling Verpflegung pro Tag. Jeder Mann war mit einem guten Karabiner bewaffnet, mit der ein Schütze in der Lage war, wie ein Schnellfeuergewehr acht bis zehn Schüsse pro Minute zu feuern. Jeder Mann trug hundert Patronen mit sich, somit hatte die Hundertschaft eine Feuerkraft von 10.000 Schüssen. Beide Anführer trugen doppelläufige Karabiner.

Der Bürgermeister, der gerade vom Rathaus zurückkehrte, traf die kleine Abteilung, die in einer für ihn unbekannten Uniform gekleidet war, vor seinem Haustor an. Er blieb mit der naiven Neugier eines Bürgers stehen, welche Franzosen flânerie nennen. Nachdem er den Soldaten zugesehen hatte, trat er auf den Anführer zu, vor dem er überrascht stehen blieb. Es schien ihm, als sei das Gesicht des Offiziers ihm nicht völlig unbekannt.

Und in der Tat, der Offizier lächelte ihn an und fragte in bestem Deutsch: »Darf ich mich nach des Bürgermeisters Gesundheit erkundigen?«

»Ach! Himmel und Erde!«, rief der Bürgermeister aus, »ich habe mich nicht geirrt. Es ist Herr Benedict Turpin!«

»Bravo! Ich sagte Ihnen bereits, dass Ihr Gedächtnis außerordentlich gut entwickelt ist. Das muss es auch sein, um mich in dieser Kostümierung zu erkennen.«

»So, Sie sind Soldat geworden?«

»Offizier.«

»Ein Offizier. Ich bitte Sie um Verzeihung.«

»Ja, aber ein Amateur in Offiziersuniform.«

»Kommen Sie doch hoch zu mir, in mein Haus. Sie müssen das Bedürfnis nach Erfrischung haben und Ihre Männer sind sicher durstig. Nicht wahr, meine Freunde?«

Die Männer lachten.

»Wir sind immer durstig, mehr oder weniger«, erwiderte einer von ihnen.

»Sehr gut, ich werde 25 Flaschen Wein und Bier zu euch herunterschicken«, sagte der Bürgermeister. »Kommen Sie herein, Herr Benedict.«

»Erinnert Euch daran, dass ich Euch vom Fenster aus im Auge behalte«, sagte Benedict, »und benehmt Euch!«

»Machen Sie sich keine Gedanken, Kapitän«, antwortete der eine, der vorher gesprochen hatte.

»Frau Fellner«, sagte der Bürgermeister beim Eintreten, »hier ist ein Kapitän eines Freiwilligenkorps, der bei uns Quartier nimmt. Wir müssen ihm einen würdigen Empfang bereiten.«

Die Dame, die gerade Näharbeiten verrichtete, erhob ihre Augen und erkannte den Gast. Ein Ausdruck, der an den ihres Gatten erinnerte, huschte über ihr Gesicht.

»Oh! Das ist eine Überraschung, mein Lieber!«, rief sie aus, »wie ähnlich Sie diesem Herren, deinem jungen französischen Maler ...«

»Da!«, sagte der Bürgermeister, »es gibt keinen Grund mehr Ihr Inkognito zu wahren. Erbieten Sie meiner Frau Ihre Anerkennung, mein lieber Benedict, sie sind erkannt.«

Benedict reichte der Dame seine Hand. Unterdessen suchte der Bürgermeister den Kellerschlüssel aus einem Schlüsselbund heraus und ging als Sklave seines Versprechens hinunter, die Weine auszuwählen, die Benedicts Männer, wie er sich wünschte, auf sein Wohl trinken würden. Einige wenige Minuten später verrieten Rufe wie »Lang lebe der Bürgermeister!«, dass man die gute Qualität des Weines schätzte.

Die kostenlose Mahlzeit

Der Bürgermeister war nervös und versuchte nicht, es zu verbergen. Die Preußen hatten den Vogelsberg überschritten und bewegten sich auf Frankfurt zu. Es musste an den Grenzen Bayerns zu einer militärischen Auseinandersetzung kommen und dann würden die Preußen, falls sie die Alliierte Armee schlagen würden, spätestens tags darauf Frankfurt besetzen. Befehle waren ausgegeben worden, von denen niemand etwas wissen durfte, die man aber vor dem Bürgermeister nicht geheim halten konnte. Am 14. Juli, sozusagen am Tag drei, erhielten die Bundesversammlung, die Militärkommission und das Büro des Schatzamts Order, sich nach Augsburg abzusetzen. Das war ein Beweis, dass man sich in Frankfurt nicht mehr sicher war, die Neutralität wahren zu können. Die Überzeugung, es handele sich hier um eine Staatskrise, wurde von jedem in Frankfurt geteilt. Diese steigerte die Sympathie der Bewohner für die Verteidiger der gemeinsamen, allen teuren Sache, welche nun sozusagen die Sache Österreichs geworden war, auf den höchsten Punkt. So luden zu Beginn der Essenszeit die großen Häuser Frankfurts die Offiziere ein, während die Bürger und die werktätige Bevölkerung die unteren Ränge zu Tische baten. Manche brachten das Essen zu den Quartieren, andere deckten Tische vor ihren Häusern.

Hermann Mumm, der bekannte Weinhändler, hatte einige hundert Gefreite, Unteroffiziere und Feldwebel zu sich eingeladen. Für sie hatte er eine beeindruckende Tafel vor seinem Hause eindecken lassen, auf der für jeden Mann eine Flasche Wein bereitstand.

Fellner, dessen Schwager Dr. Kugler und die anderen Bewohner der an den Bahnhof angrenzenden Straße nahmen sich der Jäger Karls an. Karl selbst speiste zusammen mit Frau von Beling und dem Grafen Monte-Nuovo. Benedict, den die gute Frau Fellner nicht hungrig ins Feld ziehen lassen wollte, konnte ihre Einladung schwerlich zurückweisen. Sie hatte die Senatoren von Bernus und Speltz eingeladen, diese aber waren verhindert, sie hatten ihre eigenen Gäste zu bewirten. Bloß Herr Fischer, der Journalist, der ein Junggesellenleben führte, hatte die Einladung annehmen können. Prinz Alexander von Hessen dinierte mit dem österreichischen Konsul.

Die Bewirteten auf den Straßen bildeten einen seltsamen Kontrast zu den Gastgebern im Innern der Häuser. Die Soldaten, miteinander trinkend, sorglos über das Morgen, hatten nichts anderes als den Tod vor Augen. Aber der Tod ist für einen Soldaten bloß ein vivandière in Schwarz; was zählte war, wer ihm am Ende des letzen Tages das letzte Glas Branntwein einschenkte. Ein Soldat hat nur Furcht davor, sein Leben zu verlieren, mit dem Verlust seines Lebens verliert er alles auf einen Schlag. Hingegen kann der Kaufmann, der Bankier, sogar der einfache Bürger, vor seinem Leben sein Vermögen, seine Darlehen und seine Stellung verlieren. Er muss vielleicht mitansehen, wie man seine Truhen plündert, sein Haus durchwühlt, seine Frau und Töchter entehrt, und wenn seine Kinder nach ihm schreien, hat er keine Möglichkeit, sie zu schützen. Er mag Folter ausstehen müssen wegen seiner Familie, seinem Geld, seinem Körper und seiner Ehre. Die Art Gedanken machten sich die Bürger der freien Stadt Frankfurt. Und diese Befürchtungen hinderten sie daran, so fröhlich zu sein, wie sie es gerne mit ihren Gästen gewesen wären.

Was Karl und Helene anbetrifft, sie dachten an nichts anderes als an ihr Glück. Für sie war die Gegenwart alles. Sie wünschten zu vergessen und kraft ihrer Wunschlosigkeit, die Liebe ausgenommen, vergaßen sie.

Doch die traurigste dieser Einladungen war, trotz Benedicts angestrengter Bemühungen, sicherlich die, welche der Bürgermeister gab. Fellner war als fähiger Verwalter einer der intelligentesten Bürgermeister, die Frankfurt jemals gehabt hatte. Außerdem war er ein ausgezeichneter Familienvater, der seine Kinder anbetete, und sie beteten ihn an. In den vierzehn Jahren Eheleben hatte nicht die kleinste Wolke diese Einheit beschattet. Während des ganzen Essens bemühte er sich – seinen schwermütigen politischen Gedanken zum Trotz – mit der Hilfe seines Schwagers, ebenfalls ein Mitglied des Stadtrates, und seines Freundes Fischer um ein bisschen Fröhlichkeit in der schwermütigen Unterhaltung. Während des Nachtischs trat ein Diener ein und meldete Benedict, dass sein Reisebegleiter, Lenhart, Abschied nehmen, ihm aber gleichzeitig erneut seine Dienste anbieten wolle. Der Bürgermeister fragte, wer Lenhart sei, und als Benedict lächelnd um die Erlaubnis bat, ins Vestibül hinausgehen und diesem seine Hände reichen zu dürfen, war der ehemalige Mietstallbesitzer schon an der Türe, gab dem Diener einen Klaps auf die Schulter und drängte sich an ihm vorbei. »Geben Sie sich keine Mühe, Herr Benedict. Ich komme gerade zur rechten Zeit in des ehrwürdigen Bürgermeisters Speisezimmer. Ich bin nicht hochnäsig. Guten Tag, Euer Ehrwürden, Damen und Herrschaften.«

»Aha!«, sagte der Bürgermeister, den alten sächsischen Akzent erkennend, »Sie sind aus Sachsenhausen?«

»Ja, und mein Name ist Lenhart, zu Ihren Diensten. Ich bin ein Bruder von Hans, der bei Frau von Beling in Diensten steht.«

»Wohlan, mein Freund«, sagte der Bürgermeister, »trinken Sie ein Glas Wein auf die Gesundheit von Herrn Benedict, den Sie zu sprechen verlangten.«

»Zwei, wenn es beliebt; er verdient sie wohl! Ach! Er kennt bei Preußen keinerlei Hemmungen. Donner und Doria! Wie er über sie herfuhr während der Schlacht von Langensalza!«

»Was! Sie waren dabei?«, fragte der Bürgermeister Lenhart.

»Oh ja, und ob ich dort war, und wie sauer war ich, dass ich nicht in der Lage war, eigenhändig diesen Kuckucks eine Ohrfeige zu verpassen!«

»Warum nennen Sie die Preußen Kuckucks?«, fragte der Journalist.

»Weil sie anderer Leute Nest besetzen, um ihre Eier hineinzulegen.«

»Aber woher konnten Sie wissen, dass ich hier zu finden bin?«, fragte Benedict, wegen dieses etwas forschen Auftritts ein wenig verlegen.

»Och!«, sagte Lenhart, »ich schlenderte friedlich die Straße entlang, als ein Hund auftauchte und mir an den Hals sprang. ›Da‹, sagte ich mir, ›das ist Frisk, Herrn Benedicts Hund.‹ Eure Männer guckten mich an, als wäre ich eine Sehenswürdigkeit, als ich Ihren Namen erwähnte. ›Ist Herr Benedict hier?‹ fragte ich sie. Diese antworteten mir: ›Ja, er ist hier, er speist gerade mit Deinem Bürgermeister, ein guter Mann, der einen guten Tropfen hat.‹ Und dann stießen sie an, ›Auf das Wohl Herrn Fellners!‹ Ich sagte zu mir: ›Hier lässt sich gut leben! Er ist mein Bürgermeister, weil ich mich gestern in Frankfurt niedergelassen habe. Und da er mein Bürgermeister ist, kann ich bei ihm vorsprechen, um Herrn Benedict einen guten Morgen zu wünschen.‹«

»Nun, Sie haben mir jetzt einen guten Morgen gewünscht, mein guter Lenhart und auf die Gesundheit des ehrwürdigen Bürgermeisters getrunken«, sagte Benedict –

»Ja, aber ich habe noch nicht auf Ihre Gesundheit getrunken, mein junger Herr, mein Wohltäter, mein Vorbild! Für mich sind Sie ein Vorbild, Herr Benedict. Wenn ich von Ihnen spreche, dann spreche ich von Ihrem Duell, wo Sie zwei Männer besiegt haben, einen mit einem Degenhieb, und was für einem! Herrn Friedrich von –, Sie wissen schon, welcher es war! Einen anderen mit einem Pistolenschuss, der war ein Journalist, ein großer hochgewachsener, unangenehmer Zeitgenosse, wie Sie, Herr Fischer.«

»Danke, mein Freund.«

»Ich habe hoffentlich nichts Schlimmes gesagt.«

»Nein, aber lassen Sie bitte diese Herrn in Ruhe«, sagte Benedict.

»Sie sind sehr still, Herr Benedict. Ich sehe, wie angespannt Sie zuhören.«

»Lassen Sie ihn weitersprechen«, sagte der Doktor.

»Ich hätte sowieso weitergemacht, selbst wenn Sie mich daran gehindert hätten. Ach! Wann immer Herr Benedict Thema ist, geht mir der Stoff nicht aus. Zucken Sie nicht mit den Schultern, Herr Benedict; wenn Sie den Baron hätten töten wollen, Sie hätten ihn getötet und wenn Sie den Journalisten erschossen hätten, hätten Sie sich einen Gefallen getan.«

»Eigentlich haben wir diese Geschichte in der ›Kreuzzeitung‹ gelesen«, sagte der Bürgermeister, »auf mein Wort! Ich las es, ohne je auf den Gedanken zu kommen, dass Sie es waren, der dies erlebte.«

»Und das Schöne an der Geschichte ist, dass er sie Ihnen erzählen kann!«, fuhr Lenhart fort. »Er ist ein Hexenmeister! Kaum sah er auf die Handlinien des armen Königs von Hannover, schon sagte er ihm voraus, wie es ihm ergehen würde. Erst der Sieg, dann die bittere Pille.«

In dem Moment, als sie sich gerade vom Speisezimmer zum Gesellschaftszimmer bewegen wollten, vernahm man Trompetensignale und Trommelschläge; das Trompetensignal befahl »Aufsitzen!«, der Trommelschlag »Alarmbereitschaft!«

Fellners Frau wurde unruhig; ihr Gatte gab ihr lächelnd zu verstehen, sich zu beruhigen. Die Signale lösten augenblicklich eine lebhafte und allgemeine Hektik aus.

»Das sagt mir, Madame«, sagte Benedict auf die Straße deutend, »dass mir nur noch die Zeit bleibt, auf das Wohl Ihres Mannes zu trinken und auf ein langes und glückliches Leben, das Sie mit ihm haben werden, auf Sie und Ihre wunderbare Familie.«

Der Trinkspruch wurde von allen wiederholt, auch von Lenhart, der, wie angekündigt, sogar zweimal auf das Wohl des Bürgermeisters trank. Darauf ergriff Benedict die Hände Fellners, seines Schwagers und des Journalisten, küsste die von Fellners Frau und rannte treppab ins Freie. Unten angekommen rief er: »Zu den Waffen!«

Dieselben Signale hatten Karl und Helene gegen Ende des Mahls überrascht. Karl fühlte einen heftigen Stoß in seinem Herzen. Helene wurde blass, obwohl sie nicht die bedrohliche Bedeutung der Trommelschläge und der Trompetenstöße kannte. Doch auf einmal erkannte sie wegen des Blicks, den Graf Monte-Nuovo mit Karl tauschte, dass der Moment der endgültigen Trennung gekommen war. Der Graf fühlte Mitleid mit den beiden jungen Liebenden, also ging er, um ihnen eine Minute für ihr letztes Lebewohl zu gewähren, von Frau von Beling Abschied zu nehmen und sagte dann zu seinem jungen Freund:

»Karl, ich lasse Ihnen noch eine Viertelstunde.«

Karl warf einen kurzen Blick auf die Uhr. Es war halb fünf.

»Ich danke Ihnen, General«, antwortete er, »ich werde zu der von Ihnen festgesetzten Zeit auf meinem Posten sein.«

Frau von Beling begleitete Graf Monte-Nuovo zum Abschied, während die jungen Leute, um alleine zu sein, in den Garten hinausgingen, wo eine mächtige Weinlaube ihr Lebewohl verbarg. Man möchte fast versucht sein, eher die melancholische Stimme der Nachtigall zu beschreiben, die einige wenige Schritte von ihnen entfernt zu singen begann, als das Zwiegespräch, das unterbrochen war von Seufzern und Tränen, Schwüren und Schluchzen, Liebesversprechungen, Leidenschaftsausbrüchen und leisem Weinen. Was sie am Ende der Viertelstunde gesagt haben? Nichts und alles. Der Abschied war endgültig.

Wie beim ersten Male wartete Karls Pferd am Tor. Er zwang sich selbst zum Aufbruch, führte Helene mit sich, umfasste sie mit seinen Armen, dann bedeckte er ihr Gesicht mit einem Schauer von Küssen.

Das Tor stand offen. Die beiden Steirer salutierten, es schlug gerade dreiviertel fünf. Karl schwang sich auf sein Pferd, gab ihm die Sporen und galoppierte davon. Die beiden Steirer schlossen auf. Die letzten Worte, die Karl hörte waren jene: »Die Deine in dieser Welt oder in der nächsten!« und mit der Leidenschaft eines Liebenden und dem Glauben eines Christen antwortete er: »So sei es.«

Die Schlacht von Aschaffenburg

Während des Mittagessens erhielt Prinz Alexander von Hessen folgende Depesche:

»Die preußische Vorhut ist bis zum Fuße der Fuldasenke vorgedrungen!«

Diese Nachricht überraschte den Kommandierenden, denn er hatte den feindlichen Einfall über einen Pass des Thüringer Waldes erwartet. Daraufhin schickte er sofort ein Telegramm nach Darmstadt, in der er eine Abteilung von dreitausend Mann per Eisenbahn nach Aschaffenburg beorderte, um die Brücke über den Main besetzen zu lassen. Unverzüglich ließ er das Hornsignal zum Satteln blasen.

Zwei Dampfboote lagen am Sachsenhäuser Ufer vertäut. Hundert Eisenbahnwagons mit einer Aufnahmekapazität von je hundert Mann warteten abfahrbereit am Bahnhof.

Wir hatten bereits die Auswirkung beschrieben, die das zweifache Trompetensignal ausgelöst hatte.

Es entstand augenblicklich Konfusion: Für einen Moment rannte alles hin und her, Uniformen wurden verwechselt, Kavallerie und Infanterie verursachten ein Durcheinander, doch dann nach fünf Minuten, als hätte eine geschickte Hand jeden Mann auf seinen Platz gestellt, war die Kavallerie aufgesessen und die Infanterie stand in richtiger Ausrüstung bereit. Alles war fertig zum Abmarsch.

Und wieder zeigte Frankfurt seine Sympathie, die nicht ganz so enthusiastisch war wie den Österreichern gegenüber, die aber immerhin den Verteidigern Österreichs galt. Bier und Wein wurden krügeweise herumgereicht und in halben Schoppen ausgeschenkt. Herren aus den ersten Häusern der Stadt schüttelten den Offizieren die Hände. Gut gekleidete Damen sprachen den Soldaten aufmunternd zu. Eine bisher nicht gekannte Brüderlichkeit, aus der gemeinsamen Gefahr entstanden, herrschte über der freien Stadt, Leute riefen aus ihren Fenstern:

»Seid tapfer! Sieg! Lang lebe Österreich! Lang leben die Alliierten! Lang lebe Prinz Alexander von Hessen!«

Besonders der Sohn Marie-Luises wurde mit Hochrufen wie »Lang lebe der Graf von Monte-Nuovo!« gegrüßt. Aber es muss erwähnt werden, dass diese Rufe zum großen Teil von Damen stammten und eher seiner großartigen Erscheinung und seinem militärischen Auftritt galten als seiner kaiserlichen Herkunft.

Karls steirische Scharfschützen erhielten Befehl, in dem ersten Wagon Platz zu nehmen. Sie hatten den Auftrag, die Preußen als Erste anzugreifen. Sie marschierten fröhlich zum Bahnhof von keiner anderen Musik als der der beiden Flötenspieler begleitet. Ihnen folgte die österreichische Brigade Graf Monte-Nuovos und zuletzt die Alliierten aus Hessen und Württemberg. Die italienische Brigade war bereits mit den Dampfbooten aufgebrochen, sie hatte gegen den Kampfauftrag protestiert, der ihnen übertragen worden war. Und sie hatten erklärt, dass sie für ihre Feinde, die Österreicher, keinesfalls auf ihre Freunde, die Preußen, schießen wollten.

Der Zug fuhr an, voller Männer, Gewehre, Kanonen, Munition, Pferde und Ambulanzen. Eineinhalb Stunden später erreichten sie Aschaffenburg. Es wurde gerade Nacht. Sie hatten bis dahin noch keine Feindberührung mit einem Preußen.

Prinz Alexander sandte einen Aufklärertrupp aus. Die Gruppe kam gegen elf Uhr nachts zurück, nachdem sie einige Schüsse auf die Preußen abgefeuert hatte, etwa zwei Stunden Wegs vor Aschaffenburg.

Ein Bauer, der den Vogelsbergpass zur selben Zeit wie die Preußen überquert hatte, berichtete, dass die Armee fast fünftausend oder sechstausend Mann stark wäre, aber dass sie einen Halt eingelegt hätte, um einen Zug von zusätzlichen siebentausend bis achttausend abzuwarten, der sich verspätet hatte. Damit war die zahlenmäßige Stärke auf beiden Seiten annähernd gleich groß.

Man hielt es für notwendig, den Mainübergang zu verteidigen und mit einem Sieg Frankfurt und Darmstadt zu schützen. Die steirischen

Scharfschützen gingen längs der Straße in Stellung. Ihre Aufgabe war es, dem Feind den größtmöglichen Schaden zuzufügen und sich dann – das Feld der Infanterie und der Kavallerie überlassend – zurückzuziehen; sie sollten sich dann am Brückenkopf, der einzigen Rückzugsmöglichkeit für die Alliierten, sammeln und die Brücke bis zum letzen Mann halten.

Während der Nacht nahm jeder Mann seine Stellung für den nächsten Tag ein, dort aßen sie zu Abend und schliefen im Freien. Eine Reserve von achthundert Mann wurde in Aschaffenburg einquartiert, um im Falle ein Angriffes die Stadt zu verteidigen. Die Nacht ging ohne irgendeinen Zwischenfall vorüber und der Tag dämmerte.

Karls Anspannung stieg ins Unerträgliche, gegen zehn Uhr sprang er auf sein Pferd, übergab Benedict das Kommando über seine Männer und galoppierte auf die preußischen Linien zu, die schließlich vorzurücken begannen.

Im Laufe seines scharfen Erkundungsritts wandte Karl sich an den Grafen Monte-Nuovo und verschaffte sich vier Kanonen, die er quer zur Straße in Stellung bringen ließ. Vier Bäume wurden gefällt und bildeten eine Art Schanzwerk für die Artillerie. Karl gesellte sich hinter die Schanze zu seinen beiden Steirern, die ihre Flöten aus ihren Taschen herausholten. Und alsbald fingen die beiden an, als wären sie auf einer Truppenparade, ihre lieblichsten und bezauberndsten Melodien zu spielen. Karl konnte sich nicht länger zurückhalten. Nach einer Minute holte er seinerseits die Flöte aus seiner Westentasche und schickte dem Wind seiner Heimat einen letzten Gruß zu.

Unterdessen waren die Preußen auf Schussweite vorgerückt. Auf halber Distanz unterbrach der Geschützdonner der zwei österreichischen Kanonen unsere drei Musikanten, die ihre Flöten in ihre Taschen zurücksteckten und ihre Gewehre ergriffen. Die zwei Salven waren gut gezielt, sie töteten und verwundeten eine Anzahl Männer. Erneut ertönte eine Salve, und ein weiterer Todesengel schwebte durch die preußischen Reihen.

»Sie werden versuchen, die Kanonen im Sturmangriff zu nehmen«, sagte Karl zu Benedict. »Nimm dir fünfzig Mann und ich nehme mir fünfzig. Wir rücken zu beiden Seiten der Straße ins Wäldchen vor und nehmen Deckung. Wir haben pro Mann zwei Schuss. Wir müssen hundert Mann töten und fünfzig Pferde. Lass zehn deiner Männer auf die Pferde feuern und den Rest auf die Männer.«

Benedict stellte einen Trupp von fünfzig Männern zusammen, die rechts von der Straße in Deckung krochen. Der Graf hatte nicht unrecht, die Kavallerie brach aus der Mitte der ersten Reihe hervor, man konnte erkennen, wie der Schein der Sonne von den Säbeln reflektiert wurde. Dann ertönte das Donnern von dreihundert Pferden, die in den Galopp fielen.

Nun begann ein Salvenfeuer von beiden Seiten der Straße her, das wie ein Schauspiel ausgesehen hätte, wenn nicht nach den ersten beiden Schüssen der Oberst und der Leutnant vom Pferd geholt worden wären, und wenn nicht auf jede weitere Salve, die den ersten beiden folgte, Männer oder Pferde tot umgefallen wären. Bald war die Straße mit toten Soldaten und Pferden übersät. Die ersten Reihen gerieten ins Stocken. Der Angriff brach etwa hundert Meter vor den Kanonenstellungen zusammen, die ihrerseits das Feuer aufrechterhielten und dabei die Konfusion der Marschkolonnen vervollständigten.

Die Preußen hatten die hinten liegende Artillerie nach vorne verlegt und brachten sechs Kanonen in Stellung, um die beiden österreichischen Geschützstellungen zum Schweigen zu bringen.

Aber unsere Scharfschützen waren bis auf etwa hundert Schritte an die Batteriestellung herangekommen, und sobald die sechs Artilleristen die Lunte hoben, um gemäß preußischem Artillerieexerzierreglement zu feuern, fielen jeweils drei Schüsse von der rechten und drei von der linken Seite der Straße und sie stürzten tödlich getroffen zu Boden.

Sechs andere Männer nahmen die brennenden Lunten auf und fielen neben ihre Kameraden.

Die Preußen machten sich daran, einen Angriff auf die steirischen Scharfschützen zu führen. Sie schickten fünfhundert preußische Scharfschützen mit aufgepflanztem Bajonett vor.

Darauf begann zu beiden Seiten der Trasse ein fürchterlicher Schusswechsel. Während auf der Straße die Infanterie in Kolonnen nach vorne drückte, schossen die preußischen Batterien aus allen Rohren. Die steirischen Artilleristen schirrten Pferde an die Kanonen und zogen diese aus dem Schussfeld. Durch den Rückzug der beiden Batterien verlor die Neubergbrigade Deckung. Man brachte aber auf einem kleineren Hügel näher zu Aschaffenburg hin eine Batterie von sechs Kanonen in Stellung, deren Feuer die preußischen Massen durchharkte.

Nachdem der Graf mitansehen musste, wie trotz des Feuers die Preußen auf der ganzen Linie vorrückten, stellte er sich an die Spitze eines Kürassierregimentes und griff an. Prinz Alexander befahl die gesamte badische Armee zu seiner Unterstützung. Unglücklicherweise hatte er das italienische Regiment auf seine linke Flanke beordert und zum zweiten Male erklärten ihm die Italiener, dass sie neutral bleiben werden, selbst wenn sie einem Kreuzfeuer ausgesetzt sein würden. Sie jedenfalls hätten nicht vor, ihrerseits das Feuer zu erwidern.

Durch Zufall oder weil sie von jemandem über die Neutralität der Italiener in Kenntnis gesetzt waren, konzentrierten die Preußen die Wucht ihres Großangriffs auf diesen linken passiven Flügel; dem Feind gelang es in der Folge, Graf Monte-Nuovo vom Pferde zu holen.

Die steirischen Scharfschützen vollbrachten Wunder. Sie hatten zwar dreißig Gefallene, hatten aber mehr als dreihundert Feinde getötet. In der Folge hatten sie sich, ihren Befehlen entsprechend, am Kopf der Aschaffenburger Brücke gesammelt.

Vom Kampfplatz aus vernahmen Karl und Benedict schnelles Gewehrfeuer von der anderen Seite der Stadt her. Es war der preußische rechte Flügel, der Alexanders linke Flanke niedergerungen hatte und nun dabei war, die Vororte der Stadt anzugreifen.

»Hör zu«, sagte Karl zu Benedict, »der Tag ist verloren! Das Schicksal meint es nicht gut mit dem ›Haus Österreich‹. Ich werde fallen, wie es meine Pflicht ist, aber du bist nicht unserem Schicksal unterworfen. Du kämpfst als Freiwilliger, du bist Franzose. Du wärst doch töricht, dich für eine Sache, die nicht die deine ist und mit der du nicht einmal vollkommen übereinstimmst, in Lebensgefahr zu bringen. Kämpfe bis zum letzten Moment. Dann, wenn dir klar ist, dass aller Widerstand zwecklos ist, gehe nach Frankfurt zurück, begib dich zu Helene; sage ihr, dass ich tot bin, wenn du mich fallen siehst oder dass ich mich mit dem Rest der Armee auf dem Rückzug nach Darmstadt oder Würzburg befinde. Falls ich überlebe, werde ich ihr schreiben. Falls ich sterbe, sterbe ich in Gedanken an sie. Das ist das Testament meines Herzens, ich vertraue es dir an.«

Benedict drückte Karls Hand.

»Nun«, fuhr Karl fort, »es scheint mir, dass es für einen Soldaten Pflicht ist, so gut es geht bis zum letzten Augenblick zu kämpfen. Wir haben noch hundertsiebzig Mann übrig. Ich nehme mir die Hälfte und stärke mit ihnen die Verteidiger der Stadt. Du bleibst mit den anderen hier an der Brücke. Tu dein Bestes! Ich werde mein Bestes tun, wo immer ich es kann. Hörst du das Feuer näherkommen? Wir haben keine Zeit mehr zu verlieren. Wir müssen uns Lebewohl sagen.«

Die zwei jungen Männer fielen sich in die Arme. Dann eilte Karl davon und verschwand im Pulverdampf. Benedict begab sich auf eine mit einem Dickicht bedeckte kleine Anhöhe, von der er aus einer Deckung heraus die Brücke verteidigen konnte.

Kaum angekommen, bemerkte er eine Staubwolke, die sich rasch näherte. Sie stammte von der badischen Kavallerie, die von den preußischen Kürassieren vor sich her getrieben wurde. Die ersten Flüchtigen überquerten die Brücke ohne Schwierigkeiten, aber bald war der ganze Übergang mit Rössern und Reitern verstopft. Innerhalb kurzer Zeit waren die vordersten Reihen gezwungen umzukehren und prallten auf die ihnen folgenden.

Im selben Augenblick fällte eine Salve von Benedict und seinen Männern fünfzig Männer und zwanzig Pferde. Die Kürassiere hielten verdutzt an und neuer Mut erfasste die Badischen. Eine zweite Salve folgte der ersten, der Aufprall der Kugeln auf den Kürassierrüstungen hörte sich an wie das Prasseln von Hagel auf ein Blechdach. Fast dreißig Männer und Pferde fielen. Die Kürassiere gerieten in Unordnung und zogen sich zurück, dabei stießen sie mit einer Schwadron zusammen, die ihrerseits infolge einer Ulanenattacke in Unordnung geraten war. Somit fand sich die Schwadron eingezwängt zwischen den Lanzen der Ulanen und den Säbeln der Kürassiere. Benedict sah ein Wirrwarr von Ulanen und Kürassieren näherkommen.

»Nehmt die Offiziere aufs Korn«, schrie Benedict, er selbst zielte auf einen Kürassieroberst und feuerte. Der Oberst fiel. Von den anderen hatte sich jeder einen Offizier ausgewählt, sie fanden es allerdings einfacher, auf die ungepanzerten Offiziere der Ulanen zu schießen. Dem Tod bot sich dadurch ein erfolgversprechenderes Ziel. Fast alle Offiziere fielen, die reiterlosen Pferde folgten bockend der Schwadron. Die Männer waren immer noch auf der Flucht und blockierten die Brücke.

Unversehens fand sich der größere Teil der alliierten Armee dicht auf den Fersen des Feindes. Zur gleichen Zeit, in den Straßen der brennenden Stadt, zog sich Karl mit gewohnter Kaltblütigkeit zurück. Jeder seiner Schüsse war für einen der Feinde tödlich. Er war ohne Kopfbedeckung, eine Kugel hatte seine steirische Mütze herunter gerissen. Blut rann von seiner Wange.

Die beiden Männer winkten sich aus der Entfernung zu. Frisk erkannte Karl und rannte freudig wedelnd zur Begrüßung auf ihn zu, wahrscheinlich hielt er ihn für einen bewunderungswürdigen Jäger.

In diesem Augenblick erschütterte schwerer Galopp den Boden. Es waren die wiederformierten preußischen Kürassiere, die zum Angriff zurückkehrten. Durch den Staub der Straße und den Pulverdampf hindurch konnte man ihre Brustpanzer, Helme und gezogenen Pallasche glitzern sehen. Sie schlugen eine blutige Schneise mitten durch die badischen und hessischen Flüchtlinge und bahnten sich fast ein Drittel Wegs über die Brücke.

Mit raschem Blick erkannte Benedict, wie sein Freund gegen einen Oberst kämpfte und diesem zweimal ein Bajonett in die Kehle stieß. Der Oberst fiel, aber nur um von zwei Kürassieren ersetzt zu werden, die ihrerseits Karl mit dem Säbel in der Hand bedrängten. Zwei Schüsse aus Benedicts Gewehr töteten den einen und verwundeten den anderen.

Dann beobachtete er, wie Karl von dem Flüchtlingsstrom mitgerissen wurde, der die Brücke überquerte, all seinen Anstrengungen zum Trotz, die Ordnung wieder herzustellen. Von allen Seiten eingekeilt war seine einzige Hoffnung, sich über die Brücke zur gegenüberliegenden Mainseite einen Weg in die Sicherheit zu bahnen. Er warf sich mit seinen sechzig oder fünfundsechzig Männern, die noch übriggeblieben waren, in den Kampf. Es war ein fürchterliches Gemetzel; Tote wurden von Hufen zerstampft, die Kürassiere, die wie Riesen auf ihren großen Pferden saßen, hauten mit ihren Kurzsäbeln die Flüchtenden nieder.

»Nehmt sie unter Feuer!«, schrie Benedict.

Diejenigen von seinen Männern, die ihre Gewehre geladen hatten, feuerten; sieben oder acht Kürassiere fielen; die übrigen Kugeln prallten wirkungslos von den Panzerungen ab.

Ein erneuter Angriff führte die Kürassiere mitten unter die steirische Infanterie. Eingezwängt zwischen zwei Reiter, stieß Benedict den einen mit dem Bajonett nieder, der andere hingegen versuchte ihn mit seinem Pferd gegen die Brückenbrüstung zu quetschen. Er zog sein kleines Jagdmesser und stieß es bis zum Heft aufwärts in die Brust des Pferdes; mit einem Schreckensschrei bäumte sich das Pferd nach hinten auf. Benedict ließ sein Messer in der lebenden Scheide zurück, rannte zwischen den Beinen des Pferdes durch und sprang mit voller Bewaffnung über die Brüstung in den Main. Beim Absprung warf er einen letzten Blick auf die Stelle, wo er Karl zuletzt gesehen hatte, aber der suchende Blick nach seinem Freund war vergebens.

Es war fünf Uhr abends.

Der Testamentsvollstrecker

Benedict war von der linken Brückenseite in den Main hinabgesprungen; die Strömung trieb ihn auf einen der Brückenbögen zu. Als er wieder auftauchte, sah er sich um und bemerkte ein Boot, das an einem Bogen festgemacht war. Ein Mann lag im Boot. Benedict schwamm mit einer Hand auf ihn zu, während er mit der anderen sein Gewehr über Wasser hielt. Der Bootsmann hob drohend das Ruder, als er ihn auf sich zuschwimmen sah.

»Preuße oder Österreicher?«, fragte er.

»Franzose«, antwortete Benedict. Der Bootsmann streckte seine Hand aus.

Benedict, nass wie er war, drängte sich ins Boot.

»Zwanzig Gulden«, sagte er, »wenn wir innerhalb einer Stunde in Dettingen sind. Wir haben die Strömung mit uns, und ich werde mit Ihnen rudern.«

»Das wird sich einfach machen lassen«, sagte der Bootsmann, »falls Sie zuverlässig sind und Ihr Wort halten.«

»Warten Sie eine Minute«, sagte Benedict, warf seinen steirischen Mantel und seinen Hut ab und fühlte nach seiner Tasche, »hier sind zehn Gulden als Anzahlung.«

»Dann lasst uns losfahren«, sagte der Bootsmann.

Er nahm ein Ruder, Benedict das andere. Das Boot nahm von vier starken Armen angetrieben Fahrt auf und kam schnell flussabwärts voran.

Die Schlacht war noch immer im vollen Gang; Männer und Pferde stürzten von der Brücke in den Fluss. Benedict hätte gerne angehalten, um das Schauspiel zu beobachten, aber die Zeit ließ es nicht zu.

Niemand nahm Notiz von dem kleinen Boot, das flussabwärts flog. Fünf Minuten später waren die Ruderer außer Reichweite und Gefahr.

Während sie am Flussufer ein kleines Wäldchen mit Namen Joli-Buisson, das heute Schönbusch heißt, passierten, vermeinte er inmitten einer Gruppe Preußen Karl im verzweifelten Kampf zu erkennen. Da aber alle Steirer die gleichen Uniformen anhatten, hätte es auch jemand von der Infanterie sein können. Dann wieder glaubte Benedict einen Hund zu erkennen, Frisk ähnlich, und er erinnerte sich daran, dass Frisk Karl gefolgt war.

Nach der ersten Flussbiegung war es ihnen nicht mehr möglich, Einzelheiten der Schlacht zu erkennen. Von ferne sahen sie den Rauch brennender Häuser über Aschaffenburg. Unterhalb des Örtchens Leider entschwand alles ihren Blicken. Das Boot trieb flussabwärts und schnell passierten sie Mainaschaff, Stockstadt, Kleinostheim. Im weiteren Verlauf waren die Ufer des Mains bis Mainflingen unbesiedelt. Fast gegenüber, auf der anderen Uferseite, lag Dettingen.

Es war Viertel nach sechs und der Bootsmann hatte seine zwanzig Gulden verdient. Benedict zahlte sie ihm aus, aber bevor er sich verabschiedete, dachte er einen Moment lang nach.

»Möchtest du dir gerne weitere zwanzig Gulden verdienen?«, fragte er.

»Sollte man fast meinen!«, antwortete der Bootsmann.

Benedict schaute auf seine Uhr.

»Der Zug wird nicht vor Viertel nach sieben abfahren, wir haben mehr als eine Stunde Zeit bis dahin.«

»Außerdem wird der Zinnober in Aschaffenburg die Abfahrt des Zuges verzögern, wenn er nicht überhaupt alles zum Stillstand bringt.«

»Den Teufel wird er.«

»Werden Sie, wie soll ich's sagen, sich mit meinen zwanzig Gulden auf und davon machen?«

»Nein, begib dich als erstes nach Dettingen. Du hast gerade meine Körpergröße, geh mir einen Bootsmannanzug einkaufen, so einen wie du anhast. Komplett, verstehst du. Dann komm zurück und ich werde dir auftragen, was zu du zu tun hast.«

Der Bootsmann sprang aus dem Boot und lief die Straße entlang auf Dettingen zu. Eine Viertelstunde später kam er mit einem vollständigen

Anzug zurück, der zehn Gulden gekostet hatte. Benedict erstattete ihm den Betrag.

»Und nun?«, fragte der Bootsmann, »was soll ich tun?«

»Kannst du hier drei Tage auf mich warten und meine Uniform, mein Gewehr und die Pistolen für mich aufbewahren? Ich gebe dir dafür zwanzig Gulden.«

»Ja, aber wenn Sie nach drei Tagen nicht zurück sind?«

»Das Gewehr, die Pistolen und die Uniform gehören dann dir.«

»Dann werde ich hier acht Tage warten. Feine Herren müssen sich die Zeit nehmen, ihre Angelegenheit in Ordnung zu bringen.

»Du bist ein guter Kamerad. Wie ist dein Name?«

»Fritz.«

»Sehr gut, Fritz, lebe wohl!«

In wenigen Augenblicken hatte Benedict den Mantel und die Hosen angezogen und setzte die Bootsmannsmütze auf seinen Kopf. Er ging einige Schritte, dann hielt er plötzlich inne:

»Noch etwas, wo wirst du dich in Dettingen aufhalten?«, fragte er.

»Ein Bootsmann ist wie eine Schnecke, er trägt sein Haus auf seinem Rücken. Sie werden mich in meinem Boot finden.«

»Tag und Nacht?«

»Tag und Nacht!«

»Dann ist alles gut.«

Darauf drehte er sich um und verschwand Richtung Dettingen.

Fritz hatte richtig vorausgesehen, der Zug verspätete sich um eine halbe Stunde. Und in der Tat, es war der letzte Zug, der durchkam; denn man hatte Husaren vorausbeordert, die Schienen zu entfernen: für den Fall, dass Truppen von Frankfurt ausgeschickt würden, um die Alliierten zu verstärken.

Benedict erwarb sich, wie es sich für seinen bescheidenen Aufzug gehörte, einen Fahrschein dritter Klasse. Der Zug machte nur ein paar Minuten Halt in Hanau und kam um Viertel vor neun mit knapp zehnminütiger Verspätung in Frankfurt an.

Der Bahnhof war voller Menschen, die wegen der Neuigkeiten dorthin geströmt waren. Benedict kämpfte sich so rasch wie möglich durch die Menge. Da erkannte er Herrn Fellner, drängte sich zu ihm, flüsterte »verloren« und verschwand in Richtung des Hauses Chandroz.

Er klopfte an die Tür. Hans öffnete. Helene war nicht zu Hause, er ging hinein und fragte Emma nach ihr. Helene befand sich in der Liebfrauenkirche. Benedict fragte nach dem Weg und Hans, der dachte, Benedict hätte Neuigkeiten über Karl, bot sich als Führer an. Fünf Minuten später waren sie da. Hans wollte wieder zurückkehren, Benedict aber hielt ihn zurück für den Fall, dass er noch Aufträge für ihn habe. Er hieß ihn an der Kirchentür warten und ging hinein. An einer Seitenkapelle flackerte unruhig ein Ewiges Licht. Dort kniete eine Frau auf den Altarstufen. Diese Frau war Helene.

Mit dem Elf-Uhr-Zug waren die ersten Neuigkeiten über die Schlacht eingetroffen. Um zwölf Uhr hatte sich Helene samt ihrem Dienstmädchen eine Kutsche genommen, sie waren mit Hans die Aschaffenburger Straße bis zum Dörnigheimer Wald entlanggefahren. Dort in der ländlichen Stille hatte sie das Donnern der Kanonen hören können. Nicht nötig zu bemerken, dass jeder Schuss, den sie gehört hatte, ein beklemmendes Echo in ihrem Herzen auslöste. Bald hatte sie die Kampfgeräusche, die immer lauter und heftiger wurden, nicht mehr ertragen können. Sie hatte sich nach Frankfurt zurückfahren lassen und war in die Liebfrauenkirche eingekehrt. Dabei hatte sie Hans zurückgeschickt, damit er die Gemüter ihrer Mutter und ihrer Schwester beruhigte. Ohne Erlaubnis der Baronesse hätte Hans nicht zu sagen gewagt, wo Helene sich aufhielt.

Helene hatte seit drei Uhr im Gebet verharrt. Auf das Geräusch von Benedicts Eintreten hin wandte sie sich um.

Im flüchtigen Augenschein und wegen seiner Verkleidung erkannte sie nicht den jungen Maler, von dem Friedrich einst gewünscht hatte, dass sie ihn heiraten solle. Sie hielt ihn für einen Sachsenhäuser Fischer.

»Suchen Sie mich, guter Mann?«, sagte sie.

»Ja«, antwortete Benedict.

»Dann bringen Sie mir Nachrichten von Karl?«

»Ich war sein Kampfgefährte.«

»Er ist tot!«, schrie Helene auf und rang schluchzend die Hände. Dabei blickte sie vorwurfsvoll auf die Madonnenstatue. »Er ist tot! Er ist tot!«

»Ich kann Ihnen nicht mit Sicherheit sagen, ob er lebt und unverletzt ist. Aber ich kann Ihnen auch sagen, dass ich nicht mit Sicherheit weiß, ob er tot ist.«

»Sie wissen es nicht?«

»Nein, bei meiner Ehre, ich weiß es nicht.«

»Vertraute er Ihnen eine Botschaft für mich an, bevor Sie ihn zurückließen?«

»Ja, ich kenne seine Worte.«

»Oh, sprechen Sie, sprechen Sie!« Helene sank händeringend vor Benedict auf einen Betstuhl, wie vor einem göttlichen Boten. Eine Botschaft von jemandem, den wir lieben, ist immer heilig.

»Er sagte zu mir: ›Der Tag ist verloren. Das Verhängnis hat vom Hause Österreich Besitz ergriffen. Ich werde mich töten, so wie es meine Pflicht ist.‹«

Helene stöhnte.

»Und ich?«, murmelte sie. »Er dachte nicht an mich.«

»Warten Sie! Er fuhr fort, ›aber du bist nicht unserem Schicksal verpflichtet. Du kämpfst als Freiwilliger und Franzose, womit alles gesagt ist. Du wärst doch töricht, dich für eine Sache, die nicht die deine ist und mit der du nicht einmal übereinstimmst, in Lebensgefahr zu bringen. Kämpfe bis zum letzten Moment. Dann, wenn du dir klar bist, dass aller Widerstand zwecklos ist, gehe nach Frankfurt zurück, begib dich zu Helene, sage ihr, dass ich tot bin, wenn du mich fallen siehst oder dass ich mich mit dem Rest der Armee auf dem Rückzug nach Darmstadt oder Würzburg befinde. Falls ich überlebe, werde ich ihr schreiben. Falls ich sterbe, sterbe ich in Gedanken an sie. Das ist das Testament meines Herzens, ich vertraue es dir an.‹«

»Lieber Karl! Und dann ...?«

»Zweimal sahen wir uns noch während der Kämpfe. Einmal auf der Brücke bei Aschaffenburg, wo er an der Stirn leicht verwundet wurde, dann eine Viertelstunde später zwischen einem Wäldchen namens Schönbusch und dem Dorf Leider.«

»Und da?«

»Dort befand er sich im Nahkampf mit feindlichen Soldaten, aber er kämpfte immer noch.«

»Mein Gott!«

»Dann dachte ich an Sie. ... der Krieg ist verloren. Wir waren die letzte der lebenswichtigen Streitkräfte Österreichs, Austrias letzte Hoffnung. Tot oder lebendig, Karl ist der Ihre, von dieser Stunde an. Soll ich zum Schlachtfeld zurückkehren? Ich werde solange nach ihm forschen, bis ich Nachrichten über sein Schicksal habe. Falls er tot ist, werde ich ihn herbringen.«

Helene stieß einen Schluchzer aus.

»Falls er verwundet ist, werde ich ihn Ihnen zurückbringen, auf dem Weg der Besserung, das verspreche ich Ihnen.«

Helene fasste Benedict am Arm und sah ihn ganz fest an.

»Sie wollen zum Schlachtfeld zurückgehen?«, fragte sie.

»Ja.«

»Und Sie wollen dort unter den Gefallenen nach ihm suchen?«

»Ja«, sagte er, »bis ich ihn finde.«

»Ich will Sie begleiten«, sagte Helene.

»Sie?«, rief Benedict.

»Es ist meine Pflicht. Ich erkenne Sie jetzt. Sie sind Benedict Turpin, der französische Maler, der gegen Friedrich kämpfte und dessen Leben schonte.«

»Ja.«

»Dann sind Sie ein Freund und Ehrenmann. Ich will mich Ihnen anvertrauen. Gehen wir.«

»Ist das abgemacht?«

»Das ist entschieden.«

»Wollen Sie das im Ernst?«

»Ich will es so.«

»Gut so, dann gilt es keinen Augenblick zu verlieren.«

»Wie werden wir dahin kommen?«

»Die Eisenbahnlinie ist zerstört worden.«

»Hans wird uns fahren.«

»Ich habe eine bessere Idee. Kutschen können zusammenbrechen, Kutscher muss man zum Fahren zwingen. Ich habe den richtigen Mann, einen, der für mich jede Kutsche kaputt- und all seine Pferde lahmfahren würde.«

Benedict rief etwas und Hans erschien.

»Gehe rasch zu deinem Bruder Lenhart. Sag ihm, er soll sich hier in zehn Minuten mit seinem besten Gespann einfinden, mit Wein und Brot an Bord. Und wenn er an einer Apotheke vorbeikommt, sage ihm, er solle Verbandszeug, Mull und Binden besorgen.«

»Oh, mein Herr«, sagte Hans, »ich muss mir das alles aufschreiben.«

»Sehr gut, eine Kutsche, zwei Pferde, Brot und Wein, das darfst du nicht vergessen. Ich kümmere mich um das Übrige. Geh!« Dann, an Helene gewandt: »Wollen Sie nicht ihre Verwandten informieren?«

»Oh, nein!«, rief sie. »Sie würden mich von meiner Mission abzuhalten versuchen. Ich stehe unter dem Schutz der Jungfrau.«

»So beten Sie. Ich werde rasch wieder bei Ihnen sein.«

Helene kniete nieder. Benedict verließ rasch die Kirche. Zehn Minuten später kam er zurück mit allem Verbandsmaterial, das zum Behandeln von Verwundungen notwendig ist, dazu hatte er vier Lampen besorgt.

»Sollen wir Hans mitnehmen?«, fragte Helene.

»Nein, es sollte niemand wissen, wo Sie hingehen. Wenn wir Karl verwundet zurückbringen, muss ein Raum für ihn vorbereitet sein und ein Wundarzt bereitstehen. Weiterhin würde seine Ankunft Ihrer

Schwester wieder Grund zur Beunruhigung bieten. Auch das Alter Ihrer Großmutter sollten wir berücksichtigen.«

»Wann werden wir zurück sein?«

»Ich weiß es nicht, aber gegen vier Uhr morgens sollten wir zurückerwartet werden. Hörst du Hans? Und wenn sie sich um deine junge Herrin ängstigen – «

»Dann wirst du sagen«, nahm Lenhart den Satz auf, »dass sie sich beruhigen sollten, weil Benedict Turpin bei ihr ist.«

»Hören Sie, liebe Helene. Ich bin bereit, wenn Sie es sind.«

»Lasst uns unverzüglich aufbrechen«, sagte sie, »damit wir keine Minute verlieren. Mein Gott! Wenn ich daran denke, dass er da irgendwo liegt, womöglich auf dem blanken Boden, unter Bäumen oder im Gebüsch, aus zwei oder drei Wunden blutend, mit ersterbender Stimme nach mir ruft!« und in höchster Erregung sprach sie weiter: »Ich komme, lieber Karl, ich komme!«

Lenhart trieb seine Pferde an und die Kutsche fuhr ab: so schnell wie der Wind und so geräuschvoll wie ein Donner.

Frisk

In weniger als anderthalb Stunden kamen sie in Sichtweite Dettingens, das umso einfacher zu erkennen war, weil es von Weitem wie im Zentrum eines ausgedehnten Feuerscheins zu liegen schien. Als sie näher kamen, erklärte Benedict, dass das Licht von den zahlreichen Lagerfeuern käme. Nach dem Sieg hatten die Preußen ihre Außenposten bis zu der kleinen Stadt vorgezogen.

Helene befürchtete, man würde ihnen nicht gestatten, ihre Reise fortzusetzen, aber Benedict beruhigte sie. Das Mitleid nach verlorener Schlacht, das man den Verwundeten, und der Respekt, den man den Gefallenen in allen zivilisierten Ländern entgegenbrachte, ließ ihn nicht daran zweifeln, dass man es Helene erlauben würde, nach ihrem vermissten Verlobten zu suchen, diesen tot oder lebendig zu bergen, und dass man ihnen dabei jede Unterstützung gewähren würde.

Und tatsächlich, die Kutsche wurde am ersten Vorposten angehalten, da die Wachhabenden keine Befugnis hatten, jemanden passieren zu lassen. Sie teilten ihnen aber mit, dass man sich für eine Erlaubnis an General Sturm wenden müsse, der die Außenposten kommandierte.

General Sturm hatte in dem kleinen Dorf Hörstein Quartier genommen, das ein Stück weit von Dettingen entfernt lag. Man erklärte Benedict den Weg zur Kommandantur, der darauf im Galopp losritt, um die verlorene Zeit aufzuholen. Als er das bezeichnete Haus fand, musste er erkennen, dass General Sturm gerade weggegangen war, und dass er sein Anliegen mit einem Major werde verhandeln müssen.

Er wollte gerade eintreten, als eine ungeduldige Stimme ausrief: »Warten Sie eine Minute.«

Benedict kannte diese Stimme.

»Friedrich!«, rief er.

Es war Baron Friedrich von Bülow, den der König zum Stabsmajor

General Sturms ernannt hatte. Dieser Rang war eine Beförderung durch seinen Brigadegeneral.

Benedict erklärte, dass er auf der Suche nach Karl sei, der tot oder verwundet auf dem Felde läge. Friedrich antwortete, er würde ihn gerne begleiten, aber er hätte Aufgaben zu erledigen, die keinen Aufschub erlaubten. Er stellte Benedict einen Erlaubnisschein für die Suche auf dem Schlachtfeld aus. Außerdem teilte er ihm zum Schutz zwei preußische Soldaten und darüber hinaus einen Sanitätsarzt zu.

Benedict versprach, den Arzt so bald wie möglich zurückzuschicken, welcher ihn über die Neuigkeiten ins Bilde setzen würde, die sich während der Expedition ergeben würden; danach kehrte er zur Kutsche zurück, wo Helene ungeduldig wartete.

»Nun?«, fragte sie.

»Ich habe bekommen, was ich wollte«, antwortete Benedict. Darauf sagte er leise zu Lenhart, »Fahr zwanzig Schritte vor und dann halte an.«

Er berichtete Helene, was bisher geschah, und sagte, falls sie ihren Schwager zu sehen wünsche, wäre es ihnen ein Leichtes hinzufahren.

Helene ärgerte sich über den Vorschlag, sich mit ihrem Schwager zu treffen. Er würde sie sicherlich davon abzuhalten versuchen, sich unter die Toten und Verwundeten zu begeben: inmitten der Fledderer, die sich auf dem Schlachtfeld herumtrieben, um die Gefallenen auszuplündern.

Sie dankte Benedict und rief Lenhart zu:

»Fahre weiter, bitte!«

Lenhart gab seinen Pferden die Peitsche. Sie fuhren nach Dettingen zurück. Es schlug elf Uhr, als sie in die Stadt hineinfuhren. Ein großes Feuer brannte auf dem Marktplatz. Benedict stieg ab und näherte sich einem Obersten, der auf- und abging.

»Entschuldigen Sie mich, Oberst«, sagte er, »aber kennen Sie Baron Friedrich von Bülow?«

Der Oberst musterte ihn von oben bis unten. Man muss sich daran erinnern, dass Benedict immer noch wie ein Bootsmann gekleidet war.

»Ja«, antwortete er, »ich kenne ihn, und was nun?«

»Würden Sie ihm einen großen Gefallen erweisen?«

»Mit Vergnügen. Er ist ein guter Kamerad; aber wie kommt es, dass er Sie zu seinem Boten macht?«

»Er ist in Hörstein und dort auf Befehl von General Sturm unabkömmlich.«

»Na und?«

»Er ist sehr beunruhigt über seinen Freund, der dort tot oder verwundet auf dem Felde liegt. Er erlaubte mir und einem Kameraden, nach seinem vermissten Freund zu suchen, welcher der Verlobte der Dame ist, die Sie in der Kutsche sehen können, und beauftragte mich mit den Worten: ›Gib dieses Schreiben dem ersten preußischen Offizier, dem du begegnest. Sage ihm, dass er das lesen soll, und ich bin sicher, er wird die Liebenswürdigkeit besitzen, dir alles zu gewähren, worum du ihn bittest.‹«

Der Offizier ging zum Feuer und las im Schein der Flammen folgende Zeilen:

> »Anweisung an den ersten preußischen Offizier, den mein Bote antrifft: Stelle dem Überbringer zwei Soldaten und einen Wundarzt zur Verfügung. Die zwei Soldaten und der Wundarzt werden den Überbringer begleiten, wo immer er sie hinführt.
>
> Aus dem Generalsquartier Hörstein, 11 Uhr abends.
>
> In Vertretung General Sturm
> Diensthabender Stabsoffizier
> Baron von Bülow.«

Disziplin und Gehorsam sind die beiden Haupttugenden der preußischen Armee. Diese haben sie zur besten Armee in Deutschland gemacht. Kaum hatte der Oberst die Anweisung seines Vorgesetzten gelesen, als er den überheblichen Blick fallen ließ, den er für den armen Teufel in Gestalt eines Bootsmannes übrig hatte.

»Hallo«, rief er den Soldaten am Feuer zu. »Zwei Freiwillige zu Diensten des diensthabenden Stabsoffiziers, Friedrich von Bülow.«

Sechs Männer meldeten sich.

»Das ist gut, du und du«, sagte der Oberst und wählte zwei Männer aus.

»Nun, wer ist der Regimentsarzt?«

»Herr Ludwig Wiederschall«, antwortete ein Stimme.

»Wo ist der einquartiert?«

»Hier am Platz«, antwortete noch einmal dieselbe Stimme.

»Sage ihm, er solle sich noch heute Nacht auf eine Mission nach Aschaffenburg begeben, auf Befehl des Stabsoffiziers.«

Ein Soldat stand auf, überquerte den Platz und klopfte an eine Tür; Augenblicke später kam er mit dem Arzt in Majorsuniform zurück.

Benedict dankte dem Obersten. Jener antwortete, dass er glücklich sei, dem Baron von Bülow zu Diensten sein zu dürfen.

Der Wundarzt war anfangs schlecht gelaunt, weil man ihn beim Einschlafen gestört hatte. Als er sich aber in der Gegenwart einer Dame wiederfand, jung, schön und in Tränen aufgelöst, entschuldigte er sich, dass er sie habe warten lassen und war fortan derjenige, der am ungeduldigsten zum Aufbruch drängte.

Die Kutsche erreichte das Ufer des Flusses an einer leichten Biegung. Mehrere Boote ankerten dort. Benedict rief mit lauter Stimme:

»Fritz!«

Beim zweiten Ruf stand ein Mann in einem Boot auf und sagte:

»Hier bin ich!«

Benedict gab ihm seine Anweisungen.

Jeder nahm in dem Boot seinen Platz ein; die zwei Soldaten im Bug, Fritz und Benedict an den Rudern sowie der Arzt und Helene im Heck. Ein kräftiger Ruderschlag lenkte das Boot mitten in den Strom. Es war jetzt nicht mehr so einfach voranzukommen, mussten sie doch gegen die Strömung rudern; Benedict und Fritz jedoch waren gute und ausdauernde Ruderer. Das Boot bewegte sich langsam über die Wasseroberfläche.

Sie waren schon weit von Dettingen entfernt, als sie es Mitternacht schlagen hörten. Sie passierten Kleinostheim, Mainaschaff, dann Leider und schließlich erreichten sie Aschaffenburg.

Benedict legte etwas unterhalb der Brücke an, dort war die Stelle, von wo aus er seine Suche beginnen wollte. Die Fackeln wurden angezündet und von den Soldaten vorangetragen.

Die Kämpfe waren erst mit dem Einbrechen der Dunkelheit zu Ende gegangen; man hatte lediglich die Verwundeten geborgen, auf der Brücke lagen immer noch die Toten, über die sie in der Dunkelheit stolperten, die man aber im Fackelschein an ihren weißen Mänteln erkennen konnte.

Karl würde man, falls er zwischen preußischen und österreichischen Gefallenen lag, mit seinem grauen Umhang leicht erkennen; aber Benedict war sich ziemlich sicher, ihn unterhalb der Brücke gesehen zu haben, so dass er keine Zeit damit verschwendete, dort zu suchen, wo er ihn nicht vermutete. Sie wandten sich den unterhalb gelegenen Feldern zu, auf denen verstreut Baumgruppen wuchsen und an deren Ende das kleine Wäldchen namens Schönbusch lag. Die Nacht war dunkel, ohne Mond und Sterne; man hätte behaupten können, der Dunst und der Rauch der Schlacht schwebe zwischen Himmel und Erde. Von Zeit zu Zeit erhellten Blitze eines Wetterleuchtens – einem riesigen Lidschlag ähnlich – den Horizont. Ein Strahl bleichen Lichts blitzte auf und beleuchtete sekundenlang mit einem bläulichen Schimmer die Szenerie. Unmittelbar danach versank alles wieder in Dunkelheit. Zwischen den Blitzen konnte man auf der linken Mainuferseite lediglich den Lichtschein zweier Fackeln erkennen, die von den beiden preußischen Soldaten getragen wurden und die einen Lichtkreis von einem Dutzend Fuß Durchmesser erhellten.

Helene schwebte, als ob sie nicht mehr von dieser Welt sei, bleich wie ein Gespenst über die Unebenheiten des Bodens. Sie lief in der Mitte des Lichtkreises und sagte hin und wieder, den Arm ausstreckend: »Dort, da, dort!«, wo immer sie einen bewegungslos liegenden Körper vermutete. Wenn sie sich dann näherten, fanden sie tatsächlich einen Leichnam, erkannten sogar an der Uniform, ob es ein Preuße oder ein Österreicher war.

Von Zeit zu Zeit sahen sie auch Schemen zwischen den Bäumen huschen und vernahmen davonhastende Schritte. Sie gehörten einigen der elenden Leichenfledderer, die einer modernen Armee wie die Wölfe einem antiken Heer zu folgen pflegen. Sie fühlten sich offensichtlich in ihrem infamen Werk gestört.

Von Zeit zu Zeit hielt Benedict die Gruppe an; in die tiefe Stille hinein rief er: »Karl! Karl!«

Mit herumirrenden Augen und angehaltenem Atem erschien Helene wie eine in Stein gehauene Allegorie der Spannung. Niemand antwortete, und der kleine Trupp ging weiter.

Von Zeit zu Zeit blieb auch Helene stehen und fast automatisch, mit gepresster Stimme, als ob sie sich vor ihrer eigenen Stimme fürchtete, rief sie nun ihrerseits: »Karl! Karl! Karl!«

Sie näherten sich dem kleinen Wald und die Anzahl der Gefallenen nahm ab. Benedict machte wieder eine dieser Pausen, der eine Stille folgte und zum fünften oder sechsten Male rief er: »Karl!«

Dieses Mal antwortete ein kummervolles und anhaltendes Jaulen, der das Herz des Tapfersten schaudern ließ.

»Was ist das für ein Geheul?«, fragte der Arzt.

»Das ist ein Hund, der heult für jemanden, der tot ist«, antwortete Fritz.

»Gibt's denn das?«, murmelte Benedict. Dann ging er voran, »Hier her! Hier her!«, und führte die anderen in Richtung des Hundegeheuls.

»Mein Gott!«, schrie Helene. »Haben Sie irgendeine Hoffnung?«

»Vielleicht, kommen Sie, kommt!« und, ohne auf die Fackeln zu warten, rannte Benedict weiter. Als er den Waldrand erreichte, rief er erneut:

»Karl!«

Das gleiche kummervolle Geheul wiederholte sich, diesmal lauter.

»Kommt«, rief Benedict, »es ist hier!«

Helene sprang über einen Graben, ging in den Wald hinein und brach, ohne Rücksicht auf ihr Musselinkleid, das ohnehin in Fetzen gerissen war, durch Gebüsch und Dornen. Die Fackelträger waren aufmerksam genug, ihr zu folgen. Dort im Wald hörten sie das Geräusch flüchtender Fledderer. Benedict gab ein Zeichen anzuhalten, um ihnen Zeit zum Verschwinden zu lassen. Dann, als alles wieder still war, rief er noch einmal:

»Karl!«

Dieses Mal antwortete ein Geheul, so jammervoll wie die beiden vorherigen Male, aber so nahe bei ihnen, dass allen das Herz schneller klopfte. Die Männer gingen einen Schritt zurück. Der Bootsmann deutete auf etwas.

»Ein Wolf!«, sagte er.

»Wo?«, frage Benedict.

»Da«, sagte Fritz und zeigte auf etwas. »Sehen Sie nicht, wie seine Augen im Dunkeln leuchten? Wie zwei glühende Kohlen!«

In diesem Augenblick durchzuckte der Strahl eines Blitzes die Baumkronen und ließ deutlich einen Hund erkennen, der neben einem bewegungslosen Körper saß.

Mit einem Satz sprang der Hund an den Hals seines Herren und leckte ihm das Gesicht. Dann nahm er wieder Platz und heulte jammervoller als je zuvor.

»Karl ist hier!«, sagte Benedict.

Helene rannte zu ihm, sie hatte alles mitbekommen.

»Er ist tot!«, rief Benedict.

Helene schrie auf und brach über Karls Körper zusammen.

Der Verwundete

Die Fackelträger waren herangekommen und tauchten die Anwesenden in das helle Licht des brennenden Harzes, ein gleichermaßen malerisches wie erschreckendes Gruppenbild. Karl war nicht wie die übrigen Gefallenen gefleddert worden, der Hund hatte den Körper bewacht und beschützt. Helene lag ausgestreckt über ihm, ihre Lippen auf den seinen, weinend und stöhnend. Benedict kniete sich neben sie, die Pfoten seines Hundes auf den Schultern. Der Arzt stand dort mit verschränkten Armen, wie ein Mann, dem der Tod und seine Traurigkeit vertraut ist. Fritz steckte seinen Kopf durch das Blattwerk eines Weißdornstrauches. Jeder schwieg und verharrte bewegungslos für einen Augenblick.

Plötzlich schrie Helene auf, sie sprang auf, blutverschmiert, ihr Gesicht verhärmt, die Haare wirr. Alle starrten auf sie.

»Ach!«, weinte sie, »ich werde wahnsinnig.« Dann, auf ihre Knie fallend, sagte sie unter Tränen: »Karl! Karl! Karl!«

»Was ist?«, fragte Benedict.

»Oh! Habt Mitleid mit mir«, schluchzte Helene. »aber ich hatte das Gefühl, als hätte ich einen Atemzug an meinem Gesicht gespürt. Hat er auf mich gewartet, um mir seinen letzten Seufzer ins Ohr zu hauchen?«

»Entschuldigen Sie mich, gnädige Frau!«, sagte der Arzt, »aber falls derjenige, den Sie Karl nennen, noch nicht tot ist, darf ich keine Zeit verlieren, ihn zu untersuchen.«

»Oh! Kommen Sie und sehen Sie selbst«, sagte Helene und ging rasch zur Seite.

Der Arzt kniete nieder, die Soldaten hielten ihm die Fackeln und man konnte Karls bleiches Gesicht erkennen. Blut aus einer Kopfwunde bedeckte seine linke Wange, er wäre kaum zu erkennen gewesen, hätte nicht der Hund das Blut aus seinem Gesicht geleckt.

Der Arzt lockerte den Kragen; dann hob er ihn an, um ihm seinen Umhang auszuziehen. Die Wunde war fürchterlich, denn die Rückseite des Umhangs war rot und triefte vor Blut. Nun zog der Arzt den Mantel aus und schnitt die Rückseite mit routinierter Schnelligkeit auf; darauf bat er um Wasser.

»Wasser«, sagte Helene zu sich mit einer Stimme, die wie ein Echo klang.

Der Fluss war nur fünfzig Schritte entfernt, Fritz rannte hin und brachte den Holzschuh mit, mit dem er gewöhnlich das Wasser aus dem Boot lenzte. Helene reichte ihr Taschentuch.

Der Arzt tupfte das Mantelstück ins Wasser und begann damit die Brust des Verwundeten zu säubern, während Benedict den leblosen Körper auf seinen Knien hielt. Erst da bemerkten sie den blutigen Schorf an seinem Arm, die dritte Wunde. Die an seinem Kopf war unbedeutend. Die in seiner Brust schien beim ersten Augenschein die ernsthafteste zu sein, aber in seinem rechten Arm war eine Arterie durchtrennt und der große Blutverlust hatte zu einer Ohnmacht geführt, in deren Verlauf der Blutstrom versiegt war.

Helene hatte während dieser traurigen Untersuchung nicht aufgehört zu fragen:

»Ist er tot? Ist er tot?«

»Wir werden sehen«, sagte der Arzt. Und tatsächlich, während der Untersuchung stellte sich heraus, dass immer noch Blut floss. Karl war nicht tot.

»Er lebt!«, sagte der Arzt.

Helene schrie auf und fiel auf ihre Knie.

»Was müssen wir tun, um ihn am Leben zu halten?«, fragte sie.

»Die Arterie muss genäht werden«, sagte der Arzt, »wir müssen ihn zur Sanitätsstation bringen!«

»Oh, nein, nein!«, rief Helene. »Ich darf mich nicht von ihm trennen. Glauben Sie, er wird es durchstehen, wenn wir ihn nach Frankfurt bringen?«

»Auf dem Wasser, ja. Ich muss zugeben, wenn ich das Interesse in Betracht ziehe, das Sie an diesem jungen Manne haben, wäre es mir lieber, wenn jemand anderes diese Operation vornimmt. Nun, wenn Sie eine Möglichkeit sehen, ihn schnell übers Wasser – «

»Ich habe mein Boot«, sagte Fritz, »und wenn dieser ehrenwerte Herr«, er deutet auf Benedict, »mir zur Hand geht, könnten wir innerhalb von drei Stunden in Frankfurt sein.«

»In Anbetracht seines großen Blutverlustes weiß ich nicht, ob er diese drei Stunden überleben wird.«, sagte der Arzt.

»Mein Gott, mein Gott!«, rief Helene unter Tränen.

»Ich wage kaum, Sie zu bitten hinzusehen, liebe Dame, aber die Erde trieft vor Blut!«

Helene schrie auf vor Entsetzen und schlug ihre Hände vor Augen.

Während er redete und die verängstigte Helene beruhigte, verband der Arzt Karls Brustwunde mit der furchtgebietenden Kaltblütigkeit eines Mannes, der den Umgang mit dem Tod gewohnt ist.

»Sie sprachen über ihre Befürchtung, er hätte zuviel Blut verloren? Wie viel Blut kann jemand verlieren, ohne daran zu sterben?«

»Das hängt davon ab, gnädige Frau.«

»Was haben Sie mir zu geben, Furcht oder Hoffnung?«, fragte Helene.

»Sie müssen darauf hoffen, dass er Frankfurt lebend erreicht, dass er nicht so viel Blut verloren hat, wie ich befürchte, und dass ein fähigerer Arzt die Arterie wieder zusammennäht. Sie müssen befürchten, dass heute oder in acht oder zehn Tagen eine zweite Blutung kommt, solange bis die Wunde verheilt ist.«

»Aber man kann ihn retten, nicht wahr?«

»Die Natur ist so voller Wunder, dass wir immer hoffen sollten, gnädige Frau!«

»Nun wohl«, sagte Helene, »dann lasst uns keinen Augenblick verlieren.«

Benedict und der Arzt hielten jetzt die Fackeln; die zwei Soldaten trugen den Verwundeten ans Ufer. Im Heck des Bootes betteten sie ihn auf eine Matratze und hüllten ihn in die Decke, die sich Fritz in Aschaffenburg besorgt hatte.

»Darf ich ihn aufwecken?«, fragte Helene.

»Tun Sie nichts, was ihn aus seiner Bewusstlosigkeit holt, gnädige Frau, sie ist es, die seine Blutung stillt. Wenn die Arterie wieder zusammengenäht ist, bevor er zu sich kommt, könnte alles gut werden.«

Sie nahmen ihre Plätze im Boot ein, die zwei Preußen standen und hielten die Fackeln; Helene kniete, der Arzt versorgte den verwundeten Mann; Benedict und Fritz ruderten. Frisk, der nicht so aussah, als würde er auf die glanzvolle Rolle, die er gespielt hatte, stolz sein, saß vorne im Bug. Dieses Mal eilte das Boot, obwohl voll beladen, von vier Armen kraftvoll und routiniert gerudert, wie eine Schwalbe über die Wasseroberfläche dahin.

Karl blieb bewusstlos. Der Arzt hatte befürchtet, dass die Luft, die über dem Wasser kühler ist als über dem Lande, ihn aufwecken würde, aber das geschah nicht. Er lag regungslos und gab kein Lebenszeichen von sich.

Sie kamen in Dettingen an. Benedict gab den beiden preußischen Soldaten eine stattliche Belohnung und bat den Arzt, dem Helene nur durch Drücken seiner Hände danken konnte, Friedrich alle Einzelheiten der Mission zu berichten.

Benedict weckte Lenhart, der auf der Kofferablage seiner Kutsche eingeschlafen war, und beauftragte ihn, so schnell wie möglich nach Frankfurt zurückzufahren und einige Träger zu beauftragen, unten am Mainufer mit einer Sänfte auf sie zu warten. Was ihn anbeträfe, so würde er mit Helene und Karl seine Reise zu Wasser fortsetzen, für einen Krankentransport wohl die schonendste Fortbewegung.

Kurz vor Hanau begann der Tag zu dämmern; ein großartiges Band in rosafarbenem Silber erstreckte sich über den Spessart.

Es schien Helene, als ob ein Schauder durch den Verwundeten lief. Sie stieß einen Schrei aus, der die beiden Ruderer veranlasste, sich umzudrehen, dann, ohne sich zu bewegen, öffnete Karl seine Augen, flüsterte Helenes Namen und schloss sie wieder. All das geschah so schnell, dass Fritz und Benedict es wohl bezweifelt haben würden, hätten sie es nicht mit eigenen Augen gesehen. Der Blick, das zärtlich geflüsterte Wort erschien nicht wie eine Rückkehr zum Leben, es wirkte eher wie der Traum eines sterbenden Mannes.

Der Sonnenaufgang hat manchmal diese Wirkung auf Sterbende. Bevor sie die Augen für immer schließen, öffnen sie diese für einen letzten Blick zur Sonne. Dieser Gedanke kam Helene in den Sinn.

»Oh Himmel!«, murmelte sie mit Schluchzen. »Geht es mit ihm zu Ende?«

Benedict ließ das Ruder für einen Moment los und wandte sich Karl zu. Er nahm seine Hand und fühlte seinen Puls; er fand ihn kaum noch wahrnehmbar. Er hörte sein Herz ab: Es schien stillzustehen.

Bei jeder weiteren Maßnahme murmelte Helene: »Oh Himmel!«

Bei der letzten Untersuchung teilte er ihre Zweifel. Daher nahm er ein Skalpell, das er immer mit sich trug und piekste in die Schulter des Verwundeten, der dabei nicht einmal zuckte; aber es bildete sich ein schwacher Tropfen Blut.

»Sei guter Zuversicht, er lebt«, sagte er und nahm wieder das Ruder zur Hand.

Helene begann zu beten.

Seit dem Abend hatte außer Fritz niemand etwas gegessen. Benedict brach ein Stück Brot und reichte es Helene. Sie wies es mit einem Lächeln zurück.

Sie erreichten Offenbach und konnten schon Frankfurt erkennen, das sich von weitem gegen den Himmel abhob. Sie wollten gegen acht Uhr dort angekommen sein. Und in der Tat, um acht Uhr machte das Boot an der Landungsstelle bei der Brücke fest. Bald erkannten sie Lenhart und seine Kutsche, in seiner Nähe eine Sänfte. Sie hoben den Verwundeten mit der gleichen Vorsicht an wie zuvor, legten ihn auf die Sänfte und zogen die Vorhänge zu.

Benedict äußerte den Wunsch, Helene solle in Lenharts Kutsche mitfahren, da ihr Mieder und ihr Kleid voller Blutflecken war. Sie aber hüllte sich in ein großes Umhängetuch und lief neben der Sänfte her. Um Zeit zu gewinnen, bat sie Benedict, Doktor Bodemacker zu benachrichtigen, jener Arzt, der Baron von Bülow behandelt hatte. Sie selbst lief den ganzen Weg durch die Stadt, von der Sachsenhäuser Landstraße bis zum Hause ihrer Mutter, und begleitete die Sänfte, in der Karl lag. Die Leute beobachteten sie mit Verwunderung, als sie an ihnen vorbeizog und wandten sich an Fritz, der ihr folgte, um ihn über die Bewandtnis auszufragen. Dabei erfuhren sie, dass die junge Dame Helene von Chandroz sei und der reglose Verwundete ihr Verlobter Graf von Freyberg und machten mit respektvollen Verneigungen Platz.

Als sie das Haus erreichten, stand das Tor schon offen. Ihre Großmutter und ihre Schwester warteten an der Einfahrt und als Helene vorbeikam, ergriff sie beider Hände.

»Auf mein Zimmer!«, sagte sie.

Der Verwundete wurde in ihr Zimmer gebracht und auf ihr Bett gelegt. In diesem Moment erschien Doktor Bodemacker zusammen mit Benedict.

Der Doktor untersuchte Karl; Benedicts Gesichtsausdruck zeigte fast die gleiche Beklemmung wie der Helenes.

»Wer hat diesen Mann vor mir behandelt?«, fragte der Doktor. »Wer hat seine Wunden verbunden?«

»Ein Regimentsarzt«, antwortete Helene.

»Warum hat er die Arterie nicht genäht?«

»Es war Nacht, unter Fackellicht, im Freien konnte er es nicht wagen. Er empfahl mir einen fähigeren Mann zur Behandlung und ich dachte dabei an Sie.«

Der Arzt sah besorgt auf Karl. »Er hat ein Viertel seines Blutes verloren«, murmelte er.

»Nun?«, fragte Helene.

Der Doktor neigte sein Haupt.

»Doktor«, weinte Helene, »sagen Sie mir nicht, dass es keine Hoffnung gibt. Es heißt doch, dass Leute, die Blut verlieren, sich schnell erholen.«

»Ja«, antwortete der Doktor, »wenn er essen könnte. Aber was hilft es, ein Arzt muss alles tun, was in seiner Macht steht. Können Sie mir assistieren?«, fragte er Benedict.

»Ja«, antwortete er.

»Ich werde einen chirurgischen Eingriff vornehmen.«

»Sie möchten den Raum verlassen, nicht wahr?«, fragte der Chirurg Helene.

»Nicht um alles in der Welt!«, rief sie, »nein, nein, ich werde bis zum Ende dabeibleiben.«

Die Operation führte er mit einer Geschicklichkeit durch, die Benedict überraschte.

»Jetzt«, sagte der Doktor, »benötigen wir Eiswasser, das langsam auf diesen Arm tropfen soll!«

Von irgendwoher wurde Eis besorgt und fünf Minuten später tropfte es auf die Armwunde.

»Nun«, sagte der Doktor, »wir werden sehen.«

»Was werden wir sehen?«, fragte Helene ängstlich.

»Wir werden die Wirkung des Eiswassers beobachten.«

Alle drei standen sie am Bett, alle drei hatten sie das größte Interesse an dem Erfolg: der Doktor wegen seines beruflichen Stolzes; Helene wegen ihrer starken Liebe zu dem Verwundeten; Benedict wegen seiner Freundschaft zu Karl und Helene.

Die ersten Tropfen eiskalten Wassers, die auf den Arm fielen, bewirkten, dass Karl merklich reagierte, denn sein Augenlid zuckte, seine Augen öffneten sich und sahen sich überrascht um, bis sie an Helene hängen blieben. Ein mattes Lächeln erschien auf seinen Lippen und in seinen Augenwinkeln. Er versuchte etwas zu sagen und hauchte Helenes Namen.

»Er darf nicht sprechen«, sagte der Doktor, »zumindest nicht bis zum morgigen Tag.«

»Genug, mein Geliebter«, flüsterte Helene. »Du kannst mir morgen sagen, dass du mich liebst.«

Die Preußen in Frankfurt

In Frankfurt machten sich auf die Nachrichten über die Niederlage Trauer und Bestürzung breit. Die Bevölkerung war zutiefst beunruhigt, welche Behandlung von den Preußen zu erwarten sei, seit sie erfahren hatte, was in Hannover vorgefallen war. Am folgenden Tag, dem 15. Juli, legte die Überzeugung, dass die Besetzung unmittelbar bevorstünde, einen Schleier der Niedergeschlagenheit über die Stadt. Nicht eine einzige Person ließ sich auf der modischen Promenade sehen. Die Preußen, so hieß es, würden am 16. Juli am frühen Nachmittag einmarschieren.

Es wurde Nacht, und die Straßen waren seltsamerweise immer noch menschenleer und wenn man doch einem Passanten begegnete, so war es offensichtlich, dass dieser wegen dringender Geschäfte unterwegs war, vielleicht um Juwelen oder Wertsachen bei einer der ausländischen Gesandtschaften in Sicherheit zu bringen. Schon zu früher Stunde wurden die Häuser abgeschlossen. Hinter den verriegelten Türen und Fenstern konnte man vermuten, dass ihre Bewohner heimlich Verstecke herrichteten, um ihre Wertsachen zu verbergen.

Es wurde Morgen und überall sah man Plakate des Senats angeschlagen, auf denen Folgendes zu lesen stand:

> »Die königlichen Truppen des Königs von Preußen werden in Frankfurt und seine Vororte einrücken; deswegen wird sich unser Verhältnis zu ihnen fundamental von dem unterscheiden, das wir ihnen gegenüber als Garnison an den Tag zu legen pflegten. Der Senat bedauert diese Veränderung, welche durch die fraglichen Vorfälle verursacht wurde; aber die politischen Opfer, die wir bereits gebracht haben, lassen unsere unvermeidlichen finanziellen Verluste erträglich erscheinen im Vergleich zu dem, was wir verloren haben. Wir alle wissen, dass die Disziplin der Truppen des Königs von Preußen be-

wundernswert ist. Unter den zugegeben schwierigen Umständen ermahnt der Senat jeden einzelnen Bürger, gleich welchen Standes und welcher Position, den preußischen Truppen einen freundlichen Empfang zu bereiten.«

Das Frankfurter Linienbataillon erhielt Order sich bereitzumachen und mit einer Militärkapelle vorneweg auszurücken, um die Preußen mit allen militärischen Ehren zu empfangen. Ab zehn Uhr morgens konnte man beobachten, dass jeder über die Stadt herausragende Aussichtspunkt, jeder Turm und jedes Hausdach, von denen herab man die Vororte und speziell die Straße nach Aschaffenburg einsehen konnte, von neugierigen Zuschauern besetzt war.

Gegen Mittag erschienen die ersten Preußen in Hanau. In der Folge brachte die Bahn sie zu Tausenden heran und man beobachtete, wie sie mit fast traumwandlerischer Bestimmtheit und Umsicht alle strategischen Punkte entlang der Bahnlinie besetzten, ein Anzeichen ihrer Ungewissheit bezüglich der Ereignisse, die da kommen sollten.

Bis vier Uhr jedoch geschah nichts Bemerkenswertes. Dann fuhren die Züge mit der siegreichen Armee von Hanau ab und hielten gegen sieben Uhr abends an der Stadtgrenze. Es war offensichtlich, dass dort General Falkenstein eine Abordnung der Stadtregierung erwartete, vielleicht glaubte er, dass ihm die Schlüssel der Stadt auf einem silbernen Präsentierteller überreicht würden. Er wartete vergebens.

Alles blieb ruhig. Kein Bewohner war unterwegs und die preußischen Soldaten, vor allem die Kürassiere in ihren weiten Umhängen und Eisenhelmen, die in der Schlacht so vehement gekämpft hatten, verbreiteten eine fast gespenstische Atmosphäre. Am Abend pflegte die Zeil einen Schatten von Melancholie zu verbreiten. Doch dieses Mal verbreitete sie echte Traurigkeit, als ob sich Verzweiflung unentwirrbar verwoben hatte mit den brütenden Schatten der preußischen Kürassiere, die bewegungslos standen wie eine Schwadron Phantome. Ab und an ertönten unheimliche Trompetensignale.

Die Tatsache, dass die Preußen Deutsche waren, war schlichtweg bedeutungslos. Ihr Verhalten zeigte klar und deutlich, dass sie als Feinde gekommen waren.

Plötzlich ertönte von der anderen Seite der Stadt her ein Marsch, gespielt vom Frankfurter Linienbataillon. Am oberen Ende der Zeil, dort, wo es erstmals auf Preußen gestoßen war, stellte es sich in Reih und Glied auf und präsentierte zu Trommelschlägen die Gewehre.

Die Preußen schienen diese freundlichen Avancen zu ignorieren. Im Galopp wurden zwei Kanonen aufgefahren, eine wurde auf der Zeil, die andere auf dem Rossmarkt in Stellung gebracht. Die Spitze der preußischen Kolonne ging auf dem Schillerplatz in Aufstellung und kontrollierte damit die Zeil. Eine Viertelstunde noch verharrte die Kavallerie zu Pferd in Reih und Glied, bevor die Reiter abstiegen und stillstanden in Erwartung weiterer Befehle. Diese Strategie der Einschüchterung, welche die Befürchtungen der Bewohner weiter verstärkte, zog sich bis elf Uhr abends hin. Dann mit Glockenschlag elf Uhr lösten sich die Formationen zu Gruppen von zehn, fünfzehn oder zwanzig Mann, welche an Türen und Tore schlugen und gewaltsam in die Häuser eindrangen.

Man hatte in der Stadt keine Anordnungen erlassen, welche die Versorgung der Truppen mit Essen und Trinken regelte. So suchten sich die Preußen, Frankfurt wie erobertes Gebiet behandelnd, die komfortabelsten Häuser aus, um sich darin einzuquartieren.

Das Linienbataillon verharrte noch eine Viertelstunde in Aufstellung mit präsentiertem Gewehr; danach befahl der kommandierende Offizier ›Gewehr bei Fuß‹. Die Kapelle spielte weiter. Schließlich wurde der Befehl gegeben aufzuhören.

Erst nach zwei Stunden, es war noch immer kein Wort zwischen dem Bataillon und der preußischen Armee gefallen, erhielt ersteres den Befehl zum Rückzug, sie marschierten ab, die Waffen gesenkt wie zu einem Begräbnis, dem Begräbnis der Freiheit Frankfurts.

Die ganze Nacht über spielten sich Schreckensszenen ab, vergleichbar mit denen einer im Sturm eroberten Stadt. Wenn sich Türen und

Tore zu langsam öffneten, wurden sie gewaltsam aufgebrochen; Schreie drangen aus den Häusern und niemand wagte nach den Ursachen zu fragen. Da das Haus von Hermann Mumm am prachtvollsten aussah, hatte er diese erste Nacht zweihundert Soldaten und fünfzehn Offiziere zu bewirten. In einem anderen Hause, das der Frau Luttereth, nahmen fünfzig Mann Quartier, die sich amüsierten, indem sie Fenster einschlugen und Möbel demolierten, unter dem Vorwand, die Dame des Hauses hätte Abendempfänge und Bälle gegeben, ohne dass Offiziere der preußischen Garnison dazu eingeladen worden wären. Vorwürfe dieser Art dienten als Ausreden für unerhörte Gewaltakte und wurden gegenüber allen Schichten der städtischen Gesellschaft geltend gemacht. Ja, die preußischen Offiziere ermunterten sogar ihre Männer: »Ihr habt ein Recht auf alles, was ihr von diesen Frankfurter Gaunern bekommen könnt, schließlich haben sie den Österreichern 25 Millionen geliehen – zinslos.«

Es war vergebliche Mühe, dagegen zu argumentieren. Die Stadt hatte niemals 25 Millionen in ihrem Stadtsäckel gehabt; und falls es ein solches Darlehen gegeben hätte, wäre es nie ohne einen Beschluss des Senats und die Zustimmung der Legislative gewährt worden. Die Offiziere blieben unbeirrt bei diesen Behauptungen und die Soldaten, die nicht extra zu einer Plünderung ermutigt werden mussten, befleißigten sich größtmöglicher Zerstörungswut, im Glauben, sie seien dazu durch die Feindseligkeit ihrer Vorgesetzten gegen die unglückliche Stadt ermächtigt. In jener Nacht nahm seinen Anfang, was man zu Recht »Die Preußische Schreckensherrschaft in Frankfurt« nennt.

Friedrich von Bülow, der um die Befehle wusste, Frankfurt als feindliche Stadt zu behandeln, hatte, um die Sicherheit der Familie zu gewährleisten, eine Wache zum Hause Chandroz beordert: unter dem Vorwand, dieses wäre für die Einquartierung General Sturms und seines Stabes zu requirieren.

Das erste Tageslicht dämmerte. Nur kurze Zeit später – wenige nur hatten etwas Schlaf gefunden – waren bereits viele Menschen auf den

Straßen, lamentierten über ihr Unglück und erkundigten sich danach, wie es ihren Leidensgenossen ergangen war.

Dann tauchten die Plakatkleber auf; langsam und widerwillig, wie unter Zwang, brachten die Männer folgende Bekanntmachung an:

»Mir wurde der Oberbefehl über das Herzogtum Nassau, die Stadt Frankfurt und ihre Vororte übertragen, damit eingeschlossen sind die von den preußischen Truppen besetzten Gebiete Bayerns und das Großherzogtum Hessen. Alle Arbeiter und Funktionsträger werden von nun an Befehle ausschließlich von mir entgegennehmen. Die Befehle werden ordnungsgemäß und formal bekannt gegeben.

Unterzeichnet zu Frankfurt, am 16. Juli 1866
Der Oberkommandierende der Mainarmee
Falkenstein.«

Zwei Stunden später adressierte der General eine Note an die Gesandten Fellner und Müller, in der er feststellte, dass Armeen, die sich im Kriegszustande befinden, sich beschaffen könnten, was sie im Feindeslande benötigten. Die Stadt Frankfurt solle daher die Mainarmee wie folgt versorgen:

1. Pro Soldat ein Paar Stiefel nach Maß.
2. 300 Zuchtpferde, samt Sattelzeug, um die Verluste der Armee zu ersetzen.
3. Den Sold der Armee für ein Jahr, sofort und bar an den Armeezahlmeister zu überweisen.

Als Entschädigung wurde die Stadt von allen steuerlichen Auflagen befreit, Zigarren ausgenommen. Weiterhin verpflichtete sich der General, die Last der Einquartierung soweit als möglich zu erleichtern.

Die gesamte Zahlungsanforderung zugunsten der Armee belief sich auf 7.747.008 Gulden.

Die zwei Ratsmitglieder eilten zum Hauptquartier und wurden zu General Falkenstein vorgelassen. Seine ersten Worte waren:

»Nun, verehrte Herren, haben Sie das Geld mitgebracht?«

»Wir bitten um die Erlaubnis, Eurer Exzellenz verständlich zu machen«, sagte Fellner, »dass wir keinerlei Befugnis haben, über eine Auszahlung einer derartigen Größenordnung zu entscheiden, da ja die Stadtregierung aufgelöst worden ist. Die Zustimmung dazu kann nicht erteilt werden.«

»Das geht mich nichts an«, sagte der General. »Ich habe das Land erobert und fordere eine Entschädigung. Das ist vollkommen ordnungsgemäß.«

»Eure Exzellenz werden mir den Einwand erlauben, dass eine Stadt, die sich nicht selbst verteidigt hat, nicht erobert sein kann. Frankfurt ist eine freie Stadt und baut ihre Verteidigung auf ihre Verträge. Sie hat niemals erwogen, gegen Eure Armee Widerstand zu leisten.«

»Frankfurt hat Österreich 24 Millionen Darlehen bereitgestellt«, schrie der General, »somit kann es leicht 15 oder 18 Millionen für uns auftreiben. Wenn es sich aber weigert, ich für meinen Teil werde sie mir besorgen. Nach nur vier Stunden Plünderung werden wir sehen, ob die Judengasse und die Truhen eurer Bankiers nicht das Doppelte hergeben.«

»Ich bezweifle, General«, sagte Fellner kalt, »ob Deutsche Deutsche so behandeln sollten.«

»Wer spricht von Deutschen? Ich habe extra ein polnisches Regiment mitgebracht.«

»Wir haben uns den Polen gegenüber nichts zu Schulden kommen lassen. Wir haben ihnen vielmehr aufgrund der preußischen Polenpolitik Asyl gewährt, wann immer einer darum bat. Die Polen sind nicht unsere Feinde. Die Polen werden Frankfurt nicht plündern.«

»Das werden wir ja sehen«, sagte der General und stampfte seinen Fuß auf mit einem Fluch, für den die Preußen allgemein bekannt waren. »Mir ist es verdammt egal, wenn man mich einen zweiten Herzog von Alba nennt, und ich warne Sie, wenn nicht heute bis um sechs Uhr das Geld ausgezahlt ist, dann lasse ich Sie morgen in Haft nehmen und in einen Kerker sperren. Aus dem werde ich Sie erst wieder entlassen, wenn die 7.707.008 Gulden bis auf den letzten Heller und Pfennig bezahlt sind.«

»Wir kennen die Maxime Eures Ersten Ministers, ›Macht ist Recht‹. Macht doch mit uns, was Ihr wollt«, antwortete Fellner.

»Gegen fünf Uhr werden meine Männer, mit den entsprechenden Befehlen von mir, vor der Tür der Bank bereitstehen, um die sieben Millionen Gulden in Empfang zu nehmen und in mein Hauptquartier zu bringen.« Daraufhin gab er seiner Ordonanz Befehl, so dass dies der Bürgermeister mitbekommen musste: »Verhaften Sie den Journalisten Fischer, Chefherausgeber der ›Oberpostamts-Zeitung‹ und bringen Sie ihn zu mir. Mit ihm werde ich anfangen und demonstrieren, wie man Schreiberlinge und ihre Zeitungen behandelt.«

Nach Fellners Bericht über seine Begegnung mit dem kommandierenden General entschied sich Fischer-Goullet zu bleiben, um die Ereignisse abzuwarten, die auf ihn zukommen würden. Zwei Stunden später wurde Fischer-Goullet in seinem Haus verhaftet und zum Hauptquartier abgeführt.

General Falkenstein hatte es fertiggebracht, just in diesem Augenblick den Siedepunkt seiner Wut zu erreichen, an dem er Fischers ansichtig wurde:

»Komme er rein«, sagte er in der dritten Person, in der deutschen Sprache ein Ausdruck tiefster Verachtung. Als dann aber Fischer-Goullet eintrat, nach des Generals Vorstellung nicht schnell genug, schrie er ihn an, »Tausend Donnerwetter! Wenn er trödelt, schubst ihn rein!«

»Ich bin hier«, sagte Fischer-Goullet, »da ich vor Ihren Absichten vorgewarnt wurde, hätte ich Frankfurt verlassen können, aber es ist nicht meine Angewohnheit, Gefahren zu fliehen.«

»Oho! So, er wusste also, dass er sich in Gefahr befindet, der Herr Schreiberling, sobald er mir vorgeführt wird.«

»Ein unbewaffneter Mann befindet sich im Angesicht eines machtvollen bewaffneten Feindes immer in Gefahr.«

»Er hält mich also für seinen Feind?«

»Die Kontributionen, die Sie Frankfurt auferlegen und Ihre Drohungen gegen Herrn Fellner entsprechen nicht der Art eines Freundes, mit Verlaub.«

»Oho! Er braucht nicht meine Drohungen und Befehle abzuwarten, um mich als Feind auszumachen. Wir kennen sein Blatt und weil wir es kennen, wird er jetzt die folgende Deklaration niederschreiben. Setze er sich da hin, nehme er eine Feder und schreibe!«

»Ich habe einen Stift; aber bevor ich ihn benutze, was wollen Sie mir diktieren?«

»Will er das wissen? Gut, also Folgendes: Ich, Dr. Fischer-Goullet, Hofrat, Chefherausgeber ..., aber er schreibt ja gar nicht mit.«

»Beenden Sie Ihren Satz, mein Herr, und falls ich mich darauf zur Niederschrift entscheide, werde ich es tun.«

»... Chefherausgeber der ›Oberpostamts-Zeitung‹ erkenne mich hiermit einer systematischen und verleumderischen Feindseligkeit der preußischen Regierung gegenüber für schuldig.«

Fischer-Goullet warf den Stift nieder.

»Das werde ich niemals schreiben, mein Herr«, sagte er, »es entspricht nicht der Wahrheit.«

»Donner und Doria!«, schrie der General, und ging dabei einen Schritt auf ihn zu. »Gebe er mir das Lügenblatt.«

Fischer nahm eine Zeitung aus seiner Tasche.

»Das wird Sie genauer informieren, als ich es vermag, mein Herr!«, sagte er, »es ist die letzte Ausgabe meiner Zeitung, herausgegeben zwei Stunden vor Ihrem Einmarsch. Hierin steht, was ich geschrieben habe: ›Die Geschichte des Tages, der da gekommen ist, wird mit der Spitze des Bajonetts geschrieben: Es liegt nicht in der Macht der Bürger Frankfurts, etwas daran zu ändern. Für die Einwohnerschaft eines kleinen und schwachen Staates bleibt nichts anderes übrig, als den Kombattanten, sei es Freund oder Feind, beizustehen. Sie sollen die Wunden verbinden, die Kranken pflegen, Mildtätigkeit gegenüber allen beweisen. Korrektes Verhalten ist genauso jedermanns Pflicht wie Gehorsam gegenüber der verantwortlichen Autorität.‹«

Darauf machte Fischer-Goullet seinerseits einen Schritt nach vorn, weil er bemerkte, wie der General mit seinen Schultern zuckte, und hielt ihm seine Zeitung hin:

»Lesen Sie es selbst, wenn Sie mir nicht glauben«, sagte er.

Der General riss sie aus seinen Händen.

»Gestern schrieb er so«, sagte er bleich vor Zorn, »weil er seit gestern merkt, dass wir hier sind, seit gestern hat er Angst vor uns.« Daraufhin zerriss er die Zeitung, zerknüllte sie zu einem Knäuel und warf es dem Hofrat ins Gesicht, dann schrie er ihn an: »Er ist ein Feigling.«

Fischer-Goullet warf einen wilden Blick um sich, als suchte er nach einer Waffe, um sich für diese Beleidigung zu rächen; doch dann fasste er sich an die Stirn, fing an zu taumeln und mit einem erstickten Schrei drehte er sich um und brach tot zusammen. Gehirnschlag.

Der General ging auf den am Boden Liegenden zu, stieß ihn mit dem Fuß an und sagte dann, als er sah, dass er tot war, zu seinen Soldaten: »Werft diesen Gauner in eine Ecke, bis seine Familie kommt, um ihn abzuholen.«

Die Soldaten schleiften den Leichnam in eine Ecke des Vorraums.

Unterdessen war Fellner, der schon befürchtet hatte, genau ein solcher böser Schlaganfall könne seinen Freund ereilen, zu Hannibal Fischer geeilt, dem Vater des Journalisten, und hatte ihm von dem Haftbefehl des Generals berichtet. Hannibal Fischer, ein alter Mann um die achtzig, begab sich sofort zum Hauptquartier und erkundigte sich nach seinem Sohn. Man habe den Sohn in den ersten Stock hinaufgehen sehen, wo General Falkenstein für gewöhnlich seine Audienzen abzuhalten pflege, aber keiner habe ihn weggehen sehen. Der alte Mann ging hinauf und erkundigte sich nach dem General. Jener wäre zum Essen gegangen, hieß es, und seine Türe sei verschlossen.

»Setzen Sie sich da hin«, sagte jemand, »er wird vielleicht zurückkommen.«

»Können Sie ihm nicht sagen, dass es der Vater ist, der seinen Sohn zu sehen verlangt?«

»Welcher Sohn?«, fragte einer der Soldaten.

»Mein Sohn, Hofrat Fischer, der heute morgen verhaftet worden ist«

»Warum nicht, es ist der Vater«, sagte der Soldat zu seinem Kameraden.

»Wenn er seinen Sohn will, kann er ihn haben«, sagte der andere.

»Wie, was heißt das: ›Kann ich ihn haben?‹«, fragte der alte Mann verwirrt.

»Sicher«, antwortete der Soldat. »Da liegt er und wartet auf dich.« Und er deutete auf den Körper in der Ecke.

Der Vater trat an den Leichnam heran, sank auf die Knie und nahm den Kopf seines Sohnes in den Arm.

»Dann habt ihr ihn umgebracht?«, fragte er die Soldaten.

»Nein, ehrlich, er starb von selbst.«

Der Vater küsste den Toten auf die Stirn.

»Diese Tage sind Tage des Unglücks«, klagte er, »in denen Väter ihre Söhne begraben.«

Dann ging er nach unten, rief nach dem Straßenportier und ließ nach dreien seiner Freunde schicken. Daraufhin kam er dann mit ihnen in den Vorraum zurück und deutete auf die Leiche:

»Nehmt meinen Sohn«, sagte er, »und bringt ihn in mein Haus.« Die Männer nahmen den Leichnam auf ihre Schultern und legten ihn draußen auf einen Karren. Der Vater schritt barhäuptig und bleich voran, seine Augen tränenerfüllt; unterwegs antwortete er allen, die ihn zu dieser seltsamen Prozession befragten, warum er einen Toten ohne Priester durch die Stadt führe: »Es ist mein Sohn, Hofrat Fischer, den haben die Preußen auf dem Gewissen.« Derart verbreitete sich die Neuigkeit wie ein Lauffeuer in Frankfurt.

General von Manteuffels Drohung

Am 17. Juli, um fünf Uhr nachmittags, schickte der General, wie angekündigt, einen acht Mann starken Trupp unter dem Kommando eines Hauptfeldwebels und in Begleitung zweier Zivilisten mit Schubkarren zur Bank, um die sieben Millionen Gulden abzuholen. Man kann nicht umhin, seine Vorstellung von dem Gewicht der Münzen als abenteuerlich zu bezeichnen, hätte doch das Gewicht des Goldes mehr als fünfzig Tonnen betragen. Als er seine Männer ohne das Geld zurückkommen sah, drohte General Falkenstein voller Wut, dass er, falls die Angelegenheit nicht bis zum folgenden Tage erledigt sei, die Stadt zur Plünderung und zur Bombardierung freigeben würde. Inzwischen wurden die Ratsmitglieder Bernus und Speltz arretiert und in den Wachraum geführt. Nachdem der General sie zwei Stunden lang, zur Demonstration seiner Macht über die städtischen Autoritäten, hinter Gittern zur Schau hatte stellen lassen, schob er sie in Begleitung von vier Soldaten und mit einem Begleitschreiben an den dortigen Kommandierenden nach Köln ab.

Dieser Akt der Brutalität verfehlte nicht seine Wirkung. Er versetzte eine große Anzahl einflussreicher Leute in Angst, die daraufhin die Initiative ergriffen, die Verantwortlichen der Banken ausfindig zu machen und sie zu zwingen, die geforderten sieben Millionen aufzubringen. Die Bankdirektoren gaben nach und das Geld wurde am 19. Juli bis auf den letzten Heller ausgezahlt.

Am selben Tag wurde das städtische Linienbataillon in Anwesenheit des preußischen Obersten von Goltz aufgelöst. Diese Maßnahme traf die Soldaten unerwartet und nicht wenigen der Altgedienten standen Tränen in den Augen. Zur selben Zeit führten die Preußen die Requirierung der städtischen Pferde durch. Sie trieben 700 Pferde zusammen, darunter zwei kleine Ponys der Frau von Rothschild. Dann wurden die Kutschen beschlagnahmt, und wenn einmal zufälligerweise eine Dame in einer Kutsche fuhr, so konnte sie von jedem Offizier auf der Suche nach einer Fahrgelegenheit angehalten werden, musste diesem ihren Platz überlassen und buchstäblich in den Schmutz der Straße hinabsteigen.

Zwei Anordnungen wurden veröffentlicht. Die erste bestimmte, dass jeden Morgen vor acht Uhr auf dem Polizeipräsidium eine Liste vorzulegen sei, in der alle Reisenden aufgeführt sein sollten, die über Nacht in den Hotels und Pensionen abgestiegen waren.

Die zweite zitierte viele Vereine, die aus den unterschiedlichsten Zwecken gegründet worden waren, vor den Befehlshabenden, der ihre Auflösung dekretierte. Die Vereinigungen, deren Zweck in militärischen Übungen bestand, wurden ersucht, die Waffen auszuliefern. Schließlich adressierte der General einige freundliche Worte an die Vorsitzenden der Vereinigungen über die Notwendigkeit der getroffenen Maßnahmen. Sie fragen mich vielleicht, wie freundlich die Worte aus Herrn von Falkensteins Mund gewesen sein mussten. Ich versichere Ihnen, dieser illustre General hatte seinen gewohnten Stil nicht verändert. Unmittelbar nachdem er seine Millionen entgegengenommen hatte, verließ er gegen zwei Uhr nachmittags Frankfurt.

In der Zwischenzeit, bis zur erwarteten Ankunft General von Manteuffels gegen fünf Uhr, hatte General Wranzel für zwei oder drei Stunden seine Stellvertreterschaft inne. Wenigstens in dieser kurzen Zeitspanne machte er ein vergnügtes Gesicht, um anschließend wieder so mürrisch dreinzuschauen wie immer.

Sofort nach seiner Ankunft gab der neue kommandierende General von Manteuffel folgenden Ukas aus:

> »Um die Verpflegung der preußischen Truppen zu gewährleisten, wird auf Anordnung des Oberkommandierenden der Mainarmee, seiner Exzellenz Generalleutnant von Manteuffel, ab sofort in der Stadt Frankfurt am Main ein Lagerhaus eingerichtet. Es ist wie folgt auszustatten:
>
> 15.000 Brotlaibe zu je 5,9 Pfund

1.480 Zentner Schiffszwieback
600 Zentner Rindfleisch
800 Zentner Räucherspeck
450 Zentner Reis
450 Zentner Kaffee
100 Zentner Salz
5.000 Zentner Heu

Ein Drittel dieser Menge ist ab sofort bis zum Morgen des 21. Juli an geeigneten Plätzen zu unserer Verfügung zu stellen, das zweite Drittel bis zum Abend des 21. und das letzte Drittel bis spätestens zum 22. Juli.

Frankfurt, den 20. Juli 1866
Der Militärsuperintendent der Mainarmee
Kasuiskil.«

Die unglücklichen Bewohner der Stadt hatten General Falkensteins Versprechen geglaubt, dass sie persönlich von derartigen Auflagen befreit wären – tatsächlich mit der bekannten Ausnahme der Zigarren, man verlangte nämlich von ihnen, allen Offizieren und Mannschaften neun Stück pro Tag bereitzustellen.

Am nächsten Tag gegen zehn Uhr, während des Frühstücks mit seiner Familie, erhielt Fellner einen Brief vom neuen Kommandeur. Er war adressiert: »An die hochgerühmten Herren Fellner und Müller, Bevollmächtigte der Stadt Frankfurt.« Er drehte und wendete das Schriftstück in seinen Händen, ohne das Siegel zu zerbrechen. Frau Fellner begann zu zittern, Herr Kugler, sein Schwager, wurde blass und die Kinder, welche die Schweißperlen auf ihres Vaters Stirn bemerkten und seine tiefen Seufzer hörten, fingen an zu weinen. Schließlich öffnete er den Brief, und als sie sahen, wie er während des Lesens erbleichte, warteten sie zitternd auf seine Worte. Aber er sagte nichts, er ließ seinen Kopf hängen und den Brief zu Boden fallen. Sein Schwager hob ihn auf und las:

»An die erlauchten Herren Fellner und Müller, Bevollmächtigte der Stadt Frankfurt.

Sie werden vom Unterzeichner ersucht, die notwendigen Maßnahmen zu ergreifen, welche notwendig sind für eine Kriegsentschädigung von zwanzig Millionen in Gulden, zu entrichten innerhalb 24 Stunden an den Zahlmeister der Mainarmee in dieser Stadt.

Der Oberkommandierende der Mainarmee
von Manteuffel.«

»Oh!«, sprach Fellner leise vor sich hin, »mein armer Fischer, du hast das glücklichere Los gezogen.«

Innerhalb von zwei Stunden wurden überall in der Stadt Bekanntmachungen ausgehängt, gedruckt im Auftrage der Herren Fellner und Müller. Sie hatten den Brief General von Manteuffels zum Inhalt und endeten mit folgendem Zusatz an die Bürger der Stadt:

»Die Bürgermeister Fellner und Müller erklären, dass sie lieber zu sterben bereit sind als bei der Ausplünderung ihrer Mitbürger Beihilfe zu leisten.«

Diese neuerliche Forderung an die Stadt war umso fürchterlicher, als sie völlig unerwartet erfolgte. Die Stadt hatte gerade über sieben Millionen Gulden bezahlt, hatte noch einmal für eine vergleichbare Summe Güter bereitstellen müssen, zusätzlich zu den erdrückenden Unterbringungskosten für die Soldaten. Manche Bürger hatten zehn, andere zwanzig, dreißig oder sogar fünfzig Einquartierungen. General Falkenstein hatte die Soldatenrationen vorgeschrieben; was aber die Offiziere anbetraf, so gestand er ihnen alles zu, wonach es sie gelüstete. Die Tagesration eines Soldaten setzte sich wie folgt zusammen:

am Morgen Kaffee samt einem Frühstück mit allem, was dazu gehört; am Nachmittag ein Pfund Fleisch, Gemüse und Brot sowie eine halbe Flasche Wein; das Abendessen bestand aus einem Imbiss mit Bier, dazu acht Zigarren pro Tag. Diese Zigarren mussten ausschließlich von einem lizenzierten Lieferanten der Armee bezogen werden. Gewöhnlich verlangten die Soldaten gegen zehn Uhr morgens eine Extramahlzeit bestehend aus Brot, Butter und Branntwein, und nach dem Mittagessen bekamen sie Kaffee serviert. Hauptfeldwebel hatten als Offiziere zu gelten, sie waren zu versorgen mit Bratenfleisch und einer Flasche Wein zum Mittagessen, sowie mit einem Kaffee im Anschluss. Sie hatten Anspruch auf Havannazigarren, acht an der Zahl.

Die Bürger wagten nicht sich zu beschweren, denn wenn es Ärger gab mit Soldaten, bekamen letztere jedes Mal Recht, was auch immer sie sich zu Schulden kommen ließen. Aber als die Frankfurter, die auf Seiten der Preußen an Diebstahl und Räuberei einiges gewohnt waren, von dieser erneuten Ausbeutungsverordnung durch General von Manteuffel erfuhren, sahen sie sich stumm und ungläubig an, unfähig das Ausmaß ihres Unglücks zu begreifen.

Und tatsächlich, als die neuen Bekanntmachungen angeschlagen worden waren, eilten sie gruppenweise herbei, um diese Ungeheuerlichkeit mit eigenen Augen zu lesen. Stunden verbrachten sie, die Habsucht der feindlichen Besatzungsmacht zu beklagen, nichts aber wurde unternommen, die Verordnung zu befolgen. Unterdessen machten sich einige der städtischen Honoratioren, unter anderem von Rothschild, auf, um General von Manteuffel aufzusuchen. In Beantwortung ihrer Argumente sagte er:

»Morgen früh werde ich meine Kanonen auf alle wichtigen Punkte der Stadt richten lassen, und wenn in drei Tagen die Hälfte der Kontributionen nicht zu meiner Verfügung steht und der Rest in sechs Tagen, werde ich die Forderung verdoppeln.«

»General«, antwortete Herr von Rothschild, »ich zweifle nicht daran, dass Sie die Reichweite Ihrer Kanonen kennen, aber Sie wissen nicht um die Reichweite der von Ihnen angeordneten Maßnahmen – wenn Sie Frankfurt ruinieren, ruinieren Sie auch die umliegenden Provinzen.«

»Also gut, meine Herren«, erwiderte von Manteuffel, »die Kontributionen oder Plünderung und Kanonade.«

Trotz der Interventionen der ausländischen Gesandtschaften, unter anderem Frankreichs, Russlands, Englands, Spaniens und Belgiens, setzten sich am 23. Juli zahlreiche Truppenkontingente mit geladenen Kanonen in Bewegung. Diese wurden an die wichtigsten Plätze der Stadt beordert. Gleichzeitig wurden Geschütze auf dem Mühlberg und dem Röderberg in Stellung gebracht, ebenso am südlichen Mainufer.

General Sturm

Mit Brigadegeneral von Röder, General von Manteuffels Nachfolger, kamen General Sturm und seine Brigade in die Stadt. Baron von Bülow, der oberste Stabsoffizier dieser Brigade, hatte, wie an früherer Stelle berichtet, seit dem Tage des Einmarsches der Preußen die Familie Chandroz unter seinen persönlichen Schutz gestellt, indem er vier seiner Männer und einen Hauptfeldwebel in ihrem Hause einquartierte. Der Hauptfeldwebel überbrachte Frau von Beling ein Schreiben, das sie über den Grund dieser besonderen Einquartierung ins Bild setzte und sie dringend bat, für General Sturm und sein Gefolge die besten Räumlichkeiten im ersten Stock vorzubereiten. Frau von Beling veranlasste, die Anweisungen entsprechend auszuführen, darüber hinaus sorgte sie dafür, dass den Einquartierten eine bessere Essens- und Zigarrenration geboten wurde, als es der Bürgerschaft oblag.

Als der Arzt das Krankenlager verlassen hatte, war Karl immer noch ohne Bewusstsein, aber sein Atem wurde allmählich wahrnehmbar. Gegen Abend stieß er einen leisen Seufzer aus, öffnete seine Augen und es schien, als versuche er mit einer leichten Bewegung seiner linken Hand Helene ein Zeichen zu geben. Sie eilte sofort zu ihm hin, ergriff seine Hand und presste sie an ihre Lippen. Benedict bat sie, sich zurückzuziehen und auszuruhen, dabei versprach er ihr, Karls Krankenwache zu übernehmen. Helene aber schüttelte den Kopf und sagte, niemand werde ihn pflegen außer sie selbst.

Vor General Sturms Ankunft musste sich Benedict unbedingt der Bootsmannskleidung entledigen, in der er flussabwärts gekommen war. Da er keinen anderen Anzug hatte und einen neuen benötigte, verließ er das Haus. Lenhart stand mit seiner Kutsche abfahrbereit vor dem Tor. Sie fuhren zusammen zum Flusshafen hinab, wo sie nach kurzer Zeit Fritz in seinem Boot ausfindig machten. Dieser hatte noch seine Uniform samt seinen Pistolen und dem Karabiner in Verwahrung. Benedict nahm alles an sich und verstaute es in der Kutsche. Frisk, der den ganzen Tag auf seinen Herrn gewartet hatte, sprang freudig an ihm hoch. Benedict zahlte Fritz die zwanzig Gulden aus und verabschiedete sich sehr herzlich von ihm. Dann chauffierte ihn Lenhart zu einem Schneider, wo er ohne Umstände eine neue Ausstattung erwarb. Als nächstes nahm er ein Bad. Er fand es belebend und erfrischend, hatte er doch am 14. Juli den ganzen Tag gekämpft und in den folgenden 36 Stunden kein Auge zugemacht. Dennoch nahm er Lenharts Einladung zu sich nach Hause an und ging dort zu Bett.

Als er erwachte, war es zehn Uhr; sechs Stunden hatte er geschlafen. Er eilte zum Hause Chandroz. Er fand Helene gerade so vor, wie er sie verlassen hatte, auf Knien an Karls Seite. Sie hob ihren müden Kopf und lächelte. Auch sie hatte während der letzten dreißig Stunden keinen Schlaf gefunden. Die Hingabe einer Frau kennt keine Grenzen. Die Natur hat sie zur Schwester der Wohltätigkeit ausersehen. Ihre Liebe ist stark wie das Leben selbst.

Karl schien zu schlafen; es war offensichtlich, dass kaum noch Blut zirkulierte, sein Gehirn befand sich in einem Zustand der Starre; doch sobald man ihm einen Teelöffel Digitalissirup in seinen Mund träufelte, war eine leichte Besserung zu spüren. Benedict übernahm die Aufgabe, das verordnete Eiswasser zu bereiten, das zur Reinigung der Wunde auf den Arm tropfen musste.

Am nächsten Morgen gegen acht Uhr betrat Emma das Zimmer, um sich nach dem Zustand des Verwundeten zu erkundigen. Sie fand Helene vor, die Bendict gerade um neues Eis gebeten hatte. Er war Emma völlig unbekannt, aber intuitiv erahnte sie in ihm den Mann, der das Leben ihres Gatten verschont hatte. Sie wollte ihm gerade dafür danken, da trat Hans ein und meldete Herrn Fellner. Der ehrenwerte Mann fürchtete, die Preußen würden gewaltsam in das Haus eindringen, und er kam, der Familie seine Dienste anzubieten.

Während sie sprachen, erschien Friedrich. Er überbrachte die Neuigkeit, dass der General in fünf Minuten eintreffen werde.

Niemand kann Emmas Freude und Glück beschreiben, als sie Friedrich erblickte. Der Krieg war fast zu Ende, die Friedensgerüchte wurden lauter, ihr Friedrich war außer Gefahr. Liebe ist egoistisch. Keinen Gedanken hatte sie an die Vorgänge in der Stadt verschwendet, an den Einmarsch der Preußen, an die Kriegskontributionen, an ihr arrogantes und brutales Auftreten, an die Umstände des Todes von Herrn Fischer-Goullet – für sie war ein Brief von Friedrich bedeutender. Friedrich, ihn, den sie im Arm hielt, wusste sie unverwundet und in Sicherheit, somit nicht länger in Gefahr. In ihrer leidenschaftlichen Anteilnahme an ihrer Schwester und Karls gegenseitiger Liebe fühlte sie doch, dass Friedrich der Glücklichere war, verschont von einem ähnlichen Schicksal wie Karl. Friedrich wandte sich Karl zu, der erkannte ihn und lächelte.

Während General Sturm ausgiebig zu Abend aß, ging Friedrich, dem Benedict flüsternd in knappen Worten das Verhalten der Preußen in Frankfurt geschildert hatte, in die Stadt, um sich selbst ein Urteil zu bilden. Man informierte ihn, dass im Römer der Senat tagte, und er betrat den Sitzungsraum. Der Senat erklärte, die auferlegten Forderungen seien unmöglich zu erfüllen und man wolle sich der Gnade oder Ungnade des Generals unterwerfen.

Erst als er das Rathaus verlassen hatte, bemerkte Friedrich die Kanonen, die auf die Stadt gerichtet waren, er sah die Menschentrauben, die sich um die angeschlagenen Anordnungen drängten. Er sah, wie ganze Familien, von den Preußen aus ihren Häusern vertrieben, unter freiem Himmel kampierten, er hörte die Männer fluchen, die Frauen und Kinder weinen. Er hörte eine Mutter nach Rache rufen, über ihren Jungen gebeugt, dessen Arm von einem Bajonett durchstochen war. Arglos sei dieses unglückliche Kind einem preußischen Soldaten gefolgt und hätte dabei ein Lied gesungen, das die Leute von Sachsenhausen über die Preußen gedichtet hatten:

»Warte Kuckuck, warte!

Bald kommt Bonaparte!
Der wird alles wieder holen,
Was ihr habt bei uns gestohlen!«

Der Preuße hatte daraufhin sein Bajonett gegen das Kind gestoßen.

Die Passanten aber, anstatt die Mutter zu trösten und in ihren Ruf nach Vergeltung einzustimmen, bedeuteten ihr, sich ruhig zu verhalten, ihre Tränen zu trocknen und das Blut wegzuwischen; so groß war die allgemeine Angst.

Die Preußen jedoch hatten nicht überall vergleichbare Erfolgserlebnisse. Einer, bei einem Sachsenhäuser in Quartier, zog als Geste der Einschüchterung seinen Säbel und legte diesen neben den Teller auf den Tisch. Darauf ging der Einheimische wortlos hinaus, fünf Minuten später kam er mit einer Mistgabel zurück, die er nun seinerseits auf den Tisch neben den Säbel legte. »Was hat das zu bedeuten?«, fragte daraufhin wütend der Preuße. »Ei«, war die Antwort, »ich habe gemeint, was für ein großes Messer Sie besitzen, und ich wollte Ihnen zeigen, dass ich die passende Gabel dazu habe.« Dem Preuße war der Scherz schlecht bekommen; er hatte mit seinem Säbel ein übles Spielchen versucht und fand sich sprichwörtlich auf die Gabel gespießt.

Als der Baron am Haus Hermann Mumms vorüberging, bemerkte er, wie dieser vor seiner Türe saß, seinen Kopf in den Händen vergraben. Er berührte ihn an der Schulter. Mumm blickte auf.

»Ach, Sie sind es?«, sagte er, »Haben Sie auch Plünderer?«

»Plünderer?«, fragte Friedrich.

»Kommen Sie und sehen Sie selbst! Sehen Sie mein Porzellan, das meine Familie seit drei Generationen gesammelt hatte – alles zerschlagen. Mein Weinkeller ist leer, alles nur deswegen, weil ich zweihundert Soldaten und fünfzehn Offizieren Quartier geben musste. Hören Sie selbst!« Und Friedrich hörte zwischen den Weinregalen Rufe wie: »Mehr Wein! Oder wir kartätschen den Platz mit Kanonenkugeln zusammen.«

Er betrat das Haus. Armer Mumm, sein vornehmes Haus sah aus wie ein Schweinestall. Der Boden war übersät mit Weinlachen, Stroh und

Dreck. Kein einziges Fenster war ganz geblieben, kein einziges Möbelstück unbeschädigt.

»Sehen Sie meine armen Tische«, sagte der unglückliche Mumm. »Darauf saßen seit mehr als einem Jahrhundert die Besten der Stadt Frankfurt. Ja, sogar der König, viele Fürsten und die Mitglieder des Deutschen Bundes haben hier gespeist. Nicht ganz ein Jahr ist es her, da erhielt ich von Frau und Fräulein von Bismarck Komplimente wegen eines Essens, das ich ihnen zu Ehren gab. Jetzt sind Tage des Schreckens und der Trostlosigkeit über uns gekommen. Frankfurt ist verloren.«

Friedrich fühlte seine Ohnmacht und verließ den Ort, als ob er auf der Flucht sei. Er war sich bewusst, dass weder General von Röder noch General Sturm die Plünderungen unterbinden würden. Von Röder war rücksichtslos, Sturm war jähzornig. Letzterer war ein preußischer General alten Schlages, der keinen Widerstand duldete und jedes Hindernis einfach überrannte.

Unterwegs traf von Bülow auf Baron von Schele, den ehemaligen Generalpostmeister. Nach dem Einmarsch der Preußen hatte er Order erhalten, eine Zensurstelle einzurichten, die zur Aufgabe hatte, Briefe zu öffnen und Berichte über die Absender abzufassen, bei denen man feindselige Einstellungen gegenüber der preußischen Regierung entdeckte. Er hatte seine Mitarbeit verweigert, sein Nachfolger war gerade aus Berlin gekommen und somit konnte die Zensur ihre Arbeit aufnehmen. Von Schele, der in Friedrich eher einen Frankfurter als einen Preußen sah, berichtete ihm all dies und forderte ihn und seine Freunde zum Widerstand auf.

Schweren Herzens machte er sich auf den Weg zu den Fellners. Er fand die Familie in tiefster Verzweiflung vor. Fellner hatte gerade durch den Vorsitzenden der Handelskammer die offizielle Mitteilung über die Ablehnung der Auszahlung der von den Preußen geforderten Millionen erhalten, gleichzeitig den Entschluss des Senats in derselben Angelegenheit. Obwohl er als Senatsmitglied den Inhalt kannte, las er ihn mechanisch immer wieder durch, während um ihn herum Frau und Kinder weinten und schluchzten, denn sie alle hatten Angst wegen der zu erwartenden Ausschreitungen, zu welchen sich die Preußen nach der Entgegennahme der Ablehnung würden hinreißen lassen. Während sie zusammensaßen, wurde Fellner über eine weitere Entscheidung informiert, die gerade von der gesetzgebenden Versammlung herausgegeben worden war und die beinhaltete, dass man eine Deputation zum König senden wolle, um die Rücknahme der Geldkontribution über 25 Millionen Gulden zu erreichen, die von General von Manteuffel eingefordert wurde.

»Ach!«, sagte Friedrich, »wenn ich doch nur mit dem König von Preußen zusammentreffen könnte.«

»Warum denn nicht?«, sagte Fellner, wie nach einem Strohhalm greifend.

»Unmöglich, mein lieber Fellner, ich bin nur ein Soldat. Wenn Generäle befehlen, muss ich gehorchen. Aber wenn die Millionen aufzubringen sind, wird meine Familie nicht zurückstehen, ihren Anteil dazu beizutragen.«

Als er seine Hilflosigkeit einsah, Fellner von Nutzen zu sein, verließ er ihn. Kaum war er ein paar Schritte gegangen, als ein Soldat vor ihm salutierte und ihm meldete, er solle sich bei General Sturm melden, der auf ihn wartete.

General Sturm war ein ziemlich hoch gewachsener, kräftig gebauter Mann von 52 Jahren. Er hatte einen schmalen Kopf mit hochgezogenen Augenbrauen. Sein rundliches Gesicht war von rötlicher Farbe, wenn er aber in Wut geriet, was oft vorkam, verfärbte es sich purpurn. Seine großen Augen waren blutunterlaufen und sie nahmen einen starren Blick an, sobald er Gehorsam forderte. Seine gesamte Erscheinung, großer Mund, dünne Lippen, gelbe Zähne, buschige Augenbrauen, Hakennase und roter Stiernacken, machte aus ihm einen furchterregend aussehenden Mann. Seine Stimme war laut und durchdringend, seine Gestik herrisch, seine Bewegungen brüsk und hektisch. Er lief mit ausgreifenden Schritten. Er vermied gefährliche Situationen; wenn er sich einer stellte, was selten der Fall war, dann nur wenn sie ihm vorteilhaft erschien.

Er hatte eine Leidenschaft für Helmbüsche, besonders für rote und auffallende Farben, er liebte Pulverdampf und das Spiel; seine Wortwahl war so brüsk wie seine Launen; gewalttätig und voller Hochmut brach er, mehr schlecht als recht, jeden Widerstand und geriet leicht in Wut. Dann wechselte sein Gesicht zu purpur-violett, seine grauen Augen bekamen einen goldenen Schimmer, so als würden sie Funken versprühen. Dabei vergaß er ganz und gar die Regeln des Anstandes des menschlichen Zusammenlebens, er fluchte, er beleidigte, er schlug zu. Dennoch verfügte er über einen Rest von gemeiner Schlauheit. Es war ihm klar, dass er deswegen gelegentlich Duelle auszufechten hatte, folglich verbrachte er seine freie Zeit mit Fechtübungen und Pistolenschießen unter Anleitung des Waffenmeisters des Regiments. Man musste zugeben, dass er sich auf Waffen erstklassig verstand, und nicht nur das. Er hatte darüber hinaus das, was man als eine »Unglückshand« bezeichnet. Wo andere leichte Verletzungen verursachten, brachte er seinen Gegnern schwere Verwundungen bei, nicht selten mit tödlichem Ausgang, zehn oder zwölf Male so geschehen. Sein eigentlicher Name war »Ruhig«, was auf einen friedfertigen Charakter schließen ließ, in seiner Bedeutung aber für den Namensträger so unangemessen war, dass er den Nachnamen »Sturm« annahm. Man kannte ihn nur unter diesem Namen. Seinen grausamen Ruf erwarb er sich während des Krieges gegen die Bayern in den Jahren 1848 bis 1849.

Als Friedrich sich meldete, war er ziemlich gefasst. Er nahm auf einem großen Stuhl Platz und fast musste er lächeln, denn es kam selten vor, dass jener ihm einen Sitzplatz anbot.

»Ach, Sie sind es«, sagte er, »ich habe nach Ihnen gesucht. General von Röder war da. Wo waren sie gewesen?«

»Entschuldigen Sie mich, General«, sagte Friedrich, »ich war bei meiner Schwiegermutter wegen Neuigkeiten über einen meiner Freunde, der in der Schlacht ziemlich schwer verwundet wurde.«

»Ach! Ja!«, sagte der General, »ich hörte von ihm – ein Österreicher. Es ist zu viel der Güte, kaiserliches Gesindel zu besuchen. Ich würde von denen lieber 25.000 auf dem Schlachtfeld liegen sehen, wo ich sie vom ersten bis zum letzten Mann verrotten lassen würde.«

»Aber, Exzellenz, er ist ein Freund – «

»Och, nun aber gut – darum geht es gar nicht. Ich bin mit Ihnen sehr zufrieden, Baron«, sagte General Sturm, in der gleichen Stimme, in der ein anderer Mann sagen würde ›Ich verabscheue Dich!‹ »und ich möchte etwas für Sie tun.«

Friedrich verneigte sich.

»General von Röder bat mich um einen Mann, mit dem ich äußerst zufrieden bin, um zu Seiner Majestät König Wilhelm, den Gott schützen möge, zu reisen und zwei Fahnen, die hessische und die österreichische, die wir während der Schlacht in Aschaffenburg erobert haben, zu übergeben. Ich dachte dabei an Sie, lieber Baron. Wollen Sie die Mission annehmen?«

»Exzellenz«, antwortete Friedrich, »nichts kann mir ehrenvoller oder lieber sein. Wie Sie sich erinnern, war es der König, der mich Ihnen zur Seite stellte; die Gelegenheit unter solchen Umständen den König zu treffen ist so, als würde man mir einen Gefallen und dem König, wie ich hoffe, eine Freude erweisen.«

»Gut, Sie brechen innerhalb einer Stunde auf, aber kommen Sie mir nicht mit ›meine Frau‹ oder ›meine Großmutter‹. Eine Stunde sollte genügen, alle Großmütter und Frauen der Welt zu umarmen, alle Schwestern und Kinder eingeschlossen. Die Fahnen liegen nebenan im Vorraum. In einer Stunde sitzen Sie im Zug nach Böhmen und morgen in Sadowa werden Sie den König treffen. Hier ist Ihr Empfehlungsschreiben an Seine Majestät. Nehmen Sie es!«

Friedrich nahm den Brief an sich und salutierte, sein Herz war voller Freude. Er hatte nicht um Urlaub bitten müssen, als ob der General an ihm seinen innigsten Wunsch abgelesen, ja erkannt hätte. Er hatte ihm ein Angebot gemacht und ihm damit einen Gefallen getan, von dem er zuvor nicht einmal zu träumen gewagt hatte.

Ein paar Straßenzüge weiter traf er auf Benedict.

»Mein lieber Freund«, sagte er, »ich fahre in einer Stunde nach Königgrätz, aber ich traue mich kaum zu sagen, aus welchem Grund.«

»Erzähle mir alles«, sagte Benedict.

»Nun, man hat mir die Übergabe der Fahnen aufgetragen, die wir den Österreichern während der Schlacht abgenommen haben.«

»Du kannst diese übergeben, ohne dass es mich kränkt. Wenn alle Preußen so wären wie du, hätte ich an ihrer Seite gekämpft anstatt mit den Hannoverschen und den Österreichern«, sagte Benedict. »Nun gehe schon und verabschiede dich!«

Er war noch am Abschiednehmen von seiner Frau und seinem Kind, als derselbe Soldat, der schon einmal nach ihm geschickt worden war, erschien und meldete, man bäte ihn die Fahnenmission nicht anzutreten, ohne ein letztes Wort mit dem General gewechselt zu haben.

Der Sturm bricht los

Der General empfing Friedrich mit der gleichen Ruhe und dem gnädigen Ausdruck wie zuvor.

»Entschuldigen Sie bitte die Verzögerung«, sagte er, »nachdem mir sehr daran gelegen war, Sie zur Eile zu treiben; aber ich muss Sie um einen Gefallen bitten.«

Friedrich verbeugte sich.

»Es geht um General von Manteuffels Kontributionszahlungen von 25 Millionen Gulden. Sie wissen davon, nicht wahr?«

»Ja«, sagte Friedrich, »und es ist eine erhebliche Forderung für die arme kleine Stadt mit ihren 40.000 Einwohnern.«

»Sie meinen wohl 72.000«, sagte Sturm.

»Nein, es gibt nur etwa 40.000 Frankfurter, die man als Einheimische bezeichnen kann, die Übrigen sind Auswärtige.«

»Was macht das schon aus?«, sagte Sturm mit wachsender Ungeduld. »Die Statistiken sagen 72.000 und General von Manteuffel hat dementsprechend seine Kalkulation gemacht.«

»Aber das war ein Fehler, meiner Meinung nach sollte man diejenigen, die man mit der Durchführung des Befehls betraut hat, darauf hinweisen.«

»Das ist nicht unsere Angelegenheit. Man sagte uns 72.000 Einwohner und deswegen sind es 72.000 Einwohner. Man sagte uns 25 Millionen Gulden und deswegen sind es auch 25 Millionen Gulden. Das ist alles! Nur aus einer Laune heraus haben die Senatoren entschieden, von uns eher die Stadt niederbrennen zu lassen, als dass sie für den Unterhalt aufkommen.«

»Ich war dabei«, sagte Friedrich ruhig, »und die Sitzung hielt man bewundernswert mit großer Würde, Gelassenheit und Sorge ab.«

»Ta ta ta«, sagte Sturm. »General von Manteuffel gab bei seiner Amtsübergabe General von Röder den Auftrag, diese Millionen aufzubringen. Von Röder hat der Stadt auferlegt, die Summe aufzubringen. Der Senat fasste einen Beschluss, darüber nachzudenken, das ist deren Sache. Von Röder wurde deswegen wieder bei mir vorstellig, das ist richtig, aber ich sagte ihm, er solle sich darüber keine Gedanken machen. Ich sagte ihm: ›Mein Stabschef hat in Frankfurt eingeheiratet; er kennt die städtischen Verhältnisse wie seinen eigenen Besitz, jedes Vermögen sogar auf Heller und Pfennig. Er wird 25 Millionäre anzeigen.‹ Es gibt doch 25 Millionäre hier, oder nicht?«

»Viel mehr«, antwortete Friedrich.

»Gut; wir werden mit jenen anfangen, und wenn etwas fehlt, werden die Übrigen den Rest aufbringen.«

»Und Sie sind davon ausgegangen, dass ich Ihnen die Namen liefere?«

»Sicher! Alles, was ich verlange, ist eine Liste mit 25 Namen und 25 Adressen. Setzen Sie sich hierhin, mein werter Kamerad, und schreiben Sie die Namen auf.«

Friedrich setzte sich, nahm Papier und Stift und schrieb:

> »Die Ehre gebietet es mir, mich der Denunziation meiner Mitbürger zu verweigern, ich bitte daher die erlauchten Generäle von Röder und Sturm, sich die erwünschte Information von jemand anderem als von mir zu verschaffen.
>
> Frankfurt, den 22. Juli 1866
> Friedrich Baron von Bülow.«

Dann stand er auf und mit leichter Verbeugung übergab er dem General das Schriftstück.

»Was hat das zu bedeuten?«, fragte er.

»Lesen Sie es, General«, sagte Friedrich.

Der General las und blickte seinen Stabschef von der Seite an.

»Aha, aha!«, sagte er, »ich sehe, wie man mir antwortet, wenn ich um einen Gefallen bitte. Lassen Sie mich sehen, wie man mir antwortet, wenn ich einen Befehl gebe. Setzen Sie sich und schreiben Sie – «

»Befehlen Sie mir, eine Batterie zu laden, und ich tue es, aber Sie werden mir nicht befehlen, ein Steuereintreiber zu werden.«

»Ich habe General von Röder versprochen, ihm die Namen und Adressen zu besorgen, und ich habe ihm gesagt, dass Sie diese liefern werden. Er wird sich wegen der Liste direkt an Sie wenden. Was soll ich ihm sagen?«

»Sie werden ihm berichten, ich hätte die Auflistung verweigert.«

Sturm verschränkte seine Arme und ging auf Friedrich zu.

»Sie sind also der Meinung, dass ich einem Mann unter meinem Kommando erlauben würde, mir irgendetwas zu verweigern?«

»Ich glaube, Sie werden darüber nachzudenken haben, dass Sie mir nicht bloß einen ungerechten, sondern einen entehrenden Auftrag erteilt haben und Sie werden die Begründung meiner Weigerung danach zu beurteilen haben. Lassen Sie mich gehen, General, und lassen Sie einen Polizeioffizier kommen. Er wird keinen Befehl verweigern, weil dies in seinem Aufgabenbereich liegt.«

»Baron«, entgegnete Sturm, »ich hatte mir vorgenommen, dem König einen geeigneten Diener nachzuschicken, den ich selbst zur Auszeichnung vorgeschlagen habe. Ich kann aber nicht jemanden auszeichnen, über den ich mich beschweren muss. Geben Sie mir den Brief an Seine Majestät zurück.«

Friedrich warf den Brief mit einer Geste der Geringschätzung auf den Tisch. Das Gesicht des Generals lief purpurrot an, Zornesflecken wurden darauf sichtbar, seine Augen loderten.

»Ich werde an den König schreiben«, schrie er wütend »und er wird erfahren, wie seine Offiziere ihm dienen.«

»Schreiben Sie Ihre Darstellung und ich werde die meine schreiben«, antwortete Friedrich kalt, »und er wird erfahren, wie unehrenhaft seine Generäle in seinem Namen handeln.«

Sturm stürzte auf ihn zu und hob seine Pferdepeitsche.

»Sie haben unehrenhaft gesagt, mein Herr! Sie werden das Wort nicht wiederholen, nehme ich an?«

»Unehrenhaft«, sagte Friedrich kalt.

Sturm stieß einen Wutschrei aus und hob seine Peitsche, um den jungen Offizier zu schlagen, aber als er die kaltblütige Beherrschung Friedrichs wahrnahm, ließ er den Arm sinken.

»Wer droht, schlägt, mein Herr«, sagte Friedrich, »und es ist so, als hätten Sie mich geschlagen.«

Er ging zum Tisch und schrieb ein paar Zeilen. Dann öffnete er die Tür zum Vorraum und rief den sich dort aufhaltenden Wachoffizieren zu:

»Meine Herren«, sagte er, »ich vertraue Ihnen als Ehrenmännern dieses Schreiben an. Lesen Sie bitte laut vor, was geschrieben steht.«

> »Hiermit reiche ich meinen Rücktritt ein als Leiter des Stabes von General Sturm und als Offizier der Preußischen Armee.
>
> Datiert am Mittag des 22. Juli 1866
> Friedrich Baron von Bülow.«

»Das bedeutet?«, fragte Sturm.

»Das bedeutet, dass ich nicht länger weder im Dienste Seiner Majestät noch unter Ihrem Kommando stehe, und dass Sie mich beleidigt haben. Meine Herren, dieser Mann drohte mit seiner Peitsche mich zu schlagen. Da Sie mich dadurch beleidigt haben, schulden Sie mir Genugtuung. Verwahren Sie mein Rücktrittsschreiben, meine Herren, und seien Sie meine Zeugen, dass ich frei von allen militärischen Pflichten bin von dem Moment an, an dem ich diesem Mann da erklärte, dass ich nicht mehr sein Untergebener bin. Herr, Sie haben mich tödlich beleidigt und dafür werde ich Sie töten – oder Sie mich.«

Sturm brach in lautes Lachen aus.

»Sie haben mir Ihren Rücktritt mitgeteilt«, sagte er, »nun gut, ich nehme ihn nicht an. Begeben Sie sich in Arrest, mein Herr«, sagte er fußstampfend und lief auf Friedrich zu, »fünfzehn Tage Haft für Sie.«

»Sie haben nicht länger das Recht, mir Befehle zu erteilen«, sagte Friedrich und riss sich die Epauletten ab.

Sturm, aufgebracht, fuchsteufelswild und vor Wut schäumend, hob wiederum die Peitsche gegen seinen Stabschef, aber dieses Mal schlug er zu und traf Wange und Schulter. Friedrich, der bis dahin sich zurückgehalten hatte, stieß einen Wutschrei aus, griff zur Seite und zog seinen Säbel.

»Dummkopf«, rief Sturm und brach in schallendes Gelächter aus, »Sie werden nach Kriegsrecht erschossen.«

Daraufhin verlor Friedrich ganz und gar seinen Kopf, er drang auf den General ein, fand sich aber von vier Offizieren gehindert, die sich ihm in den Weg stellten. Einer flüsterte ihm zu: »Bringen Sie sich in Sicherheit; wir werden ihn schon beruhigen.«

»Und ich«, sagte Friedrich, »mich hat er geschlagen, wer wird mich beruhigen?«

»Wir geben Ihnen unser Ehrenwort, dass wir den Schlag nicht gesehen haben«, sagten die Offiziere.

»Aber ich habe ihn gespürt. Auch habe ich mein Ehrenwort gegeben, dass einer von uns sterben muss, ich muss mich entsprechend verhalten. Guten Tag, meine Herren.«

Zwei der Offiziere versuchten ihm zu folgen.

»Donner und Doria! Meine Herren«, schrie der General ihnen nach, »kommen Sie zurück. Niemand verlässt den Raum, ausgenommen dieser Verrückte da, den soll die Militärpolizei verhaften!«

Die Offiziere kamen mit hängenden Köpfen zurück. Friedrich stürzte aus dem Zimmer. Die erste Person, der er im Treppenhaus begegnete, war die alte Baronin von Beling.

»Gütiger Himmel! Was haben Sie mit dem blanken Säbel vor?«, fragte sie.

Er stieß die Waffe in seine Scheide zurück. Darauf eilte er zu seiner Frau und umarmte sie und sein Kind.

Zehn Minuten später hörte man einen Schuss aus Friedrichs Zimmer. Benedict, der sich bei Karl aufhielt, rannte los und öffnete gewaltsam die Tür.

Friedrich lag tot auf dem Fußboden, seine Stirn von einer Kugel zerschmettert. Er hatte diese Notiz auf dem Tisch zurückgelassen:

> »Entehrt durch einen Schlag ins Gesicht durch General Sturm, der mir Genugtuung verweigerte, kann ich nicht weiterleben. Mein letzter Wille ist, dass meine Gattin im Witwenkleid heute Abend nach Berlin fährt, um dort die Zurücknahme der Kontribution der 25 Millionen Gulden zu erbitten, welche die Stadt, wie ich bezeuge, nicht zu zahlen in der Lage ist.
> Mein Freund Benedict Turpin, dessen bin ich mir sicher, wird mich rächen.
>
> Baron Friedrich von Bülow.«

Benedict hatte gerade Zeit, zu Ende zu lesen, als er sich auf einen Schrei hin umdrehte. Er kam von der armen Witwe.

Nachdem er Emma der Fürsorge ihrer Mutter überlassen hatte, ging Benedict auf sein Zimmer und beschrieb vier Blätter, jeweils folgenden Inhalts:

> »Baron Friedrich von Bülow hat sich soeben selbst erschossen in Folge einer Beleidigung durch General Sturm, der ihm die Satisfaktion verweigerte. Sein Leichnam liegt im Hause der Familie Chandroz; seine Freunde sind somit eingeladen, ihm dort seine letzte Ehre zu erweisen.
>
> Sein Vollstrecker
> Benedict Turpin
>
> P.S. – Sie sind hiermit aufgefordert, die Nachricht über seinen Tod weiter zu verbreiten und nach Möglichkeit öffentlich bekannt zu machen.«

Nachdem er sie unterzeichnet hatte, ließ er sie durch Hans an die vier engsten Freunde Friedrichs zustellen. Dann ging er treppab in die Räumlichkeiten General Sturms und ließ sich anmelden.

Der Name ›Benedict Turpin‹ war General Sturm völlig unbekannt; er befand sich in Gesellschaft der Offiziere, die Augenzeuge der Auseinandersetzung mit Friedrich gewesen waren und sagte sofort, »Lassen Sie ihn hereinkommen!« Obwohl er keine Ahnung von dem hatte, was geschehen war, zeigte das Gesicht des Generals ungeschminkt die Spuren leidenschaftlicher Wut.

Benedict betrat den Raum.

»Mein Herr«, sagte er, »vielleicht haben Sie keine Ahnung von dem Nachspiel aus der Begegnung zwischen Ihnen und meinem Freund, Friedrich von Bülow. Ich muss Sie darüber aufklären, dass mein Freund, nachdem Sie ihm die Genugtuung verweigert haben, sich in den Kopf geschossen hat.«

Der General zuckte zusammen. Die Offiziere blickten sich bestürzt an.

»Meines Freundes letzter Wunsch ist auf diesem Blatt Papier niedergeschrieben. Ich werde ihn jetzt vorlesen.«

Der General, nervös zuckend, setzte sich.

»Entehrt durch einen Schlag ins Gesicht von General Sturm, der mir Genugtuung verweigerte, kann ich nicht weiterleben. Hören Sie mir überhaupt zu?«, fragte Benedict.

Der General gab ein Zeichen der Zustimmung.

»Mein letzter Wille ist, dass meine Gattin im Witwenkleid heute Abend nach Berlin fährt, um dort die Zurücknahme der Kontribution von 25 Millionen Gulden zu erbitten, welche die Stadt, wie ich bezeuge, nicht zu zahlen in der Lage ist. Ich habe die Ehre, Sie darüber zu informieren, mein Herr«, fügte Benedict hinzu, »dass ich Madame von Bülow nach Berlin begleiten werde.«

General Sturm stand auf.

»Einen Augenblick«, sagte Benedict, »da ist eine Schlusszeile, sie werden einsehen, dass diese von einiger Bedeutung ist. ›Mein

Freund Benedict Turpin, dessen bin ich mir sicher, wird mich rächen.‹«

»Was bedeutet das, mein Herr?«, sagte der General, während die Offiziere atemlos dabeistanden.

»Das bedeutet, dass Sie bezüglich Zeit und Wahl der Waffen alsbald von mir hören werden, dass ich vorhabe, Sie zu töten und so Friedrich von Bülow zu rächen.«

Und Benedict verließ den Raum, zuerst den General und dann die jungen Offiziere grüßend, bevor sie sich alle von ihrer Verblüffung erholen konnten.

Als er das andere Zimmer erreichte, war Emma, die den letzten Wunsch ihres Gatten gelesen hatte, bereits dabei, die letzten Vorbereitungen für ihre Reise nach Berlin zu treffen.

Der Bürgermeister

Zwei Verfügungen in Friedrichs letztem Willen hatten Sturm vornehmlich erschüttert. Erstens sein Vermächtnis an Benedict ihn zu rächen. Um ihm jedoch Gerechtigkeit widerfahren zu lassen, muss man zugestehen, dass ihm das die geringste Sorge bereitete. Es gibt einen unglücklichen Fehlschluss unter den Militärs, dass man Tapferkeit nur bei Uniformierten vorfindet, und dass man den Tod aus nächster Nähe erlebt haben muss, um vor ihm keine Angst zu haben. Nun wissen wir, Benedict war in dieser Hinsicht auf Augenhöhe mit den tapfersten Soldaten. Unter welchen Bedingungen auch immer er dem Tod begegnete, ob im Angesicht eines Bajonetts, der Krallen eines Tigers, des Rüssels eines Elefanten oder der giftigen Zähne einer Schlange, es war immer der Tod – der Abschied vom Sonnenschein, vom Leben, von der Liebe, von allem Großartigen und von dem, was das Herz schneller schlagen lässt – und sein letzter Ort, dieses dunkle Geheimnis, das wir Grab nennen. Aber Sturm erkannte nicht die Todesgefahr, denn seine Wahrnehmung drang nicht durch den Schutzpanzer seines eigenen Temperaments und Charakters hindurch. Er konnte lediglich die momentane Bedrohung wahrnehmen, die er mit Schreien, Gestikulieren, Drohungen und Flüchen begleitete. Auch gab ihm Benedicts äußerste Höflichkeit nicht den geringsten Hinweis auf eine wirkliche Gefahr. Wie alle vulgären Menschen nahm er an, dass ein Duellant mit höflichen Umgangsformen darauf abzielt, sich mit ebendiesen eine Rückzugsmöglichkeit offen zu halten.

Deswegen beunruhigte Friedrichs Vermächtnis ihn wenig. Aber er verfügte auch, dass Frau von Bülow sich nach Berlin begeben solle, um die Königin zur Zurücknahme der Frankfurt auferlegten Kontributionen zu ersuchen. Er entschied, General von Röder unverzüglich aufzusuchen, um ihm über das Vorgefallene Bericht zu erstatten.

Er fand einen vor Wut wegen des Senatsbeschlusses rasenden von Röder vor. Nachdem er Sturms Bericht gehört hatte, entschied er, sich auf seine alte Taktik zurückzubesinnen. Er nahm einen Stift und schrieb:

»An die Herren Fellner und Müller, Bürgermeister von Frankfurt und Regierungsverwalter.
Ich muss Sie bitten, mir um zehn Uhr morgen früh eine Liste mit den Namen und den Adressen aller Mitglieder des Senats, des ständigen Repräsentantenhauses und der gesetzgebenden Versammlung vorzulegen, Hauseigentümer sollen dabei als solche gesondert gekennzeichnet werden.

von Röder.

P.S. – Waagen zum Abwiegen des Goldes stehen unter General von Röders Adresse zur Verfügung. Eine Antwort auf diese Depesche ist erforderlich.«

Darauf wies von Röder eine Ordonanz an, das Dokument Fellner als dem älteren Bürgermeister zuzustellen. Fellner war nicht zu Hause. Er hatte gerade von Benedict die traurige Neuigkeit erhalten und war, als einer von Friedrichs engsten Freunden, zum Hause Chandroz geeilt, wobei er allen, denen er unterwegs begegnete, den letzten Stand der Dinge mitteilte.

In kürzerer Zeit, als der, die es braucht, all dies hier zu berichten, verbreitete sich die Tatsache über Friedrichs Tod in der Stadt und ihre führenden Bürger, kaum fähig, sie zu glauben, trafen in dem Zimmer zusammen, wo sein Leichnam aufgebahrt lag.

Fellner wunderte sich, dass er Emmas nicht ansichtig wurde; er erfuhr von ihrer Abreise nach Berlin und er wollte nachgerade den Grund dieses unbegreiflichen Schrittes erfragen, als Kanzler Kugler hereinplatzte mit dem Brief General von Röders in der Hand. Fellner öffnete ihn sofort, las ihn durch und dachte nach. Auf die Totenbahre zugehend blickte er auf seinen toten Freund. Nach einigen Sekunden stillen Gedenkens beugte er sich nieder, küsste die Stirn und murmelte: »Es ist nicht immer nur der Soldat, der zu sterben weiß.«

Darauf verließ er langsamen Schrittes das Anwesen, durchquerte gebeugten Hauptes seine Stadt, erreichte sein Haus und schloss sich in seinem Zimmer ein. Es wurde Abend – das Abendessen ist die wichtigste Mahlzeit in Deutschland. Es ist die vergnügliche Essenszeit, in der, besonders in geschäftigen Städten, das Familienoberhaupt die Zeit findet, sich des Zusammenseins mit seiner Frau und seinen Kindern zu erfreuen. Dagegen ist eine Mahlzeit gegen zwei Uhr nachmittags eingenommen bloß eine Unterbrechung, die man sich in Hast von seiner Geschäftszeit stiehlt. Aber ab acht Uhr haben die Geschäftsleute alles Geschirr abgeworfen; es ist die Zeit häuslicher Freuden. Bevor er sich zu erquickendem Schlaf niederlegt, in dem sich der Geschäftsmann für den nächsten Tag erholt, nimmt er regelmäßig eine kleine Pause, in der er sich innerhalb seiner häuslichen Wände des Umgangs mit all denen erfreut, die ihm lieb und teuer sind.

Nichts dieser Art war an diesem Abend des 22. Juli im Hause Fellner möglich. Der Bürgermeister drückte vielleicht ein wenig heftiger als sonst seinen Kinder seine gewohnte väterliche Zärtlichkeit aus, aber jene zeigte einen Anflug von Schwermütigkeit. Seine Frau, deren Blick die ganz Zeit nicht von ihm wich, war nicht in der Lage, ein Wort herauszubringen; Tränen standen in ihren Augen. Die älteren Kinder, welche die Traurigkeit ihrer Mutter mitbekamen, saßen still; aber die Stimmen der Kleinen, die sich wie Vogelzirpen anhörten, vermochten zum ersten Male nicht eine lächelnde Erwiderung ihrer Eltern zu bewirken.

Von Kugler war traurig. Er war einer jener Männer, die rasch und kraftvoll handeln, ohne vom geraden Kurs der Ehre abzuweichen. Ohne Zweifel hatte er sich schon gesagt: »Wäre ich an seiner Stelle, wüsste ich, was ich zu tun hätte.«

Das Abendessen zog sich dahin. Alle schienen sich nur ungern von der Tafel erheben zu wollen. Die Kinder waren bereits eingeschlafen, keine Ermahnung war von dem Kindermädchen zu hören. Schließlich ging Mina, die älteste Tochter, an das Klavier, um den Deckel für die Nacht zu schließen, dabei streifte sie ungewollt die Tasten.

Der Bürgermeister erschauerte.

»Komm Mina«, sagte er, »spiel mir Webers ›Letzte Gedanken‹ vor; du weißt, das ist mein Lieblingsstück.«

Mina begann zu spielen und die reinen, schwermütigen Noten rollten wie goldene Perlen in eine Kristallschale. Der Bürgermeister stützte sein gebeugtes Haupt mit den Händen, während er dieser ach so süßen poetischen Melodie lauschte, deren letzter Ton ausklang wie der letzte Seufzer eines Engels im Exil auf Erden.

Fellner half dem Mädchen auf und küsste es. Sie rief beunruhigt aus:

»Was ist los mit dir, Vater? Du weinst doch nicht etwa?«

»Ich?«, sagte Fellner rasch. »Was für ein Unsinn, mein Kind«, dabei versuchte er ein Lächeln.

»Oh!«, murmelte Mina, »Du kannst sagen, was du willst, Vater, aber ich habe eine Träne gefühlt; sieh nur«, fuhr sie fort, »meine Wange ist feucht.«

Fellner legte einen Finger auf ihren Mund. Mina küsste ihn.

In diesem Moment war Fellner nahe dabei aufzugeben, aber Kugler murmelte in sein Ohr:

»Sei ein Mann, Fellner!« Er ergriff die Hand seines Schwagers.

Bis elf Uhr – niemals zuvor, ausgenommen bei Tanzeinladungen oder Abendgesellschaften – hatte die Familie so spät noch zusammengesessen. Fellner küsste seine Frau und seine Kinder.

»Aber, du gehst sicherlich nicht noch einmal weg?«, sagte Frau Fellner.

»Nein, meine Liebe.«

»Dein Kuss war wie ein Abschied.«

»Ein Abschied für eine kleine Weile«, erwiderte der Bürgermeister und versuchte dabei zu lächeln. »Beunruhige dich nicht, ich werde mit deinem Bruder noch etwas arbeiten, das ist alles.«

Frau Fellner sah ihren Bruder an und dieser gab ein Zeichen der Zustimmung. Ihr Gatte geleitete sie bis zur Türe ihres Schlafzimmers:

»Geh' schlafen, meine Teure«, sagte er, »wir haben viel Arbeit vor uns, die bis morgen getan sein will.«

Sie verharrte regungslos, bis sie ihn das Zimmer ihres Bruders betreten sah.

Frau Fellner verbrachte die Nacht im Gebet. Diese einfache Frau, deren einzige Beredsamkeit sich in dem Satz ›Ich liebe dich‹ erschöpfte, fand für ihren Mann Worte der Fürbitte bei Gott. Sie betete so lange und leidenschaftlich, bis sie nach einiger Zeit von der Müdigkeit überwältigt dort, wo sie gerade kniete, einschlief. So groß war ihr Schlafbedürfnis.

Als sie gegen Morgen ihre Augen öffnete, sickerte gerade das erste Licht der Dämmerung durch die Fensterläden. Alles erschien ihr fremd und unwirklich zu solch einer Stunde. Es war weder Nacht noch Tag, und nichts sah aus, wie zu irgendeiner anderen Tageszeit. Sie blickte sich um. Ein Gefühl der Schwäche kroch in ihr hoch, sie fröstelte und plötzlich hatte sie Angst. Sie blickte auf das Bett – ihr Gatte lag nicht darin. Sie stand auf, aber alles verschwamm vor ihren Augen. »Ist es möglich«, dachte sie, »dass der Schlaf auch ihn während der Arbeit überrascht hat? Ich muss zu ihm.« Darauf tastete sie sich vorwärts durch den Flur, der dunkler als ihr Zimmer war, bis sie das seine erreichte. Sie klopfte an die Zimmertür. Es kam keine Antwort. Sie klopfte lauter, aber alles blieb ruhig. Ein drittes Mal klopfte sie an und rief ihren Mann mit Namen.

Endlich zitternd vor Angst, in böser Vorahnung des Anblickes, vor dem sie sich am meisten fürchtete, stieß sie die Türe auf. Zwischen ihr und dem Fenster hing wie ein schwarzer Schatten im Gegenlicht der ersten Sonnenstrahlen der Leichnam ihres Mannes an einem Hosenträger, darunter ein umgestürzter Stuhl.

Königin Augusta

Die ganze Nacht hindurch, die für die Familie Fellner so gramvoll geworden war, fuhr die Baronesse von Bülow im Schnellzug nach Berlin, wo sie gegen acht Uhr in der Frühe ankam.

Unter anderen Umständen hätte sie die Königin schriftlich um eine Audienz gebeten und sich den Gepflogenheiten der Etikette unterworfen, aber sie hatte keine Zeit zu verlieren. General von Röder hatte einen Aufschub für die Zahlung der Schulden um lediglich 24 Stunden gestattet. Diese würde um zehn Uhr fällig und im Falle der Nichterfüllung wäre die Stadt einer sofortigen Kanonade und Plünderungen ausgesetzt. Wandzeitungen an den Straßenecken kündigten für zehn Uhr des folgenden Tages an, dass der General im alten Senatssaal mit seinem Stab warten werde, um die Abgaben entgegenzunehmen. In der Tat durfte sie keinen Moment verlieren.

Frau von Bülow nahm daher sofort nach Verlassen des Zuges eine Droschke und fuhr geradewegs zum Kleinen Palais vor, wo die Königin seit Kriegsbeginn zu wohnen pflegte. Dort sprach Frau von Bülow beim Kammerdiener Waals vor, der, wie wir schon früher erwähnten, ein Freund ihres Mannes war; er erschien sofort, und als er sie ganz in schwarz gekleidet erblickte, rief er aus:

»Gütiger Gott! Ist Friedrich gefallen?«

»Er fiel nicht, mein lieber Graf, er beging Selbstmord«, antwortete die Baronesse. »Ich muss mich unverzüglich mit der Königin treffen.«

Der Kammerdiener machte keine weiteren Umstände. Er wusste um des Königs Wertschätzung, auch war er im Bilde, dass die Witwe der Königin persönlich bekannt war. Er eilte davon und bat um die ersehnte Audienz. Königin Augusta war in ganz Deutschland für ihre außerordentliche Liebenswürdigkeit und ihre überragende Intelligenz bekannt. Kaum hatte sie von ihrem Kammerdiener erfahren, dass Emma in Trauerkleidung vorgesprochen hatte, möglicherweise um eines Gefallens wegen, da rief sie aus:

»Lasst sie vor! Lasst sie eintreten!«

Frau von Bülow wurde sofort vorgelassen. Beim Durchschreiten des Vorraumes bemerkte sie jedoch, dass die Tür zu den königlichen Gemächern offen stand und sie erkannte Königin Augusta, die sie im Flur bereits erwartete. Die Baronesse blieb sofort stehen und machte einen Hofknicks. Sie brachte kaum einen klaren Satz hervor, denn die einzigen Worte, die sie herausbrachte, waren: »Oh! Eure Majestät!«

Die Königin trat auf sie zu und richtete sie auf.

»Was wollen Sie von mir, meine liebe Baronesse?«, fragte sie. »Was führt Sie zu mir und warum tragen sie Trauer?«

»Ich bin in Trauer, Eure Majestät, wegen eines Mannes und wegen einer Stadt, mir beide lieb und teuer. Wegen meines Mannes, weil er tot ist, und wegen meiner Vaterstadt, weil sie dem Tode geweiht ist.«

»Dein Gatte ist tot! Armes Kind! Waals hat es mir berichtet und fügte hinzu, er habe sich selbst getötet. Was mag ihn zu solch einer Tat getrieben haben? Sprechen Sie und wir werden das Unrecht wieder gutmachen!«

»Das ist es nicht, was mich hierher gebracht hat, gnädige Frau. Ich bin nicht die Person, der mein Mann die Pflicht zur Vergeltung aufgetragen hatte. In dieser Hinsicht überlasse ich sie Gottes Fügung und sie wird ihren Lauf nehmen. Was mich hierher bringt, gnädige Frau, ist die verzweifelte Lage einer Stadt, die zu vernichten Eure Armee, nein eher Eure Generäle beschlossen zu haben scheinen.«

»Kommen Sie, mein Kind und berichten Sie mir davon«, sagte die Königin.

Sie führte Emma in ihren Salon und hieß sie, sich neben sie zu setzen, Emma aber glitt vom Sofa und kniete wieder vor der Königin nieder.

»Gnädige Frau«, sagte sie, ›Sie wissen, die Stadt von der ich spreche ist Frankfurt.«

»Ich besuchte Frankfurt letztes Jahr«, sagte die Königin, »und ich erhielt dort die freundlichste Aufnahme, die man sich vorstellen kann.«

»Möge die Erinnerung meiner Absicht förderlich sein! Es fing mit General Falkenstein an, der, sobald er unsere Stadt besetzt hatte, von ihrer Obrigkeit eine Kriegssteuer von sieben Millionen Gulden einforderte. Die Kontributionen wurden bezahlt, darüber hinaus wurden zusätzliche Abgaben in Naturalien aufgebracht, etwa im gleichen Wert. Das machte summa summarum vierzehn Millionen, auferlegt einer kleinen Stadt von 72.000 Einwohnern, deren Bewohner zur Hälfte Ausländer sind, die konsequenterweise nichts zu den Zahlungen beitrugen.«

»Und Frankfurt hat bezahlt?«, fragte die Königin.

»Frankfurt hat gezahlt, gnädige Frau, dazu war es noch in der Lage. Sein Nachfolger General von Manteuffel erschien und erlegte nun seinerseits eine neue Kriegssteuer in Höhe von 25 Millionen Gulden auf. Solch eine Steuer, auf achtzehn Millionen Untertanen verteilt, gnädige Frau, würde Milliarden an Münzgeld erfordern, mehr als auf der ganzen Welt verfügbar ist. Jetzt, in eben dieser Stunde sind Kanonen in den Straßen und auf den strategisch wichtigen Stellen der Stadt postiert. Falls die Summe heute um Schlag zehn nicht gezahlt wird – und sie kann nicht aufgebracht werden, gnädige Frau – wird die Stadt beschossen und zur Plünderung freigegeben, eine neutrale Stadt, eine offene Stadt ohne Mauern und ohne Stadttore, die sich nicht verteidigt hat und sich nicht verteidigen konnte.«

»Und wie kommt es, mein Kind«, fragte die Königin, »dass Sie, eine Frau, es auf sich genommen haben, um Gerechtigkeit für diese Stadt zu bitten? Sie hat doch eine Stadtregierung.«

»Es gibt keinen Magistrat mehr, gnädige Frau. Der Rat der Stadt wurde aufgelöst und zwei der Kanzler wurden in Haft genommen.«

»Und die Bürgermeister?«

»Diese wagen keinerlei Schritte zu unternehmen, aus Furcht erschossen zu werden. Gott ist mein Zeuge, gnädige Frau, dass ich mich nicht zu diesem Bittgang für diese unglückliche Stadt gedrängt habe. Es war mein Mann, der mir vermachte ›Geh!‹, und ich ging.«

»Aber was kann man dagegen unternehmen?«, fragte die Königin.

»Eure Majestät braucht keinen Ratgeber außer Eurem Herzen. Aber, ich wiederhole, falls heute bis zehn Uhr kein königlicher Gegenbefehl erlassen wird, ist Frankfurt verloren.«

»Wenn nur der König hier wäre«, sagte die Königin.

»Dank der Telegraphie, wie Eure Majestät wissen, spielt die Entfernung heutzutage keine Rolle mehr. Ein Antworttelegramm von Seiner Majestät könnte innerhalb einer halben Stunde hier eintreffen und in einer weiteren halben Stunde wäre die Antwort nach Frankfurt weitergesendet.«

»Sie haben recht«, sagte Königin Augusta während sie zu einem kleinen, von Papieren überladenen Schreibtisch schritt. Sie schrieb:

> »An Seine Majestät, den König von Preußen.
> Berlin, den 23. Juli 1866
> Majestät, ich wende mich demütig und allen Ernstes flehend an Euch, dass die Entschädigung von 25 Millionen Gulden, willkürlich der Stadt Frankfurt auferlegt, die bereits 14 Millionen in Geld und in Gütern bezahlt hat, zurückgenommen werden möge.
> Eure demütigste Dienerin und Eure Euch liebende Frau,
> Augusta.
> P.S. – Bitte antwortet sofort.«

Sie reichte das Schreiben Emma, die es durchlas und zurückreichte, darauf läutete sie nach Herrn von Waals, welcher augenblicklich erschien.

»Überbringen Sie dieses Telegramm dem Telegrafenamt und warten Sie, bis die Antwort kommt. Und Sie, mein Kind«, fuhr die Königin fort, »lassen Sie uns über Sie nachdenken. Sie müssen erschöpft und hungrig sein.«

»Oh, gnädige Frau!«

Ein zweites Mal benutzte die Königin das Glöckchen.

»Mein Frühstück«, sagte sie, »die Baronesse wird mit mir zusammen speisen.«

Ein Imbiss wurde aufgetragen, wovon die Baronesse jedoch kaum einen Bissen anrührte. Bei jedem Geräusch zuckte sie zusammen, im Glauben, es rühre von Herrn von Waals her. Nach einiger Zeit hörte sie hastige Schritte, die Türe öffnete sich und von Waals erschien. In seiner Hand hielt er ein Telegramm. Emma, die Gegenwart der Königin vergessend, stürzte auf ihn zu, doch dann auf halbem Weg hielt sie inne, voller Scham.

»Oh, gnädige Frau, verzeiht mir«, sagte sie.

»Nein, nein«, erwiderte die Königin, »nehmen Sie es entgegen und lesen Sie vor.«

Emma öffnete mit zittrigen Händen die Depesche, las es durch und stieß einen Ruf der Freude aus. Es enthielt folgenden Wortlaut:

> »Auf Bitten Unserer geliebten Gemahlin, die Entschädigungsforderung von 25 Millionen Gulden, auferlegt von General von Manteuffel, ist hiermit widerrufen.
>
> Wilhelm.«

»Nun«, sagte die Königin, »an wen soll man die Depesche schicken, damit sie noch rechtzeitig in die richtigen Hände gelangt? Sie, liebes Kind, sind die Person, der man diesen Gefallen gewährt hat, und die daraus folgende Ehre sollte Ihnen gebühren. Sie sagten, es sei wichtig, dass des Königs Entscheidung bis um zehn Uhr in Frankfurt bekannt sein muss. Sagen Sie mir, an welche Person soll ich es adressieren?«

»In der Tat, gnädige Frau, ich weiß nicht, was ich auf eine solche Liebenswürdigkeit antworten soll«, sagte die Baronesse, kniete nieder und küsste die Hände der Königin. »Ich weiß, die geeignetste Person, an die es adressiert werden sollte, wäre der Bürgermeister. Aber wer weiß schon, ob der Bürgermeister nicht schon geflohen oder gar im Gefängnis ist? Ich denke, um sicher zu gehen – entschuldigt bitte meinen Egoismus, gnädige Frau – und wenn Ihr mir die Ehre gebt, mich um meinen Rat zu fragen, dann möchte ich Euch bitten, es an Frau von Beling, meine Großmutter, aufzugeben. Sie wird, da bin ich mir ganz sicher, keinen Moment verlieren, die Depesche in die richtigen Hände zu geben.«

»Was Sie wünschen wird geschehen, mein liebes Kind«, sagte die Königin, und sie fügte dem Telegramm hinzu:

> »Diese Gunst wurde Königin Augusta durch Ihren wohlwollenden Gemahl, König Wilhelm erwiesen; um diese jedoch wurde die Königin ersucht durch Ihre treue Freundin, Baronesse von Bülow, Ihre erste Hofdame.
>
> Augusta.«

Die Königin hob Emma von ihren Knien, küsste sie, löste von ihrer Schulter den Königin-Louise-Orden und befestigte diesen an der Schulter der Baronesse.

»Und nun zu Ihnen«, sagte sie. »Sie brauchen einige Stunden Ruhe und Sie werden nicht eher gehen, bis Sie sich ausgeruht haben.«

»Ich bitte Ihre Majestät um Verzeihung«, antwortete die Baronesse, »aber zwei Personen warten auf mich, mein Mann und mein Kind.«

Trotzdem musste Emma warten, da vor ein Uhr nachmittags kein Zug abfahren würde.

Die Königin gab Befehl, Emma die gleichen Aufmerksamkeiten angedeihen zu lassen, als wäre sie eine Hofdame; sie ließ sich überreden, ein Bad zu nehmen und einige Stunden auszuruhen, auch ließ man ihr ein Abteil reservieren für den Zug nach Frankfurt.

Diese Stadt befand sich mittlerweile im Zustand der Konsternation. Zusammen mit seinem Stab erwartete General von Röder in dem Magistratssaal die angeforderte Zahlung; Waagen standen bereit zum Zählen. Um neun Uhr marschierten die Kanoniere auf mit brennenden Lunten in den Händen und nahmen ihre Positionen an den Batterien ein.

In der ganzen Stadt herrschte tiefster Schrecken. Den abschließenden Vorbereitungen, welche die Frankfurter mitverfolgten, entnahmen sie, dass man von den preußischen Generälen keine Gnade zu erhoffen hatte. Die gesamte Bevölkerung erwartete hinter verschlossenen Türen ängstlich das Schlagen der zehnten Stunde, die den Untergang der Stadt ankündigen sollte.

Plötzlich machte überall ein fürchterliches Gerücht die Runde, dass nämlich der Bürgermeister seinem Leben ein Ende gesetzt habe, weil er seine Mitbürger nicht denunzieren wollte. Einige Minuten vor zehn verließ ein Mann, ganz in Schwarz gekleidet, das Haus Fellner; es war dessen Schwager, Herr von Kugler, der in seiner Hand ein Seil hielt. Ohne sich von jemandem ansprechen oder aufhalten zu lassen, lief er stur geradeaus, bis er den Römer erreichte, dort stieß er mit seinen Armen die Wachleute zur Seite, die ihn an der Eingangstüre des Saales, wo General von Röder eine Versammlung leitete, am Weitergehen hatten hindern wollen, ging auf die Waagen zu und warf auf eine Schale das Seil, das er mitgebracht hatte.

»Da«, sagte er, »das ist das Lösegeld der Stadt Frankfurt.«

»Was hat das zu bedeuten?«, fragte General von Röder.

»Das bedeutet, Bürgermeister Fellner hat es vorgezogen, sich mit diesem Seil zu erhängen, als dass er Ihnen Folge leistete. Möge sein Tod auf alle die Häupter fallen, die dafür verantwortlich sind.«

»Aber die Kontribution muss trotzdem aufgebracht werden«, entgegnete General von Röder brutal, während er weiter seine Zigarre rauchte.

»Es sei denn«, sprach Benedict Turpin, der gerade eben hereingekommen war, ruhig dazwischen, »König Wilhelm hätte sie der Stadt Frankfurt erlassen.«

Dabei faltete er die Depesche auseinander, die er kurz vorher von Frau von Beling erhalten hatte und las mit lauter Stimme den gesamten Inhalt General von Röder vor.

»Mein Herr«, sagte er, »ich rate Ihnen, die 25 Millionen Gulden in Ihrer Bilanz als Verlust abzubuchen. Ich habe die Ehre, Ihnen die Depesche als Quittung zu überlassen.«

Die beiden Trauerzüge

Zwei unterschiedliche Neuigkeiten machten zur selben Zeit in der Stadt die Runde: eine erschreckende sowie eine erfreuliche. Die erschreckende Nachricht war, dass der Bürgermeister, der zwei der höchsten Ämter der kleinen, aber jetzt ausgelöschten Republik innegehabt hatte, Vater von sechs Kindern und ein Muster an häuslichen Tugenden, es vorgezogen hatte, sich zu erhängen als einem habgierigen und rücksichtslosen Militär die Geheimnisse privaten Wohlstands preiszugeben. Die erfreuliche Nachricht war, dass dank der Fürsprache Frau von Bülows und des Einspruchs der Königin bei ihrem Gatten, der Stadt Frankfurt die 25 Millionen Gulden Kontribution erlassen worden waren.

Man wird leicht verstehen, dass niemand in der Stadt von etwas anderem sprach. Wegen des gleichzeitigen Bekanntwerdens eines zweiten mysteriösen Todesfalles heizten sich Erstaunen und Neugier noch mehr auf. Die Leute hätten zu gerne gewusst, wie es dazu kam, dass Friedrich von Bülow seiner Frau diesen frommen Bittgang nach Berlin als letzten Willen aufgetragen hatte, nachdem er, von seinem vorgesetzten Offizier entehrt, sich erschossen hatte, auch weil er einsehen musste, dass er ohne Frankfurter Bürgerrecht mit Leib und Seele dem preußischen Armeereglement unterworfen war. Hatte er gehofft, mit seinem Opfer die schrecklichen Gewalttaten zu sühnen, die von seinen Landsmännern verübt worden waren? Überdies hatten die jungen Offiziere, die Augenzeuge der Auseinandersetzung zwischen Friedrich und dem General waren, sich nicht ganz an das vereinbarte Stillschweigen über den Streit gehalten. Die meisten fühlten sich in ihrer soldatischen Ehre verletzt, Komplizen eines Rachefeldzuges zu sein, dessen Ursache vor langer Zeit in einer obskuren Verärgerung eines Ministers zu suchen war, der hier einst Gesandter gewesen war. Die Vertreter dieser Meinung teilten untereinander das Unbehagen, dass sie weniger die Rolle von Soldaten, sondern eher die von Gerichtsvollziehern und Besatzern spielten. Sie gaben einige Passagen der Auseinandersetzung wieder, so wie diese sich vor ihnen abgespielt hatte und überließen den Rest der Phantasie ihrer Zuhörer.

Es gab einen Befehl, der das Drucken von Plakaten und Transparenten ohne die Erlaubnis des befehlshabenden Offiziers untersagte; aber jeder Drucker in Frankfurt war bereit, diesem Befehl zuwider zu handeln, und genau in dem Augenblick, als Kanzler Kugler des Bürgermeisters Strick auf die Waagschale warf, klebten Tausende von unsichtbaren und unbekannten Händen folgende Bekanntmachung auf die Häuserwände Frankfurts:

> »Um drei Uhr erhängte sich unser ehrenwerter Bürgermeister Fellner und wurde wegen seiner Aufopferungsbereitschaft für die Stadt Frankfurt zum Märtyrer. Mitbürger, betet für ihn.«

Benedict suchte seinerseits den Drucker der »Oberpostamts-Zeitung« auf und vereinbarte mit diesem, innerhalb von zwei Stunden zweihundert Kopien der Telegramme, die zwischen König und Königin ausgetauscht worden waren, auszuliefern. Er verpflichtete jenen zusätzlich zu der Abmachung, falls die Bekanntmachung nicht übermäßig großformatig gerate, diese von seinen Plakatklebern wie üblich anschlagen zu lassen. Diese erklärten sich ihrerseits bereit, das Risiko der Bekanntmachung der neuen Entwicklungen in den Quartieren auf sich zu nehmen. Folglich waren zwei Stunden später zweihundert Plakate neben die erstgenannten geklebt. Diese enthielten folgenden Wortlaut:

> »Gestern, gegen zwei Uhr des Nachmittags, schoss sich, wie bereits bekannt geworden ist, Baron von Bülow eine Kugel in den Kopf in Folge einer Auseinandersetzung mit General Sturm, in deren Verlauf der General seine Ehre kränkte. Die Ursachen des Streites werden nur solchen Leuten ein Rätsel bleiben, die kein Interesse an seiner Lösung haben.
>
> In einer Bestimmung seines letzten Willens verfügte der Baron, Frau von Bülow solle sich nach Berlin begeben, um von Ihrer

Majestät Königin Augusta die Rücknahme der Kontribution von 25 Millionen Gulden, die der General von Manteuffel verhängt hatte, zu erbitten. Die Abreise der Baronesse verzögerte sich gerade so lange, wie sie für das Anlegen ihrer Trauerkleidung benötigte.

Wir sind glücklich, unseren Mitbürgern die beiden königlichen Depeschen zu veröffentlichen, die Frau von Bülow uns hat zuschicken lassen.«

Die Reaktion der Menschen, die sich vor diesen Aushängen versammelten, kann man sich vorstellen. Für einen Augenblick nahm das Aufsehen, das durch die ganze Bevölkerung ging, den Charakter eines Aufruhrs an: Trommeln schlugen, man organisierte Streifen und gab den Befehl aus, die Bürger sollten sich nach Hause begeben.

Die Straßen waren plötzlich menschenleer. Die Kanoniere, die ihre Lunten um zehn Uhr morgens entzündet hatten, standen noch immer feuerbereit bei ihren Kanonen. Diese bedrohliche Lage hielt fast dreißig Stunden an. Schließlich verebbten zwischen dem 25. und 26. Juli alle feindseligen Kundgebungen, da sich zu guter Letzt keine Massen mehr zusammenrotteten, es zu keinerlei weiteren Auseinandersetzungen mehr gekommen und kein einziger Schuss gefallen war.

Am nächsten Morgen wurden neue Mitteilungen geklebt. Sie enthielten die folgende Bekanntmachung:

»Morgen Nachmittag, dem 26. Juli, um zwei Uhr werden die Beisetzungsfeierlichkeiten des letzten Bürgermeisters Fellner und des leitenden Stabsoffiziers Friedrich von Bülow stattfinden.

Die beiden Begräbniszüge werden sich vom jeweiligen Trauerhause aus in Bewegung setzen und sich vor dem Dom vereinigen, wo für die beiden Märtyrer ein Gottesdienst abgehalten werden wird.

Die Familien sind einer Meinung, dass es über diese Bekanntmachung hinaus keiner weiteren Einladung bedarf, und dass

die Bürger Frankfurts ihrer Pflicht nachkommen werden.
Die Beisetzungsvorbereitungen für den Bürgermeister liegen in den Händen seines Schwagers, Kanzler Kugler, und die für Major Friedrich von Bülow in denen von Herrn Benedict Turpin, seinem Testamentsvollstrecker.«

Wir werden uns nicht weiter um eine Schilderung der Häuser der beiden hinterbliebenen Familien bemühen. Frau von Bülow kam gegen ein Uhr am Morgen des 24. Juli zurück. Die Bewohner des Hauses waren noch auf, alle waren um das Bett des Toten versammelt und beteten. Einige der vornehmsten Damen der Stadt waren erschienen und erwarteten die Rückkehr der Baronesse. Sie wurde wie ein Engel empfangen, den das Erbarmen des Himmels zur Erde geschickt hatte.

Aber nach wenigen Minuten erinnerte sie sich der frommen Pflicht, die sie so rasch an die Seite ihres Gatten zurückeilen hieß. Alle zogen sich zurück und man ließ sie allein. Helene ihrerseits wachte über Karl. Zweimal war sie an diesem Tage am Totenbett erschienen, wo sie im stillen Gebet verharrte, danach küsste sie die Stirn des Toten und ging wieder nach oben zurück.

Karl ging es besser; er hatte zwar das volle Bewusstsein noch nicht wiedererlangt, war aber auf dem besten Weg dahin. Seine Augen öffneten sich hin und wieder und er war in der Lage, Helene anzusehen; seine Lippen murmelten Worte der Zärtlichkeit und seine Hand erwiderte ihren Händedruck. Der Chirurg jedoch zeigte sich noch immer besorgt; wann immer er den Verwundeten behandelte, wich er Helenes Fragen aus; und sobald er mit ihr unter vier Augen sprach, wiederholte er auf jede ihrer Fragen immer wieder die gleiche Antwort:

»Wir müssen warten! Nach acht oder neun Tagen kann ich mehr sagen.«

Das Haus der Fellners füllte sich gleichfalls mit Trauernden. Jedermann, der eine bedeutende Stellung in der alten Republik inne gehabt hatte, Senatoren, Mitglieder der gesetzgebenden Versammlung und so weiter, erschien, um diesem toten und rechtschaffenen Mann die letzte

Ehre zu erweisen und dabei an seinem Totenbett Kränze aus Eichenlaub, Lorbeer oder Strohblumen zu hinterlegen.

Seit dem frühen Morgen des 26. Juli, nachdem alle begriffen hatten, dass die Kanonen abgezogen worden waren, und dass die Stadt nicht länger von einem unmittelbar hereinbrechenden Blutbad bedroht war, versammelte sich die gesamte Bewohnerschaft in der Nähe der beiden schwarz verhangenen Tore. Punkt zehn Uhr sammelten sich alle Gilden und Zünfte hinter ihren Fahnen auf der Zeil, wie für eines der großen Feste dieser freien Stadt. Alle aufgelösten Vereine der Stadt marschierten mit wehenden Fahnen auf – obwohl es verboten war, diese Flaggen öffentlich zu zeigen –, entschlossen, für einen weiteren Tag ihr Überleben zu demonstrieren. Da waren die Schützengilde, der Gymnastikverein, die Neubürger-Vereinigung, die Vereinigung der Jungen Miliz, die Sachsenhäuser Bürgervereinigung und der Arbeiter-Bildungsverein. An einer großen Anzahl von Häusern wehten schwarze Fahnen, unter anderem in der Großen Gallusstraße am Kasino, wo die prominentesten Bewohner Frankfurts Mitglieder waren, ebenso am Klubhaus der Neubürgervereinigung, das am Kornmarkt lag, am Sitz der altehrwürdigen Bürgerunion in der Großen Eschenheimer Straße und schließlich am Sachsenhäuser Klub – einem Volksverein, wenn man ihn so bezeichnen darf –, welcher der Bewohnerschaft der so oft genannten Vorstadt gehörte.

Eine ebenso beträchtliche Menschenmenge versammelte sich an der Ecke des Rossmarktes, in der Nähe der Hochstraße. Hier, nur zur Erinnerung, lag das Anwesen, das in der ganzen Stadt als das Haus Chandroz bekannt war, obwohl niemand mehr dieses Namens in ihm wohnte, Helene ausgenommen. Auf der Straße, die am Hause des Bürgermeisters vorbeiführte, versammelten sich die Kleinbürger und die Arbeiterklasse, während die Trauerversammlung vor dem Hause Chandroz hauptsächlich aus der alten Aristokratie bestand, zu der auch die Familie zählte.

Das Auffälligste an dieser zweiten Trauerversammlung war die große Beteiligung preußischer Offiziere, die sich hier eingefunden hatten, um ihrem Kameraden die letzte Ehre zu erweisen, auch auf die Gefahr hin, das Missfallen ihrer vorgesetzten Generäle von Röder und Sturm zu erregen. Letztere hatten den Instinkt besessen, Frankfurt zu verlassen, ohne irgendeinen Versuch zu unternehmen, die öffentlichen Gefühlsäußerungen auf irgendeine Weise zu unterdrücken.

Als Kanzler Kugler im Gefolge des Sarges mit den beiden Söhnen des Toten an der Hand aus dem Haus des Bürgermeisters heraustrat, ertönten Rufe wie »Ein Hurra für Frau Fellner! Hurra für Frau Fellner und ihre Kinder!«, Ausdruck der Dankbarkeit, die man gegenüber ihrem Gatten empfand. Die Witwe verstand diesen gleichzeitigen Gefühlsausbruch so vieler Herzen ihr gegenüber, und als sie, ganz in Schwarz gekleidet, mit ihren vier Töchtern, ebenfalls in Schwarz, auf dem Balkon erschien, brachen viele in Schluchzen aus.

Das Gleiche geschah, als Friedrichs letzte Reise begann. Es war Friedrichs Witwe, der Frankfurt seine Rettung vor einer drohenden Zerstörung verdankte. Der Ruf »Hurra für Frau von Bülow!« kam aus tausend Kehlen und wurde wiederholt, bis die schöne junge Witwe, von einem schwarzen Schleier verhüllt, nach vorne ging, um die Dankbarkeit entgegenzunehmen, die ihr von der ganzen Stadt entgegengebracht wurde.

Obwohl die Offiziere keinen Befehl dazu bekommen hatten und weder die Trommler – die gewöhnlich dem Katafalk eines vorgesetzten Offiziers voranschreiten – noch ein Ehrenkommando – das einen solchen gewöhnlich begleitet – zur Teilnahme an Friedrichs Beisetzung beordert worden waren, marschierten dennoch an der Spitze des Zuges Trommler und auch eine militärische Eskorte auf, sei es des soldatischen Ehrenkodexes wegen oder aus Ehrerbietung dem Toten gegenüber. So bewegte sich der Trauerzug zum Schlag gedämpfter Trommeln auf den Dom zu.

An der verabredeten Stelle vereinigten sich die beiden Prozessionen und zogen weiter, Seite an Seite, die gesamte Breite der Straße einnehmend. Wie zwei parallel verlaufende Flüsse, deren Wasser nicht zusammenkommen, schritten die beiden Trauergemeinden voran, vorneweg die beiden Führer. Dem Leichenwagen des Bürgermeisters folgten die Bürger und die niederen Stände; dem Katafalk des Barons von Bülow folgten die Aristokratie und das Militär. Für einen Moment schien es, als sei Frieden zwischen diesen beiden Gesellschaftsklassen geschlossen, deren eine so unbarmherzig auf der anderen lastete, dass lediglich der Tod eines von allen geschätzten Mannes sie für einige Augenblicke vereinigen konnte, um sie hinterher wieder in gegenseitiger Feindschaft auseinander gehen zu sehen.

Vor dem großen Domportal hob man die Särge von den Leichenwagen und stellte sie zur Seite. Daraufhin wurden sie in den Chor getragen. Die Kirche hatte sich schon seit dem frühen Morgen mit zahlreichen Schaulustigen gefüllt, wie es für die Bewohner großer Städte typisch ist, so dass es im Kirchenschiff für den Durchlass der beiden Särge kaum ausreichend Platz gab. Die Militäreskorte, die Trommler und die Ehrenkompanie folgten, für die Trauergemeinden, die den Särgen gefolgt waren, war jedoch der Zutritt so gut wie unmöglich, mehr als dreitausend Leute mussten vor dem Portal und auf der Straße zurückbleiben.

Die Zeremonie begann, feierlich und getragen zugleich, begleitet von immer wieder einsetzenden Trommelwirbeln und dem Klacken der Ladestöcke beim Absetzen auf den Boden. Keiner hätte angeben können, welchem der beiden Toten diese militärischen Ehren galten, bekam doch der unglückliche Bürgermeister seinen Anteil an einem Ehrenbegräbnis, das er genau jenen verdankte, die Schuld an seinem Tod hatten. Hin und wieder stimmte die Chorvereinigung Totenlieder an und die Stimmen des Chores erhoben sich wie eine Woge und übertönten alle Geräusche.

Der Gottesdienst dauerte lange und obwohl es diesem an dem beeindruckenden Pomp der katholischen Kirche mangelte, verfehlte er nicht den ungeheueren Eindruck, den er auf die Anwesenden machte. Im Anschluss daran setzten sich die beiden Prozessionen zum Friedhof in Bewegung: die des Bürgermeisters begleitet von Trauergesängen, die des Offiziers mit Trauermärschen.

Die Gruft der Familie Chandroz und des Bürgermeisters lagen in einiger Entfernung voneinander, so dass sich die Prozessionen trennen mussten. Am Grabe des Zivilisten gab es Gebete, Grabreden und Strohblumenkränze, am Grab des Offiziers dagegen Salutschüsse und Lorbeerkränze. Die beiden Zeremonien zogen sich bis zum Einbruch des Abends hin, die trauernde und schweigsame Menge kehrte nicht eher zu ihren gewohnten Geschäften zurück, während die Trommler, die Soldaten und Offiziere sofort zu ihren Quartieren eilten, wenn auch dieses Mal nicht wie im Feindesland, so doch wie eine Gruppe, die, als Ganzes genommen, nichts mit der Einwohnerschaft gemein hatte.

Benedict hing während der gesamten Zeremonie dem Gedanken nach, wie er sich General Sturm am kommenden Morgen in seiner Eigenschaft als Vollstrecker Friedrichs offenbaren solle, um in eben dieser Eigenschaft Genugtuung für die seinem Freunde angetane Schmach zu fordern. Aber als er zum Hause zurückkehrte, fand er Emma in untröstlicher Trauer, Karl geschwächter denn je und die alte Baronin von Beling von Alter und Kummer gebrochen vor; alles zusammen bestärkte ihn in dem Glauben, dass die unglückliche Familie Chandroz immer noch seiner bedürfe. In der gegenwärtigen Lage hätte ein Duell, zu dem er General Sturm zu fordern beabsichtigte, zwangsläufige Resultate zur Folge: Falls er den General tötete, würde er Frankfurt noch im nächsten Moment verlassen müssen, um der Rache der Preußen zu entgehen. Falls er getötet würde, würde sein Tod für die Familie ohne Nutzen sein, die hingegen seine moralische Unterstützung und seinen Schutz noch mehr zu benötigen schien als seine praktische Hilfe. Er beschloss daher, noch einige Tage zu warten, aber er nahm sich vor, General Sturm jeden Tag seine Karte zu übersenden – und er hielt sich an sein Wort. Somit konnte er ihm klarmachen, dass, selbst wenn jener Benedict vergäße, Benedict ihn nicht vergessen würde.

Die Bluttransfusion

Drei Tage waren seit jenen eben geschilderten Ereignissen vergangen. Die Ausbrüche untröstlichen Kummers in den beiden von schmerzlichem Verlust heimgesuchten Haushalten wurden seltener; obwohl immer wieder Tränen flossen, hörte man kaum noch Weinen und Schluchzen.

Karl ging es zusehends besser; während der letzten beiden Tage hatte er sich ohne Hilfe in seinem Bett aufgerichtet und hatte zu verstehen gegeben, dass er klaren Verstandes sei. Er äußerte sich zwar stockend und mit leiser Stimme, doch sprach er schon in einem zärtlichen Ton mit Helene und beteiligte sich an den Unterhaltungen. Sein Gehirn war wie der Rest seines Körpers äußerst geschwächt, aber es begann bereits, allmählich die Überlegenheit zu erringen, die es über den Rest eines gesunden Körpers auszuüben pflegte.

Helene, die seine Genesung beobachtete, und die in einem Alter war, in dem die Jugend eine Hand der Liebe und die andere der Hoffnung reicht, jubelte wegen dieser augenscheinlichen Erholung, als ob der Himmel selbst versprochen hätte, dass es zu keinem gefährlichen Rückfall mehr kommen werde. Zweimal am Tage erschien der Arzt zur Visitation des Verletzten. Er blieb weiterhin zurückhaltend, ohne Helenes Hoffnung zu erschüttern, aber auch ohne irgendeine Zusicherung völliger Genesung zu geben. Karl sah ihre Hoffnung; aber er bemerkte sogleich die Reserviertheit, mit welcher der Arzt alle ihre Zukunftspläne aufnahm. Er war ebenfalls dabei, Pläne zu machen, aber von traurigerer Art.

»Helene«, sagte er, »ich weiß alles, was du für mich getan hast. Benedict hat mir von deinen Tränen, von deiner Verzweiflung, von deiner Erschöpfung erzählt. Ich liebe dich mit einer so selbstsüchtigen Liebe, Helene, dass ich wünsche, bevor ich sterbe – «

Aber als Helene eine Bewegung machen wollte, fügte er hinzu:

»Doch, bevor ich sterbe, ist mein sehnlichster Wunsch, dich meine Frau nennen zu dürfen. Im Falle, es existierte da – wie man uns gelehrt hat und unser eigener Stolz zu glauben leitet – eine Welt jenseits der hiesigen, dann möchte ich mit meiner Frau hier und im Jenseits vereint sein. Versprich mir dann, meine geliebte Pflegerin, falls es zu einer jener Krisen kommt, die der Doktor befürchtet, sofort den Priester holen zu lassen und mit deiner Hand in der meinen zu sprechen: ›Geben Sie uns Ihren Segen, Vater, Karl von Freyberg ist mein Gatte.‹ Und ich schwöre dir, Helene, dass mein Tod mir leicht und ruhig sein wird, genauso wie er mich mit Verzweiflung erfüllen würde, könnte ich nicht von dir Abschied nehmen: ›Leb wohl, meine geliebte Frau.‹«

Helene hörte zu, mit einem hoffnungsfrohen Lächeln auf ihren Lippen, mit dem sie auf alle Worte Karls, traurige oder glückliche, antwortete. Von Zeit zu Zeit, wenn sie Unruhe in ihrem Patienten aufkommen sah, bedeutete sie ihm, sich zu beruhigen und sie nahm aus einem Buchregal einen Uhland, Goethe oder Schiller; sie las ihm laut vor und fast jedes Mal schloss Karl zum Klang ihrer melodiösen Stimme seine Augen und verfiel augenblicklich in einen Schlaf. Nach einem solch großen Blutverlust war sein Schlafbedürfnis enorm; sie dämpfte ihre Stimme, sobald sie die schlafbringenden Schatten bemerkte, die sein Gehirn zu umwölken begannen, und sprach leiser und leiser, ihre Augen halb auf den Kranken und halb auf die Buchseite gerichtet, und hörte in dem Moment auf vorzulesen, in dem er in den Schlaf gefallen war.

Während der Nacht erlaubte sie Benedict lediglich für zwei oder drei Stunden, ihren Platz bei Karl einzunehmen, Karl hatte sie flehentlich darum gebeten. Um nicht das Zimmer verlassen zu müssen, ließ sie einen Vorhang vor einer Nische anbringen, in der vorher ihr Bett gestanden hatte, das für den Patienten in die Zimmermitte gerückt worden war. Hinter diesen Vorhang legte sie sich auf einer Couch zum Schlafen nieder, sie schlief so leicht, dass sie bei jeder kleinsten Bewegung im Zimmer, bei jedem Seufzer den Vorhang beiseite schob und mit ängstlicher Stimme fragte: »Was ist los?«

In Helene kann man die Schwester jener entzückenden Geschöpfe erkennen, die einem Leser auf fast jeder Seite deutscher Poesie begegnen. Wir schreiben ihren dichterischen Träumern große Verdienste zu, im Dunst des Rheins eine Loreley, im Blattwerk eines Dickichts eine Mignon wahrzunehmen, und wir können uns kaum vorstellen, dass es trotzdem keine so große Kunst ist, solch wunderbare Frauengestalten zu erfinden, weil sie weniger den Visionen eines Genies entsprungen zu sein scheinen, als vielmehr Nachbildungen von Originalen sind, wie man sie noch in England oder Deutschland findet. Diese stehen jenen in ihrer schemenhaften Wirklichkeit Modell, mal als trauernde, mal als lächelnde, aber immer als poetische Vorbilder. Beobachten Sie auch, dass dieser Frauentypus – der bei uns selten, wenn nicht vollends unbekannt ist – an den Ufern des Rheins, des Mains und der Donau vorkommt, nicht ausschließlich in den Reihen der Aristokratie, nein, man kann diese auch in einem bürgerlichen Fenster oder an einem bäuerlichen Hoftor wiedererkennen, wo Schiller seine Luise und Goethe seine Margarete fand. Helene verrichtete ihr gutes Werk solcherart, dass dieses uns wie äußerste Hingabe und absolute Demut erschien. Aber es mangelte ihr an diesem Bewusstsein, ihr liebendes Bemühen verdiente den anerkennenden Blick eines Mannes, ganz zu schweigen einer Anerkennung Gottes.

Während all dieser Nächte, in denen Helene wachte, ruhte Benedict in Friedrichs Zimmer, wobei er sich voll angekleidet aufs Bett legte, jederzeit bereit, nach dem ersten Rufen Helenes zu Hilfe zu eilen oder den Arzt zu holen. Wir haben bereits erwähnt, dass vor dem Tor eine Kutsche bereit stand, aber, seltsam genug, je weiter die Genesung fortschritt, umso mehr bestand der Doktor darauf, diese Vorsichtsmaßnahme nicht zu vernachlässigen.

Der 30. Juli kam. Benedict zog sich in Friedrichs Zimmer zurück, nachdem er bei Karl für einige Nachtstunden Krankenwache gehalten und seinen Posten an Helene abgegeben hatte; gerade legte er sich auf das Bett, als er plötzlich seinen Namen hörte. Fast im gleichen Augenblick öffnete sich seine Zimmertür, und im Flur erkannte er Helene: bleich, aufgelöst und voller Blut, die unartikulierte Schreie ausstieß, die sich wie »Hilfe« anzuhören schienen.

Benedict erriet sofort, was geschehen war. Der Doktor, der ihm gegenüber weniger zurückhaltend gewesen war als zu der jungen Frau, hatte ihm erläutert, welche möglichen Krisen er befürchtete, und offensichtlich war es zu einer dieser Krisen gekommen.

Er eilte in Karls Zimmer; die Ligatur der Arterie war gebrochen und das Blut floss rhythmisch und in Stößen. Karl lag bewusstlos.

Benedict verlor keinen Augenblick; er drehte aus seinem Taschentuch eine Schlinge und band sie um Karls Oberarm, dann brach er mit einem Ruck die Lehne eines Stuhles ab, schob die Lehne in den Knoten des Taschentuchs und drehte sie wie einen Knebel. Er machte das, was in der Sprache der Medizin als Tourniquet oder allgemein als Aderpresse bekannt ist. Der Blutfluss stoppte augenblicklich.

Helene, völlig aufgelöst, warf sich auf das Bett, sie schien wahnsinnig geworden. Sie überhörte Benedict, der ihr immer wieder zurief: »Den Doktor! Den Doktor!«

Mit seiner freien Hand – die andere war mit dem Halten des Knebels auf Karls Arm beschäftigt – zog Benedict die Klingel so heftig, dass Hans, der erriet, dass etwas Ungewöhnliches geschehen war, ziemlich besorgt erschien.

»Nimm die Kutsche und hole den Arzt!«, rief Benedict. Hans verstand, mit einem Blick hatte er die ganze Lage erfasst. Er raste treppab zur Kutsche, dabei sich selbst zurufend: »Zum Doktor!«

Da es kaum sechs Uhr in der Frühe war, traf Hans den Arzt zu Hause an, und kaum zehn Minuten später betrat jener das Krankenzimmer.

Das Bild, das sich ihm bot – das Blut auf dem Boden, Helene halb ohnmächtig und Benedict mit der Kompresse am Arm des Verwundeten – vermittelte ihm einen Eindruck von dem, was geschehen war, und mehr noch, nämlich dass das eingetroffen war, was er immer befürchtet hatte.

»Ach, ich habe das vorausgesehen!«, rief er aus, »ein zweiter Blutsturz; die Arterie hat nachgegeben.«

Als sie seine Stimme erkannte, sprang Helene auf und schlang ihre Arme um ihn.

»Er wird doch nicht sterben! Er wird nicht sterben!«, weinte sie, »Sie werden ihn doch nicht sterben lassen, nicht wahr?«

Der Arzt entwand sich ihr und trat an das Bett. Karl hatte nicht annähernd so viel Blut verloren wie das letzte Mal, aber der Lache nach zu urteilen, die sich im Zimmer ausbreitete, musste er über 28 Unzen verloren haben, eine außergewöhnlich große Menge in seinem gegenwärtigen Zustand der Schwäche.

Der Arzt jedoch verlor nicht die Zuversicht; der Arm war immer noch frei, er machte einen frischen Schnitt und suchte mit einer Zange nach der Arterie, die, glücklicherweise von Benedict abgebunden, sich nur um wenige Zentimeter bewegt hatte. Innerhalb von Sekunden war die Arterie verbunden, aber der Verwundete lag in tiefer Bewusstlosigkeit. Helene, welche die erste Operation mit Ängsten miterlebt hatte, verfolgte diese mit Schrecken. Sie hatte gesehen, wie Karl stumm dalag, bewegungslos und kalt, mit allen Vorzeichen eines nahen Todes, aber sie hatte damals seinen Zusammenbruch nicht miterlebt, vom Leben an den Rand des Todes. Seine Lippen waren bleich, seine Augen geschlossen, seine Wangen wächsern. Es war offensichtlich, Karl war dem Grab näher denn je. Helene rang ihre Hände.

»Oh, sein Wunsch! Sein Wunsch!«, schrie sie auf, »Karl wird nicht mehr die Freude haben, dass er sich erfüllt. Mein Herr«, sagte sie zum Arzt, »wird er die Augen nie mehr wieder öffnen? Wird er noch einmal sprechen können, bevor er stirbt? Ich bitte nicht um sein Leben – nur ein Wunder kann da noch helfen. Aber unternehmen Sie etwas, das ihn die Augen öffnen lässt. Doktor! Machen Sie etwas, damit er zu mir sprechen kann. Ich lasse einen Priester kommen, der unsere Hand zum Bund zusammenführt. Wir möchten noch in dieser Welt vereinigt werden, auf dass wir nicht in der nächsten getrennt sind.«

Der Arzt, trotz seiner gewohnten Gemütsruhe, konnte in der Gegenwart eines solchen Kummers nicht kalt bleiben. Da er alles getan hatte, was in der Macht seiner ärztlichen Kunst lag, hatte er das Gefühl, dass er nicht mehr tun könne, so versuchte er sie mit den üblichen Gemeinplätzen zu beruhigen, welche die Mediziner für die allerletzte Wahrheit vorhalten.

Benedict jedoch, auf ihn zugehend, nahm seine Hand und sagte:

»Doktor, Sie hören doch, um was sie bittet. Sie bittet nicht um das Leben ihres Geliebten, sie bittet um einige Augenblicke der Wiederbelebung, lange genug für einen Priester, ein paar Worte zu sagen und die Ringe auszutauschen.«

»Ja, ja!«, rief weinend Helene, »Nur das! Es war leichtsinnig von mir, nicht auf ihn eingegangen zu sein, als er mich bat, sofort nach einem Priester schicken zu lassen. Tun Sie etwas, was ihn die Augen öffnen lässt, lassen Sie ihn ›Ja‹ sagen können, auf dass sein Wunsch in Erfüllung gehe und ich mein ihm gegenüber gegebenes Versprechen einhalte.«

»Doktor«, sagte Benedict, die Hand fest drückend, die er in der seinen hielt, »wie wäre es, wenn wir der Wissenschaft das Wunder abverlangten, das uns der Himmel zu verweigern scheint? Wie wäre es, wenn wir eine Bluttransfusion versuchten?«

Der Arzt dachte einige Sekunden nach und blickte auf seinen Patienten, dann sagte er:

»Da gibt es keine Hoffnung mehr; wir sollten kein Risiko eingehen.«

»Ich frage Sie«, sagte Helene, »was ist eine Bluttransfusion?«

»Sie besteht darin«, antwortete der Arzt, »genügend warmes, lebendiges Blut in die erschöpften Venen eines armen Kranken einzuleiten, um diesem Leben, Sprache und Bewusstsein zurückzugeben, wenn auch nur für Augenblicke. Ich habe diese Operation noch nie durchgeführt, aber ich habe zweimal im Hospital zugesehen.«

»Ich auch«, sagte Benedict, »ich hatte mich immer für Merkwürdigkeiten interessiert, so besuchte ich Majendies Vorlesungen, und ich habe gesehen, dass alle diese Experimente glückten, wenn das übertragene Blut zu einem Lebewesen der selben Spezies gehörte.«

»Gut, ich werde mich bemühen einen Freiwilligen zu finden, der uns an die zwanzig bis dreißig Unzen seines Blutes spenden wird.«

»Doktor«, sagte Benedict hastig sein Jackett ablegend, »ich pflege meinen Freunden mein Blut nicht zu verkaufen, aber ich gebe es für sie. Hier ist Ihr Mann!«

Bei diesen Worten stieß Helene einen Schrei aus, warf sich gewaltsam zwischen Benedict und den Doktor und stolz ihren entblößten Arm dem Arzt entgegenhaltend sagte sie zu Benedict:

»Du hast bereits genug für ihn getan. Wenn menschliches Blut von einer fremden Ader in die Venen meines geliebten Karl übertragen wird, dann sollte es das meine sein, das ist mein Recht.«

Benedict fiel vor ihr in die Knie und küsste den Saum ihres Kleides. Der weniger beeindruckte Arzt sagte bloß:

»Schon gut! Wir werden es versuchen. Verabreichen Sie dem Patienten einen Löffel voll Stärkungsmittel. Ich werde kurz nach Hause gehen, mir die Instrumente zu besorgen.«

Die Trauung in extremis

Der Arzt eilte mit einer Schnelligkeit aus dem Zimmer, wie es ihm seine berufliche Würde gerade noch erlaubte.

Während seiner Abwesenheit flößte Helene einen Löffel des Stärkungsmittels zwischen Karls Lippen, während Benedict die Klingel läutete. Hans erschien.

»Geh und hole den Priester«, sagte Helene.

»Wegen der Letzen Ölung?«, wagte Hans zu fragen.

»Für eine Trauung«, erwiderte Helene.

Fünf Minuten später war der Arzt mit seinen Gerätschaften wieder zurück und bat sogleich Benedict, nach dem Dienstpersonal zu läuten.

Ein Hausmädchen erschien.

»Besorgen sie uns warmes Wasser in einem großen Topf«, verlangte der Arzt, »sowie ein Thermometer, falls es eines im Hause gibt.«

Sie kam mit dem Gewünschten zurück.

Der Arzt entnahm eine Bandage aus seiner Tasche und wickelte sie fest um den unverletzten linken Arm des Verwundeten. Nach wenigen Augenblicken schwoll die Vene an, ein Beweis dafür, dass nicht alles Blut verloren war und der Kreislauf immer noch funktionierte, wenn auch schwach. Der Arzt wandte sich an Helene.

»Sind Sie bereit?«

»Ja«, sagte Helene, »aber machen Sie schnell. Oh mein Gott, wenn er nun stirbt!«

Der Arzt umwickelte ihren Arm mit einer Bandage, stellte seinen Transfusionsapparat auf das Bett, um ihn so nah wie möglich an dem Patienten zu haben und stellte den Apparat ins Wasser, das man auf 35 Grad Celsius erhitzt hatte, um zu verhindern, dass das Blut bei der Transfusion von dem einen in den anderen Arm abkühlte. Er legte das eine Ende der Spritze an Karls Arm bereit und stach fast gleichzeitig in Helenes Arm, so dass das Blut in das Gefäß spritzen konnte. Als es seiner

Abschätzung nach um die 120 bis 130 Gramm waren, gab er Benedict ein Zeichen, mit dem Daumen Helenes Blutung zu stillen, und während er einen Längsschnitt in die Vene von Karls Arm machte, stieß er die Nadelspitze ein. Dabei achtete er sorgfältig darauf, dass keine Luftbläschen in die Blutbahn gelangten. Im Verlauf der Operation, die keine zehn Minuten dauerte, war ein schwaches Geräusch von der Türe her zu hören. Es war der Priester, der in Begleitung Emmas, Madame von Belings und der gesamten Dienerschaft eintrat. Helene wandte sich um und als sie ihn an der Zimmertür erblickte, winkte sie ihm näher zu treten. Im gleichen Augenblick drückte Benedict ihren Arm ab. In diesem Moment fing Karl an, leicht zu zucken, eine Art Schauder raste durch seinen ganzen Körper.

»Ach!«, seufzte Helene und faltete ihre Hände, »Dank sei Gott! Es ist mein Blut, das sein Herz erreicht!«

Benedict nahm ein Stück Wundpflaster und drückte es fest auf die Öffnung ihrer Vene.

Der Priester trat näher; er war ein römisch-katholischer, der seit ihrer Kindheit Helenes Beichtvater war.

»Sie haben nach mir gerufen, mein Kind?«, fragte er.

»Ja«, antwortete Helene. »Ich wünsche, wenn meine Großmutter und meine ältere Schwester erlauben, diesen Mann hier zu ehelichen, der mit Gottes Hilfe bald die Augen öffnen und seinen Verstand wiedererlangen wird. Nur, wir sollten keine Zeit verlieren, denn die Ohnmacht könnte ihn wieder überwältigen.«

Karl aber, als hätte er auf diesen Augenblick seiner Wiederbelebung gewartet, öffnete seine Augen, richtete einen zärtlichen Blick auf Helene und sagte in einer schwachen, aber vernehmbaren Stimme:

»In den Tiefen meiner Bewusstlosigkeit habe ich alles mitbekommen; du bist ein Engel, Helene, und ich schließe mich deinem Begehr an. Bitte deine Großmutter und Schwester um die Erlaubnis, meinen Namen tragen zu dürfen.«

Benedict und der Arzt sahen sich beide verblüfft an: Für Momente klarte die starke Erregung dem sterbenden Mann den Blick und gab seinen Lippen die Stimme zurück. Der Priester trat zu ihm hin.

»Ludwig Karl von Freyberg, erklären und schwören Sie vor Gottes Angesicht und der Heiligen Kirche, dass Sie die hier anwesende Helene von Chandroz nun als ihre Gattin anerkennen und zur gesetzlich angetrauten Ehefrau nehmen?«

»Ja.«

»Versprechen und geloben Sie Ihrer Frau, sie zu lieben und ihr die Treue und Ehre zu halten in guten wie in schlechten Tagen entsprechend Gottes Geboten?«

Karl lächelte traurig über diese Ermahnung der Kirche, die für Leute gedacht ist, die noch ein ganzes Leben vor sich haben, dazu noch alle Zeit, ihre heiligen Schwüre zu brechen.

»Ja«, sagte der Bräutigam, »und zum Beweis dafür: Hier ist der Ehering meiner Mutter, der, schon einmal gesegnet, umso segensreicher sein wird, wenn du ihn an deiner Hand trägst.«

»Und Sie, Helene von Chandroz, erklären und schwören Sie vor Gottes Angesicht und der Heiligen Kirche, den hier anwesenden Ludwig Karl von Freyberg als Ihren Gatten anzuerkennen und zum gesetzlich angetrauten Ehemann zu nehmen?«

»Oh, ja, ja, Vater«, rief die junge Frau aus.

Anstelle von Karl, der zu schwach war, um weiterzusprechen, fügte der Priester hinzu: »Nimm dies als Zeichen eures gegenseitigen Versprechens.«

Während er sprach, steckte er auf Helenes Finger den Ring, den ihm Karl gegeben hatte.

»Tragt diesen Ring als Zeichen Eurer Liebe und Treue.« Der Priester machte das Zeichen des Kreuzes über die Hand der Braut und sagte dabei mit leiser Stimme: »Im Namen des Vaters und des Sohnes und des heiligen Geistes. Amen.«

Den rechten Arm über das Paar ausstreckend, fügte er mit lauter Stimme hinzu: »Möge der Gott Abrahams, Isaaks und Jakobs euch zusammenführen und euch Seinen Segen verleihen. Ich vereinige euch im Namen des Vaters und des Sohnes und des heiligen Geistes. Amen.«

»Vater«, sagte Karl zum Priester, »wenn Sie zu den Gebeten für den Ehemann jetzt diejenigen für die Absolution eines Sterbenden anfügen wollen, werde ich von Ihnen nichts mehr zu bitten haben.«

Der Priester hob seine Hände und sprach die heiligen Worte, als ob Karls Seele bis zu diesem feierlichen Moment ausgeharrt hätte, um dann den Körper zu verlassen. Helene, die ihn in ihre Arme nahm, fühlte sich mit einer unwiderstehlichen Macht zu ihm hingezogen. Ihre Lippen pressten sich auf die ihres Geliebten, von denen die Worte flossen:

»Lebe wohl, meine geliebte Ehefrau; dein Blut ist mein Blut. Lebe wohl.«

Sein Körper fiel auf das Kissen zurück. Karl hatte seinen letzten Atem auf Helens Lippen gehaucht. Ein Schluchzen war von dem armen Mädchen zu hören, sie brach vollständig zusammen und fiel auf seinen Körper, nun war jedem klar, dass Karl gestorben war. Die Anwesenden erhoben sich von ihren Knien. Emma warf sich in Helenes Arme und rief aus:

»Nun sind wir zweifache Schwestern, durch Geburt und Leid.« Dann, aus dem Mitgefühl heraus, dass Kummer Einsamkeit braucht, zog sich einer nach dem anderen zurück, langsam, leise und auf Zehenspitzen, Helene mit ihrem toten Gatten alleine zurücklassend.

Nach einigen Stunden wachsender Befürchtung wagte Benedict sich zu ihr und klopfte leise an die Türe, dabei sagte er:

»Ich bin es, Schwester.«

Helene, die sich eingeschlossen hatte, kam zur Tür und öffnete. Mit Verwunderung blickte er sie an, sie hatte sich von Kopf bis Fuß als Braut gekleidet. Sie trug einen weißen Rosenkranz, diamantene Ohrringe und eine teure Halskette. An ihren Fingern trug sie wertvolle Ringe. Ihr Arm, aus dem das Blut übertragen worden war, um das Wunder der Wiederbelebung zu vollbringen, war von Armbändern bedeckt. Ein prächtiger Spitzenschal war über ihre Schulter geworfen und bedeckte ein Satinkleid, von Perlenknoten zusammengehalten.

»Du siehst, mein Freund«, sagte sie zu Benedict, »dass ich mir Mühe gebe, seine Wünsche ganz und gar zu erfüllen. Ich habe mich gekleidet, nicht als seine Verlobte, sondern als seine Gemahlin.«

Traurig blickte Benedict sie an – umso mehr, da sie nicht weinte, sie lächelte im Gegenteil. Es schien, als ob sie alle ihre Tränen für den noch lebenden Karl vergossen und keine mehr für den toten übrig hätte. Benedict war tief beeindruckt, sie im Zimmer hin und her eilen zu sehen, mit einer Reihe von Kleinigkeiten beschäftigt, die im Zusammenhang mit Karls Bestattung zusammenzuhängen schienen, und immer wieder zeigte sie ihm irgendeinen neuen Gegenstand.

»Sieh mal!«, sagte sie dann. »Er liebte dies hier, er hat immer darauf geachtet; wir werden es neben ihn in den Sarg legen. Fast hätte ich es vergessen«, fügte sie hinzu, »mein Haar vergessen, das er sehr liebte.«

Sie löste ihren Kranz vom Kopf und ergriff ihre nun offenen, knielangen Haare; diese schnitt sie ab und flocht daraus einen Zopf, den sie Karl um den unverhüllten Hals knotete.

Der Abend kam. Sie besprach mit Benedict ausführlich die Stunde, in der die Beerdigung am nächsten Morgen stattfinden sollte. Als es auf sechs Uhr abends zuging, bat sie ihn, sich um all die Details zu kümmern, die für die Familie schmerzhaft wären; doch diese waren in der Tat fast genauso schmerzlich für ihn selbst, der doch beide, Friedrich und Karl wie zwei Brüder geliebt hatte. Er sollte außerdem einen breiten eichenen Sarg bestellen, allein.

»Warum einen breiten?«, fragte Benedict.

Helene antwortete: »Tue, was ich dir sage, lieber Freund, und du sollst gesegnet sein.«

Sie selbst verfügte, dass der Körper ihres Mannes am nächsten Morgen um sechs Uhr in das Leichentuch gewickelt werden solle.

Benedict gehorchte ihr in allem. Er verbrachte den ganzen Abend mit diesen Vorbereitungen und er kehrte nicht vor elf Uhr zum Hause zurück. Er fand Helenes Zimmer verändert vor, eine doppelte Reihe von brennenden Kerzen war um das Bett aufgestellt. Helene saß auf dem Bett und betrachtete Karl.

Obwohl sie schon seit längerem aufgehört hatte zu weinen, betete sie jetzt nicht mehr. Was blieb ihr übrig, vom Himmel zu erbitten, jetzt wo Karl tot war? Gegen Mitternacht zogen sich ihre Großmutter und ihre Schwester, die noch zu einem Gebet erschienen waren und die ihre ruhige Gefasstheit genauso wenig verstanden wie Benedict, auf ihre Zimmer zurück. Mit traurigem Blick umarmten sie die tränenlose Helene, die darum bat, dass man ihr das kleine Kind bringen möge, so dass sie es küssen könne. Sie hielt das Kleine einige Zeit in ihren Armen und gab es dann seiner Mutter zurück. Als sie mit Benedict alleine war, sagte sie zu ihm:

»Bitte ruhe dich einige Stunden aus, entweder hier oder in deiner Unterkunft; beunruhige dich nicht um mich. Ich werde mich hinlegen, angezogen, ich werde neben ihm in meinem Brautkleid schlafen.«

»Schlafen!«, sagte Benedict, mehr und mehr verwundert.

»Ja«, sagte Helene einfach, »ich bin müde. Während er lebte, hatte ich keine Ruhe finden können. Jetzt – «, sie ließ den Satz unvollendet.

»Wann soll ich wieder vorbeikommen?«, fragte Benedict.

»Wann du willst«, sagte Helene. »Lass es nicht früher als acht Uhr morgens werden.«

Dann, durch die offenen Fensterflügel zum Himmel blickend, sagte sie:

»Ich glaube, über Nacht zieht ein Sturm auf.«

Benedict drückte ihre Hand und wollte gerade hinausgehen, als sie ihn zurückrief.

»Entschuldige mich, lieber Freund«, sagte sie, »habe ich dir gesagt, dass sie gegen sechs Uhr am Morgen kommen werden, um ihn ins Leichentuch zu wickeln?«

»Ja«, sagte Benedict mit tränenerstickter Stimme.

Helene bemerkte mit Dankbarkeit seine Gefühle.

»Wolltest du mich nicht küssen, mein Freund?«, bemerkte sie.

Benedict drückte sie an seine Brust und brach in Schluchzen aus.

»Wie schwach du bist!«, sagte sie. »Sieh, wie still er ist, so still, dass man fast glauben möchte, er sei glücklich gewesen.« Als Benedict antworten wollte, fügte sie hinzu: »Geh, geh! Bis morgen um acht!«

Wie Helene vorhergesagt hatte, wurde die Nacht stürmisch; gegen Morgen brach ein fürchterliches Gewitter los, der Regen fiel in Strömen, begleitet von Blitzen, wie man sie nur von Unwettern kennt, Blitze, die großes Unheil ankündigen.

Um sechs Uhr erschienen die Frauen, um die letzten Dienste an Karl zu verrichten. Helene hatte die feinsten Tücher, die sie finden konnte, ausgewählt und die Nacht damit verbracht, Karls und ihr eigenes Monogramm einzusticken. Dann, als ihr frommes Werk vollbracht war, tat sie wie angekündigt, sie legte sich neben Karl auf das Bett, das sie mit einer doppelten Reihe Kerzen umstellte, und fiel in einen derart tiefen Schlaf, als ob sie schon in ihrem Grab läge. Die zwei Frauen weckten sie durch ihr Klopfen an der Türe.

Als sie die Frauen hereinkommen sah, stellte sich ihr die physische Seite des Todes mit aller Endgültigkeit und Unaufhaltsamkeit dar. So phlegmatisch auch diese armen Kreaturen sind, die von den Diensten leben, die sie für die Allgemeinheit an den Toten verrichten, selbst sie kamen nicht gegen diese Gefühle an, als sie dieses junge Mädchen sahen, so schön, so schmuck, so bleich. Sie zitterten, als sie die Tücher aus Helenes Hand entgegennahmen und baten sie, sich zurückzuziehen für die Zeit, während der sie ihren Diensten am Leichnam nachgingen.

Helene deckte noch einmal Karls Gesicht auf, über das die beiden Dienerinnen des Schicksals bereits das Leichentuch geworfen hatten, küsste seine Lippen, sagte in sein Ohr einige Worte so leise flüsternd, dass sie die Frauen nicht verstehen konnten. Darauf sagte sie, an jene gerichtet:

»Ich gehe in die Liebfrauenkirche, um dort für meinen Gatten zu beten. Falls in der Zwischenzeit bis acht Uhr ein junger Mann namens Benedict vorsprechen sollte, übergeben Sie ihm diesen Brief.«

Sie zog aus ihrem Mieder ein zusammengefaltetes Blatt Papier, versiegelte es, adressierte es an Benedict und ging. Der Sturm tobte mit aller Gewalt. Am Tor traf sie Lenhart an in seiner Kutsche. Dieser war erstaunt, sie so früh herauskommen zu sehen, gekleidet in solch einem eleganten Kleid; aber als sie ihn anwies, sie zur Liebfrauenkirche zu fahren, nahm er an, dass sie wieder in ihrer gewohnten Kapelle zu beten gedachte.

Helene betrat die Kirche. Der Tag war so düster, dass es unmöglich gewesen wäre, den Weg zu finden, wenn nicht die Blitze Salven feuriger Schlangen durch die bunten Kirchenfenster geschickt hätten.

Helene ging wie gewöhnlich ohne Umweg zu ihrer Kapelle. Die Statue der Jungfrau stand auf ihrem Platz, still, lächelnd, bedeckt mit goldenen Spitzen, Juwelen und einer Diamantenkrone. Zu ihren Füßen erkannte Helene den weißen Rosenkranz, den sie an jenem Tag dort hingelegt hatte, an dem sie mit Karl hergekommen war und ihm geschworen hatte, ihn immer zu lieben und mit ihm zu sterben. Der Tag war gekommen, ihr Gelöbnis zu erfüllen, und sie war erschienen, um der Jungfrau zu sagen, dass sie bereit sei, ihr Versprechen zu halten, als ob dieses einem Glaubensgebot entspräche. Das war alles, was sie sich vorgenommen hatte. Darauf sprach sie ein kurzes Gebet, küsste die Füße der Heiligen Mutter und ging zum Kirchenportal.

Das Wetter hatte sich leicht aufgeklart. Für einen Moment hatte es zu regnen aufgehört und ein Stück blauen Schimmers erschien zwischen zwei Wolken. Die Luft war wie elektrisch geladen. Der Donner rollte in lauten Ausbrüchen und die Blitze warfen ihr blaues Licht fast ununterbrochen auf Pflaster und Häuser. Helene verließ die Kirche. Lenhart fuhr mit seiner Kutsche vor, bat sie einzusteigen.

»Ich brauche frische Luft«, sagte sie, »lass mich ein wenig allein sein.«

»Ich werde Ihnen folgen, gnädige Frau«, sagte Lenhart.

»Wie Sie möchten«, antwortete sie.

Die Domglocke schlug acht Uhr.

Zur selben Zeit betrat Benedict Helenes Zimmer, wo Karl bereits im Leichentuch eingewickelt lag. Die beiden Frauen, die mit der frommen Pflicht fertig geworden waren, standen am Bett und beteten. Helene war nicht da. Benedict begann überall nach ihr zu suchen, in der Erwartung, sie in irgendeiner Ecke im Gebet versunken zu finden. Als er sie nirgendwo entdecken konnte, fragte er nach ihrem Verbleib.

Eine der Frauen erwiderte: »Sie ging vor einer Stunde hinaus, sie sagte, zur Liebfrauenkirche.«

Eine böse Vorahnung stieg in ihm auf und er fragte beunruhigt: »Sagte sie irgendetwas oder hinterließ sie eine Nachricht für mich?«

»Sind Sie der Herr Benedict?«, entgegnete die Frau, welche die Frage beantwortet hatte.

»Ja.«, antwortete er.

»Dann ist dieser Brief für Sie bestimmt.«

Sie händigte ihm den Brief aus, den ihr Helene übergeben hatte. Er öffnete diesen hastig. Er enthielt nur diese wenigen Zeilen:

»Mein geliebter Bruder,
ich versprach Karl vor unserer lieben Frau vom Kreuz, dass ich ohne ihn nicht leben möchte; Karl ist tot und ich werde meinerseits den Tod finden. Wenn mein Körper geborgen wird, kümmern Sie sich darum, mein lieber Benedict, dass dieser zusammen mit meinem Gatten in einem Sarg bestattet wird. Das war der Grund meiner Bitte an Sie, einen breiten Sarg anfertigen zu lassen. Ich hoffe, dass Gott mir erlaubt, an Karls Seite in alle Ewigkeit zu ruhen. Ich vermache demjenigen tausend Gulden, der meinen Körper auffindet, sei er Schiffer oder Fischer oder ein Bedürftiger mit Familie. Sollte es jemand sein, der das Geld

nicht annehmen kann oder will, überlasse ich diesem meinen letzten Segen.

Der Tag nach Karls Tod ist der Tag meines Todes.

Mein Lebewohl an alle, die mich lieben.

Helene.«

Benedict hatte gerade den Brief zu Ende gelesen, als Lenhart im Flur erschien. Bleich und tropfnass rief er aus:

»Oh, wie soll ich es Ihnen sagen, Benedict. Helene ist ins Wasser gegangen. Kommt, kommt sofort!«

Benedict sah sich um, nahm ein Halstuch, das auf der Totenbahre lag, nach dem Parfüm des armen Mädchens duftend und tränenfeucht, und eilte aus dem Zimmer. Die Kutsche stand anfahrbereit vor dem Tor, er sprang hinein.

»Zu dir nach Hause«, rief er mit lauter Stimme Lenhart zu. Letzterer, gewohnt Benedict zu gehorchen ohne nach dem Warum zu fragen, brachte seine Pferde in Galopp; überdies war sein Haus auf dem Weg zum Fluss gelegen. Als sie angekommen waren, sprang Benedict aus der Kutsche, nahm drei Treppenstufen auf einmal, öffnete ein Zimmer und rief: »Hierher! Frisk!«

Der Hund raste heraus, seinem Herrn hinterher, und war so schnell in der Kutsche wie er.

»Zum Main!«, rief Benedict.

Lenhart begann zu verstehen. Er peitschte auf die Pferde ein und diese galoppierten so schnell wie nie zuvor. Während der Fahrt entledigte sich Benedict seines Rockes, seiner Weste und seines Hemdes, behielt nur noch seine Hose an. Als sie am Flussufer ankamen, sah er, wie bereits einige Bootsleute mit Haken das Wasser nach Helenes Körper absuchten.

»Hast du gesehen, wo sie ins Wasser ging?«, fragte er Lenhart.

»Ja, Euer Ehren«, antwortete er.

»Wo war das?«

Lenhart zeigte auf die Stelle.

»Zwanzig Gulden für ein Boot!«, schrie Benedict.

Ein Bootsmann stellte seines zur Verfügung. Benedict sprang hinein, gefolgt von Frisk. Darauf steuerte er es auf die Höhe, wo Helene versunken war, und folgte der Strömung, wobei er Frisk am Halsband hielt und ihm das Halstuch vor die Schnauze hielt, das er von Karls Totenbett mitgenommen hatte.

Sie erreichten eine Stelle des Flusses, als der Hund ein klägliches Heulen von sich gab. Benedict ließ ihn los, Frisk sprang über Bord und verschwand sofort. Augenblicke später erschien er wieder an der Wasseroberfläche, schwamm um dieselbe Stelle und heulte kläglich.

»Ja«, sagte Benedict, »ja, sie ist hier.«

Dann sprang und tauchte er seinerseits und erschien kurze Zeit später, Helenes Körper auf seinen Schultern.

Wie Helene es sich gewünscht hatte, wurde ihr Leichnam, dafür trug Benedict Sorge, in den breiten Sarg gelegt, Seite an Seite mit Karl. Man ließ das Brautkleid auf ihrem Körper trocknen, sie hatte kein anderes Leichentuch.

»Warten Sie's ab«

Nachdem Karl und Helene auf ihren Platz zur ewigen Ruhe gelegt worden waren, hielt Benedict es jetzt, wo er gegenüber der Familie, der er sich voll verschrieben hatte, keinerlei Verpflichtungen mehr hatte, für an der Zeit, sich General Sturm als Friedrich von Bülows Vollstrecker in Erinnerung zu bringen.

Wie immer kleidete er sich als gehorsamer Diener der Konvention mit der größten Sorgfalt an, hängte sich das Kreuz der Ehrenlegion um, befestigte den Guelfen-Orden des Königreiches Hannover am Knopfloch und ließ sich bei General Sturm melden. Der General war in seinem Arbeitszimmer. Er befahl, Benedict ohne Verzug herein zu bitten; bei seinem Eintritt erhob er sich, wies ihm einen Stuhl an und setzte sich wieder.

»Mein Herr«, sagte Benedict, »die Schicksalsschläge, welche die Familie Chandroz hinnehmen musste, erlauben mir die Freiheit, früher als erwartet vorzusprechen, um Sie an Friedrich zu erinnern, der, als er starb, mir ein Vermächtnis als eine heilige Pflicht hinterließ – das der Rache.«

Der General verneigte sich und Benedict erwiderte seine Verneigung.

»Nichts hält mich mehr in Frankfurt, außer der Wunsch, meines Freundes ausdrücklichen Willen zu erfüllen. Sie wissen, welcher Art dieser Wunsch ist, ich hatte Ihnen diesen bereits ausgerichtet; von nun an habe ich die Ehre, zu Ihrer Verfügung zu stehen.«

»Das bedeutet wohl, mein Herr«, sagte der General und schlug mit der Faust auf den Schreibtisch, »dass Sie hierher gekommen sind, um mich herauszufordern?«

»Jawohl, mein Herr«, antwortete Benedict, »eines Sterbenden Wunsch ist heilig und Friedrichs Wunsch war, dass einer von uns beiden, Sie oder ich, von dieser Welt zu verschwinden hat. Ich überlasse die Wahl Ihnen, der Sie, mein Herr, wie ich erfahren habe, unerschrocken sind und in allen körperlichen Ertüchtigungen bewandert, jederzeit erstklassig mit Säbel und Pistole umzugehen wissen. Ich bin kein Offizier der preußischen Armee; Sie sind auch nicht mein Vorgesetzter. Ich bin Franzose, Sie sind Preuße. Wir haben Jena hinter uns und Sie Leipzig: Deshalb sind wir Feinde. All das lässt mich hoffen, dass Sie mir keine Schwierigkeiten in den Weg legen werden und zustimmen, morgen zwischen sieben und acht Uhr früh zwei Sekundanten zu mir zu schicken, um sich mit den meinen in meinem Hause zu treffen, und dass Sie die Ehre haben werden, mir die Ihnen genehme Stunde, den Ort und die von Ihnen gewählten Waffen mitzuteilen. Ich werde alles akzeptieren. Bestimmen Sie die Bedingungen und wählen Sie diejenigen, die Ihnen am vorteilhaftesten erscheinen. Ich hoffe, Sie sind zufrieden.«

General Sturm zeigte während Benedicts Rede Anzeichen wachsender Ungeduld, hatte sich aber als wohlerzogener Mann zurückgehalten.

»Mein Herr«, sagte er, »ich verspreche Ihnen, dass Sie von mir hören werden, zu der Zeit, die Sie genannt haben, wenn nicht sogar früher.«

Das war alles, was Benedict wollte. Er verbeugte sich und zog sich zurück, erfreut, dass alles so reibungslos abgelaufen war. Er war fast an der Türe, als er sich erinnerte, dass er vergessen hatte, dem General seine neue Adresse bei Lenhart zu hinterlegen. Er ging zum Tisch zurück und schrieb auf sein Kärtchen unter seinen Namen Straße und Hausnummer.

»Entschuldigen Sie«, sagte er, »ich sollte es nicht versäumen, Eure Exzellenz wissen zu lassen, wo man mich antreffen kann.«

»Sind Sie nicht mein Nachbar?«, fragte der General.

»Nein«, sagte Benedict, »ich habe dieses Haus seit vorgestern verlassen.«

Da er erwartete, nach dem Duell des kommenden Tages Frankfurt verlassen zu müssen – es sei denn, eine Verwundung würde ihn aufhalten – hinterlegte Benedict gegen Abend Abschiedsbriefe an alle Häuser, die er besucht hatte. Er hob Geld von der Bank ab und da ihn sein Bankier etwas aufgehalten hatte, verbrachte er die Zeit bis elf Uhr bei jenem, bis er sich verabschiedete und zu Lenhart nach Hause ging. Als er aber gerade am Rossmarkt die Straße überqueren wollte, sprach ihn ein Offizier an. Er sagte, er habe ihm eine Mitteilung zu machen, die vom befehlshabenden Offizier der Stadt ausgestellt sei, und er bitte Benedict, ihm zu folgen. Letzterer machte keinerlei Schwierigkeiten, schließlich war der Platz, den er gerade betreten hatte, voller Militärs und sofort, auf ein Zeichen des Offiziers hin, umstellten ihn Soldaten.

»Mein Herr«, sagte der Offizier, »würden Sie freundlicherweise dieses Papier lesen, dass an Sie gerichtet ist?«

Benedict nahm das Blatt und las:

> »Auf Befehl des kommandierenden Obersten der Stadt und als Maßnahme der öffentlichen Sicherheit wird Herr Benedict Turpin angewiesen, Frankfurt nach Erhalt dieser Ausweisungsverfügung umgehend zu verlassen. Sollte er sich weigern, willentlich dieser Verfügung nachzukommen, ist Gewalt anzuwenden. Sechs Gefreite und ein Offizier werden ihn zum Bahnhof eskortieren, da selbst einen Wagon des Zuges nach Köln nehmen, um ihn nicht vor der Grenze preußischen Gebietes freizulassen.
>
> Diese Verfügung ist bis Mitternacht auszuführen.
>
> Gezeichnet ***«

Benedict blickte sich um, er sah keine Möglichkeiten sich zu widersetzen.

»Offen gesagt, mein Herr«, sagte er, »wenn es irgendeinen Ausweg gäbe, dieser Anordnung, die ich gerade zur Kenntnis nehmen musste, zu entgehen, würde ich alles in der Welt unternehmen, Ihren Händen zu entkommen. Der große Mann, der Ihr Minister ist, und den ich bewundere, obwohl ich ihn verabscheue, hatte einst gesagt ›Macht ist Recht‹. Ich bin bereit, der Gewalt nachzugeben. Aber ich wäre Ihnen äußerst verbunden, wenn Sie einen der Ihren zur Bockenheimer Straße 17 zur Droschkenvermietung schickten um Herrn Lenhart freundlicherweise zu bitten, mir meinen Hund vorbeizubringen, den ich sehr gern habe. Ich würde gerne dabei die Gelegenheit nutzen, ihm in Ihrer Gegenwart einige Aufträge zu erteilen, die für Sie ohne besondere Bedeutung, aber ziemlich wichtig sind für einen Mann, der fast drei Monate in dieser Stadt verbrachte und diese gezwungenermaßen verlassen muss, als er es am wenigsten erwartete.«

Der Offizier befahl einem Soldaten, Benedicts Wunsch nachzukommen.

»Mein Herr«, sagte er, »ich weiß, dass Sie eng befreundet waren mit einem Mann, der uns allen viel bedeutete. Obwohl ich nicht die Ehre hatte, Ihre persönliche Bekanntschaft gemacht zu haben, würde ich es bedauern, wenn Sie einen schlechten Eindruck von mir bekommen. Ich hatte den Befehl, Sie zu arretieren. Ich hoffe, Sie verzeihen mir diese Aktion, die völlig außerhalb meines eigenen Wollens liegt und die mit der größtmöglichen Höflichkeit auszuführen ich mich bemühen will.«

Benedict reichte ihm die Hand.

»Ich war ein Soldat, mein Herr. Ich bin Ihnen daher sehr verbunden für diese Erklärung, die Sie nicht unbedingt geben mussten.«

Nach einigen Minuten erschien Lenhart mit Frisk.

»Mein lieber Lenhart«, sagte Benedict, »ich muss unerwarteterweise Frankfurt verlassen. Sei so freundlich und packe alle meine Habe zusammen, die ich noch bei dir habe, und schicke sie mir in ein paar Tagen zu, es sei denn, du ziehst es vor, diese persönlich vorbeizubringen nach Paris, das du noch nicht kennst, und wo ich gerne dafür Sorge tragen würde, dass du dort zwei wunderbare Wochen verbringen kannst. Das Angebot enthält keine Bedingungen. Du weißt, dass du solche Angelegenheiten beruhigt meinen Händen anvertrauen kannst.«

»Oh, sicher, ich werde fahren, mein Herr«, erwiderte Lenhart. »Darauf können Sie sich verlassen.«

»Und jetzt«, sagte Benedict, »denke ich, es ist Zeit für den Zug. Ohne Zweifel wartet deine Kutsche. Lasst uns losfahren, falls du nichts anderes planst und keine Reisebegleitung für mich hast.«

Die Soldaten stellten sich auf und Benedict ging durch die Eskorte zur abfahrbereiten Kutsche. Frisk lief wie immer aufgeregt hin und her und sprang als erster hinein, als ob er seinen Herrn einladen wollte, es ihm nachzumachen. Benedict stieg ein, der Offizier folgte; vier Gefreite folgten dem Offizier, der fünfte nahm neben dem Kutscher Platz, ein sechster kletterte hinten auf den Kofferraum; daraufhin fuhr das Gefährt in Richtung Bahnhof.

Die Lokomotive stand schon zur Abfahrt bereit, als der Gefangene erschien. So hatte er kaum einige Minuten warten müssen. Wie immer sprang Frisk als erster aus der Droschke und obwohl es für Hunde ungewöhnlich war, besonders in Preußen, erster Klasse zu reisen, erhielt Benedict die Erlaubnis, ihn bei sich zu halten. Am nächsten Morgen kamen sie in Köln an.

»Mein Herr«, sprach Benedict den Offizier an, »ich habe es mir zur Gewohnheit gemacht, jedes Mal, wenn ich durch diese Stadt komme, mich mit Farinas Eau-de Cologne für meine Frisierkommode zu versorgen. Wenn Sie nicht unter Zeitdruck stehen, würde ich Ihnen zweierlei vorschlagen: Als erstes biete ich mein Ehrenwort, mich an die Abmachung zu halten und mich nicht vor der Grenze Ihrer Verfügung zu entziehen. Zweitens, ein gutes Frühstück für diese Herren und für Sie, ein gemeinsames Frühstück an einem Tisch ohne Rücksicht auf den Dienstgrad. Dann werde ich den Mittagszug nehmen, es sei denn, Sie ziehen es vor, meinem Wort zu misstrauen; in diesem Falle würde ich sofort nach Paris weiterreisen.«

Der Offizier lächelte.

»Mein Herr«, sagte er, »ich werde es so einrichten, wie es Ihnen beliebt. Ich möchte nicht gerne den Eindruck hinterlassen, dass wir uns Ihnen gegenüber unhöflich und schroff gemäß unseren Anweisungen benehmen. Sie möchten noch etwas bleiben? Dann bleiben wir! Sie bieten mir Ihr Ehrenwort; ich nehme Sie beim Wort. Sie wünschen, dass wir zusammen mit Ihnen frühstücken, obwohl dies weder mit preußischen Gepflogenheiten noch mit der preußischen Disziplin in Einklang steht, aber ich nehme Ihr Angebot an. Die einzige Vorsichtsmaßnahme, die wir ergreifen werden – und die Sie eher als eine Ehre ansehen sollten, weil wir an Ihrem gegebenen Wort keine Zweifel haben – ist, dass wir Sie vor dem Bahnhof verabschieden. Wo wollen Sie uns wiedertreffen?«

»Am Hotel Rhein – in einer Stunde, falls Sie einverstanden sind, meine Herren.«

»Ich brauche nicht zu sagen«, fügte der Offizier auf Französisch hinzu, damit die Soldaten ihn nicht verstehen konnten, »dass die Art, wie ich mich Ihnen gegenüber verhalte, belohnt werden sollte.«

Benedict verneigte sich mit einer Miene, die zu sagen schien »Sie brauchen sich darüber keine Sorgen zu machen, mein Herr.«

Benedict schritt auf den Domplatz zu, wo Jean-Marie Farinas Laden lag. Der Offizier hingegen machte sich mit seinen Männern in eine andere Richtung auf.

Benedict deckte sich mit Kölnisch Wasser ein, seinen Einkauf selbst zu tragen war für ihn umso einfacher, da er kein Gepäck dabei hatte. Danach machte er sich auf den Weg zum Hotel Rhein, wo er gewöhnlich abzusteigen pflegte. Auf Empfehlung des Besitzers bestellte er das beste Frühstück in Erwartung seiner Gäste, die in der Tat zur verabredeten Zeit erschienen.

Das Frühstück war durch und durch vergnüglich. Man prostete auf die Prosperität Frankreichs und auf den Wohlstand Preußens, die Höflichkeit der Preußen war beispielhaft. Nach dem Frühstück wurde Benedict zum Bahnhof eskortiert und bekam, gemäß militärischer Anweisung, ein Abteil für sich, anstatt eines mit sechs Soldaten und einem Offizier teilen zu müssen.

In dem Augenblick, als der Zug anfuhr, drückte der Offizier Benedict einen Brief in die Hand, den der Reisende öffnete, während der Zug aus dem Bahnhof herausfuhr. Er blickte auf die Unterschrift. Sie stammte, wie er es erwartete, von General Sturm und enthielt diese Worte:

»Sehr geehrter Herr,
Sie werden verstehen, dass es einem vorgesetzten Offizier nicht ansteht, ein schlechtes Vorbild zu sein, indem er eine Herausforderung annimmt, deren Gegenstand die Rache eines Offiziers ist, der wegen Ungehorsam seinem Chef gegenüber bestraft worden war. Wenn ich mich aus diesem Grunde weitab aller militärischen Disziplin auf den Kampf eingelassen hätte, würde ich ein fatales Beispiel für die Armee abgegeben haben. Ich weigere mich deshalb zum jetzigen Zeitpunkt mit Ihnen zusammenzutreffen, und, um einen Skandal zu vermeiden, bediene ich mich einer der höflichsten Formalitäten, die mir zur Verfügung stehen. Sie selbst waren so freundlich anzuerkennen, dass mir der Ruf der Tapferkeit vorausgeht, und sie fügten hinzu, dass Sie mich als erstklassigen Schützen und Säbelfechter kennen. Sie können daher meine Zurückweisung nicht irgendeiner Feigheit vor Ihnen zuschreiben. Ein Sprichwort, das man in jedem Land kennt, sagt: ›Berge können sich nicht begegnen, aber Menschen können es.‹ Falls wir uns irgendwo außerhalb Preußens treffen und Sie immer noch den Drang verspüren, mich zu töten, werden wir uns über diese Angelegenheit einigen. Aber ich warne Sie, dass vom derzeitigen Stand der Dinge auf keinen Fall auf das Ende der Angelegenheit geschlossen werden kann, und dass Sie größere Schwierigkeiten haben werden, Ihr Versprechen gegenüber Ihrem Freund Friedrich zu halten, als Sie es sich vorstellen können.«

Benedict faltete den Brief mit der größten Sorgfalt zusammen, legte ihn in seine Brieftasche und steckte diese zurück in seine Tasche; er machte es sich in einer Ecke so bequem wie möglich und die Augen zum Schlafe schließend murmelte er: »Gut, warten Sie's ab!«

Ergebnis

Die Anwesenheit der Preußen in Frankfurt und der Schrecken, den sie verursachten, endete nicht mit den bisher geschilderten Ereignissen, auf welche sich die hier vorliegende Erzählung beschränken wollte. Nur einige wenige Zeilen müssen der Vollständigkeit halber hinzugefügt werden, so dass unser Werk so endet wie es anfing: mit einigen politischen Bemerkungen.

Ende September 1866 wurde verkündet, dass die Stadt Frankfurt ihre Nationalität, ihren Status als freie Reichsstadt, ihr Privileg als Tagungsort der Bundesversammlung und schließlich auch ihre Rechte als Mitglied des Bundes einbüßt und am 8. Oktober dem Königreich Preußen angeschlossen wird.

Der Morgen war düster und regnerisch; kein Haus hatte eine schwarz-weiße Fahne gehisst; kein Bürger, ob traurig oder vergnügt, befand sich auf der Straße, alle Fenster waren verschlossen und die Türen verriegelt. Frankfurt erschien wie eine Geisterstadt. Die einzigen Fahnen wehten über den Kasernen, über der Börse und über dem Postamt.

Auf dem Römerplatz hingegen sammelten sich drei- bis vierhundert Männer, alle aus der Sachsenhäuser Vorstadt. Es war bemerkenswert, dass jeder der Anwesenden einen Hund dabei hatte, als da wären Bulldoggen, Mastiffs, Spaniel, Griffons, Pudel, Jagdhunde, aber auch Hofhunde. Inmitten dieser illustren Gesellschaft von Zwei- und Vierbeinern, ging Lenhart auf und ab und erzählte von den feinen Dingen, die er in Paris gesehen hatte und war dabei jedermanns Aufmerksamkeit sicher. Er war es, der sich diese Versammlung seiner Mitbewohner Sachsenhausens ausgedacht hatte und der die Flüsterparole ausgegeben hatte, die Hunde mitzubringen. Mensch und Hund zugleich blickten hinauf zum Fenster, aus dem heraus die Proklamation verkündet werden sollte. Man wartete schon seit neun Uhr morgens.

Um elf Uhr versammelten sich im Kaisersaal der Senat, die christliche und jüdische Geistlichkeit, die Professoren, die oberen Beamten einschließlich Generalmajor Boyer, zusammen mit den Offizieren der Kasernen, um der Inbesitznahme der früheren freien Reichsstadt Frankfurt durch Seine großartige Majestät, den König von Preußen beizuwohnen.

Der zivile Gouverneur, Freiherr von Patow, und der Zivilbeauftragte Herr von Madaï schritten aus dem Senatssaal (einst der Saal, in dem die deutschen Kaiser gewählt wurden) in die große Halle. Nach einigen Vorbemerkungen von Herrn von Patow verlas letzterer den anwesenden Personen die Verfügung, dass die frühere freie Reichsstadt Frankfurt in Besitz genommen sei, und im Anschluss daran die königliche Proklamation, die verkündete, Frankfurt gehöre von nun an zum preußischen Herrschaftsgebiet.

Die gleichen Dokumente wurden daraufhin vor dem Volk von Frankfurt verlesen. Man öffnete das Fenster dem freundlichen Gemurmel und der höhnischen Akklamation der Sachsenhäuser sowie dem Gejaule ihrer Hunde.

Auf dem Platze drängten sich die Menschen, nicht nur die Sachsenhäuser, sondern – wir vergaßen sie zu erwähnen – auch eine Kompanie des 34. Linienregiments und ihres Musikcorps. Herr von Madaï las die folgende Proklamation laut vor:

»Wir, Wilhelm von Gottes Gnaden König von Preußen etc. tun den Einwohnern der früheren freien Stadt Frankfurt hiermit kund.«

Entweder der für seine Zuhörerschaft besonders unangenehmen Stimme Herrn von Madaïs wegen, oder weil die Worte ›frühere freie Stadt Frankfurt‹ ihre Empfindlichkeit erregt hatte, heulten einige Hunde zum Gotterbarmen auf. Herr von Madaï unterbrach seine Rede, bis die Ruhe wiederhergestellt war und fuhr fort, immer noch im Namen des Königs sprechend:

»Mit dem hier vorliegenden Patent, dessen Veröffentlichung ich heute noch veranlassen werde, vereinige ich euch, Einwohner der Stadt

Frankfurt am Main und ihre Vororte mit meinen Untertanen, euren deutschen Nachbarn und Brüdern.«

Fünf oder sechs Kläffer protestierten gegen diese Vereinigung. Herr von Madaï schien dem keinerlei Beachtung zu schenken und fuhr fort:

»Durch die Entscheidung des Krieges und die Neuordnung unseres gemeinsamen Vaterlandes habt ihr eure Selbständigkeit verloren, der ihr euch bis jetzt erfreut habt und tretet der Gemeinschaft eines großen Landes bei, dessen Bevölkerung euch gegenüber in der Gemeinsamkeit der Sprache, der Gebräuche und der Interessen wohlgesonnen ist.«

Diese Neuigkeit erschien einigen Voreingenommenen der Zuhörerschaft als unpassend; Heulen, Knurren und einiges Jaulen störten seine Rede. Herr von Madaï schien Verständnis für diese traurigen Proteste aufzubringen:

»Wenn es wegen des Schmerzes ist«, sagte er, »sich von früheren Bindungen, die Ihnen teuer waren, zu lösen, dann verstehe ich das und achte solche Gefühle. Und ich garantiere, dass ich und mein Haus Ihnen und Ihren Kindern immer aufrichtig verpflichtet sein werden.«

Eine riesige Bulldogge antwortete mit einem einzigen Bellen, welches die Meinung der zwei- oder dreihundert vierbeinigen Kollegen um ihn herum wiederzugeben schien. Diese Unterbrechung störte Herrn von Madaï keineswegs, denn er fuhr fort:

»Sie werden die Macht geschaffener Tatsachen anerkennen, wenn die Früchte eines hartnäckigen Krieges und blutiger Siege nicht umsonst für Deutschland gewesen sein sollen. Dann verlangt es die Selbsterhaltung und die Sorge um die nationalen Interessen unbedingt, dass die Stadt Frankfurt mit Preußen vereinigt ist, fest und für immer.«

In diesem Augenblick befreite sich ein Hund von seiner Leine und verschwand Richtung Judengasse, allen Rufen wie »Fangt den Ausreißer! Fangt den Ausreißer!« und der einsetzenden Verfolgungsjagd durch fünf oder sechs Gassenjungen zum Trotz.

»Und es ist, wie mir mein Vater mit seinem gesegneten Gedächtnis erklärte«, nahm Herr von Madaï seine Rede wieder auf, »nur zum

Vorteil Deutschlands, dass Preußen seine Grenzen erweitert. Ich bitte Sie, darüber ernsthaft nachzudenken, und ich habe Vertrauen in Ihren aufrechten, guten deutschen Sinn, dass Sie mir mit derselben Ernsthaftigkeit Ihre Loyalität versprechen wie mein eigenes Volk. Möge Gott es gewähren!

Wilhelm

Gegeben in meinem Schloss zu Babelsberg,

den 3. Oktober 1866.«

Und mit erhobener Stimme fügte Herr von Madaï dem Schluss der Rede hinzu:

»Ein Hurra für König Wilhelm! Hurra für den König von Preußen!«

Im selben Augenblick wurde die schwarz-weiße Fahne auf dem obersten Giebel des Römers gehisst. Kein Zwischenruf unterbrach Herrn von Madaï, man hörte nur die Stimme Lenharts wie die eines Drillfeldwebels:

»Und nun, meine lieben Hündchen, da ihr jetzt die Ehre habt, preußische Hunde zu sein, ruft ›Hurra für den König von Preußen!‹«

Darauf trat ein jeder mit dem Fuß auf den Schwanz, das Ohr oder die Pfoten seines Hundes, worauf sich ein fürchterlicher Aufruhr breit machte, der nur noch von der Kapelle des 34. Preußischen Regiments übertönt wurde, die »Heil Dir im Siegerkranz« anstimmte.

So wurde die frühere freie Stadt Frankfurt mit dem Königreich Preußen vereinigt, aber, wie viele Leute behaupteten, nicht angenäht, bloß angesteckt.

Epilog

Am 5. Juni des Jahres 1867 saß im Café Prévôt, das an der Ecke der Boulevards und der Rue Poissonière lag, ein junger Mann von etwa 26 Jahren, eine elegante Erscheinung mit einem roten und blau-weiß gestreiften Ordensband in seinem Knopfloch, der gerade seine Tasse heiße Schokolade austrank. Er bat die Bedienung um den »Étendard«.

Zweimal musste er dem Kellner den Titel wiederholen, der sich schließlich, da die Zeitung nicht im Hause erhältlich war, wegen eines Exemplars hinaus sich auf den Boulevard bequemen musste, um seinem Kunden den »Étendard« zu besorgen.

Der junge Mann überflog rasch die Seiten, offensichtlich in der Absicht und auf der Suche nach einem bestimmten Artikel, von dem er wusste, dass er darin abgedruckt sein musste. Sein Blick blieb schließlich an folgenden Zeilen hängen:

»Heute am Mittwoch, dem 6. Juni, wird der König von Preußen in Paris erwartet. Dem Folgenden entnehmen Sie die komplette Liste aller Seine Majestät begleitenden Personen:

Herr von Bismarck
General von Moltke
Graf Pückler, Oberhofmarschall
General von Treskow
Graf von Golz, Brigadegeneral
Graf Lehendorff, Adjutant des Kaisers
General Achilles Sturm – «

Zweifellos hatte der junge Mann so viel gelesen, wie er in Erfahrung bringen wollte, denn er interessierte sich nicht weiter für die übrigen Personen im Gefolge Seiner Majestät. Darüber hinaus versuchte er herauszufinden, zu welcher Zeit man die Ankunft König Wilhelms erwartete und er erfuhr, dass er um viertel fünf am Gare du Nord eintreffen würde.

Er bestieg umgehend eine Droschke und hieß den Kutscher an der Straße zu halten, an der der König auf seinem Weg zu den Tuilerien vorbeikommen musste.

Der König und seine Eskorte verspäteten sich, sie blieben einige Minuten hinter dem Zeitplan. Unser junger Mann wartete an der Ecke des Boulevard Margenta, schloss sich dann dem Ende des Zuges an und begleitete diesen bis zu den Tuilerien; dabei hatte er nur Augen, wie es schien, für eine besondere Kutsche, in der General von Treskow, Graf von Goltz und General Sturm sitzen mussten. Diese Kutsche begleitete die des Königs von Preußen bis zum Schlossplatz und fuhr fast augenblicklich zum Hôtel du Louvre weiter, die drei Generäle im Fond.

Die Generäle waren in guter Stimmung; ganz klar beabsichtigten sie, in der unmittelbaren Nachbarschaft der Tuilerien, wo ihr Souverän logierte, zu nächtigen. Unser junger Mann, ebenso gut gelaunt, beobachtete, wie ein Zimmerkellner sie zu ihren Zimmern begleitete. Er wartete einen Augenblick, aber keiner der Gäste kam zurück. Er ging wieder in seine Kutsche zurück und verschwand um die Ecke der Rue des Pyramides. Er hatte alles gesehen, was er zu erfahren wünschte.

Am nächsten Morgen gegen acht Uhr saß derselbe junge Mann eine Zigarette rauchend vor dem Café, das zu dem Hotel gehörte. Etwa zehn Minuten später erfüllte sich seine Erwartung. General Sturm kam aus dem Hôtel du Louvre in das Restaurant, nahm Platz an einem der marmornen Tische, die man gerade im Inneren entlang der Fensterfront aufgestellt hatte, und bestellte eine Tasse Kaffee zusammen mit einem Glas Brandy.

Direkt gegenüber der Straße befand sich eine Zuavenkaserne. Benedict betrat die Kaserne und kam zwei Minuten später in Begleitung zweier Offiziere wieder heraus. Er führte sie vor das Fenster des Cafés und deutete auf General Sturm.

»Meine Herren«, sagte er, »dies ist ein preußischer General, mit dem mich derart tiefe Feindschaft verbindet, dass es für einen von uns keinen Platz auf der Welt geben kann. Ich habe Sie um den Gefallen gebeten, mir als Sekundanten zu dienen, weil ich Ihnen unbekannt bin, und weil Sie meinen Gegner nicht kennen, somit Sie folglich keine dieser empfindlichen Rücksichtnahmen gegenüber uns eleganten Leuten zu nehmen brauchen, für die Sie als Sekundanten dienen sollen. Wir werden jetzt hineingehen und wir werden uns zu ihm an seinen Tisch setzen. Ich werde ihm gegenüber die Anschuldigung erheben, die ich ihm vorzuwerfen habe, und Sie werden entscheiden, ob die Ursache ernsthaft und ausreichend ist für ein Duell auf Leben und Tod. Wenn Sie sich diesem Urteil anschließen können, werden Sie mir die Ehre erweisen, als meine Sekundanten zu dienen. Ich bin Soldat wie Sie. Ich war Teilnehmer im Rang eines Leutnants am chinesischen Krieg, ich kämpfte unter dem direkten Befehl von Prinz Ernst August von Hannover in der Schlacht von Langensalza und war schließlich bis zum bitteren Ende Teilnehmer des Gefechtes bei Aschaffenburg. Mein Name ist Benedict Turpin, und ich bin ein Ritter der Ehrenlegion und Träger des Königlichen-Guelfen-Ordens im Königreich Hannover.«

Die zwei Offiziere traten einen Schritt zurück, wechselten mit leiser Stimme ein paar Worte und kehrten wieder an Benedicts Seite, um ihm mitzuteilen, dass sie sich seinem Kommando zur Verfügung stellten.

Alle drei betraten daraufhin das Café, traten zum Tisch des Generals und setzten sich dazu. Letzterer blickte auf und fand sich selbst Aug' in Aug' mit Benedict, den er sofort wiedererkannte.

»Ach, Sie sind's, mein Herr«, sagte er, dabei erbleichte er merklich.

»Ja, mein Herr«, antwortete Benedict. »und hier habe ich zwei Herren, die noch auf eine Erklärung warten, die ich Ihnen schulde, und die ich als Zeugen dabeihabe für das, was ich Ihnen zu sagen habe, und die mir schließlich freundlicherweise in unserem Kampf sekundieren werden. Erlauben Sie mir bitte, diesen Herren in Ihrer Gegenwart den Grund unseres Zusammentreffens zu erklären. Wären Sie bitte danach so freundlich, einige Einzelheiten unserer Vorgeschichte beizutragen, während wir uns zu dem vereinbarten Platz begeben? Sie erinnern sich, mein Herr, dass Sie mir vor nicht ganz einem Jahr die Ehre hatten zu schreiben, dass sich Berge nicht treffen können, aber Menschen; dass, wann immer ich die Ehre haben würde, Sie außerhalb des Königreiches Seiner Majestät König Wilhelms anzutreffen, sie mir keine Steine in den Weg legen werden, mir Genugtuung zu geben.«

Der General erhob sich. »Es ist nicht nötig«, sagte er, »eine Erklärung meinerseits in die Länge zu ziehen in einem Café, wo uns jedermann zuhören kann. Sie mögen diesen Herren selbst irgendwelche Erklärungen abgeben bezüglich des Grundes unserer Feindschaft, die ich keineswegs bestreiten will. Ich schrieb Ihnen einst, dass ich bereit wäre, Ihnen Genugtuung zu leisten, und ich stehe zu Ihrer Verfügung. Geben Sie mir Zeit, damit ich zum Hotel zurückgehen und zwei Freunde mitbringen kann. Das ist alles, was ich von Ihnen verlange.«

»Machen Sie das, mein Herr!«, sagte Benedict mit einem Nicken.

Sturm verließ das Café, Benedict und die zwei Offiziere folgten ihm. Er ging ins Hôtel du Louvre zurück. Die drei Männer warteten an dem Eingang.

Während der zehnminütigen Wartezeit erzählte ihnen Benedict die ganze Geschichte und er war gerade bei ihrem Schluss angelangt, als der General mit seinen zwei Sekundanten erschien – zwei Offiziere aus dem königlichen Gefolge. Alle drei gingen auf Benedict zu und verbeugten sich. Benedict stellte seine eigenen Sekundanten denen des Generals vor. Alle vier zogen sich für eine Weile zur Beratung zurück. Benedicts Sekundanten kamen zurück.

»Sie haben die Wahl der Waffen dem General überlassen?«, sagte er.

»Ja, mein Herr, er hat sich für Säbel entschieden. Wir werden zu einem Waffenschmied gehen und ein Paar Klingen auswählen, die keiner von Ihnen vorher gesehen hat. Dann werden wir uns zu dem nächstgelegenen für Treffen dieser Art üblichen Platz begeben. Wir haben die Befestigungsanlagen vorgeschlagen und diese Herren waren einverstanden. Sie werden eine offene Kutsche dahin nehmen, wir eine andere. Und da Sie im Gegensatz zu uns den Weg nicht kennen, werden wir Ihnen entlang des Boulevards vorausfahren und beim erstbesten Waffengeschäft die Säbel kaufen.«

Alles wurde entsprechend arrangiert. Der Kellner kümmerte sich um zwei Droschken. Die Sekundanten schlugen vor, dass der Feldarzt der Zuaven im Majorsrang die Gesellschaft begleiten solle, und da man diesem Vorschlag zugestimmt hatte, eilte einer der Offiziere davon, ihn herbeizuholen. Der Major schloss sich der Gesellschaft Benedicts und der beiden Zuavenoffiziere an, während General Sturm samt seinen Sekundanten in einigem Abstand folgte.

Beim Waffenschmied – es war bei Claudin – sagte Benedict zum Ladeninhaber, den er persönlich kannte: »Die Säbel gehen auf meine Rechnung; überlassen Sie die Auswahl dem Herrn in der zweiten Kutsche.«

Man legte drei verschiedene Säbel zur Auswahl vor, General Sturm entschied sich für einen, der ihm am handlichsten schien und fragte nach seinem Preis, dabei erfuhr er, dass die Rechnung bereits bezahlt sei. Die zwei Kutschen fuhren weiter bis zum Étoile und bogen dort ab in Richtung des Stadttores von Maillot. Dort folgten sie für eine kurze Strecke den Befestigungsanlagen. Als sie einen halbwegs einsamen Flecken erreichten, sprangen die beiden Zuavenoffiziere von ihren Sitzen, inspizierten den Befestigungsgraben nach allen Seiten und, als sie diesen Ort für einsam genug befunden hatten, winkten ihren Gegnern ihnen zu folgen. Eine Minute später stand die ganze Gesellschaft am Fuße der Festungsmauer. Der Grund war eben und bot jedwede Gelegenheit für einen derartigen Kampf.

Des Generals Sekundanten legten Benedict die beiden Säbel zur Auswahl vor, die er bis jetzt noch nicht gesehen hatte. Mit einen schnellen Blick erkannte er, dass es Monteés en Quarte waren, ein Umstand der seinen Absichten in großartiger Weise entgegenkam. Offensichtlich fand auch General Sturm diesen Waffentyp gut geeignet, da er sich für diese Säbel entschieden hatte.

»Wann soll der Kampf beendet werden?«, fragten die Sekundanten.

»Bis zum Tod«, antworteten gleichzeitig die beiden Feinde.

Benedict entledigte sich bis auf sein Hemd seiner Oberbekleidung und warf Jackett und Weste zur Seite.

»Sind Sie bereit, meine Herren?«, fragten die Sekundanten.

»Ja«, antworteten beide wie aus einem Mund.

Einer der Zuavenoffiziere nahm einen Säbel und reichte ihn Benedict; einer der preußischen Offiziere nahm den anderen und gab ihn dem General in die Hand.

Die Sekundanten kreuzten die zwei Säbel drei Zoll von den Spitzen entfernt, dann traten sie zur Seite – die Kombattanten nunmehr Auge in Auge einander gegenüber – und riefen: »Jetzt, meine Herren!«

Kaum waren die Worte gesprochen, als der General sich mit einem doppelten Engagement blitzartig den Vorteil über die Klinge seines Gegners sicherte; dabei machte er einen zweifachen Ausfallschritt nach vorne, in der gewohnt ungestümen Art eines Mannes, der von seiner meisterlichen Fechtkunst überzeugt ist.

Benedict wich zurück. Dabei murmelte er, mit einem Blick auf des Generals Deckung:

»Ah, aha! Der Kerl ist schnell zu Fuß. Vorsicht!«

Er tauschte einen raschen Blick mit seinen Sekundanten, um ihnen zu verstehen zu geben, sich nicht zu beunruhigen.

Aber im selben Augenblick und ansatzlos drängte der General in geduckter Haltung mit gestreckter Waffe vor und machte mit verwirrendem und geschicktem Druck einen so plötzlichen Ausfall, dass es Benedicts ganz enger Waffenführung bedurfte, um diesen mit einer Konterquarte zu parieren, die, so schnell und hart auch geführt, seine Schulter nicht vor dem Treffer schützen konnte. Das Hemd wurde durch die Säbelspitze aufgerissen und rötete sich leicht von Blut.

Der Gegenstoß kam so rasch, dass dem Preußen keine Zeit mehr blieb, zu einer Kreisparade Zuflucht zu nehmen; er wandte mit Glück oder Instinkt wie mechanisch die Parade de Quarte an und auf einmal sah er sich seinerseits in der Defensive. Den Stoß konnte er parieren, aber dieser war mit einer solchen Wucht geführt worden, dass General Sturm ins Straucheln kam und nicht seinen Gegenstoß anbringen konnte.

»Er ist trotz allem ein ziemlich guter Fechter«, dachte Benedict. »Er setzt einem ordentlich zu.«

Sturm zog sich etwas zurück und senkte seine Spitze.

»Sie sind verwundet«, rief er.

»Kommen Sie, kommen Sie«, entgegnete der junge Mann, »erzählen Sie keinen Unsinn! Machen Sie keinen unnötigen Wirbel wegen eines Kratzers. Sie wissen sehr wohl, General, dass ich Sie töten muss. Man sollte sein Wort halten, sogar einem Toten gegenüber.« Er nahm wieder seine Position ein.

»Sie? Mich töten! Emporkömmling!«, rief der General aus.

»Ja ich, ein Grünschnabel, für den Sie mich wohl halten«, antwortete Benedict. »Ihr Blut dafür, obwohl all Ihr Blut nicht für einen Tropfen meines Freundes ausreicht.«

»Verfluchter Mistkerl!«, fluchte Sturm und lief rot an. Daraufhin stürmte er auf Benedict ein, platzierte beim Auftreffen plötzlich und wütend zwei aufeinanderfolgende Coups de Seconde, so dass Benedict kaum die Zeit für eine Parade hatte und ihm nur ein zweimaliger Rückzug blieb. Darauf wurde ihm mit einer solchen Präzision und Wucht noch eine Parade de Seconde serviert, dass das offene Hemd oberhalb des Hosenbundes zerrissen wurde, und Benedict den kalten Stahl zu spüren bekam. Ein zweiter Blutfleck bildete sich.

»Was! Sie versuchen wohl, mir mein Hemd auszuziehen?«, sagte Benedict und versetzte seinem Feind eine von oben geführte Quarte, die ihn durchbohrt haben würde, wenn er nicht die Gefahr geahnt hätte; er warf sich soweit nach vorne, dass die Säbelglocken aufeinander trafen und die beiden Feinde mit ihren Waffen sich Auge in Auge gegenüberstanden.

»Hier!«, rief Benedict, »das wird Sie lehren, mir meine Stoßkraft zu nehmen.«

Bevor noch die Sekundanten mit ihren Säbeln trennend dazwischengehen konnten, schlug Benedict, der sich beweglich wie eine Stahlfeder befreit hatte, seinen Säbelgriff wie eine Faust in das Gesicht des Feindes, der darauf zurücktaumelte und durch den Schlag eine Platzwunde im Gesicht und eine Prellung davontrug.

Dann folgte eine Szene, welche die Beobachter schaudern ließ.

Sturm zog sich augenblicklich vor Wut schäumend zurück, sein Mund war halb geöffnet und blutig, seine Zähne zusammengepresst, seine Lippen zurückgezogen, seine Augen blutunterlaufen und fast aus ihren Höhlen tretend, sein Gesicht verfärbte sich purpurrot.

»Lump! Hund!«, schrie er, machte eine Einladung mit seinem Säbel, den er fest umfasst hielt, und bewegte sich zusammengekauert rückwärts in Deckung, wie ein Jaguar bereit zum Sprung.

Benedict stand unbewegt, kalt und gefasst. Er richtete seine Säbelspitze auf ihn.

»Sie gehören mir, jetzt«, sagte er mit feierlicher Stimme. »Jetzt werden Sie sterben.«

Er nahm seine Fechtposition wieder ein, übertrieb dabei provozierend die Pose. Er brauchte nicht lange zu warten.

Sturm war ein zu guter Fechter, als dass er ohne Deckung angreifen würde. Er machte einen schnellen Schritt nach vorn und führte einen zweifachen Angriff, wobei Benedict den zweiten mit einem Dégagement fait comme on les passe au mur parierte.

Jetzt hatte Wut die Deckung Sturms geöffnet, gesenkten Kopfes machte er einen Ausfall – eine Körperhaltung, die ihn rettete, zumindest für dieses Mal. Der Abwehrstoß schrammte ihm lediglich die Schulter am Hals auf. Die Wunde fing sofort an zu bluten.

»Ärmel für Ärmel«, entgegnete Benedict in scharfem Ton und nahm wieder die Grundstellung ein. Dabei achtete er darauf, einen großen Abstand zwischen den General und sich zu bringen. »Jetzt gilt es!«

Der General fand sich selbst zu weit von seinem Feind entfernt, er machte daher einen Schritt nach vorn, sammelte all seine Kräfte, brachte mit wütender Geste den Säbel in eine gerade Linie und machte mit der ganzen Länge seines Körpers einen Ausfall. Seine ganze Seele, sozusagen, seine ganze Hoffnung war in diesem Stoß konzentriert.

Dieses Mal blieb Benedict wie angewurzelt stehen, er wich nicht einen Zoll zurück; er kam dem Säbel mit einem Sperrstoß par un demi cercle wie aus dem Lehrbuch zuvor, dann senkte er die Spitze nach unten:

»Nun denn«, sagte er und stieß zu.

Die Klinge drang durch den Oberkörper des Generals und verschwand bis zum Heft, wo Benedict sie stecken ließ; dann ging er ein paar Schritte zurück und verharrte mit verschränkten Armen – einem Stierkämpfer ähnlich, der seinen Stahl im Nacken des Stieres stecken lässt.

Der General hielt sich eine Sekunde aufrecht, fing an zu taumeln und wollte wohl etwas sagen; sein Mund füllte sich mit Blut, er machte ein Bewegung mit der Waffe, doch der Säbel entglitt seiner Hand; dann fiel er wie ein gefällter Baum längs zu Boden.

Der Arzt eilte zum Körper des Generals; der aber war bereits tot.

Die Säbelspitze war direkt unterhalb des rechten Schulterblattes eingedrungen, hatte das Herz durchbohrt und ragte aus der linken Hüfte heraus.

»Sapristi!«, murmelte der Arzt, »den Mann hat es sauber erwischt.«

Das war Sturms Leichenrede.

Nachwort

Wie meine Landsleute höre ich mir sehr gerne alte Geschichten und Geschichtchen an über unsere Stadt und den Umkreis und erzähle sie ebenso gerne weiter. »La Terreur Prusienne«, wenn man will, der Roman des Deutschen Krieges, ist so eine Geschichte, und die Schilderung der preußischen Schreckenstage vom Juli 1866 in Frankfurt vor diesem Hintergrunde ist voll von solchen wahren, halbwahren oder nur gut erfundenen Geschichtchen. Diese bislang unbekannte Frankfurtensie aus der Feder des vielschreibenden französischen Romanciers Dumas gehört, wie ich finde, einfach in das Schatzkästlein eines mainischen Hausfreundes (und Hausfreundin), sie zu bergen war ein patriotischer Reflex.

Eine Veröffentlichung des 1867 in dem politischen Journal »La Situation« erschienenen Fortsetzungsromans »La Terreur Prusienne« wäre allein wegen der in Deutschland vorherrschenden nationalen und anti-französischen Grundstimmung, vielleicht im Gegensatz zu Österreich, mit Sicherheit ein verlegerischer Misserfolg geworden, falls ein Verleger den Mut gehabt hätte, als unpatriotisch oder undeutsch geziehen zu werden. Denn es ist ein anti-preußischer Propagandaroman, Titel, Inhalt und Absicht sind ein einziger Weckruf an Frankreich, erst recht wehrhaft und wachsam zu sein, weil trotz aller Gebietszugewinne nach gewonnenem Deutschen Krieg die deutsche Frage für Preußen noch nicht endgültig gelöst ist. Es ist eine einzige Warnung an die Franzosen, vor der Elite Preußens, ihrer expansiven Politik und dem in Roheit befangenen preußischen Militarismus, der »im vollständigsten Gegensatz zu den Gebräuchen der gesitteten Völker steht«, wie eine französische Zeitung schreibt, auf der Hut zu sein, wobei Frankfurt stellvertretend für Frankreich steht. Die englische Übersetzung »The Prussian Terror« von Robert S. Singleton, einer anerkannten Autorität des Dumas'schen Œvres und Übersetzer u.a. von »On Board the Emma« und deren Begleitbände »Memoirs of Garibaldi« und »The Garibaldians in Sicily«, wurde erst im Jahre 1915 veröffentlicht. Nun ist der Roman eine zweckgerichtete britische Stimme gegen den deutschen Militarismus zu einer Zeit, in der die britisch-französischen und deutschen Heere sich an der Aisne in Stellung bringen zur Entscheidungsschlacht an der Westfront, wie der Übersetzer es im Vorwort gar nicht verhehlt. Singleton lässt die Figur des Ersten Ministers unter dem richtigen Namen Graf Bismarck erscheinen, während sie im französischen Original als Comte Edmond de Boesewerk (sic!) verfremdet ist, dabei tun auch episch breite Jagdszenen nichts zur Sache.

Die vorliegende Nacherzählung »La Terreur Prusienne« basiert auf vorerwähnter englischer Übersetzung, welcher ich vor Jahren in einem kleinen Antiquariat in Pennsylvania fündig geworden war. Nach der Lektüre fand ich damals, dass eine deutsche Übersetzung dieses unbekannten oder seinerzeit bewusst vergessenen Romans aus dem Dumas'schen Œvre längst fällig sei, und beschloss nach einigem Zögern und mit zahlreicher Ermutigung durch Menschen, die sich von meiner Begeisterung anstecken ließen, eine Nacherzählung zu wagen, nachdem ich die Suche nach einer französischen Vorlage für eine Übersetzung wegen Erfolglosigkeit aufgegeben hatte. Allein aus beruflichen Gründen verbot sich mir der Aufwand, aus französischen Archiven die Kopien von den sechzig Feuilletons aus »La Situation« zu besorgen. Inzwischen ergeben Suchanfragen im Internet nach dem Titel etliche Treffer von antiquarischen Ausgaben und eine 2009 in Montréal bei Le Joyeux Roger erschienene Neuausgabe.

»La Terreur Prusienne« ist ein historischer Roman. Nach kampflosem Einmarsch preußischer Verbände in das Königreich Sachsen und dem Böhmenfeldzug, den sie mit dem Sieg bei Sadowa am 3. Juli 1866 für sich entscheiden, beginnt Preußen den Feldzug gegen Westdeutschland mit dem gleichzeitigen Einrücken nach Hannover und Kurhessen. Nachdem das preußische Heer bei Langensalza die siegreiche, doch nun nicht mehr operationsfähige hannoversche Armee zur Aufgabe gezwungen hat, stößt es unter siegreichen Gefechten nach Süden über die Fuldasenke vor auf die Hauptstadt des Deutschen Bundes, Frankfurt am Main. Bei Aschaffenburg stellt sich ein Korps der Deutschen Bundesarmee aus österreichischen, hessen-darmstädtischen und kurhessischen Truppen der preußischen Main-Armee entgegen. Das Gefecht geht für den Bund verloren und bereits am übernächsten Tag wird die Freie Stadt, die sich während der Auseinandersetzungen neutral verhalten hat, besetzt. Nun erhalten die Frankfurter, wie Bismarck das nennt, ihre »Strafe für die konsequent antipreußische Haltung«, die preußischen Schreckenstage vom Juli 1866: schikanöse Einquartierungen, erste Kontributionszahlung von 5,75 Millionen Gulden, eine zweite von irrwitzigen 25 Millionen Gulden, das Wüten der Besatzer gegen Frankfurts liberal-demokratische Presse, ihre kaltsinnige Drohung mit Plünderung und Beschießung der Stadt.

Auf diesem Hintergrund entwickelt Dumas die Geschichte von der Freundschaft der in den verfeindeten Lagern stehenden Freunde Karl und Friedrich und von der Liebe der beiden zu den Frankfurter Schwestern Chandroz in Zeiten des Schreckens. »Ach! Preußen bedeutet Friedrich, und Österreich bedeutet Karl!«. Am Ende treibt ein Brautschleier wie ein Witwenschleier auf dem Main. Neben den fiktiven Hauptfiguren des französischen Künstlers und Weltmanns Benedict Turpin, den beiden Frankfurter Schwestern, wobei man in der Figur der Emma Chandroz Emma von Metzeler zu erkennen vermeint, und Verehrern aus Preußen und Österreich sind auch reale Personen der Zeitgeschichte portraitiert, nur um den Comte Edmond de Boesewerk, bzw. den preußischen Ministerpräsidenten Otto von Bismarck zu nennen, den blinden König von Hannover, den Redakteur der Oberpostamtszeitung oder den älteren Bürgermeister von Frankfurt, Fellner. Dumas skizziert und karikiert Alltagscharaktere, malt städtische Szenen vom Boulevard und Salon, schneidet dazwischen – unterbrochen von historischen Exkursen – Schlachtengemälde und Duelle, Gespräche unter Freunden und Geflüster von Liebenden, und bringt all diese Bilder erzählerisch zum Laufen.

Ich hoffe, damit meine Landsleute um einige neue Ansichten und Anekdoten bereichert zu haben.

C. M. Bachmann 2017